WOLF SCHREINER

Engelsgeduld

GOLDMANN

Lesen erleben

Buch

Als er die neueste Idee des Passauer Bischofs vernimmt, glaubt Pfarrer Baltasar Senner, die Engel singen zu hören. Um im Bayerischen Wald den Tourismus anzukurbeln, wird in seiner Gemeinde ein prächtiges Festspiel veranstaltet, Adelsmänner, Jäger, feine Damen und Bauernvolk inklusive. Und ausgerechnet Baltasar, der einen Heidenrespekt vor Pferden hegt, soll hoch zu Ross für christliche Eintracht bei dem Spektakel sorgen und den Segen spenden. Doch dann gerät der Frieden bei den Proben zum großen Festumzug gehörig ins Wanken, als die Jagdgewehre und die Kanone abgefeuert werden und die Hauptdarstellerin tödlich getroffen zusammenbricht. Handelt es sich um einen schrecklichen Unfall? Wurde die Schauspielerin aus Versehen von Splittern der Kanone getroffen? Oder war eines der Gewehre absichtlich nicht mit Platzpatronen geladen? Baltasar wittert einen Mord und setzt Himmel und Erde in Bewegung, um den Täter zu fassen …

Weitere Informationen zu Wolf Schreiner
sowie zu lieferbaren Titeln des Autors
finden Sie am Ende des Buches.

Wolf Schreiner

Engelsgeduld

Ein Krimi
aus dem Bayerischen Wald

GOLDMANN

Dieses Buch ist auch als E-Book erhältlich.

MIX
Papier aus verantwortungsvollen Quellen
FSC® C014496

Verlagsgruppe Random House FSC® N001967
Das FSC®-zertifizierte Papier *Pamo House* für dieses Buch
liefert Arctic Paper Mochenwangen GmbH.

1. Auflage
Originalausgabe Juni 2015

Umschlaggestaltung: UNO Werbeagentur München
Umschlagmotiv: plainpicture/Leander Hopf, FinePic®, München
Redaktion: Alexander Behrmann
KS · Herstellung: Str.
Satz: IBV Satz- und Datentechnik GmbH, Berlin
Druck und Bindung: GGP Media GmbH, Pößneck
Printed in Germany
ISBN: 978-3-442-48208-5
www.goldmann-verlag.de

Besuchen Sie den Goldmann Verlag im Netz

1

Die Angreifer kamen aus dem Wald. Es waren drei, sie trugen Helme und Kettenhemden, und sie waren bewaffnet. Die Stahlklingen ihrer Schwerter glitzerten in der Sonne. Als sie die Wiese erreichten, verteilten sie sich.

Die Frauen im Stall schrien auf und liefen um ihr Leben. Ein junger Mann griff zur Mistgabel und erwartete mit zitternden Händen die Attacke. Die drei Fremden kreisten ihn ein, sie ließen sich Zeit, schweigend fixierten sie ihr Opfer.

Der junge Mann versuchte zuzustoßen und sich die Männer vom Leib zu halten, doch sie parierten die ungelenken Ausfälle mit den Waffen. In seiner Verzweiflung rannte der Stalljunge auf einen der Angreifer zu, die Mistgabel wie eine Lanze vor sich hertragend in der Hoffnung, sich damit einen Weg freizukämpfen.

Dann ging alles ganz schnell. Der zweite Angreifer sprang hinter den jungen Mann und stieß ihm das Schwert in den Rücken. Blut spritzte, das Hemd des Getroffenen färbte sich dunkelrot. Wie in Zeitlupe drehte er sich um und starrte die Fremden an. Ein weiterer Stoß. Er fiel um, lag da und rührte sich nicht mehr.

»Ein unheimlich realistisches Gemetzel, nicht wahr?«

Das Licht im Gemeindesaal ging an, ein Mann trat an den Tisch und schaltete den Beamer aus.

»Ich wollte Ihnen mit diesem Video zeigen, wie atemberaubend die Spannung bei solch inszenierten Kämpfen ist, es sieht aus wie ein echtes Blutbad.« Der Mann war Anfang dreißig, Typ Jungmanager, er trug einen Dreitagebart, eine übergroße schwarze Brille und einen Anzug mit einem weißen Hemd, aber ohne Krawatte.

»Was Sie gerade gesehen haben, meine Damen und Herren, waren Filmaufnahmen von einem Live-Event aus der Lüneburger Heide. Ritterspiele, aber auf eine moderne Weise. Das ist es, was ich mir hier vorstelle: ein Event. Ein Spektakel. Für Touristen. Was sag ich Ihnen, für Touristenmassen!«

»So was haben wir doch schon bei uns im Woid«, meinte eine Frau aus dem Publikum. Sie benutzte den Einheimischen-Ausdruck für den Bayerischen Wald. »In Furth gibt's bereits so eine Gaudi.«

»Die verehrte Dame weist auf einen wichtigen Punkt hin«, sagte der Mann. Sein norddeutscher Tonfall war unüberhörbar. »Bevor wir darüber diskutieren, erlauben Sie mir, ein kurzes Video über diesen sogenannten Further Drachenstich zu zeigen, den die Dame angesprochen hat.« Er schaltete den Beamer wieder an und rief eine Datei auf seinem Laptop auf.

Die ersten Sequenzen zeigten Besucher, die die Straßen der Stadt säumten. Marktfrauen, Ritter in Rüstungen und Adelige in Samtgewändern kamen auf Pferden und Kutschen, Bauern und Kinder in historischen Kostümen folgten ihnen. Die Geschichte handelte von Liebe und Jungfrauen und einem Helden in weißer Rüstung.

Ein Tor öffnete sich. Ein Drache kroch heraus. Das Monstrum war sechzehn Meter lang und vier Meter hoch, die Augen glühten, seine Flügel schlugen bedrohlich. Langsam öffnete sich der Rachen, und eine Feuerfontäne ergoss sich über den Platz.

Die Menschen versuchten, die Bestie aufzuhalten, aber vergeblich. Der Held stellte sich ihr entgegen, ein Kampf entbrannte, und am Ende tötete der wackere Krieger das Ungetüm. Die Menge jubelte.

Das Licht ging wieder an.

»Ist es nicht fantastisch?« Der Mann blickte in die Runde. »Und wissen Sie, was das Beste an der Aufführung ist?«

Niemand rührte sich.

»Nun, ich verrate es Ihnen: die Menschen. Haben Sie die Tausende von Besuchern gesehen? Alles Touristen. Und wissen Sie, was Touristen im Bayerischen Wald bedeuten? Ich will es Ihnen sagen: Geld – sie bringen Geld mit, geben Unsummen aus für Eintrittskarten, für Essen und Trinken – der Schweinsbraten dieser Region soll himmlisch sein –, fürs Übernachten, fürs Shoppen. Ist das nicht eine gute Nachricht?«

»Und was kostet der Spaß?«, fragte einer der Zuhörer.

»Die Finanzierung ist ein nachgelagertes Problem. Aber ich sage Ihnen, die Investitionen werden sich schnell rechnen. Das Geld wird fließen, was sag ich, es wird auf Sie niederprasseln wie bei einem Wolkenbruch.«

»Aber allein der Drache soll Furth im Wald zwei Millionen Euro gekostet haben. Wo soll unsere Gemeinde denn solche Summen hernehmen?«

»Dazu wird gleich der Bürgermeister etwas sagen. Aber Sie müssen den Payback, also die Rendite sehen. Mit diesem Hightech-Monstrum schaffte es die Stadt sogar ins Guinness-Buch der Rekorde, es ist der weltgrößte Roboter auf vier Beinen. So was wird rund um den Erdball gelesen, solche Werbung ist mit Geld gar nicht aufzuwiegen. Und ich sage Ihnen noch was: Die Further vermarkten ihr Spektakel als ältestes Volksschauspiel Deutschlands – und mit so was ziehen sie die Medien sofort auf ihre Seite. Die schreiben Artikel darüber, das ist kostenlose Reklame für den Ort. Zum Schluss noch eine Bemerkung: Es soll hier nicht so aufwändig werden, der Etat ist schmal.«

»Wie soll das gehen, können Sie zaubern?«, rief jemand aus der Menge.

»Wie gesagt, es geht nur um eine Vorfinanzierung, die Umsätze danach gleichen die Auslagen wieder aus. Außerdem lassen sich die Kosten mit einfachen Mitteln in Grenzen halten.«

»Mit welchen?«

Der Mann rückte seine Brille zurecht. »Indem Sie ...« Er machte eine Kunstpause, mit einer ausgreifenden Geste umfasste er das Publikum. »Indem Sie alle mitmachen. Sie alle werden – Schauspieler.«

Ein Raunen ging durch den Saal. Die Leute tuschelten.

»Was für ein Honorar gibt's denn da?«, fragte jemand.

»Natürlich erhält jeder Mitwirkende eine schöne Brotzeit und ein Freigetränk. Aber die Idee bei solchen Veranstaltungen ist, dass die Bevölkerung auf freiwilliger Basis mitmacht, so was lebt von den Laiendarstellern. An Geldzahlungen ist nicht gedacht, sonst könnte man ja gleich professionelle Schauspieler engagieren.«

»Keine Bezahlung?«

Bürgermeister Xaver Wohlrab stand auf und trat ans Rednerpult. Er war in der Gemeinde schon seit Jahren im Amt und Mitglied der richtigen Partei.

»Liebe Leut, bitte um kurze Aufmerksamkeit.« Er hob beschwichtigend die Hände. »Sie alle haben den Vortrag des Experten gehört, den wir eingeladen haben. Bitte denken Sie daran, dass wir nur dann eine solche Veranstaltung auf die Beine stellen können, wenn alle mitmachen – und zwar auf ehrenamtlicher Basis, so wie beim Schützenverein oder beim Sportverein auch. Unser Lohn werden Einnahmen für die Gemeinde und die Wirtschaft sein.«

»Und was sonst so in deine privaten Taschen fließt«, tönte es aus einer Ecke.

Der Bürgermeister ignorierte den Zwischenruf. »Am Ende kommt es uns allen zugute und es sichert Arbeitsplätze. Ihr wisst, ich setze mich seit Jahren dafür ein, dass sich Gewerbebetriebe bei uns ansiedeln, bisher leider ergebnislos. Ich brauche euch nicht zu sagen, wie der Arbeitsmarkt im Bayerischen Wald ist, das wisst ihr selbst. Es ist eine einmalige Chance auf Jobs, auf ein zusätzliches Einkommen.« Wohlrab wischte sich den Schweiß von der Stirn. »Wir brauchen mehr Touristen, und dazu brauchen wir eine Sehenswürdigkeit, eine Attraktion, um die Leute hierher zu locken und nicht nach Grafenau oder Furth im Wald oder Bischofsmais. Und am Anfang müssen alle mithelfen, damit das Festspiel ins Laufen kommt. Da die Gemeindekasse ziemlich leer ist, geht das nur mit dem Einsatz von euch allen. Sonst können wir es gleich bleiben lassen. Wenn die Veranstaltung etabliert ist, können wir gerne über einen Kostenzuschuss reden. Aber bis dahin brauchen wir eure Starthilfe.«

Die Diskussion brandete auf, die Menschen riefen durcheinander. Der Metzger des Ortes meldete sich zu Wort. »Wie soll denn unser Festival aussehen? Nochmals ein Ritterspiel kann's doch nicht sein.«

Der Mann mit Brille trat wieder vor. »Ich hätte schon einige Ideen.« Er wartete, bis alle wieder still waren. »Darf ich fragen, wer war schon mal beim Kötztinger Pfingstritt oder hat zumindest davon gehört? Bitte Handzeichen.«

Eine Reihe von Armen schnellte nach oben.

»Sehen Sie, die Veranstaltung ist bekannt, es ist eine Mischung aus Bittprozession und Volksfest, sogar der Regensburger Bischof reitet mit, und ein kleines Heiligtum, eine Monstranz, ist auch mit dabei.«

Baltasar Senner zuckte bei dem Wort »Monstranz« zusammen. Erinnerungen stiegen hoch an einen Mordfall in Passau, den er aufgeklärt hatte und der mit dem Ordinariat des Bischofs zusammenhing. Baltasar war vom Bürgermeister persönlich gebeten worden, an dieser Versammlung teilzunehmen, weil er als katholischer Pfarrer eine Respektsperson in der Gemeinde war. Ein Geistlicher gehörte gewissermaßen zur Lokalprominenz und galt noch was im Bayerischen Wald; die Einwohner der Region waren allesamt Mitglieder der Kirche und treue Gottesdienstgänger. Der Bürgermeister hatte gehofft, die Anwesenheit eines Priesters würde die Wichtigkeit des Treffens verdeutlichen.

»Wo ist jetzt das Neue?«, fragte jemand.

»Geduld, Geduld, meine Damen und Herren«, sagte der Referent. »Ich habe das erwähnt, damit Sie eine Vorstellung davon haben, zwischen welchen Polen sich mein Vorschlag bewegt – mit einem Wort, ich möchte das Beste aus beiden Aufführungen nehmen, eine Kreuzung zwischen Further Drachenstich und Kötztinger Pfingstritt. Da ist der Erfolg für Sie garantiert.«

»Ja und?«

»Mir schwebt ein neues Festival-Thema vor. Im Mittelpunkt sollte eine Wilderer-Geschichte stehen. Robin Hood im Bayerischen Wald. Sie haben sich schon solche Filme im Fernsehen angeschaut, in Bayern kennen Sie sicher die Geschichte vom Wildschütz Jennerwein. Schöne Bergkulissen, so was gibt's auch hier in der Gegend.« Der junge Mann fasste sich ans Herz. »Der Wilderer an sich ist eine romantische Figur. Natürlich muss auch ein Meuchelmord vorkommen und die Liebe zu einem Bauernmädel, so was zieht beim Publikum immer. Und natürlich brauchen wir Tiere: Pferde, Kühe, Ziegen und so. Gerade die jungen Zuschauer stehen auf so was. Das zu organisieren dürfte hier in der Gegend kein Problem sein.«

»Und wo nehmen wir den Wildschütz her, sollen wir ihn aus den Alpen importieren?«, klang es aus einer Ecke.

»Das ist ja gerade die Sensation – es gibt solche Figuren auch im Bayerischen Wald.« Der Referent klatschte in die Hände. »Ich habe mich schlau gemacht. Ein gewisser Franz Troglauer trieb sich als Wilderer und Räuber im achtzehnten Jahrhundert in der Oberpfalz herum und versteckte sich irgendwo hier im Wald vor seinen Verfolgern. Und ein Wolfgang Eichinger, genannt der ›Lexengangerl‹, schoss Wild im Jagdrevier des Fürsten von Thurn und Taxis im Bayerischen Wald. Immer wieder konnte er sich der Obrigkeit entziehen.«

Der Mann ging ein paar Schritte auf die Menge zu, blickte einigen Anwesenden ins Gesicht und wandte sich wieder ab. »Damit haben wir doch gleich Namen, ›Troglauer-Festival‹ oder ›Lexengangerl-Festspiele‹ klingen gut – oder schlicht ›Wilderer-Treffen‹. Deshalb appelliere ich zum Schluss an Sie, meine Damen und Herren, überlassen Sie das Feld nicht den Furthern oder Kötztingern oder den Alpenländlern, machen Sie sich und Ihre Gemeinde in ganz Deutschland berühmt – mit Ihrem eigenen Event!«

Applaus erhob sich. Der junge Mann verließ wieder das Pult. Bürgermeister Wohlrab rief dazu auf, Fragen zu stellen, aber die Besucher hatten offenbar genug damit zu tun, die Neuigkeiten zu verdauen.

2

Die Menschen schwärmten aus dem Rathaus, vor dem Gebäude bildeten sich kleine Gruppen, in denen weiter diskutiert wurde.

»Einen Moment, Hochwürden.«

Der Bürgermeister kam auf Baltasar zu. »Nun, wie fanden Sie den Vortrag?«

»Eine beeindruckende Show.«

»Ja, der Mann ist sein Geld wert. Er heißt Dominik Fetzner, kommt aus Hannover. Man sieht, nicht alles von dort oben ist schlecht.«

»Wie kommen Sie gerade auf ihn?«

»Er ist Marketingexperte, spezialisiert auf Tourismus. Der Herr hat schon in Zwiesel wahre Wunder gewirkt und denen dort auf die Sprünge geholfen. Danach sind die Gästezahlen nach oben geschnellt. Er wurde uns vom Landrat empfohlen, der wiederum hat den Tipp aus dem Bayerischen Wirtschaftsministerium. Ein Hochkaräter mit exzellenten Verbindungen.«

»Die wird er auch brauchen, um eine solche Veranstaltung auf die Beine zu stellen. Ohne Geldgeber wird's schwierig werden – auch wenn die Leute umsonst mitmachen.«

»Die Menschen waren begeistert, wann ist das schon mal passiert?«

Bei Politikern gab's auch wenig Grund für Begeisterung, dachte Baltasar, aber er verbiss sich eine Bemerkung.

»Gerade die Bürgerbeteiligung ist für mich der Schlüssel«, fuhr Wohlrab fort. »So was stärkt den Gemeinschaftssinn. Warum sollte bei uns nicht klappen, was im Internet an der Tagesordnung ist? Dort arbeiten sogar wildfremde Menschen kostenlos für Unternehmen und liefern Beiträge und Fotos oder tragen Informationsschnipsel zusammen wie die Eichhörnchen. Dennoch haben Sie recht, Hochwürden, ohne Unterstützung geht es nicht.« Er räusperte sich. »Deswegen zähle ich auf Sie, Herr Senner. Ihr Wort gilt etwas in der Gemeinde. Ich bitte Sie, einen Beitrag zu leisten für das Gemeinwohl, reden Sie mit Ihren Kirchenbesuchern, sprechen Sie das Thema im nächsten Gottesdienst an – oder was Ihnen sonst einfällt. Ich kann auch eine schöne Rolle für Sie bei den Festspielen arrangieren.«

»Nein danke, Gott behüte, so was ist nichts für mich. Ich verzichte gerne.«

»Jedenfalls ist Ihre Unterstützung willkommen.« Der Bürgermeister verabschiedete sich.

Als Baltasar das Pfarrheim betrat, schlug ihm ein Geruch wie von verbrannten Äpfeln entgegen, vermischt mit einem süßlichen Aroma. Er ahnte Schlimmes: Seine Haushälterin Teresa experimentierte offenbar gerade wieder mit neuen Speisen. Sie hieß mit vollem Namen Teresa Kaminski und kam aus Polen, die Diözese hatte sie einst engagiert.

»Ich machen Apfelstrudel«, begrüßte sie ihn. »Rezept von meiner Oma, wird besonders schmackig.« Sie hantierte mit mehreren Schüsseln, als wolle sie Jonglieren üben. »Wird gut, mit Rosinen und Boskop und Kefir.«

»Kefir? Wie … Wie exotisch.«

»Lecker, lecker, Sie werden sehen.«

Baltasar hielt den Duft nicht mehr aus und verzog sich ins Arbeitszimmer. Er sah die Post durch, Reklameschreiben, einige Handwerksrechnungen. Die Bezahlung würde warten müssen, in der Kasse der Kirchengemeinde herrschte gerade Leere, und das Bistum zierte sich, die Kosten zu übernehmen.

Er musste an den Kirchturm denken, dessen Glockenaufhängung nach einem Unfall immer noch ein Provisorium war; das Passauer Ordinariat hatte die Gelder trotz Zusage des Bischofs immer noch nicht überwiesen.

Er legte Papier und Bleistift bereit, um sich Stichworte für seine Predigt am Sonntag zu notieren. Sollte er die geplante Veranstaltung tatsächlich ansprechen? Normalerweise war das nicht die Aufgabe eines katholischen Pfarrers; die Predigt diente dazu, die Besucher moralisch zu unterstützen und Glaubensfragen anzusprechen, gestützt auf Bibelstellen. Aber Baltasar scherte sich wenig um die Vorgaben seiner Vorgesetzten und bevorzugte seinen eigenen Stil – dazu gehörten eben Beispiele aus der Praxis. Er beschloss zu improvisieren und sich erst kurzfristig zu entscheiden.

Der Bürgermeister hatte zu einem Treffen geladen. Im Besprechungsraum des Rathauses standen mehrere Pinnwände, auf dem Konferenztisch lag eine Landkarte. Der Marketingexperte Dominik Fetzner begrüßte jeden Einzelnen mit Handschlag, seine Kleidung war die gleiche wie bei seinem früheren Vortrag. Baltasar fragte sich, ob der mehrere identische Sets in seinem Kleiderschrank hängen hatte.

Der Sparkassendirektor war anwesend und mehrere Männer, die Baltasar als Vereinsvorsitzende aus der Region identifizierte: Heimatverein, Schützenverein, Sportverein, Reservistenverein, Freiwillige Feuerwehr, Rotes Kreuz, diverse Musikkapellen sowie Vertreter von Jagdgenossenschaft und Bauernverband – ein Who-is-who der Lokalprominenz.

»Sehr geehrte Anwesende, danke, dass Sie Zeit gefunden haben für diese Besprechung«, begann der Bürgermeister. »Die erfreuliche Nachricht vorab: Es haben sich bereits viele, viele Freiwillige gemeldet – dank Ihrer Unterstützung und Werbung in Ihren Vereinen. Und die ersten Gespräche mit den Sponsoren klingen ermutigend. Deshalb wird Ihnen Herr Fetzner nun das Grobkonzept vorstellen. Bitte sehr.«

Der Marketingmann trat an den Tisch. »Stand heute haben wir über hundert registrierte Helfer, das ist mehr, als ich im ersten Anlauf erwartet habe. Es zeigt, dass unsere Idee einschlägt. Insgesamt brauchen wir hundertfünfzig bis zweihundert Mitarbeiter. Die meisten wollen natürlich eine Rolle in der Aufführung. Aber wir benötigen auch Mitarbeiter, die Gäste bei den Parkplätzen einweisen, die Absperrungen sichern oder beim Aufbau der Kulissen helfen. Das Thema stellt aber kein Problem dar, versichere ich Ihnen. Wenn Sie bitte näher treten, ich möchte Ihnen die Pläne erläutern.«

Er drehte die Karte auf dem Tisch. Sie zeigte die Gemeinde und die nähere Umgebung. Einige Flächen waren farbig markiert.

»Herr Wohlrab und einige andere Grundstücksbesitzer haben ihre Wiesen für den Event zur Verfügung gestellt.« Er fuhr die Linien auf der Karte nach. »Damit ist das Veranstaltungsgelände umrissen. Im Zentrum steht die Ruine des Schmidlein-Anwesens. In der Nähe werden wir eine Bühne errichten und Tribünen mit Sitzplätzen, auch ist dort Platz für Auto-Stellflächen und ein Bierzelt. Wir werden einen breiten Weg aufschütten, der das Gelände in zwei Teile trennt und auf dem die Prozession der Akteure stattfindet. Da wird alles dabei sein, natürlich in historischen

Gewändern, ein Fürst, ein Bischof, mehrere Adelige und das sogenannte gewöhnliche Volk.«

»Und wer soll den Bischof spielen?« Baltasar hatte ein ungutes Gefühl in der Bauchgegend.

»Ich werde direkt bei Seiner Exzellenz in Passau anfragen, vielleicht will er dem Beispiel seines Regensburger Amtskollegen folgen.«

»Aha.« Baltasar stellte sich seinen Vorgesetzten in einem Bischofskostüm vor. Das konnte lustig werden.

»Gibt's da nicht zu viel Gedrängel?«, fragte der Vertreter der Freiwilligen Feuerwehr. »Das sind eine Menge Menschen auf engstem Raum – und die gesetzlichen Vorschriften sind streng.«

»Wir haben die Flächen großzügig kalkuliert. Sicherheit wird selbstverständlich großgeschrieben, wir wollen schließlich keine Negativwerbung durch Verletzte oder Tote.«

»Und wo bleibt die Show? Wenn nur Leute im Pulk herumlaufen, ist das wie ein gewöhnlicher Faschingsumzug.«

»Sie bekommen das ganze Drama, ohne Frage. Liebe, Eifersucht, Kampf und Tod. Und da es eine Wilderer- und Jägergeschichte sein soll, werden wir auch richtig herumballern lassen, der Wilde Westen ist nichts dagegen. Wir greifen auf historische Modelle zurück und haben sogar eine richtige Kanone entdeckt, eine Antiquität, die wir im Keller einer Burg gefunden haben. Wir schießen natürlich nur mit Platzpatronen und verwenden Kunstblut.«

»Woher nehmen Sie eigentlich die Schusswaffen?«, fragte der Mann vom Roten Kreuz. »So was findet man doch eigentlich nur im Museum.«

»Ein Großteil sind Nachbauten ohne Funktion, moderne

Spielzeuge, wenn Sie so wollen. Das können Stücke aus Plastik sein, das Publikum merkt das auf die Entfernung nicht. Einige wenige Darsteller tragen echte Waffen, die schießen auch damit.«

Die Frau von der Caritas meldete sich. »Dürfen die das überhaupt? Bei unseren strengen Waffengesetzen …«

»Sie sprechen einen wichtigen Punkt an. Ich habe mich deswegen extra nochmal beim Landratsamt erkundigt. Ich denke, wir sind da auf der sicheren Seite. Dafür haben wir unsere Experten, beispielsweise vom Schützenverein und vom Brauchtumsverein – und natürlich die Jäger. Die Herren sind ja anwesend.« Der Marketingmann machte eine einladende Geste. »Darf ich fragen, wie Ihre Meinung dazu ist?«

»Kein Problem«, sagte der Vorsitzende des Schützenvereins. »Wir können Vorderlader benutzen, die Gewehre und Pistolen werden mit einer reduzierten Menge Schwarzpulver geladen, ohne Bleikugeln. Das kracht und stinkt und ist völlig ungefährlich wie die Platzpatronen beim Kinderfasching.«

»Wer könnte diese Kanone bedienen?«, fragte Fetzner in die Runde.

»Das Prinzip ist dasselbe wie bei den Pistolen. Vorne Schwarzpulver rein, hinten zünden – und bumms! Ich kenne jemanden, der solche Geschütze bedienen kann.«

»Klasse!« Fetzner klatschte in die Hände. »Wir brauchen auch noch eine Szene mit einer Massenschlägerei und jemanden, der einen Messerkampf aufführt. Das proben wir aber vorher. Ich sag Ihnen, es wird eine fantastische Show.«

Zustimmendes Gemurmel im Raum.

»Und wann ist das Casting für die Rollen?«, fragte der Vorsitzende des Heimatvereins.

»Dazu machen wir in einigen Tagen eine gesonderte Veranstaltung. Sie sind natürlich alle herzlich eingeladen.«

3

Der Anruf verhieß nichts Gutes. Die Sekretärin des Bischofs hatte ausrichten lassen, Seine Exzellenz wünsche ihn in Passau zu sprechen. Baltasar vermied solche Besuche und ging nur zu seinem Vorgesetzten, wenn er eine »dringende Bitte« von Bischof Vinzenz Siebenhaar hörte, was nichts anderes hieß, als dass er gefälligst in der Verwaltung antanzen sollte. Das Ordinariat residierte in einem historischen Palais am Passauer Domplatz.

Bischof Siebenhaar begrüßte ihn direkt an der Bürotür.

»Herr Senner, treten Sie ein in die gute Stube, wie schön, dass Sie wieder mal da sind, wir sehen uns viel zu selten.«

Baltasar versuchte, nicht ironisch zu klingen. »Exzellenz, wie könnte ich Ihre Einladung ausschlagen?«

»Lassen Sie doch die Förmlichkeiten, Herr Senner. Bitte nehmen Sie Platz.« Er deutete zur Besucherecke, auf dem Tisch standen Tee und Kaffee und eine Silberschale mit Keksen. Der Bischof schenkte ein und schob ihm den Teller hin. »Bitte, bedienen Sie sich, frisch gemacht von unseren Klosterfrauen.«

Die Plätzchen schmeckten tatsächlich wunderbar, Baltasar spürte ein wenig Neid in sich hochsteigen über die bischöfliche Küche. Wenn er da an Teresa dachte …

»Und, wie gehen die Geschäfte in Ihrer Gemeinde?«, begann der Bischof das Gespräch.

»Leider sind die Reparaturen am Kirchturm immer noch nicht ausgeführt, Sie hatten doch versprochen, uns zu unterstützen …« Baltasar fragte sich, was für ein Anliegen der Bischof wirklich hatte, bestimmt ging es nicht um den Austausch von Nettigkeiten.

»Ich habe Ihnen zugesichert, der Gemeinde unter die Arme zu greifen, sobald es unsere Finanzen zulassen.« Siebenhaar goss Balsam in seine Worte. »Leider erlaubt es unsere Kassenlage nicht, größere Investitionen zu tätigen. Aber ich versichere Ihnen, sobald …«

»Mit Verlaub, Exzellenz, das erzählen Sie mir schon länger.«

»Herr Senner, Herr Senner, Sie wissen gar nicht, wie viele kostspielige Belastungen das Bistum schultern muss, darum verzeihe ich Ihnen Ihre Bemerkung. Wie können Sie an meinem guten Willen zweifeln?«

»Das tue ich auch nicht, ich würde nur gerne Taten sehen. Schließlich ist die Kirche Eigentum der Diözese, und man sollte ein Gotteshaus nicht so herunterkommen lassen.«

»Ich will nicht diskutieren, Sie haben ja recht, mein lieber Senner. Aber ich muss auch die anderen Gemeinden im Auge behalten. Jeder kommt zu mir und verlangt etwas, niemand kommt und gibt mir etwas zurück. Doch lassen wir das. Wie ich gehört habe, plant Ihre Gemeinde ein großes Festival.«

Aha, jetzt nähern wir uns dem eigentlichen Kern der Unterhaltung, dachte Baltasar und rätselte, was der Bischof tatsächlich von ihm wollte.

»Es soll die Region für Touristen attraktiver machen.«

»Das ist lobenswert«, sagte der Bischof. »Es kann uns nicht gleichgültig sein, was mit dem Bayerischen Wald und seinen Bewohnern geschieht. Wenn wir nicht aufpassen, wandern die Menschen immer mehr ab in die Städte, wo sie Arbeit finden. Für uns heißt das, am Ende verlieren wir unsere Kirchenmitglieder. Dann können wir hier gleich dichtmachen.« Siebenhaar trommelte mit den Fingern auf der Tischplatte. »Da sind wir alle gefordert. Jeder Einzelne.«

»Wie wollen Sie sich persönlich engagieren, Exzellenz?«

»Das habe ich bereits. Ich bekam eine Anfrage, genauer gesagt, eine Bitte, vorgetragen vom Bürgermeister, vom Landrat und von dem Herrn Fetzner. Und die Argumente haben mich überzeugt – ich mache mit und unterstütze das Projekt.«

»Das finde ich gut. Was genau wollen Sie unternehmen?«

»Die Veranstalter wünschen, dass ich bei diesem ... diesem Umzug mitmache. Ich soll auf einem Pferd reiten, so wie mein Regensburger Amtskollege in Kötzting.«

»Als Wilderer?« Baltasar gluckste.

»Natürlich nicht, ich soll einen Bischof spielen – was mir nicht schwerfallen dürfte. Ein Bischof, der in den Ort einreitet und danach die Menschenmenge segnet.«

»Gratuliere, ich sehe schon Ihre zweite Karriere bei *Deutschland sucht den Superstar*.«

»Witzeln Sie nur, ich meine es ernst. Auf einem Pferd – das ist doch eine gute Idee, da mach ich mit.«

»Das finde ich großzügig von Ihnen. Außerdem lernen Sie auf diesem Weg meine Gemeinde kennen – hoch zu Ross gewissermaßen.« Baltasar grinste. »Für mich wäre das nichts, ich habe einen Heidenrespekt vor Pferden.«

»Auch das sind Geschöpfe Gottes«, sagte der Bischof. »Davor braucht man keine Angst zu haben.«

»Ich bin als Kind mal von einem Pferd gefallen. Seitdem sind mir diese Viecher unheimlich. Mich bringt niemand da rauf. Ich fahr lieber mit dem Rad.«

»Nun stellen Sie sich nicht so an, mein lieber Senner, das ist Ihr Unbewusstes, das Ihnen wie ein kleiner Teufel im Nacken sitzt.«

»Na, die Frage stellt sich für mich nicht.«

»Sie sollten Ihren Geist mehr öffnen. Ich hätte da die ideale Therapie für Sie.«

Baltasar sah seinen Vorgesetzten fragend an.

»Wissen Sie, ich habe momentan Probleme mit meinem Rücken, die Bandscheibe. Ich war schon in Bad Füssing zur Behandlung. Wenn es nicht besser wird, kann ich das Festival nicht unterstützen. Ich hoffe das Beste, Sie ahnen gar nicht, mein lieber Senner, wie schmerzhaft das sein kann. Mit der Bandscheibe ist nicht zu spaßen. Deshalb besteht die Gefahr, dass ich mich bei dem Festival nicht aufs Pferd schwingen kann.«

»Und?«

»Ich stehe im Wort bei den Veranstaltern. Und ein Bischof hält seine Versprechen. Deshalb muss ein Ersatz für mich einspringen. Da habe ich an Sie gedacht.«

»Nein danke, kein Bedarf.«

»Lieber Herr Senner, Sie müssen Ihre Abneigung gegen Pferde ablegen. Wo bleibt da Ihr Gottvertrauen? Beten Sie um Beistand, der Herr wird Sie erhören.«

»Exzellenz, schicken Sie jemand anderen.«

»Sie sind der Geistliche dieses Ortes, die Menschen vertrauen Ihnen und erwarten, dass Sie sich in der Öffentlichkeit zeigen und am Gemeindeleben teilnehmen. Was meinen Sie, wie das Ihr Image hebt, wenn Sie kein Spielverderber sind und bei dem Umzug mitmachen?«

»Sie reden schon wie dieser Marketingmann.«

»Ich kann hier im Ordinariat sonst niemanden entbehren. Nehmen Sie eine Stunde Reitunterricht, ich werde etwas für Sie arrangieren. Sie werden sehen, auf dem richtigen Gaul sieht die Welt ganz anders aus.«

»Die Organisatoren sollen sich darum kümmern, jemand wird gerne als Bischof-Darsteller einspringen – so schwer kann die Rolle doch nicht sein.«

»Die Herren wünschen einen richtigen Priester, das wirkt authentisch. Und nur ein Geistlicher kann den Segen spenden. Außerdem gibt es noch ein anderes Problem, das einen Schauspieler verbietet.«

»Was denn noch?« Baltasars Laune war nahe dem Gefrierpunkt.

»Dieser Fetzner hatte die Idee, das Festival mit religiöser Symbolik aufzuladen und etwas für die Ökumene zu tun. Sie wissen, wie ich dazu stehe.«

»Sie hassen das Thema.«

»Sagen Sie das nicht. Die Evangelischen sind, bei all ihren Schwächen, unsere geistigen Brüder, mehr wie ein kleiner Bruder, den man freundschaftlich an die Hand nehmen und auf den rechten Weg führen muss. Sie mögen nichts mit der Jungfrau Maria im Sinn haben, eigentlich eine Schande, aber immerhin beten sie auch zum lieben Gott und zu Jesus. Wussten Sie übrigens, dass dieser Fetzner Katholik ist, obwohl er aus dem Norden kommt? Solche Menschen, die in der Glaubenswüste unsere Fahne hochhalten, muss man einfach unterstützen.«

»Wie schön für ihn. Aber warum sollten wir jede Werbeaktion mitmachen?«

»Was ist an Werbung schlecht, gerade wenn es dem katholischen Glauben dient? Man muss heute mehr für die Kirche tun, Sie wissen selbst, es reicht nicht mehr, einfach nur dazusitzen und abzuwarten, ob die Menschen in die Gotteshäuser kommen. Wir müssen aktiver sein, wir müssen verhindern, dass die jungen Leute aus der Kirche austreten. Deshalb sollten wir die Menschen dort abholen, wo sie sich in ihrer Freizeit aufhalten – und solche Festivals gehören dazu.«

»Und was ist mit Schulen, mit den Organisationen? Wollen Sie dem Schützenverein beitreten, nur um neue Mitglieder anzuwerben? Da hätten wir viel zu tun, und für die seelsorgerische Arbeit bliebe keine Zeit.«

Der Bischof setzte eine Miene auf, als müsste er einem Schüler etwas erklären. »Dieses Festival ist etwas Besonderes. Wir erfahren hohe Aufmerksamkeit, mit etwas Glück schaffen wir es sogar ins bayerische Fernsehen, Herr Senner. Sie sind unser Bannerträger, Sie beweisen den Menschen, dass ein katholischer Priester volksnah ist und Spaß versteht.«

»Da kann ich auch Witze in der Sonntagsmesse erzählen.«

»Jetzt seien Sie nicht so sperrig!« Unwillen schlich sich in die Worte des Bischofs. »Wie gesagt, im Kern geht es um die Ökumene. Der evangelische Pfarrer hat bereits zugesagt, er wird auf jeden Fall auf so einem Gaul sitzen. Nun stellen Sie sich mal vor, lieber Herr Senner, Sie würden daneben zu Fuß gehen. Wie sähe das aus? Ein katholischer Geistlicher, der unterhalb eines … eines Lutheraners marschiert? Eine Schande wäre das! Wenn jemand oben ist, dann wir.«

Der Bischof war aufgestanden und ging im Zimmer hin und her. »Unterschätzen Sie nicht die religiöse Komponente. Wir treten nicht in Verkleidung auf, sondern sind einfach Geistliche. Das gibt dem Ganzen einen anderen Anstrich, zeigt bei allem Spektakel die Würde der christlichen Religion. Deshalb müssen Sie da mitmachen, Herr Senner. Ich will keinen Widerspruch mehr hören, es geht um mehr als um Ihre persönlichen Befindlichkeiten.«

»Und was ist mit den Renovierungskosten?« Baltasar versuchte, ruhig zu bleiben. »Wie sieht das denn aus, wenn all die Touristen die Makel an meiner Kirche sehen?«

»Jetzt machen Sie uns bei diesem Festival alle Ehre, und dann sehen wir weiter.« Der Bischof blickte auf seine Armbanduhr. »Ich habe einen anderen Termin, Gott zum Gruße.«

4

Ein Zelt des Technischen Hilfswerks war aufgestellt, mehrere Bierbänke waren aneinandergeschoben worden. Davor hatten sich Schlangen von Menschen gebildet, die sich für die Festspiele als Teilnehmer registrieren lassen wollten.

Marketingmann Dominik Fetzner hatte an diesem Samstagvormittag zu einem »Casting« eingeladen, sogar die Zeitung hatte den Termin angekündigt, überall im Ort klebten Plakate mit dem Aufruf.

Das Ganze fand auf einer Wiese außerhalb des Ortes in der Nähe der Ruine des Schmidlein-Anwesens statt, dort, wo später die Haupttribüne errichtet werden sollte. Das Areal war provisorisch mit Holzstangen und Seilen abgeteilt worden, Kreidelinien wie auf einem Fußballfeld markierten eine rechteckige Fläche auf dem Gras als Platzhalter für die Bühne.

Ein zweites Zelt diente als Lagerraum für Requisiten. An Gestellen lehnten Vorderladergewehre, auf Kleiderständern hingen Kostüme und Hüte, auf den Tischen lagen Säbel und Taschen, Hirschfänger und Pulverflaschen. In einer Ecke zog eine altertümliche Kanone die Blicke auf sich, die Oberfläche war mit Rost bedeckt, die Holzlafette von Wurmlöchern zerfressen. Baltasar bezweifelte, dass man mit diesem Museumsstück überhaupt einen Schuss abfeuern konnte.

»Da sind Sie ja, Hochwürden.« Bürgermeister Wohlrab kam ihm entgegen. »Sehen Sie sich um, all die Menschen. Im Vertrauen: Anfangs war ich etwas skeptisch, ob die Idee zünden würde, aber nun … Es wird ein toller Erfolg, ich spüre das!« Er klopfte auf seinen Magen. »Und mein Bauchgefühl hat mich noch nie getäuscht. Das ist es, was der Gemeinde noch gefehlt hat.«

»Der Ansturm ist tatsächlich beeindruckend«, antwortete Baltasar. »Ist denn schon klar, für welche Aufgaben sich die Leute bewerben?«

»Wir erstellen gerade die Listen. Wenn wir mehr Anwärter als Plätze haben, gibt es ein Auswahlverfahren. Aber das ist ein Luxusproblem, schlimmer wäre es, wenn wir zu wenige Freiwillige zusammenbekämen. Ich denke, mit dem heutigen Tag brauchen wir uns da keine Gedanken mehr zu machen.«

»Wann beginnen die Proben?«

»Wir werden schon heute ein wenig üben. Sie sind natürlich davon ausgenommen, Hochwürden, Pferde haben wir nicht. Sie brauchen sich auch nicht in die Liste eintragen, ich habe das für Sie als VIP-Gast bereits erledigt. Außerdem müssen Sie nicht schauspielern, sondern einfach nur mitreiten und danach die Menschen segnen. Es freut mich, dass Sie uns unterstützen. Sehen Sie sich ruhig um.«

Aus dem Anmeldezelt tönte Lärm. Ein Streit.

»Wenn Sie mich bitte jetzt entschuldigen, ich glaube, ich muss schlichten.« Der Bürgermeister eilte davon, Baltasar folgte ihm.

»Was heißt hier, die Rollen sind bereits besetzt?« Ein Mann mittleren Alters, der Bauch wölbte seine fleckige Latzhose, hatte sich über den Anmeldetisch gebeugt. »Suchen Sie nun Freiwillige oder nicht? Trauen Sie mir nicht zu, dass ich die Rolle spielen kann, oder was?«

Die Helferin wirkte eingeschüchtert. »Aber wir haben doch schon so viele …«

»Das ist mir egal. Ich habe genauso ein Recht darauf wie jeder andere.«

Xaver Wohlrab berührte den Mann an der Schulter. »Wollen Sie sich nicht eine andere Figur aussuchen, als Landwirt vielleicht?«

»Ich will aber den Polizeigendarm spielen und nichts anderes. Und Sie mischen sich da besser nicht ein, Herr Bürgermeister.«

»Wir finden für Sie schon was Passendes.« Wohlrab verließ das Zelt.

»Also, was ist jetzt?« Der Mann wandte sich wieder der Frau zu.

»Nun mach schon, dass du wegkommst«, rief jemand, »mit deinem Gschwollschädel passt du eh nur als Bauer.« Einige aus der Warteschlange lachten.

Der Mann mit der Latzhose drehte sich um und ging auf den Rufer zu, ein Mann Anfang zwanzig mit Bürstenhaarschnitt.

»Was mischst du dich da ein, Bubi? Hat dich jemand um deine Meinung gefragt? Halt's Maul und geh wieder heim zu deiner Mama.«

»Ich sag, was mir passt.« Der junge Mann hob die Arme. »Du hältst den Betrieb auf, siehst du nicht, dass es außer dir noch andere gibt, die sich anmelden wollen?«

Der Latzhosenträger packte sein Gegenüber am Kragen

und zog ihn zu sich her. »Hör zu, du Abfoi, wenn du nicht sofort deine Betthaferl-Fresse hältst, sorg ich dafür.«

»Lass mein Hemd los, du Ochsenschädel.« Der Jüngere schubste ihn weg. »Geh zurück in deinen Stall, wo du herkommst, du Boinbruada.«

Unvermittelt warf sich der Ältere auf seinen Gegner. Der fiel von der Wucht des Aufpralls in eine Gruppe Menschen und riss einige mit sich zu Boden. Ein Tumult entstand.

»Du Grattler, spinnst du?« Ein Mann, Typ Bauarbeiter, rappelte sich hoch und lief wie ein Stier auf den Mann mit der Latzhose zu. »Jetzt setzt's was.«

Weitere Schreie, verzerrte Gesichter. Es dauerte nur Sekunden, und ein Knäuel von Menschen hatte sich gebildet, Leiber ineinander verkrallt, Fäuste flogen, Gebrüll.

Baltasar versuchte, zwei Streithähne zu trennen, landete aber dafür selbst auf der Erde.

Plötzlich ein Schuss.

Die Bewegungen erstarrten. Köpfe reckten sich nach der Quelle des Knalls. Ein Mann in Jägertracht stand in der Mitte der improvisierten Rasenbühne. In der Hand hielt er eine Vorderladerpistole, den Lauf in den Himmel gestreckt, eine kleine Rauchwolke schwebte darüber.

Baltasar kannte ihn von der Versammlung im Rathaus, es war der Vorsitzende der regionalen Jagd-Genossenschaft.

»Die Einweisung in die Waffen beginnt«, rief ein Mann, »bitte versammeln Sie sich vor dem Nachbarzelt.«

Die Menschen rappelten sich auf, betretene Gesichter, die Rauferei war vergessen. Der Jagdhüter hatte mehrere Gewehre, Pistolen und Säbel vorbereitet, die auf einem Biertisch aufgereiht waren.

»Willkommen zu meiner Vorführung. Mein Name ist Andreas Dreier.« Der Mann genoss seinen Auftritt sichtlich. »Ich zeige Ihnen, wie diese Dinger funktionieren.« Er hob eine Pistole und ein Gewehr hoch. »Wie Sie vielleicht wissen, wird es bei unserer Aufführung einige Kampfszenen geben, beispielsweise eine Gruppe Wilderer, die sich ein Feuergefecht mit den Jagdaufsehern liefert. Dazu benutzen wir echte Modelle.«

Er schwenkte die Waffen. »Aber das sind Vorderlader, und wir schießen nur mit Schwarzpulver ohne Kugeln, das ist wie in der Kindheit, wo wir Cowboy und Indianer gespielt und mit Platzpatronen rumgeballert haben.«

Er deutete auf zwei Männer neben ihm. »Wir bilden jetzt drei Gruppen. Die Herren werden Ihnen nun die Funktionsweise der Waffen erklären und Sie probieren lassen. Wir üben gleich hier eine Szene. Ans Werk!« Er klatschte in die Hände.

Seine Begleiter winkten das Publikum heran. Bald hatten sich die Abteilungen gebildet, die sich auf dem Gelände verteilten. Baltasar schloss sich dem Waffenexperten an.

Andreas Dreier ließ die Vorderlader herumgehen. »Nehmen Sie die Waffe ruhig in die Hand, sie ist nicht geladen. Spüren Sie das Gewicht, betätigen Sie probeweise den Abzug. Keine Angst, es geht nichts kaputt, das ist ein detailgetreuer Nachbau eines historischen Vorbilds, wie Sie sehen, ist alles sehr stabil gefertigt.«

Die Frauen wogen die Waffe in der Hand, als wollten sie das Gewicht einer Tüte Kartoffeln ermitteln. Einige umklammerten den Griff mit beiden Händen und machten Zielübungen. Die Männer streichelten das Metall wie das Fell eines Hundes, sie zogen den Abzug, die einen riefen dabei »Peng, peng!«, die anderen steckten sich die Pistole in den Gürtel und zogen wie bei einem Duell in Westernfilmen.

»Ich zeige Ihnen, wie man solche Waffen lädt, damit Sie den Mechanismus verstehen, das Prinzip ist bei allen Vorderladermodellen gleich. Bei unserem Festival brauchen Sie sich nicht darum zu kümmern, da erhalten Sie fertig präparierte Waffen.«

Aus der Tasche holte er eine Art Schnupftabaksflasche und Papierzylinder in der Form von Zigarrenstumpen, er ließ die Gegenstände unter seinen Zuschauern herumgehen.

»Die Pistolen und Gewehre werden über die Mündung des Laufs, also von vorne, geladen, deshalb der Begriff Vorderlader.« Er nahm eine Papierzigarre. »Das sind Kartuschen, gefüllt mit Schwarzpulver, sie erleichtern das Laden.«

Er hob die Flasche hoch. »Das ist die andere Variante, damit können Sie das Schwarzpulver direkt in den Lauf gießen.« An einem Gewehr führte er es vor. »Jetzt noch ein Schusspflaster dazugeben.« Mit einem Ladestock schob er ein rundes Filzblättchen hinein. »Jetzt fehlt nur noch die Kugel.«

Er drückte einer Frau ein Leinensäckchen in die Hand. »Bitte weitergeben. Sehen Sie sich die Kugeln ruhig an, sie sind aus Blei.«

Baltasar wog einige Kugeln in der Hand. Er war überrascht, wie schwer sie waren, sie erinnerten ihn an große, graue Murmeln.

»Natürlich werden wir sie nicht benutzen«, sagte Dreier. »Ich wollte sie Ihnen der Vollständigkeit halber zeigen, damit Sie sich besser in die Schützen früherer Jahrhunderte hineinversetzen können. Übrigens ist nur ein einziger Schuss möglich, danach muss die Waffe wieder abkühlen.«

»Kann man mit diesen Büchsen überhaupt was treffen?«

Ein Mann setzte eine ungläubige Miene auf. »Da sind Pfeil und Bogen genauer.«

»Täuschen Sie sich nicht«, antwortete Dreier, »auf kurze und mittlere Distanz können Sie Ihr Ziel kaum verfehlen.«

Eine Frau meldete sich. »Ist es denn überhaupt erlaubt, dass Laien mit solch tödlichen Geräten hantieren?«

»Jeder über achtzehn darf solche Waffen frei erwerben und besitzen. Nur für das Schwarzpulver braucht man eine besondere Genehmigung, aber die ist einfach zu erhalten.«

»Dürfen wir einfach so rumballern?« Ein Jugendlicher grinste.

»Wie gesagt, volljährig sollte man schon sein«, sagte Dreier. »Aber wir haben vorgebaut und uns vom Landratsamt eine Sondergenehmigung ausstellen lassen. Für Brauchtumszwecke ist man dort großzügig, und was anderes als Traditionspflege ist unser Festival? Außerdem haben die Behörden das Areal vorübergehend zum Schießstand erklärt, das bedeutet, hier darf jeder solche Waffen benutzen, die üblichen Sicherheitsvorkehrungen vorausgesetzt. Sie sehen, bei den Ämtern im Bayerischen Wald hat man Verständnis für unser Vorhaben.«

Andreas Dreier rief die anderen Gruppen zu sich und gab seinen Helfern Anweisungen.

»Bitte treten Sie zurück und machen Sie sich darauf gefasst, dass es gleich laut wird.«

Seine Begleiter und er stellten sich in einer Reihe auf, jeder nahm eine Waffe und lud sie.

»Anlegen.«

Das Kommando hallte durchs Gelände.

»Feuer!«

Ein ohrenbetäubendes Krachen erfüllte die Luft. Rauch stieg auf, es roch nach Schwarzpulver.

»Sie merken, das ist spektakulär anders, damit zu feuern als mit Platzpatronen«, sagte Dreier. »Das wird die Zuschauer von ihren Plätzen reißen.«

Die Helfer trugen eine Kiste herbei.

»Nun geht's weniger laut zu.« Dreier holte Degen und Hirschfänger hervor, Sauspieße, Mistgabeln und Äxte. »Das sind die übrigen Waffen für die Scharmützel. Bitte bedienen Sie sich und probieren Sie die Klingen aus. Aber Vorsicht, nur Luftübungen, säbeln Sie sich nicht den Finger ab.«

»Sind Sie Pfarrer Senner?« Eine Frau stand neben Baltasar, sie trug eine enganliegende Reithose und eine weiße Bluse. Ihr Haar war zu einem Pferdeschwanz gebunden. Sie mochte um die vierzig Jahre alt sein. Sie gab ihm die Hand und lächelte ihn an, als wolle sie mit ihm flirten.

Baltasar nickte. »Grüß Gott, haben Sie sich auch für die Aufführung beworben?«

»Darf ich mich vorstellen, mein Name ist Eva Dirnberger. Ich habe einen Reiterhof hier in der Nähe. Bürgermeister Wohlrab hat mich gebeten, Pferde für die Festspiele auszuleihen.«

»Übernehmen Sie auch eine Rolle?«

»Ich soll die Gräfin spielen, ich bin gewissermaßen fest gebucht, das ist die Belohnung, dafür stelle ich die Tiere gratis zur Verfügung.« Sie fasste ihn am Arm, als wolle sie mit der Geste die Bedeutung des Gesagten unterstreichen. »Aber verraten Sie es niemandem, sonst gibt's böses Blut.«

»Warum?«

»Weil jede Menge Frauen auf diese Rolle scharf sind. Es wird gleich ein Vorsprechen geben, aber das ist nur Show. Meine Abmachung mit Herrn Wohlrab steht.«

»Ich werde schweigen.«

»Etwas anderes wollte ich noch mit Ihnen bereden, Hochwürden.« Eva Dirnberger trat näher an ihn heran und überreichte ihm eine Visitenkarte. Er konnte ihr Parfum riechen. »Darauf steht meine Adresse, es ist etwas abgelegen. Bischof Vinzenz Siebenhaar hat mich gestern angerufen, ob ich Ihnen einige Reitstunden geben kann. Schauen Sie doch einfach die nächsten Tage vorbei.« Es klang, als wolle sie zu einer Privatparty einladen.

»Wie kommt Siebenhaar gerade auf Sie?«

»Ich hatte vor einigen Monaten beim Ordinariat angefragt, ob Seine Exzellenz nach Fertigstellung mein neues Wirtschaftsgebäude persönlich segnet. Nun hat er zugesagt und mich um den Gefallen gebeten. Ich werde ihm natürlich den Wunsch gern erfüllen – ohne Kosten, versteht sich.«

»Etwas anderes hätte mich beim Bischof auch gewundert.«

Mittlerweile hatte der Bürgermeister zu einer ersten Runde Vorsprechen aufgerufen. Er wurde von einem hochgewachsenen Mann begleitet, der ganz in Schwarz gekleidet war, die langen Haare mit schwarzer Baseballkappe bedeckt.

Wohlrab stellte den Neuen als Regisseur vor, der die künstlerische Leitung innehabe und schon erfolgreich am Stadttheater Ingolstadt und in Regensburg Stücke inszeniert habe. Sie lasen die Namen aus den Anmeldelisten vor und baten die Aufgerufenen, sich anhand der Rollenfiguren zu sammeln.

»Ich muss jetzt los, der große Auftritt«, sagte Eva Dirnberger. Sie gesellte sich zu den anderen »Gräfinnen«, zahlenmäßig war es die größte Gruppe.

Wohlrab und sein Begleiter gingen von Abteilung zu

Abteilung. Für die Statistenrollen genügte ein kurzes Gespräch, ob die Freiwilligen gesund waren, genug Zeit für die Proben hatten und ob sie zur Not das Kostüm selbst anfertigen konnten.

Bei den Castings für die Kämpfe achteten sie mehr auf die kräftige Statur der Männer, um glaubwürdig einen Degen zu schwingen oder eine Muskete abfeuern zu können. Aber einige Frauen bestanden darauf, ebenfalls mit Waffen auftreten zu können, schließlich sei das kein »Männer-Macho-Ding«.

Der Regisseur verteilte Zettel mit Text, den die Bewerber vortragen sollten. Frauen richteten sich die Haare, einige holten Schminkspiegel heraus und überprüften ihr Aussehen.

»Die Nächste bitte.« Der Regisseur machte eine einladende Handbewegung.

Für Baltasar klang es wie der Aufruf im Wartezimmer eines Arztes. Eine Frau Mitte fünfzig in Tracht stellte sich in die Mitte der Wiese und hob das Blatt dicht vor die Augen, offenbar hatte sie ihre Brille vergessen oder aus Eitelkeit nicht aufgesetzt. Sie begann stockend zu lesen, es waren einige Zeilen aus Goethes *Götz von Berlichingen*:

Scheltet die Weiber! Der unbesonnene Spieler zerbeißt und zerstampft die Karten, die ihn unschuldigerweise verlieren machten.

Aber lasst mich Euch was von Mannsleuten erzählen. Was seid denn ihr, um von Wankelmut zu sprechen? Ihr, die ihr selten seid, was ihr sein wollt, niemals, was ich sein sollte. Könige im Festtagsornat, vom Pöbel beneidet.

Was gäb eine Schneidersfrau drum, eine Schnur

Perlen um ihren Hals zu haben, von dem Saum Eures Kleids, den Eure Absätze verächtlich zurückstoßen!

Die Frau verhaspelte sich, unsicher sah sie in die Runde. Kichern aus dem Publikum.

»Die Nächste bitte.« Die Worte fielen wie ein Fallbeil.

Ein Mädchen Anfang zwanzig in Leggings und Turnschuhen trat vor. Sie rollte mit den Augen, als sie den Text aufsagte, fasste sich pathetisch an die Brust.

»Geht's ein wenig lauter?« Der Regisseur hatte die Arme verschränkt.

»Was … Wie?« Die junge Frau wirkte irritiert.

»Na, wenn Sie im Freien auftreten und die Sitzplätze weit entfernt sind, müssen Sie laut sprechen, um die Zuschauer zu erreichen.«

Sie setzte erneut an, schrie die Worte heraus, als sei sie auf eine Folterbank gespannt.

»Danke, die Nächste.«

»Und, wie war ich?« Das Mädchen sah den Mann an.

»Sie sind für andere Rollen besser geeignet. Danke. Wenn Sie jetzt bitte Platz machen für die nächste Kandidatin.«

Eva Dirnberger stellte sich in die Mitte und sprach ihren Text. Ganz ordentlich, dachte Baltasar, die Frau hat Talent zur Schauspielerei.

»Wunderbar, sehr gut«, sagte der Regisseur. »Die Nächste.«

Es folgten mehrere Frauen, die mit Inbrunst die Gräfin verkörperten, bei einigen schlug der Dialekt durch, andere verschluckten vor Aufregung Silben und Wörter. Zum Schluss trat eine Frau in den Vierzigern auf, besser gesagt, sie schwebte auf die Bühne, das Chiffonkleid berührte das Gras. Sie stellte sich in Position. Ihre Stimme war klar und rein, sie unterstrich ihren Vortrag mit Gesten und verbeugte sich am Ende vor dem Publikum.

»In Ordnung«, sagte der Regisseur. »Das war's für heute.«

»Und, hab ich die Rolle?« Die Frau sah ihn erwartungsvoll an.

»Sie haben gute Anlagen«, antwortete er. »Ich sehe Sie in mehreren Rollen – aber nicht als Gräfin.«

»Was?«, entfuhr es der Frau. »Mit Verlaub, ich habe die beste Schauspielleistung von allen gezeigt. Ich kann das beurteilen, ich hatte schon Hauptrollen bei der Bauernbühne in Straubing und beim Stadttheater in Passau.«

»Wir finden etwas Passendes für Sie«, sagte der Mann.

»Ich bin geschaffen für die Gräfin! Die Rolle ist mir auf den Leib geschrieben. Das werde ich mir nicht bieten lassen!« Ohne den Mann eines weiteren Blickes zu würdigen, drehte sie sich um und verschwand.

5

Seine Haushälterin brühte Kaffee auf. Baltasar beobachtete aus den Augenwinkeln, wie sie Grimassen schnitt.

»Ist was, Teresa?« Er legte die Zeitung beiseite. »Sind Sie krank?«

»Ich … ähh … ich habe ein Problem.«

Er sah sie fragend an.

»Nun … ich … ich mich beworben als Statistin für das Festival«, sagte sie. »Ich werde eine Bauersfrau spielen. Wir werden gegen die Steuern der Obrigkeit protestieren, da sollen wir entrüstet schauen, hat der schwarze Mann gesagt.«

»Sie meinen diesen Regisseur.«

»Genau. Er hat mich ausgewählt, mich, Teresa Kaminski. Ich darf auftreten.« Ihr Gesicht strahlte. »Da müssen ich üben, ich will mich nicht blamieren.«

»Das ist eine schöne Rolle«, sagte Baltasar.

»Ich brauch keinen Text aufsagen, nur laut schreien. Aber das braucht Proben.«

»Was werden Sie anziehen?«

»Das noch sein ein Problem, ich habe keine Bauerntracht. Der Mann hat gesagt, man soll sich selbst um die Kostüme kümmern.«

»Sicher leiht Ihnen jemand was Passendes.«

»Ich werde mich in der Nachbarschaft umhören.«

Baltasar ging hinüber in die Kirche, zündete Kerzen an, kontrollierte die Gesangbücher. Nach einer halben Stunde war nichts mehr zu tun, er musste sich umziehen. Eine unangenehme Pflicht erwartete ihn: Er sollte Reiten lernen. Bis zuletzt hatte er versucht, die Aufgabe auf jemand anderen abzuwälzen, aber ein Anruf des Bischofs mit einem genauen Terminvorschlag hatte die Sache besiegelt – er musste auf ein Pferd klettern.

Der Reiterhof lag in einem Waldstück. Er bog von der Bundesstraße ab in einen Forstweg. Nach etwa einem Kilometer öffnete sich der Wald zu einer Lichtung. Er fuhr weiter bis zum Haupthaus und parkte vor dem Eingang.

Eva Dirnberger kam heraus, sie trug eine Reiterhose und Schaftstiefel, in der Hand hielt sie eine Reitpeitsche.

»Guten Morgen, Hochwürden, ein wunderschöner Tag, nicht wahr?«

»Das wird sich erst herausstellen.« Die Aussicht auf die bevorstehende Tortur verdüsterte seine Laune.

»Kommen Sie, ich führe Sie herum.« Sie hakte sich bei ihm ein und legte ihre Hand auf seinen Arm. Baltasar vermutete, dass sie sich ihrer Wirkung auf Männer wohl bewusst war und ihre Reize gezielt einsetzte.

Das Haupthaus war ein umgebauter Bauernhof. Blumenkästen an den Fenstern, eine Malerei über dem Eingang. Die ehemalige Stube war zu einem Aufenthaltsraum mit Schänken und Sitzbänken für Gäste umgebaut worden. Gerahmte Urkunden und Reproduktionen von Pferdegemälden an den Wänden. In einer Vitrine waren Pokale ausgestellt.

»Möchten Sie was trinken?« Die Hausherrin machte eine einladende Bewegung in Richtung Kühlschrank. »Dann können wir die Ziele Ihres Unterrichts besprechen.«

»Danke, im Moment nicht, mir ist etwas flau im Magen. Meine Ziele sind ganz einfach: die Reitstunden und die Robin-Hood-Aufführung überleben.«

»Gut, gehen wir ein wenig.«

Die Nebengebäude beherbergten Garagen, eine Scheune und Lagerhallen. Kieswege führten durch das Anwesen, Rasen mit Blumenrabatten bildeten dazwischen Inseln aus Farbtupfern.

»Warum behagt Ihnen das Reiten nicht, wenn ich fragen darf, Hochwürden?«

»Schlimme Kindheitserinnerungen. Mein einziges Reiterlebnis endete mit einem Gipsarm, für vier Wochen, von den Prellungen und blauen Flecken ganz zu schweigen.«

»Sie werden sehen, wenn Sie erst mal im Sattel sitzen, werden Sie die Vergangenheit vergessen und das Gefühl genießen.«

»Sie reden schon wie der Bischof.« Baltasar machte ein

verdrießliches Gesicht. »Diese Art von Genuss brauche ich nicht. Man muss auch verzichten können.«

Am Rande des Geländes stand ein Rohbau, das Erdgeschoss war hochgemauert, Putz und Fenster fehlten.

»Was planen Sie da, Frau Dirnberger?«

»Wir wollen die Anlage erweitern. Momentan stockt das Projekt aber.« Sie deutete auf einen Pfad. »Dort geht's weiter zu den Ställen.«

Verdeckt von Hecken schloss sich ein weitläufiges Areal an, Stallungen, eingezäunte Wiesen, ein Springparcours. Sie sah seinen Blick.

»Keine Sorge, Herr Senner, springen müssen Sie nicht.«

»Wie beruhigend. Sie verstehen es, einen aufzumuntern.« Baltasar ließ die Schultern hängen.

Die Sonne schien durch die Oberlichter des Stalls. Es roch nach Holz, Mist und Pferd. Es war ein unangenehmer Duft. Sein Magen meldete sich wieder. Von einem Mittelgang aus gruppierten sich links und rechts Holzverschläge. Wiehern war zu hören, Schnaufen wie von einer Dampfmaschine und ein Geräusch, wie wenn etwas Schweres gegen die Wand krachte.

»Hier wohnen unsere Lieblinge«, sagte Eva Dirnberger. »Es sind unsere Tiere, im anderen Stall haben wir die Boxen vermietet, da können Gäste ihre Pferde einstellen.«

Sie ging zum hintersten Verschlag. Ein Pferdekopf zeigte sich. Die Frau strich liebevoll über das Fell.

»Das ist unsere Rosalie, das bravste Lebewesen unter der Sonne, nicht wahr, Rosalie?«

Ein Schnauben kam zur Antwort. Die Stute beäugte Baltasar, als wolle sie sein Wesen erforschen.

»Ich habe den Darling für Sie ausgesucht, Hochwürden. Es ist ein gutmütiges Tier, gehorsam, geduldig und durch nichts aus der Ruhe zu bringen – das Richtige für Anfänger wie Sie. Sogar kleine Kinder sind von ihr begeistert.«

»Ich nicht, aber was soll's.« Baltasar seufzte, das Pferd antwortete mit einem Wiehern. »Möge der Allmächtige diesen Kelch an mir vorübergehen lassen.«

Eva Dirnberger führte das Tier aus der Box und legte Sattel und Zaumzeug an.

»Passen Sie genau auf, Herr Senner, damit Sie sehen, wie so etwas gemacht wird.« Sie zog den Sattelgurt zu.

»Mir reicht's, mich draufzusetzen. Wenn Sie einen Wagen mieten, wollen Sie auch nicht wissen, wie der Motor funktioniert, oder?«

»Ich seh schon, an Ihrer Motivation müssen wir noch arbeiten.« Sie lachte. »Wussten Sie, dass Pferde sehr intelligente Lebewesen sind?«

»Das könnte man auch über Hunde oder Katzen sagen. Diese Geschöpfe Gottes müssen wenigstens nicht zweibeinige Säugetiere auf ihren Rücken tragen. Ist das eigentlich nicht Tierquälerei? Kein Pferd würde freiwillig eine solche Last auf sich nehmen.«

»Kein Schwein lebt freiwillig in einem Stall, keine Kuh lässt sich freiwillig schlachten, und doch halten wir Menschen unsere Nutztiere. Genug geredet, auf geht's!«

Sie führte Rosalie aus dem Stall und band die Zügel am Gatter fest. »Nun wird es ernst, Hochwürden. Wir üben das Auf- und Absteigen, das geht leichter als beim Motorrad, Sie werden sehen.«

In einer anmutigen Bewegung schwang sie sich nach oben. »Sehen Sie, ganz einfach. Jetzt das Ganze wieder rückwärts.«

Als sie wieder auf der Erde stand, holte sie einen Trittschemel. »Das macht es einfacher, Hochwürden, schämen Sie sich nicht, die Aufsteighilfe zu benutzen.«

Langsam näherte sich Baltasar dem Tier. Es war ein Fleischberg, auf den er hochklettern musste. Er erinnerte sich daran, gelesen zu haben, dass die Hufe einen erschlagen konnten – falls man darunter zu liegen kam.

Rosalie beobachtete ihn, schien es Baltasar. Ob sie ahnte, was in ihm vorging?

»Brav, alles wird gut«, sagte er und wusste nicht, ob er mehr das Pferd meinte oder nur sich selbst beruhigen wollte.

»Genau, reden Sie mit ihr.« Eva Dirnberger hielt die Zügel. »So, jetzt konzentrieren Sie sich.«

Er stieg auf den Trittschemel und versuchte, den Fuß in den Steigbügel zu bekommen. Rosalie schüttelte sich und machte einen Schritt seitwärts, so dass sein Fuß aus dem Bügel rutschte.

»Ruhig, Rosalie, ruhig.« Eva Dirnberger tätschelte den Hals. »Der Herr Pfarrer ist ein netter Mann, er will doch nur reiten.«

Baltasar hatte der Mut verlassen. Wenn das Pferd jetzt schon so nervös war? Dabei saß er noch nicht mal oben, er wünschte, er hätte die Unterrichtsstunde bereits überstanden. Er holte Luft und begann die Prozedur von vorn. Irgendwie schaffte er es in den Sattel. Von oben sah es verflixt hoch aus, ein Sturz aus dieser Höhe – und man konnte sich alles brechen.

»Und jetzt?«

»Der wichtigste Schritt ist getan, Herr Senner, Sie sind aufgestiegen.« Die Frau machte ein glückliches Gesicht, als hätte sie gerade ein Menschenleben gerettet. »Der Rest ist einfach. Sie müssen sich nur drei Dinge merken: Der Reiter beherrscht das Tier mit Gewichtsverlagerung, mit seinen Beinen und dem Zügel. Sie sehen, Sie müssen sich weniger merken als beim Autofahren. Ich erkläre Ihnen jetzt die Grundsätze.«

Die nächste halbe Stunde zeigte sie ihm, wie er den Oberkörper halten musste, wie das Pferd auf Druck reagierte und wie die Zügel zu halten waren.

»Brauchen Sie eine Pause oder wollen wir eine Runde probieren?« Eva Dirnberger sah ihn erwartungsvoll an.

»Meinetwegen, ich lege mein Schicksal in Gottes Hände.« Voller Schrecken wurde ihm bewusst, dass ihm etwas zum Festhalten fehlte, nur ein lächerlicher Riemen zwischen seinen Händen – das sollte sein einziger Schutz sein?

Seine Reitlehrerin führte Rosalie um den Parcours. Es schaukelte und wackelte, er versuchte, das Gleichgewicht zu halten und den Impuls zu unterdrücken, sofort abzuspringen und wieder heimzufahren.

»So, jetzt etwas schneller.« Eva Dirnberger fing an zu laufen, das Pferd folgte ihr.

Baltasar wurde jetzt stärker durchgeschüttelt, aber er hielt sich zumindest im Sattel. Eine Stunde später hatte er die Grundbegriffe des Reitens verstanden, auch wenn ihm der Kopf schwirrte von den Fachbegriffen wie »Trense«, »Kandare« oder »Longe«. Er machte sogar eine Runde ohne die Führungsleine.

»Genug für heute.« Baltasar schaffte es, allein vom Pferd zu steigen. Er tätschelte Rosalie den Hals, sie war wirklich brav gewesen.

Aber nichts übertraf das Gefühl, wieder mit beiden Beinen sicher auf der Erde zu stehen.

6

Baltasar kramte in seinem Kleiderschrank. Was sollte er anziehen? Nie hätte er gedacht, dass er sich ernstlich darüber den Kopf zerbrechen würde. Vor ihm auf dem Bett lag sein Ornat, das Kleidungsstück war Pflicht, schließlich sollte er als Pfarrer auftreten. Doch was drunter tragen?

Für einen normalen Gottesdienst war diese Frage egal, da konnte er eine Stoffhose, Jeans oder notfalls einen Jogginganzug tragen, die Gottesdienstbesucher merkten es nicht, Hauptsache, das Ornat war lang genug, und er trug schwarze Schuhe.

Er liebte seine Berufskleidung, sie trug sich angenehm wie ein überlanges Nachthemd, man schwitzte nicht, selbst körperliche Unregelmäßigkeiten wie einen Bauch verdeckte sie wirkungsvoll, wobei er – Gott sei Dank – noch nicht von diesem Volksleiden geschlagen war. Auch musste man sich keine Sorgen machen, ob das Ornat richtig saß, es war eine One-size-fits-all-Version, eine herrliche Erfindung, die sich die Kirchenoberen einst ausgedacht hatten, vermutlich den Wüstenvölkern abgeschaut, die solche Teile in Weiß trugen.

Die Schwierigkeit seiner momentanen Kleiderwahl lag woanders begründet: Heute fand die erste Probe mit allen Darstellern statt, und er musste nun das erste Mal öffentlich zeigen, was er im Reitunterricht gelernt hatte. Er wollte es im Sattel bequem haben, denn die Aussicht, stundenlang auf dem Pferd zu sitzen …

Sollte er eine Jeans nehmen, vielleicht zusätzlich eine Skiunterhose darunter anziehen, quasi als Polster? Oder besser eine Arbeitshose? Und welche Schuhe? Seine Lederslipper waren für den Steigbügel nicht geeignet, und die Gummistiefel vom Garten waren auch nicht das Richtige. Er entschied sich für dunkelblaue Turnschuhe, obwohl die Farbkombination nicht ideal war.

Seine Haushälterin hatte eine Verkleidung als Landwirtin aufgetrieben, Rock, Schürze, Jacke und Kopftuch.

»Sehen ich aus wie eine echte Bäuerin?«, fragte sie.

»Täuschend echt«, antwortete er. »Aber es wäre egal, denn die wenigsten wissen, wie das Landvolk in früheren Jahrhunderten gekleidet war. Ich hoffe, Sie haben bequeme Schuhe, solche Proben können dauern.«

Sie gingen zu Fuß bis zur provisorischen Spielstätte. Von überall her strömten Menschen herbei, der ganze Ort schien auf den Beinen, die Kostüme ließen die Vergangenheit des Bayerischen Waldes wiederauferstehen.

»Jetzt sehe ich endlich alle Darsteller«, sagte Baltasar. »Bisher haben die Schauspieler nur in kleinen Gruppen geübt.«

»Ich weiß, ich weiß.« Teresas Wangen glühten. »Es ist wie eine Generalprobe, ich bin ganz aufgeregt.«

Helfer mit Armbinden hielten Schilder hoch mit Aufschriften wie »Bauerngruppe«, »Bürgergruppe« oder »Wildererfamilien« und wiesen die Neuankömmlinge ein. Mehrere Felder waren mit Bändern abgesteckt, darin versammelten sich die Menschen.

Bemalte Holzkulissen standen entlang des Einödhofes, sie bildeten Häuserfassaden und eine Stadtmauer mit Tor, ergänzt um einen Marktplatz mit Springbrunnen und Schänke. Kies markierte die Straße, auf der sich ein Teil des Geschehens abspielen sollte. Mehrere Zelte dienten als Requisitenlager und Pausenstation.

Dahinter war ein Gehege mit Tieren, das einem Streichelzoo alle Ehre gemacht hätte: Pferde, Kühe, Ziegen, Schafe, Schweine, Hühner und Gänse. Zwei Aufpasser hatten alle Hände voll zu tun, die Viecher im Zaum zu halten. Es roch nach Gülle und Stall.

»Herr Senner, hierher.« Der Bürgermeister winkte ihn zu sich, er trug eine historische Amtstracht, unverkennbar spielte er sich selbst. Sie begrüßten sich.

»Kommen Sie mit in den VIP-Bereich, ich stelle Ihnen jemanden vor, Hochwürden.«

Wohlrab führte ihn in einen Baustellenwohnwagen, der innerhalb der Hofruine aufgestellt worden war. Das Innere war ausstaffiert mit Bänken und einem Biertisch, die Platte hatte man mit einer Papierdecke verschönert, Bier- und Sektflaschen standen herum.

»Darf ich Ihnen Tobias Kettler vorstellen?«

Ein Mann Ende dreißig erhob sich, Lockenhaar, sportlicher Typ, sein Beruf war klar: Er trug das Ornat eines Pfarrers.

»Ich bin Pfarrer Kettler von der evangelischen Kirchengemeinde Grafenau und auf Wunsch meines Vorgesetzten hierherbeordert.« Er lachte. »Aber ich gestehe, mein Chef hat keinen Zwang ausüben müssen. Reiten ist mein Hobby. Meine Frau meinte, ein wenig frische Luft täte mir gut. Und ich genieße die Landschaft, ansonsten verschlägt es mich nie in diese Gemeinde.«

Baltasar spürte einen leichten Stich. Ein Pfarrer, der reiten konnte, daneben würde er eine jämmerliche Figur abgeben. Und auch die Tatsache, dass der Mann wie selbstverständlich seine Frau erwähnte, streute eine Prise Neid in sein Gehirn. Ihm wurde schmerzlich bewusst, dass das Zölibat für Geistliche nur in seiner Amtskirche Gesetz war.

»Haben Sie Reitpraxis, Herr Senner?«, fragte Kettler.

»Geht so.«

»Wie wollen wir es machen? Ich schlage vor, wir reiten dicht nebeneinander, das wirkt beim Publikum besser.«

»Wie Sie meinen.«

»Wir brauchen ja keine Sätze zu rezitieren, nur durchs Tor hinter der Gräfin traben, bis wir auf die Wilderer stoßen.«

»Ich hoffe, es ist schnell vorbei und wir kommen gesund an.«

»Ich seh's als Spaß. Ich hab mir früher immer Robin-Hood-Filme angesehen, nie hätte ich gedacht, selbst mal in so was mitzuwirken.«

»Wann ist Brotzeitpause?« Baltasars Magen meldete sich, er hätte sich eine Leberkässemmel mitnehmen sollen.

»Vorher müssen wir was tun.« Kettler stand auf, der Bürgermeister blieb sitzen und schenkte sich ein Bier ein. »Wie wär's, Herr Senner, schauen wir uns die Pferde an?«

Auf dem Weg kam ihnen eine Frau in einer Art Ballkleid entgegen, die Haare hochgesteckt, das Gesicht stark geschminkt. Erst als sie direkt vor ihnen stand, erkannte Baltasar sie. Es war die Reitstallbesitzerin.

»Ich sehe, die Gräfin ist bereit für ihren großen Auftritt«, sagte er und stellte Eva Dirnberger seinem Begleiter vor.

»Ich habe Rosalie bereits für Sie gesattelt«, sagte sie. »Denken Sie daran, was Sie im Unterricht gelernt haben – und verlassen Sie sich auf Ihr Gefühl.«

»Keine Sorge, ich bin ja auch noch dabei«, sagte der evangelische Pfarrer.

»Es ist gut, wenn Sie beide nebeneinanderreiten, das gibt Ihnen Sicherheit, Herr Senner. Und vertrauen Sie dem Pferd, das wird Sie im Zweifel von alleine zum Ziel bringen.« Sie hob ihre Robe. »Leider kann ich Ihnen nicht assistieren, ich muss mich jetzt auf meine Rolle vorbereiten.«

Rosalie beschnupperte ihn zur Begrüßung, er strich ihr übers Fell. »Wird schon schiefgehen, meine Liebe«, sagte er zu ihr.

Kettler inspizierte fachmännisch den Sitz des Sattelgurtes und justierte die Höhe des Steigbügels; jeder Handgriff wirkte wie tausendmal geübt. Ein Helfer eilte herbei, Baltasar kannte ihn aus dem Gottesdienst.

»Ich bringe das Tier für Sie direkt zum Startplatz, Hochwürden«, sagte er. »Der Massenumzug ist erst zum Schluss der Proben dran, Sie haben noch Zeit.«

Der Regisseur, wieder ganz in Schwarz gekleidet, hielt ein Megafon in der Hand und lotste die erste Gruppe auf die Bühne.

»Wir proben jetzt die Szene mit der Wirtshausrauferei. Bitte nehmen Sie Ihre Positionen ein.«

Einige Männer, offenbar zur Wilderergruppe gehörend, setzten sich an einen Tisch. Daneben, an einem zweiten Tisch, saßen mehrere Personen, der Kostümierung nach zu urteilen, die Würdenträger. Gefüllte Biergläser und Teller mit Fleisch dienten als Dekoration. Der Regisseur gab letzte Anweisungen, zupfte an Kostümen, ruckte an einem Stuhl, veränderte die Sitzordnung.

»Und Action!«

Die Honoratioren begannen ein Gespräch, die Wilderer tranken. Eine Dame stand auf und drängte sich durch die Stühle.

»Stopp, stopp, so geht das gar nicht«, schepperte es aus dem Megafon. Der Schwarzgekleidete sprang auf die Bühne und hob beschwörend die Hände. Er würde jedem Pfarrer bei der Messe Ehre machen, dachte Baltasar.

»Meine Damen und Herren.« Der Regisseur legte eine Kunstpause ein. Die Darsteller sahen ihn an. »Sie müssen immer daran denken, das Publikum ist weit entfernt. Das heißt, Sie müssen laut sprechen. Verstehen Sie? L-a-u-t! Bitte noch mal. Und Action.«

Die Laienschauspieler wiederholten die Szene. Nach einer Minute erscholl das Megafon wieder.

»Stopp!«

Der Regisseur ging zum Wilderertisch. »Meine Herren, das muss mit mehr Leidenschaft vorgetragen werden. Drama! Ich will Drama! Nicht so verzagt, ich will es spüren, wie Sie sich aufregen, lassen Sie es raus.«

»Wie soll ich mit Leidenschaft spielen, wenn wir nur alkoholfreies Bier haben? Richtige Wilderer trinken nur richtiges Bier, keine Kinderbrause.«

Es gab eine kurze Unterbrechung, bis Assistenten einen Kasten Bier herbeigetragen hatten und die Gläser neu befüllten.

»Alle wieder ihre Positionen einnehmen. Und Action!«

Gemäß des Skripts sollte es zu einem Streit zwischen den Wilderern und den Herren am Nachbartisch kommen, der in eine Rauferei münden sollte. Am Ende sollte jemand einen Herrn mit dem Messer niederstechen und fliehen.

Die Darsteller schrien sich an und fuchtelten mit ihren Waffen herum, Faustschläge prasselten hernieder, für Baltasar schien es, als ob die Beteiligten echt zuschlagen würden.

»Stopp, meine Herren.«

Der Mann in Schwarz stieg wieder auf die Bühne. »Bitte vergessen Sie nicht, die Zuschauer sehen die Details einer Schlägerei nicht richtig. Also bitte weniger und dafür deutlich sichtbare Bewegungen. Dafür muss die Messerstecherei fast in Zeitlupe erfolgen, jeder muss mitfiebern, der

Dolch sollte für jeden gut erkennbar sein. Bitte noch mal. Und Action!«

Baltasar hatte genug gesehen, er schlenderte zu den anderen Schauplätzen und beobachtete die Proben. Am Waldrand lagen Männer im Gras und zielten auf ein eingebildetes Wild. Sie hielten Musketen im Anschlag und auf ein Zeichen feuerten sie in die Bäume.

»Gut, jetzt nachladen.«

Ein Mann in Jägerkluft gab Anweisungen. »Und immer auf den Rückschlag des Gewehrs gefasst sein.«

Am Marktplatz beim Brunnen formierte sich eine Gruppe Frauen in Bauerntracht zum Protest. Sie skandierten Parolen, reckten Fäuste in die Luft. Baltasar erkannte Teresa in der Menge, sie machte ihre Sache gut.

»Herr Senner, ich wusste gar nicht, dass Sie auch mitspielen.«

Die Stimme. Er wusste, wer hinter ihm stand, bevor er sich umdrehte: Victoria Stowasser, die Wirtin des Gasthofs »Zur Einkehr«. Er hatte sie länger nicht mehr gesehen, das Wirtshaus gemieden.

Ihre – platonische – Beziehung war beendet, das war ihm klar. Wenn es denn überhaupt eine Freundschaft gewesen war. Konnte eine Nicht-Beziehung, etwas, was es gar nicht gab, überhaupt beendet werden? Tief im Innern spürte er einen feinen Schmerz, aber dieser Schmerz meldete sich nur noch selten, war mehr das Echo einer Erinnerung als Realität, ein Narbengewebe, das man noch spürte, nachdem die Wunde längst geschlossen war.

Ihr unbeschwerter Tonfall freute ihn, nichts schien darauf hinzudeuten, dass sie ihm die Vergangenheit nachtrug.

»Grüß Gott, Frau Stowasser, ich bin als Priester-Darsteller engagiert worden. Sie zählen sicher zu den Bürgerlichen, Ihrer Kleidung nach zu urteilen.«

»Ich gehöre zum Freundeskreis der Gräfin, so steht es zumindest im Skript. Deshalb mein Festgewand.« Sie drehte sich um ihre eigene Achse, ihr Kleid flatterte. »Es ist schon komisch, in eine andere Haut zu schlüpfen.«

»Haben Sie eine Sprechrolle?«

»Nein, nein, ich bin nur Statistin.« Sie lachte. »Dafür hat mir der Bürgermeister in Aussicht gestellt, ich dürfte später einen Imbissstand für die Zuschauer aufbauen – das kann sich schon lohnen.«

»Gegessen und getrunken wird immer«, antwortete Baltasar. Eine Weile standen sie wortlos nebeneinander.

»Ich muss jetzt los«, sagte Victoria Stowasser. Sie gab ihm die Hand. »Meine Probe wartet, Sie verstehen ...«

Baltasar wanderte zur »Mistgabelgruppe«, Männer in Bauernkluft, die sich mit ihren Arbeitsgeräten gegen die Steuererhöhungen der Obrigkeit wenden sollten. Sie schwenkten Dreschflegel, Rechen und Sensen, es wirkte fast wie eine moderne Demonstration.

Bei der Jägertruppe liefen Grüngekleidete mit ausgestopften Rehen und Hasen herum, die Gewehre geschultert, am Gürtel Patronentaschen und Messer.

Baltasar wollte gerade zurück zum Bauwagen gehen, als eine Lautsprecherdurchsage über den Platz schallte: »Bitte bereitmachen für den großen Umzug.«

Hektisches Gewusel setzte ein, Männer und Frauen überprüften nochmals ihre Kleidung und die Frisur. Helfer verteilten die Requisiten an die Darsteller und markierten mit Fahnen die Stellen, an denen sich die Gruppen aufzustellen hatten.

Tobias Kettler brachte Rosalie und sein eigenes Pferd.

»Bei Gott, das wird ein Vergnügen.« Er reichte Baltasar die Zügel.

Baltasar musste sich zu einem Lächeln zwingen. »Schaun ma mal.« Jetzt nur keine Unsicherheit zeigen.

Insgesamt waren etwa zwanzig Pferde im Einsatz, die Kostüme der Reiter verwiesen auf ihre Rolle als Ehrenbürger des Ortes. Laut Drehbuch war vorgesehen, dass die Bewohner der Stadt anlässlich des Besuchs der Adeligen durch das Tor defilierten, begleitet von Musikern und Kindern. Zuerst die Gräfin mit ihrem Fußvolk, danach die Reiterstaffel. Kurz vor dem Waldrand würde der Zug in einen Hinterhalt der Wilderer geraten, es würde zu einem Kampf kommen.

Eine halbe Stunde verging, bis alle ihre vorgesehene Position bezogen hatten. Der Regisseur brüllte sich die Seele aus dem Leib, aber immer wieder passte etwas nicht. Baltasar hatte es geschafft, ohne Hilfsmittel in den Sattel zu steigen. Er versuchte, sich die Tipps zu vergegenwärtigen, die ihm seine Reitlehrerin eingebläut hatte, aber in der Aufregung schien alles wie weggeblasen.

Um ihn herum drängten sich die anderen Pferde. Die Tiere spürten das bevorstehende Ereignis. Sie tänzelten nervös hin und her und mussten im Zaum gehalten werden. Baltasar suchte Halt im Steigbügel, seine Hände verkrampften sich am Lederriemen.

Er beugte sich zu Rosalie hinunter und flüsterte ihr ins Ohr: »Lass mich jetzt bloß nicht im Stich, ich zähle auf dich, meine Gute.« Er tätschelte ihren Hals, ein Schnauben kam zur Antwort. Vorsichtshalber schickte er ein Stoßgebet gen Himmel, in dem er den Allmächtigen um Beistand anflehte.

»Und Action!«

Fanfaren erklangen, das Stadttor wurde aufgerissen, Fahnenträger traten heraus, gefolgt von einer Kinderschar, die sich entlang der Route verteilte. Zwei Reihen Trommler in Formation bildeten ein Spalier und kündigten den Ehrengast an.

Eva Dirnberger schwebte über den Weg, in ihrem Festgewand sah sie wirklich aus wie eine Gräfin. Sie lächelte huldvoll und nickte den Trommlern und Kindern zu. Etwas versetzt hinter ihr gingen die Höflinge und Zofen, sie nahmen die gesamte Breite der Straße ein. Danach die Honoratioren, Bürger und Bauern.

Es dauerte, bis alle Personen durch das Tor geschritten waren. Mit kurzem Abstand folgte die Pferdestaffel. Baltasar ritt in der ersten Reihe, neben ihm sein Kollege Tobias Kettler. Rosalie folgte brav der Menschengruppe vor ihr, der Schritt war gemächlich, als habe sie solche Umzüge öfters mitgemacht und als könne sie nichts aus der Ruhe bringen. Baltasar traute sich sogar, den Kopf zu heben und nach links und rechts zu blicken. Die Aussicht auf dem Rücken eines Pferdes war wirklich außergewöhnlich.

»Und, alles in Ordnung?« Tobias Kettler, sein Arm hing lässig herab, als sei er John Wayne beim Morgenritt, beugte sich zu ihm herüber. »Wunderbar, es ist der ideale Tag zum Reiten.«

»Ich kann schon verstehen, warum viele verrückt nach dieser Freizeitbeschäftigung sind«, antwortete Baltasar.

»Es ist mehr als das, es ist eine einzigartige Verbindung von Mensch und Natur in Bewegung, es hat etwas Nostalgisches, etwas Urtümliches.«

»Meine Rosalie jedenfalls lässt sich gut lenken. Aber ansonsten bewege ich mich lieber mit dem Fahrrad oder dem Auto fort.«

Der Zug der Menschen kroch wie eine Raupe dahin. Der Regisseur war auf eine Leiter geklettert und beobachtete den Ablauf wie ein Feldherr. Als die Gräfin mit ihrem Gefolge nur noch wenige Meter vom Waldrand entfernt war, gab er ein Zeichen.

Plötzlich eine Explosion, jemand hatte die Kanone abgefeuert.

In diesem Moment überschlugen sich die Ereignisse. Rosalie machte vor Schreck einen Satz nach vorn, Baltasar versuchte, sie zu zügeln – vergeblich. Tobias Kettler wollte helfen, doch sein Pferd drehte ebenfalls ab.

Jemand aus der Menge schrie.

Rosalie fing an zu galoppieren, Baltasar suchte Halt und zerrte am Riemen.

Mündungsfeuer blitzte auf, eine Gewehrsalve ertönte.

Rosalie bäumte sich auf, ihre Vorderläufe waren in der Luft, verzweifelt versuchte Baltasar, sich am Hals festzuhalten. Ein Ruck – und er merkte, wie er rückwärts durch die Luft segelte.

»Oh Gott.« Das war sein letzter Gedanke, bevor er auf dem Boden aufschlug.

7

Eines war sicher: Pferde würden nie in den Himmel kommen. Das hatten diese Viecher nicht verdient, sie konnten sich von einem Moment auf den andern in Killermaschinen verwandeln. Von wegen Geschöpfe Gottes. Es war ein Fehler von Noah gewesen, sie in seine Arche aufzunehmen.

Dunkelheit umgab ihn. Er wusste nicht, ob er die Augen

offen oder geschlossen hatte, ob er lebte oder tot war. Das Paradies jedenfalls konnte es nicht sein, von einer solchen Schwärze war in der Bibel nie die Rede gewesen. Und wo blieben die Engel? Das Fegefeuer schied auch aus, ebenso – gar nicht daran zu denken – die Hölle.

Es musste das Nirwana sein. Aber war das nicht die falsche Religion? Ein Licht kam auf ihn zu, es wurde heller und heller, also doch das Paradies …

Baltasar öffnete die Augen und schloss sie gleich wieder. Das Licht war überirdisch hell.

»Die Pupillen zeigen normale Reaktion«, sagte eine fremde Stimme, der Tonfall war sachlich, nüchtern. Das konnte nicht der Allmächtige sein.

Ein Mann leuchtete ihm mit einer Taschenlampe in die Augen, sein Gesicht war nur wenige Zentimeter entfernt.

»Hallo, verstehen Sie mich?« Der Unbekannte berührte ihn. »Können Sie mich hören?«

Baltasar registrierte, was dieser Mann sagte, aber er konnte sich nicht darauf konzentrieren. Etwas anderes hatte ihn überwältigt, sein Bewusstsein musste es vorher ausgeblendet haben: Er spürte seinen Körper nicht mehr, genauer gesagt, ein Brennen, Stechen, Pochen hatte jeden Flecken seiner Haut in Besitz genommen, er war außerstande, Beine oder Rücken zu unterscheiden. Schmerzen, als sei er gerade von einem Bagger überrollt worden. Der Druck in seinem Kopf beeinträchtigte das Denken, seine Gedanken waren verschwommen wie bei einem Fernsehsender mit schlechtem Empfang.

»Hallo, verstehen Sie mich? Bitte antworten Sie.«

Baltasar öffnete den Mund, seine Lippen formten Worte, aber er brachte keinen Ton heraus. Er bewegte seine Zunge, um Speichel zu sammeln, und probierte es erneut.

»Ich … Ich … verstehe Sie.« Es war ein Krächzen wie bei einem Papagei.

»Das ist gut, wie heißen Sie?«

»Senner … Baltasar Senner. Ich bin der Pfarrer …«

»Ahh, Hochwürden. Erinnern Sie sich, was passiert ist?«

Er dachte zurück an die Kostümproben, an die Reiterstaffel, an Rosalie.

»Ich … Ich bin vom Pferd gestürzt.«

»Das ist gut, Ihr Gedächtnis funktioniert.« Der Mann steckte die Taschenlampe wieder ein. »Was machen die Schmerzen?«

»Es geht«, presste Baltasar durch die Zähne.

Der Mann drückte vorsichtig auf die Rippen, Baltasar schrie auf.

»Sie brauchen ein Schmerzmittel und am besten was zur Beruhigung. Ich geb Ihnen eine Spritze.«

Erst jetzt bemerkte Baltasar, dass der Unbekannte einen weißen Kittel anhatte und ein Stethoskop um den Hals trug. Er versuchte, seinen Kopf zu drehen.

»Nicht bewegen, wir müssen Sie erst noch im Krankenhaus untersuchen. Wir wissen nicht, ob Sie innere Verletzungen haben.«

Aus den Augenwinkeln sah er eine Sauerstoffflasche mit Atemmaske, Fächer mit medizinischen Utensilien und Milchglasfenster. Er befand sich eindeutig in einem Krankenwagen.

»Ich will keine Medikamente«, sagte er. »Das geht vorüber.«

»Wir werden Sie in die Klinik bringen, dann wissen wir mehr.«

Baltasar versuchte sich aufzurichten, aber er konnte weder Arme noch Beine bewegen. Zentimeterweise hob er den Kopf. Er sah, dass er auf eine Krankenbahre geschnallt worden war, die Gurte fixierten ihn.

»Ich will wieder aufstehen.« Seine Stimme war immer noch belegt.

»Das ist in Ihrem Zustand keine gute Idee, das kann ich als Arzt nicht verantworten, um Ihrer Gesundheit willen – haben Sie ein wenig Geduld.«

»Dann legen Sie mir wenigstens ein Kissen unter den Kopf, damit ich besser sehen kann.«

Der Arzt tat wie gewünscht. Durch die offene Hecktür konnte Baltasar einen Ausschnitt des Geländes sehen. Weitere Krankenwagen parkten in der Nähe der Bühne. Zwei Verletzte lagen auf dem Boden, Ärzte und Sanitäter betreuten die Menschen, einige trugen Kopfverbände oder hatten einen Arm in der Schlinge.

Zuschauer standen am Rande des Weges, die Gesichter drückten Ratlosigkeit und Entsetzen aus. Einige weinten.

»Was … Was ist passiert?« Baltasar verstand nicht, was er da sah. Er war doch nur vom Pferd gefallen … Und jetzt … Es sah aus wie nach einer Schlacht.

»Was genau der Auslöser war, weiß ich nicht«, sagte der Arzt. »Wir sind erst später an die Unglücksstelle gekommen.«

Ein bekanntes Gesicht tauchte in der Tür auf.

»Na, wieder von den Toten auferstanden?« Pfarrer Kettler stieg in den Krankenwagen.

»Wollten Sie mir die Letzte Ölung verabreichen?« Baltasar versuchte zu grinsen, aber der Schmerz stoppte ihn.

»Ich wollte nur nach Ihnen sehen, Ihr Sturz sah ja schlimm aus. Voll auf den Boden gedonnert.« Er machte eine Bewegung mit der Hand. »Ich dachte schon, wie das Ihr Schädel aushält. Aber wie ich sehe, ganz gut. Jetzt wissen Sie, warum Reiter normalerweise Helme tragen.«

»Sie sehen, ich atme noch. Aber der Doktor will mich nicht nach Hause lassen.«

»Ehrlich gesagt, Herr Senner, Sie sehen nicht gerade aus, als ob Sie überhaupt ein paar Meter gehen könnten.«

»Ganz meine Meinung.« Der Arzt nickte zustimmend.

»Was ist denn da draußen los?« Baltasar bemühte sich, gefasst zu bleiben.

»Es ist ein Drama. Ich erzähl am besten von vorn: Als Ihre Rosalie durchging, reagierte mein Pferd ebenfalls, so dass ich zu weit weg war, um Ihre Zügel zu fassen. Ich konnte Ihnen nicht beistehen, es tut mir leid.«

»Nicht Ihre Schuld.«

»Jedenfalls galoppierte Ihr Pferd in Richtung der Menschengruppe. Die Leute bekamen Angst und rannten auseinander, schließlich kann so ein heranstürmendes Tier ein furchteinflößender Anblick sein. Dabei kamen sich einige Menschen ins Gehege, mit dem Ergebnis, dass wir jetzt einige Verletzte zu beklagen haben.«

»War das wirklich so schlimm?« Baltasar konnte es immer noch nicht glauben.

»Zeitgleich ist leider noch ein viel ernsterer Unfall geschehen, unser Herr im Himmel meint es heute nicht gut mit uns.« Tobias Kettler seufzte. »Das werden Sie wahrscheinlich nicht mehr mitbekommen haben, jedenfalls wurde eine Frau von einer Kugel getroffen. Die Arme brach sofort zusammen, einige Leute liefen in Panik davon, was zu weiteren Verletzten geführt hat. Es war ein schreckliches Chaos, sag ich Ihnen. Ich bete, dass die Frau nicht schwer verletzt ist.«

»Wie kann das sein? Von der Kanone getroffen? Alle Waffen waren doch nur mit Platzpatronen geladen.«

»Ich weiß es nicht, es ist mir unerklärlich.«

Teresa. Victoria. Baltasar dachte an sie. »Wissen Sie, wer die Verletzten sind, und die Frau, wie heißt sie?« Seine Stimme überschlug sich. Konnte es sein, dass seine Haushälterin …?

»Ich muss es wissen.« Er versuchte, sich von den Gurten zu befreien. »Haben Sie gehört, ob eine Teresa Kaminski unter den Verletzten ist? Ich muss aufstehen und nachsehen, machen Sie mich los.«

»Sie dürfen sich nicht aufregen, Herr Senner.« Der Arzt zog eine Spritze auf.

»Nein, nein, lassen Sie das.« Baltasar zerrte an seinen Fesseln. »Ich muss hier raus.«

Er spürte den Piekser auf seiner Haut und versuchte dagegen anzukämpfen. Das Bild verschwamm vor seinen Augen. Teresa.

Die Dunkelheit schluckte ihn wieder.

8

Hauptkommissar Wolfram Dix hasste diese Termine beim Dienststellenleiter. Warum konnte ihm der Herr Kriminalrat nicht bei den normalen Lagebesprechungen mitteilen, was er von ihm wollte? Als ob er wie ein Schuljunge vor dem Direktor antreten musste.

Sein Chef begrüßte ihn mit Handschlag und machte eine launige Bemerkung übers Wetter, er redete über die Fußballergebnisse vom Wochenende und bot ihm einen Platz vor dem Schreibtisch an.

Das Büro des Leiters der Kriminalpolizeiinspektion Passau lag im obersten Stock und bot einen Ausblick auf den Bahnhof und die Stadt. Die Einrichtung hatte sein Chef modernisieren lassen, registrierte Dix, das war etwas ganz anderes als die Behördenmöbel in seinem Büro. Er rutschte auf dem Stuhl hin und her.

»Nun, haben Sie sich auf Ihrer Kur gut erholt, alles wieder im Lot?« Der Dienststellenleiter setzte sich.

»Es war nichts Schlimmes, nur die Bandscheibe«, antwortete Dix. »Täglich Gymnastik, Fango und Massagen, das hat geholfen.«

»Ja, ja, nach vier Wochen sollten es die Ärzte schaffen, einen wiederherzustellen. Sie sehen erholt aus, Herr Dix, wie frisch aus den Ferien. Dabei haben Sie noch Ihren ganzen Jahresurlaub, wie ich Ihrer Akte entnommen habe.«

»Meine Frau wacht darüber, dass ich morgens meine Übungen mache.«

»Woran arbeiten Sie gerade?«

»Ich muss Berichte schreiben, die alten Unterlagen durchsehen, Bürokram eben«, sagte Dix. »Die Arbeit bleibt liegen und wartet auf einen, bis man wiederkommt.«

»Aber Sie müssen vom Doktor aus nicht sitzen, Sie können sich schon bewegen?«

»Sie tun so, als sei ich von einer schweren Operation genesen. Es war nur eine kleine Unpässlichkeit mit der Wirbelsäule. Alles wieder bestens.« Dix fragte sich, was diese Bemerkungen über seinen Gesundheitszustand sollten. Wollte ihn sein Chef kritisieren, die Worte verpackt in Zuckerwatte?

»Nach einem Monat wird es Sie jucken, wieder an die frische Luft zu kommen. Arbeiten ist die beste Therapie, sag ich Ihnen, da sind die kleinen Zipperlein schnell vergessen.«

»Die Akten …«

»Vergessen Sie die Akten, Herr Dix. Ich habe da einen Fall, der ist genau das Richtige für einen erfahrenen Ermittler wie Sie.«

»Worum geht es? Das hätten Sie doch bei der Morgenrunde ansprechen können.«

»Nun, das Thema ist ein wenig heikel, es hat politische Verwicklungen.« Der Kriminalrat lehnte sich zurück. »Es geht um ein größeres touristisches Investitionsprojekt im Bayerischen Wald, um ein Robin-Hood-Festival. Nun ist den Organisatoren etwas dazwischengekommen, ein Unfall, und die Leute wollen nicht, dass unnütz Staub aufgewirbelt wird, der das Projekt zu Fall bringen würde. Fingerspitzengefühl ist deshalb bei den Ermittlungen gefragt. Und dafür sind Sie ausersehen.«

»Ein Unfall? Das ist doch nichts für die Mordkommission.«

»Doch, eine Frau wurde angeschossen. Bauchschuss. Vermutlich ein Versehen. Genau das sollen Sie klären.«

»Kann nicht jemand anders …? Wir haben viele talentierte, junge Kollegen …«

»Es gibt noch einen anderen Umstand, der Sie zum idealen Kandidaten macht: Der Ort des Geschehens ist die Gemeinde eines gewissen Pfarrer Baltasar Senner, ein Herr, der Ihnen aus früheren Fällen bekannt sein dürfte.«

Wolfram Dix erinnerte sich nur zu gut an den Geistlichen und dessen eigenmächtige Ermittlungen in früheren Mordfällen, die ihre eigene Arbeit erschwert hatten.

»Also gut, wenn Sie es wünschen.«

»Und brechen Sie sofort auf, nehmen Sie Ihren Kollegen

Dr. Mirwald mit. Polizei und Spurensicherung sind bereits vor Ort.«

Zurück in seinem Büro, versteckte Dix zuerst das Gymnastikband, das ihm seine Frau mitgegeben hatte, damit er »seine Rückenübungen« machen könne, wie sie sagte. Wie sähe das aus, wenn jetzt jemand hereinkäme? Der Spott seiner Kollegen wäre ihm sicher, das gesamte Revier würde tuscheln und Witze auf seine Kosten reißen. Er rief seinen Kollegen an und bat ihn zu kommen.

Dr. Oliver Mirwald war ein Mann Ende zwanzig mit halblangem Haar, ein Import aus Norddeutschland. Obwohl er längst Kommissar war, betrachtete Dix ihn als seinen Assistenten, schließlich hätten die jungen Leute noch viel zu lernen, besonders die Gepflogenheiten im Bayerischen Wald erforderten für Fremde doch Nachhilfeunterricht.

»Mirwald, wir haben einen Spezialeinsatz, von oberster Stelle angeordnet«, sagte Dix zur Begrüßung. Er berichtete von seinem Gespräch. »Und wissen Sie, auf wen wir vermutlich wieder stoßen werden?«

»Spucken Sie's schon aus.«

»Unseren Pfarrer Senner, in seiner Gemeinde ist das Unglück geschehen.«

Mirwald pfiff durch die Zähne. »Das ist allerdings eine Überraschung. Hoffentlich haben wir dort nicht zu lange zu tun.«

Sie nahmen die Bundesstraße in Richtung Norden. Der Verkehr war gering, Dix lehnte sich ans Fenster und ließ die Landschaft an sich vorüberziehen.

»Ist das nicht ein von Gott auserwählter Flecken Erde?« Er wies seinen Kollegen auf eine Herde Kühe hin, die auf einer Weide grasten.

»Was hat der liebe Gott damit zu tun?« Mirwald schüttelte den Kopf. »Und solche Viecher gibt's im Norden auch.«

»Ich dachte, da leben nur diese … wie heißen sie … Heidschnucken, die alles wegfressen.«

»Sie haben offenbar im Biologieunterricht gefehlt, Herr Dix.«

Die Sonne brachte das Grün der Wiesen zum Leuchten. Bauernhöfe schmiegten sich zwischen die Bergwälder, eine Idylle wie gemalt. Das Blau des Himmels war makellos. Dix blinzelte nach oben. Konnte es sein, dass dieses Blau des Bayerischen Waldes einen ganz besonderen Ton hatte, eine Farbmischung, exklusiv reserviert für diese Region?

Als sie angekommen waren, wies sie eine Polizeistreife ein. Das Gelände lag am Ortsrand bei einer Ruine. Mit einem Blick erfasste Wolfram Dix die Situation.

»Mirwald, mir schwant Schreckliches, der Tatort sieht chaotisch aus, ich mag gar nicht daran denken, was uns jetzt bevorsteht.«

Die Polizei hatte den Platz weitläufig mit Absperrband gesichert. Neugierige drängten sich am Rand, sie hielten Handys zum Fotografieren hoch. Einige ignorierten die Absperrungen, um zu besseren Bildern zu kommen, die Beamten scheuchten sie wieder zurück.

Dix sprach einen Kollegen der Spurensicherung an. »Kann uns jemand Bericht erstatten, was vorgefallen ist und wie weit bereits Spuren gesichert sind?«

»Wir stehen erst am Anfang, sehen Sie sich selbst um, das Gelände ist riesig, da sind schon eine Million Leute drübergelaufen und Schweine und Pferde. Wir wissen nicht, wo wir anfangen sollen, da sind wir bis Weihnachten beschäftigt. Es scheinen weit über hundertfünfzig Menschen da gewesen zu sein, Zeugen finden Sie also genug, das Problem ist nur, die meisten sind mittlerweile nach Hause gegangen. Nur die Schaulustigen sind geblieben.«

»Aber irgendjemand muss doch die Aufsicht gehabt haben«, sagte Oliver Mirwald.

»Fragen Sie den Herrn in Schwarz.« Er deutete auf eine Gestalt, die zusammengesunken auf einem Strohballen saß. »Das soll der Regisseur sein.«

Sie gingen zu dem Mann und zeigten ihre Dienstausweise.

»Wie ist Ihr Name?«

»Ich heiße Cornelius Feininger, ich bin Künstler, Regisseur, um genau zu sein. Vielleicht haben Sie schon von mir gehört.«

»Ähh, momentan erinnere ich mich nicht«, antwortete Dix, »Sie leiten also die gesamte Aufführung.«

»Viele sind an dem Erfolg beteiligt, aber es stimmt, ich habe die Verantwortung für das Gelingen des Robin-Hood-Festivals. Herr Kommissar, möglicherweise haben Sie von meiner Inszenierung in Ingolstadt gelesen. Ich habe die …«

»Wir müssen uns leider auf das Geschehen hier konzentrieren, Herr Feininger«, sagte Mirwald. »Menschen sind zu Schaden gekommen. Liegt das auch in Ihrer Verantwortung?«

Der Mann sprang auf. »Wo denken Sie hin! Ich will die Zuschauer glücklich machen, emotional anrühren, das ist meine Mission. Die ganze Welt ist Bühne und alle Frauen und Männer bloße Spieler, sie treten auf und gehen wieder ab, wie William Shakespeare sagt. Das ist auch mein Motto.«

»Wir wollen nicht hoffen, dass nach diesem Vorfall jemand abtreten muss«, antwortete Dix. »Sie verkennen den Ernst der Lage. Eine Frau liegt mit schweren Verletzungen im Krankenhaus. Und Sie lassen die Darsteller mit echten Waffen schießen, da liegt ein Zusammenhang nahe.«

»Das sind Requisiten, historische Modelle.« Der Mann hob abwehrend die Hände. »Es dient nur der Authentizität und soll Krach machen, damit die Zuschauer beeindruckt sind. Ich habe natürlich darauf geachtet, dass nur mit Schwarzpulver geschossen wird, die Waffen waren nicht geladen, wie auch?«

»Meinen Sie das ernst? Schwarzpulver?« Mirwald sprach lauter. »Das ist etwas anderes als Zündhütchen in Kinderspielzeug. Schwarzpulver ist ein mächtiger Explosivstoff, deswegen steht der Handel unter Kontrolle, das ist nicht so einfach zu kaufen wie ein Pfund Mehl im Supermarkt.«

»Ich hab mich um die Details nicht gekümmert.« Der Tonfall des Regisseurs klang jammernd. »Ich bin für die kreative Seite zuständig, verstehen Sie? Ich hab mich darauf verlassen, dass alles seine Richtigkeit hat. Schließlich haben wir Genehmigungen vom Landratsamt, Jäger und Schützen mit offizieller Erlaubnis zum Führen einer Waffe haben das Ganze kontrolliert. Ich verstehe das alles nicht. Es war ein Versehen, ein schrecklicher Unfall.«

»Berichten Sie von dem Ereignis, was haben Sie gesehen?«

»Ich war gerade von meiner Leiter gestiegen ...«

»Leiter?« Mirwald zog die Augenbrauen hoch.

»Ich benutze eine Stehleiter, um besseren Überblick zu erhalten.« Er erklärte das Konzept der Aufführung und des großen Umzugs. »Es war die erste richtige Probe mit allen Darstellern. Der erste Teil des Aufmarsches hat reibungslos funktioniert, alle hielten die Abstände ein, die Gruppen blieben zusammen, es war ein harmonisches Bild. Der zweite Teil sollte mit einem Hinterhalt eingeläutet werden:

Wilderer, zwischen den Bäumen versteckt, feuerten auf die herannahende Gruppe. Auch eine Kanone gehörte dazu. Dann brach das Pferd des Pfarrers aus und galoppierte in die Menge.«

»Von Hochwürden Senner?« Dix sah seinen Kollegen vielsagend an.

»Genau, der Ortspfarrer. Er wurde abgeworfen.«

»Das stelle ich mir toll vor.« Ein Hauch von Schadenfreude umwehte Mirwalds Worte. »Das ist wieder typisch für diese Person.«

»Jedenfalls liefen dann alle durcheinander, wie Sie sich vorstellen können«, fuhr der Regisseur fort. »Dadurch war ich abgelenkt, so dass ich erst nach einiger Zeit eine Frau gesehen habe, die am Boden lag. Mehrere Menschen hatten sich über sie gebeugt, auch einige Wilderer-Darsteller waren hinzugekommen. Die Leute bemühten sich um die Frau. Ich bemerkte Blut und mir wurde schlecht, wissen Sie, ich kann kein Blut sehen.«

»Sie haben doch sicherlich Theateraufführungen, in denen Blut fließt?«, sagte Dix.

»Das ist etwas anderes. Jedenfalls blieb ich stehen, wo ich war, und wählte den Notruf. Etwa eine Viertelstunde später traf der erste Krankenwagen ein.«

»Zeigen Sie uns die Stelle, wo es passiert ist.«

Sie gingen den Weg entlang, der kurz vor dem Waldrand auslief. Cornelius Feininger deutete auf einen dunklen Fleck im Kies. »Das ist die Stelle.«

Mirwald untersuchte den Boden. »Blut«, sagte er und winkte die Spurensicherung herbei. »Und wo genau befanden sich die Schützen?«

Der Mann führte sie etwa zehn Meter weiter zu Bäumen am Waldrand. »Hier lagen die Wilderer.«

»Und wo sind jetzt die Waffen?«

»Ich vermute, in den Requisitenkisten. Ich weiß aber nicht, wer sie eingesammelt hat.«

»Hatte jeder Darsteller ein spezielles Modell zugewiesen bekommen?«

»Frauen haben übrigens auch geschossen, nicht nur Männer. Wir verwenden Vorderlader, Pistolen und Gewehre. Normalerweise benutzen die Schauspieler immer die gleiche Waffe, aber ganz sicher bin ich mir nicht. Gerade beim Schießtraining haben die Leute mit verschiedenen Modellen geübt.«

»Unsere Spurensicherung wird ausflippen, wenn sie all die Fingerabdrücke dokumentieren muss.« Mirwald bat einen Kollegen, sich die Kisten vorzunehmen.

»Und die haben die Waffen selbst geladen?«, fragte Dix.

»Nein, wir haben jemanden vom Schützenverein zum Waffenmeister ernannt, er hat die Musketen und Pistolen vorbereitet. Ich suche Ihnen die Adresse des Mannes raus.«

»Wie müssen wir uns das vorstellen – diese sogenannten Wilderer haben sich hinter den Bäumen verschanzt und von dort geschossen? Haben sie ein bestimmtes Ziel anvisiert oder einfach in die Luft geballert?«

»Ich habe allen Darstellern eine konkrete Person genannt, auf die sie zielen sollen, damit es realistischer wirkt.«

»Also müsste dem Opfer ein bestimmter Schütze zuzuordnen sein«, sagte Dix.

»Ähh … ja. So war zumindest die Regieanweisung.«

»Damit sind wir schon mal einen Schritt weiter. Wenn wir den Namen des Opfers kennen, wissen wir auch, wer dafür verantwortlich ist. Deshalb brauchen wir von Ihnen umgehend eine Namensliste mit Adressen von allen Menschen, die bei der Probe dabei waren.«

»Das waren hundertsiebenundsechzig«, antwortete Cornelius Feininger.

»Und ordnen Sie den Personen auf der Liste die Rollen zu, die sie verkörpern.«

»Ich werde Ihnen die Papiere zusammenstellen lassen.«

»Bitte tun Sie das umgehend, wir brauchen die Unterlagen. Auf Wiedersehen, Herr Feininger.«

Der Regisseur entfernte sich.

»Was meinen Sie, Mirwald?« Dix kratzte sich am Ohr. »Wie beurteilen Sie nach den bisherigen Fakten die Lage?«

»Also, die Schützen waren sehr nah an ihren Zielen, deshalb scheidet eigentlich ein Fehlschuss oder ein Querschläger als Ursache aus.«

»Genau. Andererseits frage ich mich, ob auch ein Unbekannter geschossen haben könnte, jemand, der sich tiefer im Wald oder an einer ganz anderen Stelle versteckt hielt«, sagte Dix.

»Leider wissen wir noch nicht, aus welchem Winkel der Schuss abgefeuert wurde. Sonst könnten wir den Standort des Schützen leichter lokalisieren.«

»Gehen wir ein Stück in den Wald, vielleicht stoßen wir auf eine Spur.«

Sie suchten das Gelände ab, streiften durch das Unterholz, bis sie den Probenplatz nicht mehr sehen konnten. Doch nichts deutete darauf hin, dass hier ein Heckenschütze Position bezogen hatte.

»Da liegt noch viel Arbeit vor uns«, sagte Dix. »So viele Menschen waren zur Tatzeit anwesend. Es kann doch nicht sein, dass niemand was gesehen hat. Heutzutage hat doch jeder ein Mobiltelefon, mit dem man fotografieren kann. Jemand wird Fotos gemacht haben. Oder Zuschauer haben Videos aufgenommen. Wir müssen alles an Beweismitteln einsammeln. Am besten bitten wir den Bürgermeister um Unterstützung, er kann einen Aufruf starten, oder wir hängen Plakate auf mit ›Zeugen gesucht‹ oder so. Nur schnell muss es gehen.«

»Zuerst sollten wir die Schützen identifizieren und ihnen Fingerabdrücke abnehmen und sie auf Schmauchspuren untersuchen lassen«, sagte Mirwald. »Das wird einige Aufregung im Ort verursachen. Was als Probe für ein Festival begann, endet in Massenverhören. Ich bin gespannt, was die Zeitungen daraus machen.«

»Wir halten den Ball flach, solange wir noch im Dunkeln tappen«, antwortete Dix. »Offiziell ist es bis jetzt ein Unfall. Wenn wir das Opfer vernommen haben, wissen wir mehr.«

9

Als er wieder die Augen öffnete, sah er Teresas Gesicht vor sich. Sie lächelte.

»Schön, Sie sind wieder unter den Lebenden«, sagte sie.

Eine Strähne stand von ihrem Haar ab. Der Duft ihres Parfums trat in seine Nase, er zuckte, es roch nach Schmalz und Sauerkraut.

»Hallo Teresa. Schön, dass Sie leben. Ich dachte schon …« Seine Stimme war wieder in Ordnung. »Wie spät ist es?«

»Sie viel geschlafen. Acht Uhr morgens.«

Baltasar richtete sich auf. Er lag in einem Krankenbett, über ihm baumelte ein Haltegriff. Der Raum war eingerichtet in der typischen Nüchternheit von Krankenhäusern: ein Nachtkästchen, ein Schrank, ein Tisch, zwei Stühle, ein Fernseher an der Wand. Teresa saß neben ihm.

»Und, wie geht es Ihnen?«

Er bewegte seine Füße – alles war wie immer. Sein linker Arm war mit einer Bandage am Körper fixiert, sein rechter Arm war über eine Kanüle und einen Schlauch mit einem Plastikbeutel verbunden; eine farblose Flüssigkeit tropfte in seine Venen. Vorsichtig befühlte er seinen Kopf, er bemerkte einen Verband.

»Das sein nicht schlimm«, sagte die Haushälterin. »Verändert hat sich nur das Aussehen.«

»Haben Sie einen Spiegel für mich?«

»Ähh … lieber nicht.«

Der Sauerkrautgeruch wurde stärker. Auf dem Nachttischchen entdeckte er ein Tablett mit einer Tasse Kaffee und einem Teller mit zwei Scheiben Graubrot, einer Scheibe Käse und Portionspackungen Marmelade und Butter. Daneben stand eine Schüssel mit Essen.

»Das Frühstück hier ist nichts für Sie.« Demonstrativ räumte Teresa das Tablett weg. »Nur dieses Fabrikzeug und trocken Brot. Igitt.« Sie zog Messer und Gabel aus der Tasche und stellte die Schüssel auf Baltasars Brust.

»Sie jetzt brauchen richtiges Essen, um wieder zu Kräften zu kommen. Ich habe frisches Sauerkraut gemacht mit viel Schweinebauch und Gänsefett. Krankenrezept von meiner Großmutter. Dazu zwei Brühpolnische. Sie werden sehen, danach geht es Ihnen viel besser, das wecken Lebensgeister.«

»Nein danke, mir ist gerade nicht wohl.« Verzweifelt suchte er nach einer Ausrede. Sauerkraut und Wurst auf nüchternen Magen, noch dazu in der Spezialversion seiner Haushälterin, das war zu viel.

»Sie müssen essen, sonst ich nicht gehen fort, ich halte Sie, Sie können sich eh kaum bewegen.« Sie schnitt die

Würste in kleine Stücke und spießte eine Scheibe mit der Gabel auf.

»Mund aufmachen.« Die Gabel schwebte wie eine Drohung vor Baltasars Nase.

»Nein, ich …«

Kaum hatte er die Lippen geöffnet, spürte er die Wurst auf der Zunge – und Fett, Fett, Fett.

»Lecker, nicht? Ganz was anderes als dieses Siechen-Frühstück.«

Baltasar stellte sich vor, er habe eine Tablette im Mund, und schluckte das Stück in einem Satz hinunter. Ein Hustenanfall war die Folge.

»Sie brauchen etwas Kraut, das ist flutschiger.«

Ehe er sich versah, spürte er die Säure in seinem Rachen. Er wedelte mit dem Arm.

»Teresa«, keuchte er, »ich brauche was zum Anziehen.«

Er hatte bemerkt, dass er ein seltsames Hemd trug, das hinten offen war, eins, wie man es vor Operationen anziehen musste.

»Ich habe was von zu Hause mitgebracht.« Sie packte einen Stapel Kleidung aus. »Und eine Bibel, falls Ihnen langweilig wird. Beugen Sie sich vor, ich helfe Ihnen anziehen.«

»Oh, nein, nein, das schaff ich schon allein, das heb ich mir für später auf.«

»Soll ich Ihnen noch was holen? Sie müssen es nur sagen.«

»Danke, das ist nett, Teresa, wie Sie sich um mich kümmern.«

Die Tür ging auf, und eine Krankenschwester in den Fünfzigern kam herein.

»Guten Tag, mein Name ist Inge Bender, nennen Sie mich Schwester Inge, Herr Pfarrer.« Sie wandte sich an Teresa. »Ich muss Sie leider bitten zu gehen, gleich kommt der Arzt zur Visite.«

»Sie anrufen, Herr Senner.« Seine Haushälterin tätschelte ihn zum Abschied.

Schwester Inge wies auf das Tablett. »Sie haben ja gar nichts gefrühstückt, Herr Senner, soll ich das Essen wegräumen?«

»Meine Haushälterin meinte es gut mit mir, zu gut, befürchte ich.« Er gab ihr die Schüssel.

Die Frau roch daran. »Du liebe Güte! Wenn man das gegessen hat, braucht man hinterher einen Schnaps zur Verdauung. Oder zwei. Das heben Sie sich besser für den Abend auf.« Sie verschloss die Schüssel, räumte sie in das Nachtkästchen und holte eine Pillenbox hervor. »Sie müssen Ihre Tabletten nehmen. Je zwei morgens, mittags und abends.«

Baltasar schluckte seine Ration und spülte mit Wasser nach. »Auch nicht schlimmer als Sauerkraut.«

Schwester Inge maß seinen Puls und die Körpertemperatur und trug alles in eine Patientenakte ein. »Hatten Sie heute schon Stuhlgang, kann ich Ihnen eine Bettpfanne bringen?«

»Sie meinen, ich soll in so eine Art Nachttopf …? Gott bewahre, ich kann alleine aufs Klo.«

»Ich helfe Ihnen.«

»Sehe ich derart schwächlich aus? Das mach ich später selbst.«

Der Chefarzt betrat das Zimmer, gefolgt von mehreren Assistenten. Sie gruppierten sich um sein Bett und betrachteten ihn, als sei er ein seltenes Insekt. Der Arzt studierte seine Krankenakte.

»Sie haben großes Glück gehabt, Herr Senner«, sagte

er. »Keine schlimmen Verletzungen, eine Platzwunde am Kopf, Prellungen, aber keine Brüche. Wir haben Sie geröntgt. Ihr rechter Arm ist lädiert, braucht Ruhe, Sie werden überall am Körper blaue Flecken bemerken, aber das geht mit der Zeit vorüber. Haben Sie Schmerzen?« Er löste den Kopfverband und begutachtete die Wunde. »Ich bin zufrieden.«

»Mir geht es gut«, sagte Baltasar.

»Das ist die Infusion. Wir verabreichen Ihnen weiter Medikamente. Eine Woche, und Sie sind wieder wie neu.«

»Was, so lang? Ich dachte, ich könnte heute wieder heimgehen.«

»Sie scherzen, Herr Pfarrer. Wir müssen den Heilungsverlauf abwarten. Ein paar Tage werden es noch werden, ich kann nichts versprechen. Weiterhin alles Gute. Und Schwester Inge, bitte lüften Sie das Zimmer, hier riecht es nach Sauerkraut.«

»Moment noch, Herr Doktor. Wie geht es der Frau?« Baltasar setzte sich auf.

»Welche Frau meinen Sie?«

»Die, die durch einen Schuss bei den Festivalproben verletzt wurde.«

»Ach so, Sie meinen Frau Dirnberger. Wir mussten sie notoperieren, ihr Zustand ist kritisch, aber stabil. So, jetzt muss ich los, die anderen Patienten warten.«

Baltasar ließ sich ins Kissen zurückfallen. Eva Dirnberger. Die Gräfin. Ganz unerklärlich war es nicht, dass es gerade sie getroffen hatte, schließlich ging sie vorweg in der ersten Reihe. Er nahm sich vor, sie später zu besuchen.

Schwester Inge wechselte seinen Kopfverband.

»Es ist schrecklich, die arme Frau«, sagte sie, »das ist

Tagesgespräch unter uns Krankenschwestern. Ein Bauchschuss, stellen Sie sich vor, Hochwürden.«

»Wie geht es ihr jetzt, kann ich sie besuchen?«

»Sie liegt auf der Intensivstation, wie mir die Kolleginnen erzählt haben, sie ist aber bei Bewusstsein.«

»Wie schlimm sind die Verletzungen wirklich?«

»Die OP-Schwestern meinten, es wurden mehrere innere Organe verletzt. Eine Zeit lang sah es aus, als ob sie es nicht überleben würde. Aber der Chef hat es wieder hinbekommen.«

Sie rieb Baltasars Arm mit einer Salbe ein. »Denken Sie nur, das Geschoss steckte noch in der Wunde. Eine große Bleikugel.« Sie deutete mit Daumen und Zeigefinger den Umfang an. »Das ist barbarisch. Es ist doch nur ein Festival. Wer tut so etwas?«

Eine berechtigte Frage. Warum hatte jemand mit einer geladenen Waffe geschossen? Wer war die Person?

»Ich würde sie gern besuchen, Eva Dirnberger ist eine gute Bekannte von mir.«

»Ich rede mit dem Stationsarzt. Normalerweise dürfen nur Verwandte in die Intensivstation.« Schwester Inge schüttelte sein Kissen auf. »Aber nun machen Sie Ihre Morgentoilette und ruhen Sie sich aus. Sie sind noch geschwächt von dem Sturz.«

Baltasar wachte am späten Nachmittag wieder auf. Den ganzen Tag hatte er im Bett gedöst, nur unterbrochen durch das Mittagessen. Er vermutete, die Schwester hatte ihm ein Schlafmittel in die Infusion gespritzt. Das Aufstehen machte ihm Probleme, seine Beine zitterten, ihm wurde schwarz vor Augen. Er rutschte auf die Bettkante und wartete, bis sich der Kreislauf wieder stabilisiert hatte. Er zog den Schlauch aus seiner Armbeuge, holte Jogginghose und

Sweatshirt aus dem Schrank und zog sich an. Die ersten Schritte tastete er sich zur Tür, es ging immer besser.

Der Flur war leer. Er wusste nicht, in welche Richtung er gehen sollte, und entschied sich für die rechte Seite. Nach mehreren Patientenzimmern kam er zu einer offenen Tür, aus der Klappergeräusche zu hören waren.

Im Raum stand Schwester Inge, sie räumte Gläser beiseite.

»Was ist, haben Sie einen Wunsch, Hochwürden?«, sagte sie, als sie ihn sah. »Was haben Sie mit Ihrer Infusion angestellt?«

»Ich bin fit. Nur mein linker Arm …«

»Sie sollten sich wieder ins Bett legen.«

»Ich will Frau Dirnberger kurz besuchen. Können Sie mir den Weg zeigen?«

»Sie wissen doch, dass die Patientin in keiner guten Verfassung ist. Warten Sie besser einige Tage mit dem Besuch, der diensthabende Arzt wird außerdem was dagegen haben.«

»Nicht, wenn Sie mich begleiten. Sie vergessen, ich bin Seelsorger. Vielleicht braucht Frau Dirnberger gerade in dieser Situation jemanden zum Reden. Wollen Sie ihr das vorenthalten?«

»Nun, ich weiß nicht.« Sie überlegte. »Meinetwegen. Aber nur ganz kurz. Und falls der Arzt sein Veto einlegt, gehen wir gleich wieder. Einverstanden?«

Sie fuhren mit dem Aufzug ein Stockwerk tiefer. Die Intensivstation lag am Ende des Gangs. Sie war nur durch eine Sicherheitsschleuse zu betreten.

»Warten Sie hier.« Schwester Inge ging zur Überwachungszentrale. Durch ein Glasfenster konnte Baltasar sehen, wie sie mit einer Frau sprach. Mehrere Monitore hingen dort an der Wand, sie zeigten Kurven und Daten, vermutlich von den Patienten.

Schwester Inge kam zurück. »In Ordnung, Sie haben fünf Minuten. Ziehen Sie das an.« Sie überreichte ihm eine Art Operationskittel, eine Haube und Überzieher für die Schuhe. »Frau Dirnberger liegt ganz links. Ich muss zurück auf meine Station.«

In dem Raum für Intensivpflege standen mehrere Betten, abgetrennt durch Vorhänge. Es roch nach Desinfektionslösung. Fremdartige Geräusche, scheinbar aus mehreren Richtungen kommend, überlagerten die Stille, ein Pumpen, ein Saugen, ein Piepsen.

In dem angegebenen Bett zeichnete sich eine Gestalt unter dem Leintuch ab. Nur ein Gesicht stach aus dem Weiß hervor. Baltasar konnte nicht erkennen, ob es Eva Dirnberger war, der Kopf im Kissen versunken, die Augen geschlossen, eine Atemmaske verdeckte den Großteil des Gesichts. Mehrere Schläuche kamen unter der Decke hervor, sie führten zu Maschinen, die unermüdlich ihre Arbeit verrichteten.

Bei dem Anblick fühlte er sich niedergeschlagen und hilflos – der menschliche Körper, Apparaten ausgeliefert, die das Weiterleben garantierten. Die Maschinen zeigten an, dass die Frau atmete. Sie war am Leben.

Er berührte ihren Arm. Die Haut fühlte sich heiß an. Still betete er für sie, möge Eva Dirnberger bald wieder genesen.

Sie schlug die Augen auf.

»Frau Dirnberger, ich bin's, Baltasar Senner.« Er sprach langsam und überdeutlich. »Verstehen Sie mich?«

Ihre Augenlider klappten mehrmals auf und zu, was Baltasar als eine Antwort interpretierte. Langsam drehte sie den Kopf. Sie sagte etwas, aber die Worte drangen nicht durch die Atemmaske.

Baltasar brachte sein Ohr ganz nahe an ihren Mund.

»Herr Senner, schön, dass Sie da sind.« Jeder Ton zerplatzte an der Maske wie eine Luftblase. »Ich bin so müde.«

»Sie brauchen nicht zu reden, Frau Dirnberger, Sie dürfen sich nicht anstrengen. Ein paar Tage, und es geht Ihnen schon wieder besser. Das sind momentan die Nachwirkungen der Operation.«

»Was ist mit mir geschehen?«

»Erinnern Sie sich noch an den Festumzug? Sie waren die Hauptdarstellerin, die Gräfin, die ihr Gefolge anführte.«

»Die Gräfin, das war ich. Stimmt, ich erinnere mich.« Sie machte eine Pause, schloss die Augen.

Baltasar dachte, dass Eva Dirnberger wieder eingeschlafen war, aber sie öffnete wieder die Augen und sah ihn an.

»Es war ein Krach. Schüsse. Ein Blitz direkt vor mir.«

»Wer hat auf Sie geschossen?«

»Die Schüsse. Vor mir. Ich … Ich weiß nicht. Hochwürden, sagen Sie mir, wie geht es Rosalie?«

10

Ein Klopfen weckte ihn. Baltasar fuhr hoch.

»Herein.«

Im Türrahmen standen die beiden Kriminalbeamten Wolfram Dix und Dr. Oliver Mirwald.

»Wir kommen, um einen Krankenbesuch zu machen.« Sie schüttelten ihm die Hand. »Leider haben wir keine Blumen oder Pralinen mitgebracht«, sagte Mirwald.

»Seit wann nehmen sich so vielbeschäftigte Beamte die

Zeit, extra aus Passau anzureisen, um einen Patienten aufzusuchen?« Baltasar grinste. Er kannte bereits die Antwort.

»Wir wollten uns den Anblick nicht entgehen lassen, Sie hilflos ans Bett gefesselt zu sehen«, antwortete Mirwald. »Ich genieße es, wenn Sie mal ruhig liegen müssen und keine Unruhe in unsere Arbeit bringen können.«

»Mein Kollege meint, Sie haben hier genug Zeit und Muße, sich für Ihre geistlichen Aufgaben zu sammeln«, sagte Dix. »Wir haben gehört, Sie sind vom Pferd gefallen.«

»Sie hätten sich lieber auf ein Holzpferd beim Kinderkarussell setzen sollen.« Der junge Kriminalkommissar lachte über seinen eigenen Witz. »Ich habe Ihnen bereits früher gesagt, Sie sollten bei den Dingen bleiben, die Sie verstehen und beherrschen.«

»Danke für Ihre aufrichtige Anteilnahme«, antwortete Baltasar. »Ich weiß es zu schätzen, solch hohen Besuch zu erhalten. Dennoch beschleicht mich das Gefühl, dass Sie aus einem ganz anderen Grund da sind.«

»Sie vermuten richtig. Wie Sie wissen, hat sich bei den Proben in Ihrer Gemeinde ein Unfall ereignet.«

»Ein Unfall? Bei einer Schussverletzung? Sind Sie da sicher?«

»Das ist die erste Arbeitshypothese. Natürlich ermitteln wir in alle Richtungen.« Mirwald zog die Stirn in Falten. »Aber zerbrechen Sie sich nicht unseren Kopf, Herr Pfarrer. Ich wiederhole mich ungern: Halten Sie sich aus der Polizeiarbeit raus, kümmern Sie sich lieber um Ihre Schäfchen in der Kirche.«

»Aber natürlich haben wir nichts dagegen, wenn Sie bei der nächsten Messe Ihre Besucher auffordern, sich bei uns als Zeugen zu melden«, sagte Dix. »Es kostet nämlich unendlich viel Zeit, alle Zuschauer des Spektakels zu identifizieren und zu befragen.«

»Frau Dirnberger soll von einer Gewehrkugel getroffen worden sein.« Baltasar strich seine Zudecke glatt.

»Woher wissen Sie das schon wieder?« Mirwalds Stimme hatte an Lautstärke zugenommen. »Haben Sie etwa …?«

»Man hört so einiges. Also, stimmen meine Informationen?«

»Wir haben tatsächlich vorhin ein Beweismittel sichergestellt.« Wolfram Dix nickte. »Ein Projektil, eine deformierte Bleikugel. Damit ist klar, dass diese Kugel aus einer historischen Waffe, einem Vorderlader, abgefeuert wurde«, sagte Dix. »Wir haben bereits alle Pistolen und Gewehre beschlagnahmen lassen, sie sind nun bei der kriminaltechnischen Untersuchung. Es ist nur eine Frage der Zeit, bis wir die Tatwaffe identifiziert haben.«

»Damit müsste auch der Schütze feststehen«, sagte Baltasar.

»Wir wissen, welche Person welche Waffe erhalten hat, es existiert ein Ausgabeprotokoll. Wenn wir das Gewehr haben, haben wir auch den Verantwortlichen.«

»Bleibt die Frage, warum diese Person mit einer geladenen Waffe auf Eva Dirnberger geschossen hat.«

»Das werden die weiteren Recherchen ergeben, die Zeugenvernehmungen laufen«, sagte Mirwald.

»Bedauerlicherweise können wir das Opfer noch nicht befragen«, sagte Dix. »Frau Dirnberger ist laut ihrem Arzt momentan nicht ansprechbar. Wir müssen warten, bis sie vernehmungsfähig ist.«

»Haben Sie schon Videoaufzeichnungen sichten können? Irgendjemand wird doch die Szene gefilmt haben, schließlich gehört das heute im Zeitalter der Handys zum guten Ton«, meinte Baltasar.

»Selbstverständlich gehen wir dieser Spur nach, wo denken Sie hin«, sagte Mirwald. »Aber das wird dauern. In der Regel schicken einem die Leute die Aufnahmen nicht automatisch zu.«

»Deshalb nochmals unsere Bitte, in Ihrer Kirchengemeinde Werbung für die aktive Mithilfe der Bürger zu machen«, sagte Dix. »Leider sind die Menschen im Bayerischen Wald nicht gerade dafür bekannt, gerne mit der Obrigkeit zusammenzuarbeiten. Für die gelten Polizisten als eine Spezies, der man am besten aus dem Weg geht.«

»Wenn Sie wollen, kann ich Sie gleich unterstützen und eine Zeugenaussage machen.« Baltasar schüttelte sich sein Kissen zurecht. »Ich habe hier eh nichts Besseres zu tun. Sie dürfen gerne alles protokollieren. Bloß in der entscheidenden Zeitspanne war ich …«

»Danke, Sie wollen uns doch nur zusätzliche Bürokratenarbeit aufhalsen«, sagte Mirwald. »Erholen Sie sich lieber hier im Krankenhaus und suchen Sie sich ein anderes Hobby.« Die Kriminalbeamten verabschiedeten sich.

Schwester Inge brachte das Mittagessen.

»Frau Dirnberger geht es wieder schlechter?«, fragte Baltasar. »Meine beiden Besucher haben so etwas angedeutet.«

»Das muss nicht von Dauer sein. Es ist oft ein Auf und Ab bei Patienten. Solange sich nicht alle Körperfunktionen stabilisiert haben, sind Rückschläge möglich.«

»Was meinen Sie, Schwester, könnte ich Frau Dirnberger nochmals einen Besuch abstatten?«

»Ich weiß es nicht. Schauen Sie auf gut Glück in der Intensivstation vorbei, den Weg kennen Sie ja. Und reden Sie mit dem Arzt, vielleicht lässt er Sie zur Patientin.«

»Wie geht es mittlerweile den anderen Teilnehmern der Robin-Hood-Festivalprobe? Es sollen mehrere Personen verletzt worden sein.«

»Einige Prellungen, ein gebrochener Fuß, Hautabschürfungen, Blutergüsse, wie ich gehört habe«, sagte die Schwester. »Die meisten wurden ambulant behandelt und sind wieder zu Hause. Frau Dirnberger und Sie sind die einzig Übriggebliebenen.«

»Dann wird es Zeit, dass ich auch von hier verschwinde«, sagte Baltasar. »Ich weiß Ihre Betreuung zu schätzen, Schwester Inge, aber ich sehne mich nach meinem eigenen Bett und meiner gewohnten Umgebung.« Selbst Teresas Kochkünste würde er ertragen, dachte er, wenn er nicht länger in diesem sterilen Zimmer bleiben musste. Nur für das Mittagsschläfchen hatte ein Krankenhaus Vorteile – es bestand keine Gefahr, dass man gestört wurde.

Er sprach mit dem Stationsarzt und unterschrieb eine Erklärung, dass er auf eigene Verantwortung entlassen würde. Er zog sich an und genoss das Gefühl, wieder normale Kleidung zu tragen, seine Sachen stopfte er in die Tasche.

Der Arzt in der Leitstelle der Intensivstation verwehrte ihm den Zutritt zu dem Patientenraum. »Frau Dirnberger hat gerade Besuch von Verwandten«, sagte er, »ich fürchte, danach braucht sie Ruhe. Versuchen Sie es bitte an einem anderen Tag.«

Er wartete draußen im Gang. Nach einiger Zeit kamen ein Mann und eine Frau aus der Intensivstation.

Baltasar stellte sich vor und erklärte, warum er hier war. »Entschuldigung, haben Sie Frau Dirnberger besucht?«

Die Frau nickte. »Eva … Sie … Sie sieht aus wie der Tod … Sie hat kurz die Augen geöffnet, sah uns an und … und … wollte was sagen. Aber …« Die Frau fing an zu weinen. Ihr Alter betrug etwa dreißig Jahre, sie hatte lange, blonde Haare, trug ein Leinenkleid und Ballerinas. »Verzeihung, Hochwürden, ich hab mich noch nicht vorgestellt.« Sie wischte sich die Tränen aus den Augen. »Mein Name ist Margit Sprengler. Ich bin Evas jüngere Schwester.« Sie deutete auf ihren Begleiter. »Das ist Werner Rechen, unser Onkel.«

Der Mann gab Baltasar stumm die Hand. Er war groß gewachsen, eine gepflegte Erscheinung, in seinem hellen Anzug wirkte er wie ein Unternehmer.

»Ja, Evas Zustand macht einen traurig«, sagte er. »Der Arzt ist aber optimistisch, dass es mit ihr wieder bergauf geht. Die nächsten Tage werden entscheidend sein. Können Sie für Eva beten, Herr Pfarrer?«

»Das werde ich selbstverständlich tun. Ich habe Sie noch nicht in unserer Kirche gesehen, Sie sind herzlich eingeladen.«

»Ich wohne außerhalb«, antwortete Werner Rechen. »Aber ich werde natürlich für meine Eva beim Allmächtigen um Hilfe bitten. Das alles zeigt uns, wie hilflos wir Menschen doch in Wirklichkeit sind. Wir hängen alle an einem Schicksal.«

»Verzeihen Sie, wenn ich frage: Wie haben Sie von dem ...« Baltasar überlegte, welches Wort in dieser Situation angemessen war. »... dem Unfall erfahren?«

»Ich war bei der Generalprobe mit dabei.« Die Stimme der Frau war brüchig. »Ich ging drei Reihen hinter ihr, verkleidet als Bedienstete. Ich habe die Szene noch vor Augen. Es war ... es war ... schrecklich.« Sie räusperte sich. »Als die Kanone losging, zuckte ich zusammen, ich dachte mir nur, wie laut das gewesen war. Plötzlich hörte ich von zwei Seiten Schreie. Von hinten kreischte jemand. Wie wir später erfahren haben, war ein Pferd durchgegangen. Dann Schüsse. Gleichzeitig schrie jemand direkt vor mir. Ich war automatisch weitergegangen, da sah ich Eva am Boden ausgestreckt. Ich erkannte sie sofort wegen ihres Kleides, sie lag auf dem Bauch, ihre Beine irgendwie seitlich verdreht. Jemand beugte sich über sie. Ich weiß nicht mehr, wer, eine Frau, glaub ich, drehte Eva auf den Rücken. Da sah ich Blut, überall Blut. Der Stoff ihres Kleides war durchtränkt, es sah aus wie Farbe.«

»War Frau Dirnberger bei Bewusstsein?«

»Sie hatte die Augen geöffnet, ihr Gesicht war vor Schmerz verzerrt. Sie stöhnte und hielt sich den Bauch. Ich glaube, sie sagte so etwas wie: ›Es tut so weh.‹«

»Es ist schrecklich, so etwas mit ansehen zu müssen«, sagte Baltasar.

»Das war es. Ich habe noch immer die Bilder vor mir.« Margit Sprengler schluckte. »Jemand redete auf Eva ein, sagte: ›Verstehen Sie mich? Können Sie sich bewegen?‹ Ein anderer rief: ›Wir müssen sofort einen Krankenwagen holen.‹ Ein Mann telefonierte mit der Not-Einsatzzentrale. Ich weiß nicht, wie lange es dauerte, bis die Sanitäter kamen. Mir erschien es wie eine Ewigkeit.«

»Was haben die Schützen gemacht, die im Wald versteckt waren?«

»Ich hab nicht darauf geachtet, ich hab die ganze Zeit auf meine Schwester gestarrt. Wie gelähmt war ich, unfähig, etwas zu tun. Es rannten immer mehr Menschen herbei, sie drängten sich um Eva. Irgendwann bin ich zum Parkplatz gegangen, hab mich ins Gras gelegt, ich saß nur dort und konnte an nichts denken. Danach bin ich heimgefahren. Und Eva …« Sie machte eine Kopfbewegung in Richtung Intensivstation. »… nun liegt Eva dort.«

»Haben Sie den Unfall auch beobachten können, Herr Rechen?« Baltasar war aufgefallen, dass der Mann die ganze Zeit wie unbeteiligt danebengestanden hatte.

»Ich habe an den Robin-Hood-Spielen nicht teilgenommen, ich war nicht mal dort, hatte einen dienstlichen Termin.« Werner Rechen hakte sich bei seiner Nichte ein. »Wir sollten jetzt gehen. Das hier ist ein deprimierender Ort.«

11

Wie wunderbar einem das vertraute Haus vorkam. Es war wie nach einer langen Urlaubsreise, man war froh, trotz aller neuen Eindrücke wieder Gewohntes um sich zu haben. Die Geräusche, selbst der Geruch, alles war wie immer.

Vielleicht nicht ganz. Baltasar roch etwas, Aromen von Holzkohle und Teig. Teresa würde doch nicht etwa einen Kuchen backen? Er beendete seine Morgentoilette und zog sich an.

Den ersten Schluck Kaffee genoss er, als würde er wertvollen Bordeaux-Wein probieren.

»Zur Feier des Tages.« Seine Haushälterin stellte einen Gugelhupf auf den Tisch, bedeckt mit Puderzucker. Sie schnitt den Kuchen an und legte ihm ein Stück auf den Teller.

»Rezept hab ich in der Frauenzeitschrift gelesen.« Sie sah ihn erwartungsvoll an.

Nichts würde heute seine gute Laune trüben können, dachte Baltasar und schob sich einen Bissen in den Mund. Zitrone und Rum, Kakao und Zucker. Es schmeckte eigentlich ganz passabel. Er spülte mit Kaffee nach.

»Wunderbar, Teresa, nehmen Sie sich doch auch ein Stück.«

»Danke, später vielleicht. Ich noch müssen abspülen.«

In seinem Büro bearbeitete er die Post und las die Zeitung mit den Berichten über die Generalprobe. Von einem »Ereignis« dort war da die Rede:

> Zu einem Zwischenfall kam es bei den neuen Robin-Hood-Festspielen. Die Proben bei dem geplanten »größten Festival im Bayerischen Wald«, so ein Organisator, wurden durch ein Pferd gestört. Das aufgescheuchte Tier galoppierte in die Menge. Es gab mehrere Verletzte. Die Veranstaltung wurde daraufhin abgebrochen. Die Veranstalter wollen die Probe zu einem späteren Zeitpunkt wiederholen.

Keine Zeile über die Schussverletzung, dachte Baltasar. Vermutlich waren die Informationen an die Presse nur spärlich geflossen. Doch wie lange konnte das alles noch vor der Öffentlichkeit verborgen bleiben?

Er fragte bei Teresa nach, wie sie den Unfall erlebt hatte.

»Ich marschierte ziemlich weit hinten, bin ja Statistin«, sagte sie. »Wegen der Kanone ich schauen zum Wald. Aber ich dort sehen zuerst nichts. Einige laufen zu der verletzten Frau, einige schauen nach Ihnen. Sie da liegen wie leblos. Ich will zu Hilfe kommen, aber schon andere Leute da.«

»Ich mag mir gar nicht ausmalen, wie das ausgesehen hat. Gott sei Dank hab ich nichts mitbekommen. Ist Ihnen was im Wald aufgefallen? Da waren doch die Wilderer-Darsteller versteckt, die geschossen haben.«

»Später, als die Krankenwagen gekommen waren, ging ich am Rand um die Menge herum, ich wusste nicht, was ich tun sollte – warten oder nach Hause gehen. Ich sah einige Männer und Frauen aus dem Wald kommen und in Richtung der niedergeschossenen Frau laufen.«

»Konnten Sie sehen, wer es war?«

»Ich war zu weit weg, außerdem waren alle verkleidet, einige hatten sich das Gesicht mit schwarzer Schminke eingeschmiert. Nein, ich niemanden erkannt.«

»Es müssen eigentlich eine Menge Schauspieler gewesen sein, eine Rolle in der Wilderertruppe war begehrt.«

»Das ist richtig, aber so viele habe ich nicht gesehen. Nur etwas anderes war auffällig, wenn ich mir es recht überlege.«

»Was denn?«

»Ich hatte mich gerade entschlossen, ins Pfarrhaus zurückzugehen. Ich hatte mir gedacht, wenn Hochwürden kommen ins Krankenhaus, er brauchen einige Sachen. Da sah ich jemanden seitlich vom Waldrand heraustreten. Später folgte eine zweite Person. Ich dachte nur, die scheinen sich gar nicht für den Unfall zu interessieren, gehen stattdessen einfach heim. Ich aber nicht wissen, wer es war.«

»Hören Sie sich um, Teresa, die Polizei sucht noch Zeugen.«

»Ich will nichts mit denen zu tun haben, nur Ihnen ich erzählen, was ich erfahre.«

Baltasar ging hinüber in die Kirche. Die Stille des Andachtsraumes nahm ihn immer wieder aufs Neue gefangen. Es war ein Mysterium, wie es die alten Baumeister geschafft hatten, ein steinernes Lob Gottes zu schaffen.

Es dauerte einen Moment, bis er bemerkte, dass er nicht alleine war. Um diese Zeit waren Gläubige eher selten, und Touristen verirrten sich kaum in das Gotteshaus, zu weit unten stand es in der Rangfolge der kirchlichen Sehenswürdigkeiten des Bayerischen Waldes – eine Liste, die angeführt wurde vom Passauer Dom, gefolgt von den berühmten Wallfahrtsorten.

Ein Mann stand in der Nähe des Altars, vor der Marienstatue und der Vitrine mit dem wertvollen Rosenkranz. Er machte sich an etwas zu schaffen, Baltasar sah nur seinen Rücken.

Er ging direkt auf den Mann zu.

»Hallo, kann ich Ihnen helfen?«, sagte er mit lauter Stimme.

Der Mann fuhr herum – es war Xaver Wohlrab.

»Oh«, sagte der Bürgermeister sichtlich überrascht, »ich ... ich habe der Kirche einen Besuch abgestattet.« Er verdeckte einen Gegenstand mit seinem Körper.

»Herr Bürgermeister, Sie hier?« Baltasar kam näher. »Es freut mich natürlich, wenn die Gläubigen Rat und Trost im Haus Gottes suchen, aber es überrascht mich doch, Sie gerade jetzt hier anzutreffen, wo Sie doch sonst nur die Sonntagsmesse besuchen. Wollen Sie die Beichte ablegen?«

»Äh ... ich? Nein, nein, ich wollte nur ... Ich dachte ... Was sollte ich schon beichten?«

»Sie sind Politiker.« Baltasar deutete hinter den Bürgermeister. »Was haben Sie denn da?«

»Sie meinen? Ach das ...« Wohlrab holte eine Kerze hervor, armdick und sicher einen Meter lang. »Die wollte ich gerade für die Jungfrau Maria stiften.«

»Eine solch große Kerze? Die wird sicher teuer gewesen sein. Das ist aber nobel von Ihnen. Einen Moment.« Baltasar holte einen speziellen Bodenständer und platzierte die Kerze darauf. »So, nun passt's. Ich muss sagen, ich bin beeindruckt: Ein Politiker wie Sie, der sonst nichts von solchen Ritualen hält – wenn nicht gerade Wahlkampf ist –, besinnt sich der Glaubenstraditionen. Da sollte man ›Halleluja!‹ rufen. Da wird mir um Ihre Partei nicht bange.«

»Seien Sie nicht ironisch, Hochwürden.« Wohlrab schien verlegen. »Ich dachte, ich wäre hier ungestört, es sollte eigentlich niemand merken. Das ist meine ganz persönliche Aktion als Katholik. Eine Privatangelegenheit gewissermaßen.«

Baltasar reichte ihm Streichhölzer. Der Bürgermeister zündete die Kerze an, sprach ein stilles Gebet und bekreuzigte sich.

»So, jetzt ist mir wohler«, sagte er.

»Darf ich fragen, welchen Beistand Sie von der Muttergottes erflehen?«

»Ich weiß nicht ...«

»Sagen Sie es ruhig, es fällt unter das Beichtgeheimnis.«

»Es geht um unser Robin-Hood-Festival. Ich habe darum gebetet, dass die Jungfrau Maria uns unterstützt.«

»Für was?«

»Dass die Veranstaltung überhaupt noch stattfindet.«

Baltasar musste kurz über diese Aussage nachdenken. »Sie haben Sorge, der Unfall könnte die Festspiele stoppen?«

»Sorge? Eine Scheißangst habe ich! Verzeihen Sie die Wortwahl, Hochwürden.« Wohlrab senkte seine Stimme zu einem Flüstern. »Bisher haben wir die Presse hinhalten können. Aber was ist, wenn alle Details herauskommen? Was, glauben Sie, wird dann los sein?«

»Ich bin kein Hellseher.«

Das Telefon des Bürgermeisters klingelte. Er beachtete es nicht. Nach einiger Zeit war es wieder still.

»Wir benutzen scharfe Waffen, die theoretisch Menschen töten können, auch wenn wir nur mit Platzpatronen schießen. Wenn es publik wird, dass die arme Frau mit einer solchen Waffe verletzt wurde … Wir haben jetzt schon genügend Konkurrenten, die uns diesen Erfolg nicht gönnen, die es gerne sähen, wenn wir scheitern.«

»Haben Sie dafür Belege?«

»Man hört einiges. Aber das ist gar nicht der Punkt. Seit Jahren versuche ich, Investoren in unsere Gemeinde zu locken, damit hier neue Arbeitsplätze entstehen, damit die Gegend attraktiver für Gäste wird und wir nicht den ganzen Kuchen den anderen Touristenorten im Bayerischen Wald überlassen müssen. Und jetzt sind wir kurz vor dem Ziel, könnten mit den Festspielen ein neues Markenzeichen schaffen, das uns kommerziell die nächsten Jahrzehnte hilft und die Zukunft der Gemeinde sichert. Nicht zu vergessen all die Bürger, die haben ihren Spaß, für die ist es ein sinnstiftendes Element, das die Gemeinschaft fördert.«

Baltasar dachte auch an die Grundstücksgeschäfte, die dem Bürgermeister und seinen Freunden damit entgehen könnten. »Ihre Befürchtungen müssen nicht eintreten.«

»Was glauben Sie, welchen Einsatz ich bisher geleistet habe? Da steckt bereits eine Unmenge Arbeit drin. Unentgeltlich, versteht sich. Das habe ich für die Gemeinde getan. Das soll jetzt alles umsonst gewesen sein?«

Sein Telefon klingelte abermals. »Entschuldigung«, sagte Wohlrab. »Ich muss kurz rangehen.« Er nahm das Gespräch an und meldete sich.

Baltasar konnte nicht verstehen, was die Person am anderen Ende der Leitung sagte. Aber er sah das Gesicht des Bürgermeisters, das immer blasser wurde. Wohlrab legte wortlos auf.

»Eine Kerze für die Muttergottes wird nicht mehr reichen, Herr Pfarrer.« Der Bürgermeister sackte auf die

Kirchenbank. Sein Körper wirkte wie ein Ballon, aus dem langsam Luft entwich. Er starrte auf den Boden.

»Ich habe soeben eine schreckliche Mitteilung erhalten: Frau Eva Dirnberger ist an den Folgen ihrer Schussverletzung gestorben.«

12

Als Weihrauch hatte Baltasar die Sorte »Angelus« aus Jemen gewählt, versetzt mit getrockneten Blüten und Amber, ein lieblicher Duft, der dem Anlass angemessen war. Er gab dem Ministranten ein Zeichen, das Turibulum zu schwenken. Die Schwaden verteilten sich in der Luft, er schnupperte unauffällig – und war zufrieden. So sollte guter Weihrauch riechen.

Die Orgel spielte *Knockin' on Heaven's Door* – Klopf an die Himmelstür –, ein Titel des amerikanischen Songschreibers Bob Dylan; es war ein Wunsch der Verwandten der Toten gewesen. Der Chor sang dazu:

Mama, nimm mir dieses Abzeichen ab.
Ich brauch es nicht mehr.
Es wird dunkel, zu dunkel, um etwas zu erkennen.
Ich fühle mich, als klopfte ich an die Himmelstür.
Klopfe an die Himmelstür.
Klopfe an die Himmelstür.

Sein Blick schweifte über die Gemeinde. Die Bänke waren bis auf den letzten Platz gefüllt, hinten beim Eingang standen weitere Menschen dicht gedrängt. Die erste Reihe belegten Angehörige von Eva Dirnberger. Er erkannte den

Onkel, Werner Rechen, im schwarzen Anzug; mit unbewegtem Gesicht saß er da und starrte ihn an. Daneben saß Margit Sprengler, die Schwester der Verstorbenen. Sie trug ein kurzgeschnittenes, schwarzes Kleid. Das blonde Haar war hochgesteckt und hinten fixiert, Baltasar bewunderte immer wieder die Kunstfertigkeit solcher Frauenfrisuren. Auf dem Kopf befand sich eine Art Käppchen, ebenfalls in Schwarz; ein Schleier, dünn wie Seidengespinst, bedeckte die Augen. Neben ihr, händchenhaltend, ein unbekannter Mann im schwarzen Anzug.

Mama, vergrab meine Waffen.
Ich kann mit ihnen nicht mehr schießen.
Die lange, schwarze Wolke senkt sich hernieder.
Ich fühle mich, als klopfte ich an die Himmelstür.

In der Reihe dahinter saßen Vertreter der Presse und die örtlichen Honoratioren: Bürgermeister Wohlrab mit seiner Frau, der Bankdirektor, der Vorsitzende des Jagdverbandes und des Schützenvereins, Vertreter von Turnverein, Freiwilliger Feuerwehr, Brauchtumsverein und vom Kreisverband des Roten Kreuzes.

Klopfe an die Himmelstür.
Klopfe an die Himmelstür.

Er wartete, bis die letzten Klänge in der Kirche verhallt waren. Noch zögerte er seine Bewegungen hinaus, zählte still bis drei, den Gesichtern war die steigende Spannung abzulesen. Nun hatte er ihre Aufmerksamkeit. Mit einer fließenden Geste hob Baltasar die Hände.

»Lasst uns beten.«

Er sprach die jahrtausendealten Worte, es war wie eine Beschwörung, eine magische Formel, die alle Anwesenden ergriff und einte. Er fügte einige persönliche Bemerkungen an über Fragen des Todes, über Abschiednahme und darüber, wie unergründlich die Wege des Allmächtigen oft waren.

Die Musik hob wieder an, der Chor sang Bob Dylans *Blowin' in the Wind.*

Wie oft kann man den Kopf wegdrehen
und so tun, als würde man nichts sehen?
Wie oft muss ein Mensch hinaufschauen,
bevor er den Himmel sehen kann?

Und wie viele Ohren muss der Mensch haben,
bis er das Weinen eines anderen hört?
Und wie viele Tote wird es brauchen, bis wir wissen,
dass schon zu viele Menschen gestorben sind?

Weiter hinten entdeckte Baltasar den Regisseur und den Marketing-Manager, Dominik Fetzner; er war gekleidet wie immer. Einige Plätze weiter sah er eine Frau, die mit verschränkten Armen dasaß und eine missmutige Miene trug. Er erkannte sie: Es war die Hobby-Schauspielerin, die für die Rolle der Gräfin vorgesprochen hatte. Etwas abseits betrachtete Tobias Kettler, sein evangelischer Kollege, das Geschehen.

Wie viele Straßen auf dieser Welt
sind Straßen voll Tränen und Leid?
Wie viele Meere auf dieser Welt
sind Meere der Traurigkeit?

Die Antwort, mein Freund,
hat der Wind verweht,
die Antwort hat der Wind verweht.

Baltasar stellte sich ans Pult. Vor ihm war die Urne aufgestellt, geschmückt mit einem Rosenbouquet, flankiert von einem Foto Eva Dirnbergers. Die Hinterbliebenen hatten ihm Stichworte aus der Biografie der Verstorbenen für seine Predigt geliefert.

Er erzählte von der Kindheit Evas, aufgewachsen auf einem Bauernhof hier im Bayerischen Wald, von ihrem Fleiß und Ehrgeiz in der Schule, vom tragischen, frühen Tod des Vaters und der Mutter. Er sprach von dem Mut der Frau, sich mit einem Pferdehof selbstständig zu machen, ihrem Gespür für Geschäfte. Und dass es ihr nun nicht mehr vergönnt war, ihr Leben mit Partner und Kindern zu planen.

Zum Abschluss trat er neben das Pult.

»Der Unfall der Verstorbenen ist noch immer nicht aufgeklärt. Ich möchte hiermit die Bitte der Polizei weitergeben, sie bei den Ermittlungsarbeiten zu unterstützen. Es ist zugleich so etwas wie ein letzter Dienst für Frau Dirnberger. Wenn Sie also etwas gesehen oder gehört haben, was den Behörden hilft, geben Sie sich einen Ruck und teilen Sie Ihr Wissen. Ich bin gerne bereit, alles weiterzuleiten.«

Die Musik setzte wieder ein, und der Trauerzug formierte sich.

Die Sonne blendete, als Baltasar ins Freie trat. Es war nur eine kurze Strecke hinüber zum Friedhof. Der Träger platzierte die Urne auf einem Brett über der vorbereiteten Öffnung. Es dauerte eine Weile, bis alle Trauergäste einen Platz gefunden hatten. Viele trugen nun ihre Sonnenbrillen.

Nach der Beisetzungszeremonie defilierten die Besucher

am Grab vorbei. Stehen bleiben, ein kurzes Gebet, eine Schaufel Erde – die Menschenschlange schien gar kein Ende zu nehmen. Eva Dirnbergers Schwester und der unbekannte Mann standen direkt vor dem Urnengrab und nahmen die Beileidsbekundungen entgegen; der Onkel hatte sich abseits platziert.

Baltasar fragte sich, wer die anderen Verwandten waren, niemand ließ sich eindeutig zuordnen; andererseits kannte er einige Trauergäste nicht. Jedenfalls waren die Teilnehmer der Generalprobe fast vollständig erschienen, soweit er das sehen konnte.

War der Schütze unter den Anwesenden? Falls es wirklich ein Unfall gewesen sein sollte, warum hatte sich der Betroffene bis jetzt nicht bei der Polizei gemeldet? Der Fall war merkwürdig.

Er bemerkte jemanden, der ihm dezent zuwinkte. Es war Oliver Mirwald, der Kriminalkommissar, mit seinem Kollegen Wolfram Dix. Sie mussten erst am Friedhof zur Trauergemeinde gestoßen sein, vorher hatte er sie nicht bemerkt. Was wollten die beiden Beamten schon wieder?

Die Menge löste sich auf. Der Leichenschmaus war in einem Lokal im Nachbarort geplant. Um einen guten Platz zu ergattern, mussten die Leute nun losfahren. Schließlich war das Essen und Trinken für viele das Wichtigste bei einer Beerdigung. Nicht zu vergessen das Tratschen, der Austausch von Gerüchten und Spekulationen – der Tod Eva Dirnbergers gab dazu genug Nahrung.

Baltasar sprach einige Beileidsworte zu Margit Sprengler und ihrem Onkel Werner Rechen und beschloss, zurück ins Pfarrhaus zu gehen.

»Herr Pfarrer.«

Jemand hatte halblaut gesprochen. Er sah sich um und

bemerkte eine Frau, die sich hinter einem Baum verborgen hatte. Es war die Hobby-Schauspielerin. Er ging zu ihr.

»Was ist? Warum verstecken Sie sich hier?«

»Hochwürden, ich wollte ungestört mit Ihnen sprechen. Haben Sie kurz Zeit für mich?«

»Wir kennen uns nicht, glaube ich.«

»Mein Name ist Klara Murlinger, ich bin eine Bekannte der Verstorbenen. Ich mach ebenfalls beim Robin-Hood-Festival mit. Bitte, es ist dringend. Es dauert nicht lange.«

»Wollen Sie beichten?«

»Einfach ein vertrauliches Gespräch unter vier Augen. Es geht um den Unfall.«

»Also gut, kommen Sie gleich in die Kirche. Wir treffen uns dort.«

Auf dem Weg zurück traf Baltasar den Bürgermeister.

»Hoffentlich hat der Albtraum bald ein Ende«, sagte Wohlrab. »Der Todesfall überschattet unsere Vorbereitungen.«

»Wollen Sie das Festival nicht erst mal ruhen lassen – oder gleich ganz abblasen?«

»Hören Sie auf, so negativ zu reden, Hochwürden! Beten Sie lieber darum, dass die Angelegenheit ein gutes Ende nimmt.«

»Immerhin ist ein Mensch durch eine Kugel ums Leben gekommen. Die Aussichten auf ein Happy End sind da gering.«

Baltasar verabschiedete sich und betrat die Kirche. Der Raum war wie ausgestorben. Reste von Weihrauch und Kerzenwachs schwängerten die Luft.

»Frau Murlinger?« Er ging durch die Bankreihen. Niemand war zu sehen. Er wollte zur Sakristei, als er hinter sich ein Geräusch hörte.

Die Frau war am Seitengang aufgetaucht. »Hier bin ich.«

»Warum haben Sie sich nicht gleich gemeldet?«

»Ich wollte sichergehen, dass wir allein sind.«

»Setzen Sie sich.«

»Danke, ich stehe lieber.«

»Also, legen Sie los, was haben Sie auf dem Herzen?«

Das Hauptportal quietschte. Beide fuhren herum. Zwei Männer standen am Eingang – die beiden Kriminalkommissare.

»Das ist es, weswegen ich mit Ihnen reden wollte, Hochwürden.« Die Stimme Klara Murlingers hatte alle Kraft verloren.

Wolfram Dix und Oliver Mirwald traten vor.

»Frau Murlinger, wir verhaften Sie wegen des Mordes an Eva Dirnberger.«

13

Es war eine unangenehme Stille, eine Anspannung, als würde ein Wort die Luft zum Explodieren bringen.

»Wir sind hier in einer Kirche«, sagte Baltasar nach einer kleinen Ewigkeit.

»Tut uns leid, Hochwürden, aber darauf können wir jetzt keine Rücksicht nehmen«, sagte Mirwald.

Die beiden Kriminalbeamten kamen näher.

»Wir sind dienstlich hier.«

»Ein Gotteshaus ist ein besonderer Ort, da kann ich Respekt erwarten«, antwortete Baltasar. »Weltliche Dinge zählen hier nicht.«

»Bitte, Herr Pfarrer, seien Sie nicht naiv. Auch für die

Kirche gilt das Gesetz.« Mirwald sprach zu Baltasar, sah aber die ganze Zeit Klara Murlinger an.

»Schon mal was von Kirchenasyl gehört? Menschen, die sich hierher flüchten, genießen besonderen Schutz.«

»Aber nicht bei Mord.«

»Bitte, bitte, wir wollen doch an diesem Ort nicht streiten«, sagte Dix. »Ich schlage vor, wir setzen uns einfach. Unsere Fragen können wir vorab auch so stellen.«

Er machte eine einladende Geste. Alle setzten sich auf die Bank, wobei die Beamten so Platz nahmen, dass für die Verdächtige eine Flucht unmöglich war.

»Frau Murlinger, sind Sie bereit zu reden? Sie können auch juristischen Beistand verlangen.«

»Ich will Ihnen alles erzählen. Sie werden sehen, ich bin unschuldig.« Ihre Stimme klang fest. »Aber ich bestehe darauf, dass Herr Senner mir beisteht.«

»Meinetwegen – aus Respekt vor der Kirche.« Wolfram Dix beugte sich vor. »Frau Murlinger, Sie wissen, warum wir hier sind?«

»Deswegen bin ich zu Herrn Senner gekommen, ich wollte mit Hochwürden darüber sprechen, mich ihm anvertrauen, als Sie gerade reinkamen.«

»Das stimmt«, sagte Baltasar, »Frau Murlinger bat mich um diese Unterredung.«

»Es geht um den Tod von Eva Dirnberger. Wir haben Sie als Schützin identifiziert«, sagte Mirwald. »Legen Sie ein Geständnis ab und denken Sie daran, wir sind an einem geweihten Ort – da ist Lügen verboten.«

»Ich habe nichts zu verbergen«, antwortete sie. Sie schien froh, endlich über den Fall reden zu können.

»Was konkret sind denn Ihre Beweise für diesen Mordvorwurf?« Baltasar sah die beiden Kommissare an.

»Wir haben mit allen beschlagnahmten Waffen Schusstests durchgeführt. Durch einen Abgleich mit dem Projektil, das in der Wunde des Opfers gefunden wurde, konnten wir die Tatwaffe eindeutig bestimmen. Es handelt sich um eine Muskete.« Dix hob die Arme. »Wir haben die Ausgabeliste des Waffenmeisters damit verglichen. Ihr Name steht da, Frau Murlinger. Zudem haben wir Fingerabdrücke auf der Waffe gefunden. Ich bin mir sicher, dass sie mit Ihren Fingerabdrücken übereinstimmen. Sie sind die Todesschützin.«

»Ich bestreite gar nicht, dass ich mit diesem Gewehr geschossen habe.«

»Geübt hatten Sie dafür. Wie wir recherchiert haben, waren Sie bei den Einweisungen und Schießübungen dabei«, sagte Mirwald.

»Auch das leugne ich nicht.«

»Also geben Sie zu, auf Eva Dirnberger gezielt geschossen zu haben?«

»Bei Ihnen klingt das so dramatisch. Es war Aufgabe eines jeden Schauspielers in der Wilderergruppe, bewusst auf eine Person zu feuern. Mir hat der Regisseur eben die Hauptdarstellerin zugeteilt. Und die Waffe war bereits geladen.«

»Das sind doch nur Ausflüchte«, entfuhr es Mirwald. »Damit kommen Sie nicht durch!«

»Es war aber so.«

»Wie weit waren Sie bei Abgabe des Schusses vom Opfer entfernt?«, fragte Dix.

»Etwa zehn Meter.«

»Und wie haben Sie Ihre Waffe abgefeuert? Schildern Sie es uns.«

»Ich lag auf dem Boden.«

»Wo genau?«

»Es war im Wald, dicht hinter der ersten Baumreihe.«

»Wer stand neben Ihnen?«

»Ich weiß es nicht mehr, ich war ganz auf die Szene konzentriert, die wir spielen sollten.«

»Und weiter?«

»Den Gewehrkolben hatte ich fest an die Schulter gedrückt, ich hatte Angst vor dem Rückstoß. Diese Dinger sind furchteinflößend, das habe ich schon bei den Proben gemerkt.«

»Wann haben Sie den Abzug betätigt?«

»Wir sollten laut Regieanweisung alle gleichzeitig feuern, gleich nach der Kanone. Ein Helfer hinter uns, ich weiß nicht, wer, gab uns das Kommando, als die Gruppe mit der Gräfin weit genug herangekommen war.«

»Auf welche Stelle haben Sie gezielt? Auf den Kopf? Auf den Bauch? Auf die Beine?«

Klara Murlinger sprach leiser. »Ich hatte Eva Dirnberger bereits vorher ins Visier genommen ... Ich ... Ich hatte mir darüber keine Gedanken gemacht ... Ich glaube, ich hab einfach irgendwie die Mitte des Körpers genommen, weil die über Kimme und Korn am einfachsten zu sehen war. Ich hab mir keine Mühe gegeben, besonders genau zu zielen.«

»Das war auch gar nicht nötig«, fuhr Mirwald dazwischen. »Aus der Entfernung hätte auch ein Blinder getroffen.«

»Bitte fahren Sie fort«, sagte Dix. »Was geschah dann?«

»Ich habe erst gar nichts bemerkt, weil der Pulverdampf die Sicht versperrt hat. Denn kurz vorher war die Kanone abgefeuert worden. Aber dann sah ich, wie Frau Dirnberger zusammengesackt war, sie hielt sich den Bauch. Leute schrien.« Sie schluchzte. »Es ist so ... so furchtbar.«

»Lassen Sie sich Zeit«, sagte Baltasar und reichte ihr ein Taschentuch.

»Irgendwann registrierte ich, dass die Frau verletzt war. Menschen kümmerten sich um sie. Ich ... Ich glaube, es drang damals noch nicht in mein Gehirn, dass ich damit zu tun hatte, dass es meine Waffe gewesen war ... Die arme Frau.«

»Was taten Sie als Nächstes?«

»Ich ... Ich weiß nicht mehr genau. Ich war wie in Trance, habe das Gewehr fallen gelassen, bin aufgestanden und gegangen. Ich war verwirrt, wollte weg. Nach einiger Zeit habe ich mein Auto erreicht und bin heimgefahren.«

»Warum haben Sie dem Opfer nicht geholfen?«, fragte Dix.

»Zuerst habe ich gar nicht kapiert, dass meine Waffe der Auslöser gewesen war. Ich dachte, Splitter aus der Kanone hätten das verursacht. Später waren schon genug Helfer da.«

»Das sollen wir glauben?« Mirwald schnaubte. »Wir sind hier nicht in der Märchenstunde. Ich will Ihnen sagen, wie es in Wirklichkeit ablief: Sie hofften davonzukommen und in dem Durcheinander nicht als Täterin identifiziert zu werden. Sie flüchteten, um in Ruhe Ihre Spuren verwischen zu können und Zeit zu haben, sich eine Geschichte für die Polizei auszudenken.«

»Das stimmt nicht.« Klara Murlinger hob den Kopf. »Ich habe Ihnen die Wahrheit gesagt.«

»Wenn Sie so wahrheitsliebend sind, wie Sie sagen, warum sind Sie dann nicht zu uns gekommen und haben sich offenbart?« Mirwalds Worte stachen zu wie Eiszapfen. »Zeit zum Nachdenken hatten Sie genug. Aber Sie hofften immer noch, nicht enttarnt zu werden. Wie einfältig von Ihnen!«

»Ich … Ich war von dem Vorfall geschockt. Als ich zu Hause war und sich der Unfall herumgesprochen hatte, ist mir alles erst so richtig bewusst geworden, dass ich dafür verantwortlich war.«

»Aber Ihre Verantwortung für diesen ›Unfall‹, wie Sie es beschönigend nennen, haben Sie nicht wahrgenommen«, sagte Mirwald. »Sie hätten sich stellen müssen. Stattdessen haben Sie sich verkrochen.«

»Ich war wie betäubt. Was habe ich getan, habe ich mich die ganze Zeit gefragt. Ich fühlte mich schuldig. Wissen Sie, wie schwer es ist zu akzeptieren, dass man Auslöser einer Katastrophe geworden ist?«

»Bei der Selbsterkenntnis haben Gewalttäter erfahrungsgemäß Defizite«, antwortete Mirwald.

Klara Murlinger schüttelte den Kopf. »Es ist eine Schande, gewartet zu haben. Wahrscheinlich schreckte mich im Unterbewusstsein auch die Vorstellung, plötzlich vor allen Leuten am Pranger zu stehen. Ein Albtraum. Aber schließlich hab ich mich dazu durchgerungen. Deshalb bin ich hier. Der Tod von Frau Dirnberger hat eine neue Situation geschaffen. Mir wurde klar, dass ich mich offenbaren musste, so schwer es mir auch fiel.«

»Wie war eigentlich Ihr Verhältnis zum Opfer?« Dix sprach ein neues Thema an.

»Wir kannten uns, waren aber nicht befreundet.«

»Hatten Sie in letzter Zeit mit Eva Dirnberger Kontakt?«

»Ich habe sie bei den Proben getroffen.«

»Gab es Streit zwischen Ihnen?«

»Dafür kannte ich sie nicht gut genug. Warum fragen Sie?«

»Zeugen haben ausgesagt, Sie hatten eine heftige Auseinandersetzung auf dem Übungsplatz«, sagte Mirwald.

»Ach was, das waren nur Diskussionen um die Rollen.« Klara Murlingers Stimme verriet Unsicherheit.

»Es ging doch um viel mehr. Sie wollten die Hauptrolle – es war die Chance Ihres Lebens. Und Eva Dirnberger hat sie Ihnen weggeschnappt. Darüber wurden Sie so wütend, dass Sie Rache wollten, wenn sich die Gelegenheit bot. Das war dann bei der Generalprobe der Fall.«

»Das ist Blödsinn!«

Mirwald war aufgestanden. »Sie hatten ein starkes Motiv, die Frau zu töten. Sie haben es geplant, Sie versuchten, es zu vertuschen, Sie spielten die Rolle der Ahnungslosen. Aber mich können Sie nicht täuschen.« Der Kommissar machte ein Zeichen aufzustehen. »Sie haben aus niedrigen Beweggründen gehandelt. Das nennt man Mord. Frau Murlinger, machen Sie keine Schwierigkeiten und kommen Sie mit. Draußen wartet ein Auto.«

Klara Murlinger wandte sich an Baltasar. »Hochwürden, ich war es nicht. Ich bin unschuldig! Bitte helfen Sie mir – Sie sind meine einzige Chance, meine Unschuld zu beweisen.«

14

Baltasar nahm die Abzweigung zum Reiterhof. Die Schwester des Opfers hatte wegen der Abrechnung der Beerdigungskosten angerufen und gebeten, er möge vorbeischauen, wann immer er Zeit hätte. Deshalb hatte er sich spontan zu dem Ausflug entschlossen, zumal Teresa ihren Großputz veranstaltete und ihn aus dem Haus haben wollte.

Noch immer ging ihm die Verhaftung Klara Murlingers

durch den Kopf. War sie tatsächlich die Mörderin von Eva Dirnberger? Dann hatte sie in der Kirche grandios geschauspielert. Doch er hatte Zweifel, ganz im Gegensatz zur Kriminalpolizei, die sicher war, die Richtige geschnappt zu haben. Die Schlussfolgerung war nachvollziehbar, schließlich hatte sich die Frau mit ihrem Verhalten verdächtig gemacht.

Oder war bei der letzten Schießübung schlicht vergessen worden, die Waffe zu entladen? Dann wäre alles nur ein schrecklicher Zufall, eine Verkettung unglücklicher Umstände.

Oder eine dritte Person hatte absichtlich die Waffe präpariert, wissend, dass sie die Schützin benutzen würde. Ein perfider Mordplan, schlau in seiner Schlichtheit, der eigentliche Täter – oder die Täterin – konnte sich unbehelligt im Hintergrund halten.

Vor allem aber schätzte er Klara Murlinger nicht so dumm ein, so einen Mord zu begehen, wenn alle Spuren zu ihr zurückführen würden. Nein, es gab bei diesem Fall zu viele Ungereimtheiten. So einfach war es nicht.

Sie hatte ihn um Hilfe gebeten. Und er war der Einzige, der ihr helfen konnte. Indem er Indizien zusammentrug, bis sich ein klares Bild bot.

War Klara Murlinger unschuldig, so bedeutete das im Umkehrschluss, dass der wahre Mörder noch frei herumlief. Wer wusste, ob Eva Dirnberger sein einziges Ziel gewesen war?

Er parkte seinen Wagen vor dem Haupthaus des Reiterhofs. Er klopfte an die Tür, sie war nicht verschlossen, und trat ein. »Hallo«, rief er. Niemand antwortete.

Wieder im Freien, ging er zu den Ställen. Er schaute zu der Box, in der Rosalie stand. Sie wieherte zur Begrüßung.

»Na, meine Gute, du machst vielleicht Sachen.« Baltasar

strich ihr über den Hals. »Ich bin froh, dass ich nicht mehr reiten muss, das sage ich dir. Keine Macht der Welt bringt mich mehr auf ein Pferd.«

»Warum das?« Eine Stimme hinter ihm. Er drehte sich um, vor ihm stand ein Mädchen, höchstens dreizehn Jahre alt. Sie trug eine Latzhose und schob einen Schubkarren mit Mist vor sich her. Er stellte sich vor.

»Arbeitest du hier?«, fragte Baltasar.

»Ich helf aus, dafür darf ich kostenlos reiten. Warum hassen Sie Pferde, Herr Pfarrer?«

»Ich hasse sie nicht. Ich bin nur jüngst beim Reiten gestürzt – während der Generalprobe fürs Robin-Hood-Festival.«

»Ach, Sie waren das.« Es klang mitleidig, so wie man mit einem hoffnungslosen Fall redete.

»Ich hab vorher noch nie länger auf einem Pferd gesessen.« Er hatte das Gefühl, sich rechtfertigen zu müssen.

»Aber es ist doch total einfach.« Das Mädchen hatte die Schubkarre abgestellt. »Sie sollten den Tieren mehr vertrauen, so wie Sie den Menschen vertrauen.«

»Das hat Eva Dirnberger auch zu mir gesagt.«

Plötzlich liefen der Schülerin Tränen über die Wangen. »Eva – sie war immer gut zu mir. Und jetzt ist … ist sie für immer weg. Nichts wird mehr so wie früher.«

»Du hattest sie sehr gern.«

»Sie ist … war … wie eine Ersatzmutter für mich. Sie hat mir geholfen und hat mich nicht wie ein Kind behandelt. Und sie hat mir meinen Traum erfüllt, mit Pferden zusammen zu sein. Ich kann ohne Pferde nicht sein, das sind für mich die liebsten Wesen auf der Welt.«

»Na ja, das wird sich mit zunehmendem Alter noch ändern, glaub mir.« Baltasar tätschelte ihr den Arm. »Der

Schmerz über den Verlust eines geliebten Menschen ist normal. Wenn es dich tröstet: Es wird mit der Zeit besser. Außerdem kannst du ja weiterhin auf dem Hof arbeiten.«

»Eben nicht.« Wieder schossen Tränen aus ihren Augen.

»Warum glaubst du das?«

»Evas Schwester hat es zu mir gesagt.«

»Was genau hat Frau Sprengler gemeint? Wo steckt sie überhaupt? Ich wollte sie hier treffen.«

»Sie ist ausgeritten, wird bald zurück sein. Von mir aus kann sie für immer wegbleiben!«

»Sag so was nicht.«

»Das ist aber wahr! Ich darf nur noch bis Ende des Monats helfen, dann ist Schluss. Sie will das Anwesen verkaufen. Damit bin ich überflüssig.«

»Frau Sprengler hat schon konkrete Pläne für das Erbe?« Baltasar war überrascht. »Das Testament kann doch noch gar nicht eröffnet worden sein.«

»Keine Ahnung. Sie kann es gar nicht erwarten, sich alles unter den Nagel zu reißen.« Wut begleitete ihre Worte.

»Sei bitte nicht so hart in deinem Urteil. Ich befürchte, du tust der Frau Unrecht.«

»Ich weiß es aber, das ist nicht bloß eine Vermutung.«

»Woher hast du deine Informationen?«

»Ich hab ein Gespräch mit angehört, das Frau Sprengler und ihr Onkel geführt haben, als ich im Stall gearbeitet habe und die beiden draußen standen und dachten, sie wären allein.«

»Und was hast du gehört?«

»Sie haben über die bevorstehende Beerdigung gesprochen. Herr Rechen meinte, er sei froh, dass die Sache nun erledigt sei.«

»Welche Sache?«

»Keine Ahnung. Frau Sprengler hat gesagt, sie wolle einen Makler beauftragen, der den Wert des Anwesens schätzt und einen Käufer findet. ›Je schneller das Geld reinkommt, desto besser‹, hat sie gesagt. ›Endlich kriege ich, was mir zusteht.‹ Dann sind die beiden weitergegangen, und ich hab nichts mehr verstanden.«

»Das muss nichts bedeuten. Wahrscheinlich ist es aus dem Zusammenhang gerissen«, sagte Baltasar, aber er glaubte selber nicht an seine Worte.

Sie hörten Hufgetrappel. Er ging ins Freie und sah, wie Margit Sprengler in den Hof einritt, neben ihr der Mann, der schon beim Begräbnis an ihrer Seite gewesen war. Sie stieg ab.

»Guten Tag, Hochwürden, wenn wir gewusst hätten, dass Sie kommen …« Sie gab ihrem Begleiter die Zügel des Pferdes und schüttelte Baltasar die Hand.

»Es war ein spontaner Entschluss. Wenn ich störe …«

»Keineswegs. Ich sage meinem Begleiter Bescheid, dann habe ich Zeit für Sie.« Sie ging zu dem jungen Mann, unterhielt sich mit ihm, offenbar gab sie ihm Anweisungen, dann kam sie zurück.

»Wenn Sie Lust haben, Herr Senner, gehen wir ein wenig spazieren.« Sie legte Reiterhelm und Handschuhe ab. »Das Begräbnis hat mir sehr gut gefallen, wirklich ergreifend«, begann sie. »Wie viel bin ich Ihnen schuldig?«

»Ich verlange nichts. Für mich ist es selbstverständlich, eine Christin auf ihrem letzten Weg zu begleiten. Das gehört zu meinen Aufgaben.«

»Aber ich möchte mich erkenntlich zeigen.«

»Eine Spende für den Unterhalt unserer Kirche nehme ich gerne an. Die Bausubstanz ist nicht die beste.«

»Geben Sie mir die Kontonummer, und ich überweise einen Betrag.«

»Ist ansonsten alles mit den Hinterlassenschaften Ihrer Schwester geregelt, oder brauchen Sie Unterstützung?«

»Danke für Ihr Angebot. Es ist noch zu früh, sich darüber den Kopf zu zerbrechen. Den Tod meiner Schwester habe ich immer noch nicht verwunden. Es kam so ... plötzlich. Man ist im Leben auf vieles vorbereitet, aber das ... Der Schmerz ist jeden Tag, jede Stunde fühlbar.«

»Sie standen sich sehr nahe, vermute ich.« Baltasar musste daran denken, was ihm das Mädchen erzählt hatte. Hatte es sich getäuscht? Margit Sprengler klang aufrichtig.

»Als Kinder haben wir uns oft gestritten, aber so sind Geschwister nun mal. Sie war die Ältere, meine Eltern haben ihr mehr durchgehen lassen als mir. Eva hatte einen Beschützerinstinkt, früher glaubte sie, auf mich aufpassen zu müssen, wollte mir ständig Vorschriften machen. Aber das hat sich mit den Jahren gelegt.«

»Wie war das mit dem Ableben Ihrer Eltern?«

»Papa und Mama sind leider viel zu früh verstorben. Autounfall. Ich vermisse sie beide. Und jetzt, nach Evas Tod, bin ich ganz allein auf der Welt.«

»Ich hatte Ihre Schwester nie gefragt – war Frau Dirnberger eigentlich verheiratet gewesen?«

»Sie meinen wegen der unterschiedlichen Familiennamen? Eva war tatsächlich mal liiert gewesen. Aber die Ehe hielt kein Jahr. Sie war ... wie soll ich sagen ... eigen, was Männer betraf. Und lebenslustig. Jedenfalls waren die beiden bald wieder geschieden. Ihr Ex lebt heute irgendwo in Thailand, glaube ich. Ich hab schon lang nichts mehr von ihm gehört. Auf der Beisetzung war er jedenfalls nicht. Aber was soll's, ist eine Ewigkeit her.«

Sie zog Baltasar am Arm. »Kommen Sie, ich zeig Ihnen das Anwesen.«

Sie führte ihn über einen Seitenweg in den Wald. Schatten und Kühle empfingen sie, die Sonne schaffte es nur an wenigen Stellen bis auf den Boden. Einige Minuten spazierten sie schweigend.

»Dieser Teil des Waldes gehört ebenfalls zum Anwesen«, sagte sie. »Eva hat ihn nicht bewirtschaftet, weder Holz geschlagen noch an die Jagdgenossenschaft verpachtet. Ihr gefiel es so, wie es war. ›Ein Stück unberührte Natur‹, meinte sie immer.«

Nach wenigen Minuten hatte Baltasar die Orientierung verloren. Der Weg schlängelte sich unregelmäßig durchs Gelände. Wenn ihn seine Sinne nicht trogen, machten sie einen großen Bogen zurück zum Reiterhof.

»Waren Sie mit Ihrer Schwester oft zusammen?« Baltasar achtete darauf, nicht über Wurzeln zu stolpern.

»Ich wohne im Nachbarort, so gesehen waren wir beide nicht weit auseinander. Aber wir sind beide erwachsen, jeder hatte sein eigenes Leben, seinen eigenen Freundeskreis. Sie kam öfters bei mir vorbei. Oder ich bei ihr. Sie war mit ihrem Reiterhof ziemlich eingespannt, kümmerte sich um alles. Da drüben ist was, das müssen Sie sehen, Hochwürden.«

Sie gelangten zu einem Bauzaun. Dahinter ragte ein halbfertiges Gebäude hervor, das Baltasar schon bei seinen früheren Besuchen gesehen hatte. Margit Sprengler schlüpfte durch den Zaun. Der äußeren Form nach zu urteilen, sollte es eine Wohnunterkunft werden, bestehend aus mehreren Abschnitten.

»Das war Evas letztes Projekt, eine Ferienwohnungsanlage – als Ergänzung zum Reiterhof.«

»Es scheint schon lange niemand mehr auf der Baustelle gearbeitet zu haben. Warum hat Ihre Schwester das Gebäude nicht fertiggestellt?«

»Es gab Ärger mit dem Nachbarn, soviel ich weiß. Daraufhin pausierte Eva vorläufig. Aber sie war nicht der Typ, der so leicht aufgab. Sie dachte immer in großen Dimensionen und ließ sich nicht von ihrem Weg abbringen.«

»Werden Sie jetzt ins Haus Ihrer Schwester ziehen?« Baltasar ging mit ihr zurück zum Hauptgebäude.

»Ich denk darüber nach. Es ist noch so viel zu tun, den Nachlass regeln, Papiere durchsehen. Ich hatte bisher keine Zeit, mich durch die Akten zu wühlen. Noch weiß ich nicht, wie's weitergehen soll.«

»Entschuldigen Sie meine Neugier: Ist denn die Erbfrage schon geklärt?«

»Das ist nur noch Formsache. Ich habe bereits ein Schreiben vom Notar erhalten für den Eröffnungstermin. Als nächste Angehörige werde ich natürlich das Erbe antreten.« Margit Sprenglers Ton drückte Selbstvertrauen aus.

»Und was geschieht später mit den Tieren?«

»Da werden sich sicher andere Reiterhöfe oder Privatkunden finden. Die Pferde sind alle gesund und gut gepflegt. Nur eine Ausnahme gibt es.«

»Welche?«

»Wir haben ein Schreiben eines Rechtsanwalts bekommen. Darin verlangt er im Namen seiner Mandantin Schadenersatz, weil sie durch das durchgehende Pferd bei der Generalprobe verletzt worden sei. Der Anwalt fordert überdies, Rosalie einzuschläfern. Sie sei eine Gefährdung für die Allgemeinheit.«

15

Teresa hatte sich den Tag freigenommen. Baltasar zog sich ins Arbeitszimmer zurück und zwang sich, Kontoauszüge zu sortieren und Rechnungsbeträge zu überweisen. Die Gemeindekasse war wieder erschreckend leer, an eine Sanierung des Kirchturms war nicht zu denken. Um zwölf Uhr meldete sich sein Magen, er beschloss, eine Pause einzulegen und sich beim Metzger etwas zum Essen zu besorgen.

Zur Mittagszeit drängten sich die Leute in dem Laden. Arbeiter holten sich eine Brotzeit, Mütter versorgten ihre Kleinen mit einem schnellen Imbiss oder kauften fürs Abendessen ein. Die Verhaftung Klara Murlingers hatte sich schnell herumgesprochen, das Verbreiten von Klatsch und Tratsch funktionierte im Bayerischen Wald immer zuverlässig, gab es doch wunderbaren Gesprächsstoff her und bot die Gelegenheit, nach Herzenslust zu spekulieren und seine eigene Version der Geschichte zum Besten zu geben.

»Ich hab's doch gewusst, diese Frau Murlinger sah einen immer so seltsam an«, sagte eine Rentnerin, die Baltasar vom Gottesdienst kannte.

»Wie im Wilden Westen«, meinte eine andere Frau, »auf dem Feld erschossen. Man sollte solche Waffen verbieten, da kommt nichts Gutes raus, das sag ich ständig.«

»Ich hätte das bei der Frau nicht für möglich gehalten«, sagte eine Kundin, die gerade Schweinefleisch für den Sonntagsbraten kaufte. »Man kann eben nicht in die Seelen der Menschen schauen.«

»Was meinen Sie, Herr Pfarrer?« Die Metzgersfrau Emma Hollerbach sah ihn erwartungsvoll an. Eine Hand hatte sie auf eine Krücke gestützt, sie humpelte und zog ein Bein nach.

Sofort wurde es im Laden still.

»Nun, ich …« Baltasar überlegte, ob er sich überhaupt an der Diskussion beteiligen sollte, das würde nur weitere Gerüchte befeuern. Andererseits … »Ich bin von der Schuld Klara Murlingers nicht überzeugt. Im Gegenteil …«

Sofort brach eine Sintflut von Stimmen über ihn herein. Alle redeten durcheinander, bestürmten ihn mit Fragen wie: »Was haben Sie in der Kirche gehört? Hat die Frau nicht ein Geständnis abgelegt?«

Er hob die Arme wie bei der heiligen Messe. »Bitte Ruhe.«

Das wirkte. Jeder hörte zu sprechen auf und wollte wissen, was er wusste. Das war ein Vorteil: Als katholischer Priester war man eine Autorität in diesem Landstrich. Die Leute gehorchten. Sie hörten zu.

»Für jeden Verdächtigen gilt die Unschuldsvermutung – auch für Klara Murlinger«, sagte er. »Die Polizei hat einen Verdacht, aber noch keine zwingenden Beweise. Warten wir einfach die Ermittlungen ab.«

»Aber die Polizei würde doch nicht so einfach jemanden ohne Grund verhaften«, meinte jemand.

»Meine Erfahrung mit solchen Fällen hat mir gezeigt, dass der erste Eindruck nicht immer der richtige sein muss.« Baltasar dachte an die früheren Fälle, bei deren Aufklärung er mitgeholfen hatte.

»Aber wer sollte denn Eva Dirnberger nach dem Leben getrachtet haben?«, mischte sich die Metzgerin ein.

»Das weiß ich nicht«, antwortete Baltasar. »Die Kriminalbeamten werden sicher weiter recherchieren. Wenn jemand etwas gesehen oder gehört hat, sollte er es denen mitteilen.«

Er ging zur Theke und bestellte sich eine Schnitzelsemmel in der Hoffnung, dass nun die Diskussion beendet war. Die Kunden zerstreuten sich tatsächlich.

Er wollte wieder zurück zum Pfarrhof, als ihn draußen vor der Metzgerei eine Frau aufhielt. Sie arbeitete am Schalter der Sparkasse und nahm normalerweise seine Überweisungsformulare entgegen.

»Hochwürden, ich muss mit Ihnen reden.« Sie sprach mit gedämpfter Stimme.

»Kommen Sie morgen zu mir, oder wir vertagen es auf Sonntag nach der Messe.« Er dachte an seine Schnitzelsemmel, die noch warm war. Sein Magen knurrte.

»Ich muss was loswerden – wegen dem Mordopfer.«

»Reden Sie mit der Polizei.«

»Ich ... Ich will nicht.«

»Also gut, um was geht's?«

»Nicht jetzt, ich muss zurück in die Arbeit. Können wir heute noch reden? Ich habe gegen fünf Uhr Feierabend.«

Am Nachmittag setzte sich Baltasar wieder an den Schreibtisch und erledigte seine Korrespondenz. Im Postfach seines Computers waren mehrere E-Mails von Gemeindemitgliedern eingetroffen, die ihre Beobachtungen bei der Generalprobe schilderten. Einige hatten Fotos oder Videodateien als Anhang mitgeschickt und wiesen im Anschreiben darauf hin, Hochwürden möge doch alles an die Polizei weiterleiten, wenn er es für richtig befände, und vielleicht wäre es möglich, den Namen des Absenders unerwähnt zu lassen, man wollte seine Ruhe haben.

Er klickte sich durch die Dateien. Das meiste waren Handy-Fotos, viele verwackelt und unscharf. Soweit er auf den ersten Blick sehen konnte, hatten die Teilnehmer vor Beginn des Umzugs fotografiert, auf den Bildern waren Köpfe der Vorderleute und Nachbarn zu sehen, aber es schien nichts Erhellendes dabei zu sein.

Andere Aufnahmen stammten vom Publikum jenseits der Absperrungen; die abgelichteten Szenen wirkten wegen der Entfernung sehr klein. Ähnlich verhielt es sich mit den Videos – Hobbyfilmer mit Mobiltelefonen, die sie zum Spaß in die Menge gehalten hatten.

Er beschloss, die Dateien seinem Freund Philipp Vallerot zu geben, sollte der versuchen, etwas Brauchbares herauszudestillieren.

Ein Gedanke setzte sich in seinem Kopf fest: Musste es nicht auch professionelle Videoaufnahmen geben? Dafür fiel ihm nur einer ein: Marketingmann Dominik Fetzner. Er telefonierte mit dem Büro des Bürgermeisters und ließ sich die Handynummer geben.

Schon nach dem ersten Klingeln hörte er Fetzners Stimme:

»Ja, bitte?«

Baltasar sagte seinen Namen und schilderte sein Anliegen.

»Die Kriminalpolizei war schon da und hat die Aufnahmen mitgenommen. Aber ich habe selbstverständlich eine Kopie.«

»Darf ich mir die Sequenzen anschauen?«

Sie verabredeten sich in einer halben Stunde. Wie sich herausstellte, hatte Dominik Fetzner Quartier im Wirtshaus »Zur Einkehr« bezogen.

In der Gaststube saßen um diese Zeit nur zwei Gäste und tranken Bier. Die Wirtin Victoria Stowasser kam auf ihn zu.

»Herr Senner, herzlich willkommen, ich habe Sie schon lange nicht mehr bei uns gesehen.«

»Ich bin doch gekommen. Wie geht's?«

»Meinen Sie privat oder geschäftlich? Derzeit läuft es prächtig. Die Vorbereitungen für die Festspiele haben mir jede Menge neue Gäste gebracht.«

»Das freut mich. Ist Herr Fetzner da?«

»Er hat mir bereits gesagt, dass Sie kommen. Ich soll Sie nach oben begleiten, er arbeitet in seinem Zimmer.«

Sie gingen schweigend die Treppe hinauf. Baltasar dachte an seine vergangenen Besuche. Er konnte Victoria nun betrachten, ohne dass das Herz flatterte oder er nervös wurde. War das ein Fortschritt? Zumindest hatten sie ein normales freundschaftliches Verhältnis.

»Herr Fetzner?« Sie klopfte an die Tür. »Ihr Besuch ist da.«

Der Marketingmann bat ihn einzutreten. Das Zimmer war angefüllt mit Gegenständen und Papieren, so dass Baltasar unwillkürlich die Luft anhielt aus Angst, er könnte versehentlich etwas umstoßen oder gar zerstören.

Dominik Fetzner räumte einen Stapel Zeitschriften vom Stuhl. »Bitte setzen Sie sich, Herr Pfarrer, wie Sie sehen, habe ich selten Besuch.«

An den Wänden hingen Karten vom Veranstaltungsgelände, rote, blaue und gelbe Linien waren eingezeichnet, es sah aus wie ein militärischer Aufmarschplan. Auf dem Tisch Pappmaché-Modelle der Bühne und historischer Kulissen, daneben eine antike Pistole. Auf dem Bett Bücher über die Geschichte des Bayerischen Waldes und der Wilderei, dazu Prospekte von anderen Festivals.

»Ein wenig bin ich verwundert, dass sich ein Geistlicher für diesen Fall interessiert«, sagte Fetzner.

»Nun, viele Kirchgänger sind verunsichert, weil so etwas bei uns passieren konnte. Deshalb will ich mich über die Fakten informieren, das kann ich später den Gottesdienstbesuchern mitteilen.« Es war eine wackelige Erklärung, das wusste Baltasar, aber sein Gesprächspartner schien sie zu akzeptieren.

»Die Videos habe ich drehen lassen, um mir einen Eindruck zu verschaffen, wie die Szenen und Umzüge aufs Publikum wirken«, sagte Dominik Fetzner. »Außerdem helfen die Bilder dem Regisseur. Gerade wenn so viele Menschen beteiligt sind, muss er wissen, wie er die Massen dirigieren soll.«

»Wo standen die Kameras?«

»Eine sollte den Festzug frontal aufnehmen, eine weitere war auf der Hauptbühne montiert und nahm die Szenen von der Seite auf.«

»Können wir uns jetzt die Aufnahmen anschauen?«

»Gerne, ich hatte selber noch keine Gelegenheit dazu. Seit dem … Vorfall hatte ich viel um die Ohren.«

»Haben Sie überhaupt noch für das Festival zu tun?«

»Ich verstehe Ihre Frage nicht ganz, Herr Senner. Wie meinen Sie das?«

»Na, ein Todesfall ist nicht gerade Reklame für die Veranstaltung. Sollte man die Pläne nicht ganz beerdigen?«

Dominik Fetzner wich zurück, als habe er einen Stromschlag erhalten.

»Wo denken Sie hin, Hochwürden? Jetzt erst recht! The show must go on. Ich bin mehr denn je gefordert. Das … Ereignis beschert uns Aufmerksamkeit, wenn auch momentan negative, diese Aufmerksamkeit brauchen wir. Aber das Entscheidende ist, unser Projekt kommt ins Gespräch, und das ist gut. Ich muss jetzt mit Marketing und PR gegensteuern, die negative Kommunikation in positive Bahnen lenken. Am Ende ist diese … Angelegenheit nur zufällig während der Generalprobe geschehen, ein Täter hätte auch an einem anderen Ort, an einem anderen Tag zuschlagen können. Aber genug geredet, sehen wir uns die Videos an.«

Er schaltete seinen Laptop ein, rief eine Datei auf und drehte den Bildschirm so, dass sie beide etwas sehen konnten. Die Einstellung zeigte den Beginn der Prozession von der Seite. Nebenbei waren Kommentare des Regisseurs und Dominik Fetzners zu hören.

In der ersten Reihe stach Eva Dirnberger in ihrem Kleid heraus. Es sah beeindruckend aus, wie die Laienschauspieler in ihren Kostümen vorbeidefilierten. Leider folgte die Kamera nicht der Spitze des Zuges, sondern war starr auf einen Punkt gerichtet. Es dauerte eine Weile, bis die Reiter ins Bild kamen.

Als sich Baltasar selber im Sattel sah, zuckte er zusammen. Der Kanonendonner war zu hören, kurz danach die Gewehrsalven. Rosalie bäumte sich auf, er konnte nicht hinsehen, als die Sequenz seinen Sturz zeigte. Das Pferd rannte aus dem Bild, Menschen stoben in Panik auseinander, einige stürzten. Dann war der Film zu Ende.

»Jetzt die Aufnahmen von der zweiten Kamera.« Dominik Fetzner startete die Datei.

Aus dieser Perspektive war die Gruppe von vorn zu sehen. Die Darsteller liefen direkt auf die Kamera zu, erst waren sie in der Ferne kaum auszumachen, doch mit jedem Schritt füllte sich der Bildschirm mehr.

Neben Eva Dirnberger gingen Frauen aus dem Ort, angezogen wie Adelige oder Zofen. Wieder ertönte die Kanone. Baltasar wurde sich bewusst, dass er gerade einem Mord zuschaute, leider war es keine Fiktion aus dem Fernsehen, sondern grausame Wirklichkeit – alles in Echtzeit.

Das Gesicht Eva Dirnbergers drückte Ernst und Erhabenheit aus, sie schien ganz in ihrer Rolle aufzugehen. Im nächsten Moment wurde sie wie von einem Schlag nach hinten gerissen, sie stieß gegen ihren Hintermann, fasste sich an den Bauch. Langsam sackte sie vornüber, die Hände immer noch an den Körper gepresst.

Die Personen daneben schienen erst gar nicht zu begreifen, was geschehen war. Einige beugten sich über das Opfer, andere drehten sich um und blickten nach hinten, offenbar verwirrt durch den Lärm, den das in die Menge galoppierende Pferd ausgelöst hatte.

Eines jedoch fiel Baltasar auf: Eine Person schaute weder nach der Verletzten noch nach Rosalie, sondern starrte weiter direkt in die Kamera – in die Richtung, aus der der tödliche Schuss gekommen sein musste.

16

Philipp Vallerot erwartete ihn an der Tür. »Was verschafft mir die Ehre Eures Besuches, Heiligkeit?« Ein Grinsen zur Begrüßung. »Komm rein.«

Im Wohnzimmer lief *Heaven can wait* von Meat Loaf, der Schalldruck der Lautsprecherboxen ließ das Wohnzimmer erbeben. Philipp drehte die Stereoanlage leiser, ein Turm an Geräten, der wohl den Gegenwert eines Mittelklassewagens gekostet hatte.

»Mir gefällt *Bat out of Hell* besser«, sagte Baltasar.

»Ich würde dir ja gern ein Glas Wein anbieten, aber dafür ist es eindeutig zu früh«, sagte sein Freund. »Außerdem weiß ich nicht, wie weit du schon von deinen Verletzungen genesen bist.«

»Geht so«, antwortete Baltasar, »die Schulter spür ich immer noch.«

»Du solltest das mit den gefährlichen Sportarten lassen, das sag ich immer.« Die Ironie in seiner Stimme war nicht zu überhören. »Wenn dich Pferde unbedingt interessieren, schau dir alte *Fury*-Folgen an.«

»Danke für deine weisen Ratschläge. Wie du weißt, war das Reiten ein besonderer Wunsch meines Vorgesetzten.«

»Dein Bischof hätte wenigstens einen Schutzengel für dich bestellen sollen, ich dachte immer, ihr Katholiken habt einen besonderen Draht nach oben.«

»Wenn es so wäre, hätte dich der Allmächtige längst bekehrt, aber er erhört meine Gebete nicht.«

»Weil er nicht allmächtig ist. Wie läuft's bei deinem neuesten Fall?« Philipp ließ sich auf die Couch fallen.

Baltasar berichtete von der Verhaftung und seinen Zweifeln.

»Ich übersetze: Du hast die Absicht, dich wieder in die Ermittlungen der Obrigkeit einzumischen.«

»Mir geht es um Gerechtigkeit. Die Polizei hat sich bereits auf eine Täterin festgelegt, ich sehe keine Beweise.«

»Und du musst jetzt wieder die Welt retten?«

»Zumindest eine Seele – mit Gottes Hilfe.«

»Vergiss es, verlass dich nicht auf deinen Großen Außerirdischen«, antwortete Philipp. »Aber ich ahne, dass du die Hilfe eines Ungläubigen brauchst.«

Baltasar warf ihm einen Speicherstick zu. »Darauf sind Fotos und Videos. Sieh dir die Sachen an, vielleicht entdeckst du was, das uns der Wahrheit näherbringt.«

»Sonst noch was?«

»Fürs Erste ist's genug.«

Die Sparkasse war kurz vor Feierabend wie ausgestorben. Baltasar ging zum Schalter und begrüßte Nathalie Krömer.

»Wir treffen uns gleich draußen«, flüsterte sie, ihre Lippen bewegten sich kaum. Und lauter: »Wollen Sie Ihre Kontoauszüge, Hochwürden?«

Er ließ sich die Belege geben und füllte ein Auszahlungsformular aus; sein Geldbeutel war genauso leer wie die Kirchenkasse.

Draußen setzte er sich auf eine Bank und wartete. Nach einer Viertelstunde kam Nathalie Krömer heraus und nahm neben ihm Platz.

»Wollen wir uns nicht einen unauffälligeren Ort suchen?«, fragte sie.

»Nichts ist unauffälliger, als sich mitten in der Öffentlichkeit zu zeigen. Als Geistlicher spreche ich ständig mit Gemeindemitgliedern, das wirkt auf Außenstehende normal. Sie machen es ja sehr geheimnisvoll, Frau Krömer.«

»Ich will nicht als Ratschkathl gelten«, sagte sie. »Deshalb bitte ich Sie, Hochwürden, alles für sich zu behalten, was ich Ihnen erzähle.«

»Sie machen mich neugierig.« Baltasar glaubte nicht ganz an die Zurückhaltung der Frau, er hatte vielmehr den Eindruck, ihre Redefreude sei Teil ihres Charakters.

»Ich muss vorausschicken, was ich zu sagen habe, dafür hab ich keine Beweise. Es sind nur Beobachtungen und Infos, die ich in der Bank von Kunden aufgeschnappt habe. Sie können sich nicht vorstellen, was wäre, wenn bekannt würde, dass ich Gerüchte verbreite.«

»Bei mir können Sie sicher sein, es bleibt unter uns«, antwortete Baltasar. »Ein Pfarrer ist zur Verschwiegenheit verpflichtet.«

Es entstand eine Pause. Nathalie Krömer straffte sich. »Also gut, es geht um Eva Dirnberger.«

Baltasar sagte nichts.

»Hochwürden, es war nicht meine Absicht, jemanden zu belauschen.«

Er nickte aufmunternd.

»Es dreht sich um das Privatleben von Frau Dirnberger«, fuhr sie fort. »Ich habe unfreiwillig ein Gespräch mit angehört. Eine Kundin telefonierte mit jemandem, der Name Eva Dirnberger fiel.«

»Welche Kundin war es?«

»Ich habe sie nicht gesehen. Sie kennen doch den Wartebereich bei uns, Herr Senner, der ist durch Pflanzen und Reklameaufsteller abgetrennt. Ich habe nur ihre Stimme gehört. Später hatte ich hinten in den Büros zu tun, so dass ich nicht gemerkt habe, wie die Frau wieder ging.«

»Und was haben Sie gehört?«

»Die Frau sprach mit einer anderen Frau über ein Ereignis.«

»Haben Sie den Namen der anderen Person verstanden?«

»Nein, daran kann ich mich nicht erinnern.«

»Und woher wussten Sie, dass es sich um eine Frau handelte?«

»Ich … Ich weiß nicht. Einfach so, ich hatte das sichere Gefühl, dass am anderen Ende der Leitung eine Frau war.«

»Und?«

»Sie nannte Eva Dirnberger eine miese Schlampe, ein heimtückisches, hinterhältiges Stück, sie sei jemand, dem man nicht trauen könne. Der Hass in der Stimme war nicht zu überhören.«

»Beleidigungen kommen vor, das hat nicht unbedingt was zu bedeuten«, meinte er.

»Aber es war ein Mann im Spiel.« Nathalie Krömer sprach den Satz aus, als sei damit alles gesagt.

Baltasar verstand nicht. Sie musste seinen Blick richtig gedeutet haben, denn sie fuhr fort: »Es ging um ein Liebesverhältnis. Eva Dirnberger hatte offenbar eine Beziehung zu einem Mann, eine körperliche Beziehung, wenn Sie wissen, was ich meine, Hochwürden.«

Sie sah ihn an, als wäre er ein Marsmännchen, dem man die Regeln auf der Erde erklären musste.

»Das ist doch nichts Besonderes.«

»Auf den Punkt gebracht: Die Anruferin wurde von ihrem Freund oder Gatten betrogen, und der Auslöser war Eva Dirnberger. Das hat die Frau in der Bank zur Weißglut getrieben.«

»Starker Tobak. Sind Sie da ganz sicher?«

»Die Schimpfworte kann ich gar nicht alle wiedergeben, Herr Senner, ohne rot zu werden. Ich war von dem aggressiven Tonfall schockiert. Die Frau behauptete, Eva Dirnberger sei mannstoll und nehme dabei auf niemanden Rücksicht.« Nathalie Krömer räusperte sich. »Dennoch hätten mich solche Aussagen nicht weiter gekümmert, was geht's mich an, wenn Kundinnen sich über andere Menschen auskotzen. Aber ich habe selbst eine entsprechende Beobachtung gemacht, das brachte mir den ganzen Vorfall wieder ins Gedächtnis.«

»Sie haben Frau Dirnberger beim Liebesspiel beobachtet?«

»Was denken Sie, Hochwürden! Nein, ich habe Frau Dirnberger vor etwa einem Monat zufällig gesehen.«

»Wo war das?«

»In Regensburg. Ich war zum Shoppen gefahren, kam in der Fußgängerzone gerade aus einem Geschäft. Da sah ich kurz darauf Eva Dirnberger, wie sie einen mir unbekannten Mann küsste. Sie standen auf der anderen Straßenseite, turtelten wie ein verliebtes Pärchen. Ich war stehen geblieben und wollte sie in diesem Moment nicht ansprechen.«

»Es konnte doch ihr Freund sein?«

»Das dachte ich zuerst auch. Aber dann traf ich Frau Dirnberger hier im Ort wieder, Hand in Hand mit einem jüngeren Mann. Wie mir eine Kollegin erzählte, soll es ein Tourist gewesen sein, der bei uns Urlaub machte und einen Reitkurs gebucht hatte.«

»Und Sie glauben, es bestünde ein Zusammenhang mit dem Tod von Frau Dirnberger?«

»Eine konkrete Vermutung habe ich nicht, schließlich bin ich keine Mordermittlerin. Aber seltsam ist es schon. Und auch wenn ich nicht weiß, ob das für die Polizei wichtig sein könnte: Ich … Ich dachte nur, ich müsste es jemandem erzählen, ich wollte mir keine Vorwürfe machen, etwas verheimlicht zu haben. Wie ich Ihren Reaktionen entnehme, Hochwürden, sind Sie skeptisch. Ich versteh das. Das ist auch der Grund, weshalb ich damit nicht zur Polizei gehen möchte.«

»Es war schon richtig, darüber zu reden«, sagte Baltasar. »Ich verspreche Ihnen, der Sache nachzugehen. Aber noch etwas anderes: Wie stand es um die Finanzen von Frau Dirnberger?«

»Darüber weiß ich zu wenig, sie wurde bei Vermögensfragen vom Sparkassendirektor persönlich betreut. Was ich aus den Kontoauszügen gesehen habe, war die Frau sehr vermögend.«

17

Eine Frage beschäftigte ihn seit Längerem: Hatte Klara Murlinger die Wahrheit gesagt mit ihrer Behauptung, bei jenem unglücklichen Ereignis eine geladene Waffe übernommen zu haben?

Baltasar rief den Marketingleiter an, um sich nach dem Waffen-Verantwortlichen beim Festumzug zu erkundigen. Dominik Fetzner gab ihm die Telefonnummer von Andreas Dreier. Ein weiterer Anruf, und Baltasar hatte eine Verabredung mit ihm.

Andreas Dreier hielt sich am Schießstand auf, außerhalb des Ortes, abgeschirmt im Wald gelegen. Das Areal gehörte dem Schützenverein.

»Hochwürden, willkommen, Ihr Anruf hat mich überrascht«, begrüßte ihn Andreas Dreier. Der Mann war Anfang sechzig und hatte schütteres Haar.

»Ich wurde gebeten, mir ein Bild zu machen. In der Gemeinde herrscht Unruhe über den Vorfall, wie Sie sich vorstellen können.« Baltasar hoffte, sein Gesprächspartner würde nicht weiter nachfragen. Natürlich war es auffällig, wenn ein Geistlicher sich für die Umstände eines Mordfalls interessierte. Er konnte nur darauf bauen, dass ihn die Autorität des Amtes vor Nachfragen bewahrte.

»Kommen Sie mit rein, ich zeig Ihnen was.«

Die Anlage bestand im Wesentlichen aus einer Holzbaracke mit einem Vorraum, der als Vereinsheim wohl vor allem der Geselligkeit beim Bier diente. Im Freien, in einem abgetrennten Bereich, befanden sich weitere Schießbahnen, dort war die Entfernung zu den Zielen größer. Balustraden markierten den vorderen Bereich, die Schießscheiben konnten mittels eines elektrischen Seilsystems hin und her gefahren werden.

»Ich überprüfe gerade die alten Waffen«, sagte Andreas Dreier. »Ich will mir nicht nachsagen lassen, ich hätte nachlässig gehandelt.«

»Was meinte die Polizei?«

»Die Kommissare aus Passau haben nur kurz mit mir telefoniert, sie haben ihren Besuch für morgen angekündigt, ich soll vernommen werden. Man fühlt sich wie ein Verbrecher, wenn man das so hört, Hochwürden, als ob ich jemanden umgebracht hätte.«

»Das ist eine beeindruckende Anlage. Wer nutzt diesen Schießstand eigentlich?«

»Zum einen der Schützenverein, zum andern üben die Jäger hier. Und gegen Gebühr kann jeder üben, der will.«

»Was für Waffen werden benutzt?«

»Fast alles, was Sie sich vorstellen können, Herr Pfarrer. Natürlich keine Maschinengewehre und Panzerfäuste.« Andreas Dreier lachte über seinen Witz. »Das fängt bei Luftgewehren und Kleinkalibern an und endet bei historischen Modellen, Pumpguns und Großkalibern – solchen Dingern wie bei *Dirty Harry*.«

»Der benutzte eine 44er Magnum.«

»Sie kennen sich offenbar mit Waffen aus.«

»Ich kenn nur die Kinofilme.«

»Der Schützenverein hat mehrere Abteilungen, da ist für jeden Geschmack was dabei: Viele bevorzugen den sportlichen Aspekt, mit Ligen und Meisterschaften und allem, was dazugehört. Manche schießen mehr aus Freude an der Tradition.«

»Und was bevorzugen Sie?«

»Ich probier alles aus, die klassischen Feuerwaffen sind meine Favoriten.«

»Und deshalb wurden Sie ausgewählt, sich um die Waffen des Robin-Hood-Festivals zu kümmern?«

»Bürgermeister Wohlrab wandte sich an den Schützenverein, weil das Konzept des Festspiels vorsah, realistische Kampfszenen einzubauen – und dazu gehören nun mal auch realistische Waffen. Wir haben das im Vorstand diskutiert und verschiedene Modelle vorgeschlagen.«

»Wer hat dann entschieden?«

»Wir haben uns die Arbeit aufgeteilt«, sagte Andreas Dreier. »Der Schützenmeister, Herr Hurzlmeier, hat die Waffen organisiert. Viele sind Leihgaben, schließlich kann man nicht so einfach Dutzende von Pistolen und Gewehren kaufen, das gab der Etat nicht her.«

»Und die Munition?«

»Das kostet nicht die Welt. Schwarzpulver und Kugeln haben wir ganz normal bei einem Spezialversand bestellt. Die Kugeln waren lediglich zum Üben gedacht. Der Regisseur bestand darauf, jeder Schauspieler müsse ein Gefühl dafür bekommen, wie solche Waffen in echt wirken.«

»Hatte man nicht daran gedacht, trotzdem Imitationen zu verwenden?«

»Das sagt sich so leicht.« Andreas Dreier zuckte mit den Schultern. »Nachbauten sind Kinderspielzeug, damit können Sie nicht feuern. Und wie will da jemand den Sound eines echten Schusses erzeugen? Vom Tonband abspielen? Ganz zu schweigen vom fehlenden Feuerstoß und dem Rauch. Das mag in einem Film im Nachhinein hinzugefügt werden können, aber nicht bei einem Live-Freiluftspektakel. Deshalb brauchte es echte Waffen.«

»Ich habe bei den Übungen zugesehen«, sagte Baltasar.

»Diese Geräte sind imponierend, da glaube ich gern, dass damit Menschenleben ausgelöscht werden.«

»Aber nur, wenn sie mit Kugeln geladen sind«, antwortete Dreier. »Und genau das hätte nicht passieren dürfen.« Er winkte Baltasar näher zu sich. »Ich will Ihnen die Durchschlagskraft der Waffen demonstrieren. Gehen wir nach draußen zum Schießstand.«

»Nicht nötig.« Baltasar hob abwehrend die Hände. »Ich hab schon genug gesehen.«

»Glauben Sie mir, Hochwürden, es ist etwas ganz anderes, wenn man die Modelle selbst in der Hand hält. Das kann man nicht durch Zuschauen lernen.«

Andreas Dreier packte ein Gewehr und eine Pistole und ging nach draußen. Wohl oder übel folgte ihm Baltasar. Dreier legte die Waffen ab und holte eine Schwarzpulverflasche und Bleikugeln.

Auf der Nachbar-Schießbahn packte ein Mann, groß gewachsen, Mitte vierzig, gerade sein Gewehr in eine Ledertasche.

»Hallo, Richard«, begrüßte ihn Dreier. »Pfarrer Senner ist zu Besuch, er interessiert sich für Waffen.«

Der Mann ging zu Baltasar und schüttelte ihm die Hand. »Ich bin Richard Hurzlmeier, Schützenmeister und Kassenwart des Schützenvereins. Schön, Sie kennenzulernen, Hochwürden. Leider kann ich Ihnen nicht Gesellschaft leisten, ich muss los, ein Termin. Schönen Tag noch.« Er nahm seine Sachen und ging. Baltasar konnte sich daran erinnern, ihn bei der Generalprobe gesehen zu haben, beim Gottesdienst jedoch war er ihm noch nicht begegnet.

»Herr Hurzlmeier ist auch Vorsitzender der Jagdgenossenschaft, ein einflussreicher Mann und Förderer des Schießsports«, sagte Dreier. Er deutete auf die Waffen.

»Das sind alte Vorderlader-Modelle«, begann er und drückte Baltasar die Pistole in die Hand. Die Waffe wog schwerer in der Hand, als er gedacht hatte. Er legte sie zurück.

»Danke, das ist nichts für mich.«

»Nur mal probieren, es guckt niemand zu.«

»Danke nein. Ich seh Ihnen zu, das reicht mir.«

»Also gut, passen Sie auf.« Andreas Dreier nahm die Waffe. »Das ist ein älteres Modell, eine Steinschlosspistole. Als Erstes laden wir.« Er setzte die Flasche vorne an den Lauf und ließ etwas Schwarzpulver hineinrieseln. Mit dem Ladestab drückte er das Pulver fest und stopfte die Bleikugel hinterher.

Er deutete auf die Bauteile an der Seite. »Das nennt sich Batterie und Pfanne. Da rein kommt ebenfalls Schwarzpulver. Durch ein kleines Loch wird die Treibladung im Lauf gezündet.«

Er spannte den Hahn. »Wie Sie vielleicht sehen können, Hochwürden, steckt darin ein kleiner Feuerstein. So, nun können wir loslegen. Bitte treten Sie hinter mich und halten Sie Abstand, Hochwürden, gleich wird's laut.«

Andreas Dreier legte an und zielte auf eine Schützenscheibe. Ein Donnern erfüllte die Anlage, Rauch stieg auf. Baltasar konnte nicht erkennen, wo die Kugel eingeschlagen hatte.

»Die Pistolen sind auf die Distanz ungenau«, sagte Dreier. »Ganz anders sieht es mit dieser Perkussionsflinte aus dem neunzehnten Jahrhundert aus. Fühlen Sie das Gewicht, Herr Pfarrer.«

Baltasar nahm die Waffe, hob sie kurz hoch und gab sie wieder zurück. »Das ist zu schwer für einen Waldspaziergang«, sagte er.

»Diese Gewehre werden nicht durch einen Feuerstein gezündet, sondern durch ein Zündhütchen. Das erlaubt eine schnellere Schussfolge, und man kann die Waffe im Liegen laden – für die Soldaten war das früher wichtig.« Dreier holte eine kleine Messingkapsel hervor und platzierte sie auf der Ladevorrichtung. Er füllte wieder Schwarzpulver und die Kugel in den Lauf. »Fertig. Das Gewehr ist übrigens so ähnlich wie das Modell, das Frau Murlinger verwendet hat.«

Er legte die Waffe wieder ab. »Ich will Ihnen die Wirkung an einem Objekt zeigen, einen Moment.« Dreier verschwand und kam gleich darauf mit einer Melone wieder. »Die werde ich als Zielscheibe verwenden, ich habe sie extra für diese Demonstration besorgt, ich stelle sie in etwa der gleichen Entfernung auf, in der das Opfer gestanden hat.«

Er schwang sich über die Balustrade, zählte die Schritte ab und legte die Melone auf den Boden. Baltasar war erstaunt über das Engagement des Mannes, es schien fast so, als wolle Dreier selbst die Tat rekonstruieren und die Recherchen der Polizei überflüssig machen. Aber warum?

»Hochwürden, bitte Vorsicht.« Dreier legte wieder an, dieses Mal stützte er sich auf.

Der Schuss war lauter als zuvor. Wo sich einst die Melone befunden hatte, waren nur noch Reste von ihr über den Boden verteilt.

»Treffer!«, jubelte Andreas Dreier.

»War das Zufall? Oder anders gefragt: Wie groß ist die Streuung?«

»Wo denken Sie hin, Herr Senner, auf diese Entfernung ist das kein Problem. Und die Wirkung ist durchschlagend, wie Sie gesehen haben.« Sein Gesicht glühte vor Begeisterung. »Wollen Sie es nicht doch selbst probieren?«

Baltasar winkte ab. »Mich würde viel mehr interessieren, wie die Waffen bei der Generalprobe aufbewahrt und ausgegeben wurden.«

»Das hat die Kripo am Telefon auch schon gefragt«, sagte Dreier. »Dazu müssten wir aber zum Gelände fahren.«

»Dann machen wir das doch, vorausgesetzt, Sie haben noch Zeit und Lust.«

»Kein Thema, ich hol nur die Schlüssel. Am besten fahren Sie vor, Hochwürden, wir treffen uns am Parkplatz vor dem Übungsgelände.«

Die Festivalstraße mit den Kulissen lag wie ausgestorben da, was auch daran lag, dass Polizei-Absperrband den Zutritt verwehrte.

»Wir müssen zu den Lagerzelten«, sagte Dreier.

Sie schlüpften unter dem Absperrband durch und gingen quer über das Gelände zu einem Zelt in Olivgrün, das wie ausgemusterter Bestand der Bundeswehr aussah.

»Ich sperr auf.« Dreier holte den Schlüssel heraus.

Auf Baltasar wirkte es irgendwie komisch – ein Zelt zum Absperren? Er kannte solche Behausungen nur als Urlaubsunterkünfte aus seinen Jugendtagen, von Zuschließen war früher keine Rede gewesen.

»Wer hat dafür einen Schlüssel?«, fragte er.

»Der Bürgermeister, der Vorsitzende des Schützenvereins und ich.«

Die Sperre war ein Stahlseil, das durch die Ösen der Stofftür gezogen und mit einem Vorhängeschloss gesichert war. Baltasar zweifelte, ob das Einbrechern ernsthaften Widerstand entgegensetzen würde.

Andreas Dreier sah seinen fragenden Blick. »Niemand wusste, dass hier die Waffen gelagert waren, das war nur wenigen Eingeweihten bekannt. Dieses Geheimnis ist der beste Schutz.«

Oder auch nicht, dachte Baltasar. Der Lagerplatz war leicht zu erraten, außerdem musste jemand nur den Verantwortlichen beobachten, wenn er die Waffen wieder einsammelte und wegschloss.

Das Innere des Zeltes bestand aus einem Holzboden, aus Fertigteilen zusammengesetzt. Mehrere Holzkisten standen herum, in der Mitte eine Bank und ein Tisch.

»Das Allerheiligste«, sagte Andreas Dreier. Stolz durchdrang seine Worte.

»Heilig ist etwas anderes«, sagte Baltasar. »Wurde das Zelt auch nachts bewacht?«

Dreier blickte irritiert. »Ähh … nein … warum auch? Es ist doch nichts abhandengekommen.«

Baltasar ging das Zelt ab, klopfte gegen die Wände. Es fühlte sich straff an, an zwei Stellen jedoch gab der Stoff in Bodennähe nach.

»Hätte jemand unten durchkriechen können?« Er zeigte Andreas Dreier die Stellen.

»Nein, das ist von außen gut gesichert«, war die Antwort.

»Sehen wir kurz selbst nach.«

Sie gingen das Zelt von außen ab. Stahlheringe fixierten die Planen am Boden. Baltasar rüttelte an den Haken, einige ließen sich bewegen und herausziehen.

»Nicht gerade vertrauenerweckend«, sagte er. »Es scheint so, als hätte sich jemand daran zu schaffen gemacht.«

»Wir klopfen die Heringe immer wieder fest, die halten danach wieder bombenfest. Das war der Wind.«

»Oder ein Mensch. Mit etwas Geschick könnte jemand auf diesem Weg ins Innere eindringen.«

»Ach was. Wer sollte das tun?«

»Genau das ist die Frage«, meinte Baltasar.

»Wir hatten und wir haben alles unter Kontrolle, Herr Pfarrer«, sagte Andreas Dreier. »Es wurde nichts gestohlen, nichts wird vermisst. Wir haben unseren Job ordentlich erledigt.«

»Niemand macht Ihnen einen Vorwurf.« Insgeheim wunderte sich Baltasar jedoch über die laxen Sicherheitsvorkehrungen. »Sehen wir doch innen nach.«

»Wer konnte schon mit so einem ... Vorfall rechnen?« Es klang wie eine Verteidigungsrede Dreiers. »Wenn wir vorher gewusst hätten ... Aber niemand will die Laienschauspieler pauschal verurteilen und ihnen unterstellen, Böses im Schilde zu führen. Es war doch nur ein harmloser Spaß. Ein Festival.«

»Bis vor Kurzem jedenfalls. Das hat sich leider geändert. Wir haben eine Tote zu beklagen, und es ist doch verständlich, die Sache aufklären zu wollen.«

»Ja, ja, das bestreitet auch keiner. Ich will natürlich alles tun, damit der Albtraum schnell vorüber ist. Ich zeig Ihnen die Waffen, Hochwürden.«

Er öffnete das Schloss einer Kiste und klappte den Deckel hoch. Darin lagen Säbel und Degen, Messer verschiedenster Form, Lanzenspitzen und metallverkleidete Keulen.

»Blankwaffen für die Statisten«, sagte er. »Mehr zur Dekoration.«

In der zweiten Kiste befanden sich Teile von Uniformen, Koppeln, Patronentaschen und Rucksäcke. Daneben Kartuschen und Filzstopfen zum Laden der Kanone.

»Wer hat die Kanone bedient?«, fragte Baltasar.

»Da muss ich passen. Ich kümmere mich nur um die Schusswaffen. Für die Kanone waren Spezialisten zuständig. Das ist auch ein Vorderlader, aber den kann man nicht so ohne Weiteres abfeuern, ohne sich selbst in Gefahr zu begeben.«

Andreas Dreier klopfte auf die dritte Kiste. »Und hier bewahren wir die Gewehre und Pistolen auf.« Er steckte den Schlüssel ins Vorhängeschloss – und hielt in der Bewegung inne.

»Nanu, was ist das?« Er rüttelte an dem Schloss. Der Bügel ließ sich öffnen und wieder zurückdrücken, ohne dass man den Schlüssel dazu brauchte.

»Das … Das … kann nicht sein!« Blut schoss in Dreiers Gesicht. »Das Schloss ist defekt! Warum … Warum hat das niemand bemerkt?«

»Die Kiste lässt sich also jederzeit ohne Schlüssel öffnen?« Baltasar besah sich die Oberfläche des Metalls. Kratzspuren waren darauf zu sehen. »Wir müssen das sofort der Kriminalpolizei melden. Bitte fassen Sie es nicht mehr mit bloßen Händen an, Herr Dreier. Wegen der Fingerabdrücke.«

Dreier ließ das Schloss los, als habe er ein heißes Bügeleisen berührt. »Was sollen wir jetzt machen?« Seine Stimme zitterte.

»Da die Sperre eh schon beseitigt ist, sehen wir wenigstens nach, ob noch alles da ist.«

Die Kiste enthielt in Lappen gehüllte Waffen, mehrere Schwarzpulverflaschen und verschiedene Leinensäckchen.

»Was ist da drin?«, fragte Baltasar.

Dreier holte ein Säckchen heraus, öffnete es und ließ die Bleikugeln in seine Handfläche rollen. »Munition.« Er drückte Baltasar eine Kugel in die Hand. »Ein Andenken, wenn Sie schon nicht selbst schießen wollen.«

»Wie viele dieser Murmeln sind denn da drin?«

»Keine Ahnung«, antwortete Dreier. »Das ist genauso, als wenn Sie fragen würden, wie viele Streichhölzer noch in einer Schachtel sind.«

»Wird denn nicht Buch geführt über die benutzten Kugeln?«

»Woher denn, das ist billiges Verbrauchsgut, nur gegossenes Blei. Auch beim Schwarzpulver wiegt niemand nach. Es interessiert keinen, wie viel da weg ist.«

»Mich schon«, sagte Baltasar. »Es könnte also jemand ein paar Kugeln für sich privat abzweigen, und keiner würde es merken.«

»Wenn Sie das so sehen, Hochwürden, ja, das wäre möglich. Beispielsweise während der Übungseinheiten mit den Schauspielern. Jeder hätte eine Kugel einstecken können. Aber was sollten die Leute damit anfangen?«

»Und wie sieht es mit den Waffen aus?«

»Auf die haben wir natürlich ein Auge.« Andreas Dreier packte ein Modell nach dem anderen aus und inspizierte sie. »Sag ich doch, alles da. Sieht gut aus.«

Er nahm eine Muskete und machte Zielübungen. »Sind das nicht herrliche Waffen? Die Menschen früher haben ihr Handwerk verstanden.«

»Das ist ja ein richtiges Waffenarsenal für eine kleine Armee. Wie wollen Sie sicher sein, dass alles da ist?«

»Sie wollen's heute aber genau wissen, Herr Pfarrer.« Er holte einen Schnellhefter hervor, der an der Seite der Kiste klebte, und schlug ihn auf. »Das ist die Ausgabeliste. Darin ist genau verzeichnet, welche Waffen ausgegeben wurden. Sie sehen, hier herrscht Ordnung, wir achten darauf, damit alles seine Richtigkeit hat.«

Er schlug die Seiten auf und ging die Liste durch. »So wie es aussieht, sind alle Waffen wieder da, bis auf das Gewehr, das die Polizei als Beweismaterial beschlagnahmt hat.«

»Darf ich mal?« Baltasar sah die Papiere durch und holte sein Mobiltelefon heraus. »Ich mach Fotos davon, wenn Sie erlauben, Herr Dreier, bevor die Polizei doch noch alles mitnimmt.«

Er zählte die Modelle durch. »Wie viele Pistolen müssten in der Kiste liegen?«

Andreas Dreier nannte die Zahl.

»Dann fehlt eine.«

»Das gibt's nicht!« Dreier überprüfte nochmal die Liste, holte erneut jede einzelne Waffe heraus und legte sie wieder zurück. Er wurde blass.

»Eine Pistole fehlt.«

18

Kriminalkommissar Oliver Mirwald lief hin und her wie ein aufgescheuchtes Tier.

»Das mag ich gar nicht, hier antanzen zu müssen, nur weil ein gewisser Herr …« Er funkelte Baltasar an. »Glauben Sie, wir schlafen? Glauben Sie, wir haben nichts anderes zu tun?«

»Ich hab nur meine Bürgerpflicht erfüllt und unverzüglich die Polizei informiert«, antwortete Baltasar. »Was Sie daraus machen, ist Ihre Sache.«

»Unsinn! Sie wollen uns ärgern, uns vorführen, so wie Sie das schon in den vergangenen Jahren getan haben.«

»Mirwald, Herr Senner wird schon seine Gründe haben.« Wolfram Dix' Tonfall war beruhigend. »Mein Kollege hat schon recht: Wir wollten eh morgen das Areal nochmal untersuchen. Nun sind wir also einen Tag früher da.«

»Was mich noch mehr aufregt: Der Herr Pfarrer mischt sich wieder in unsere Ermittlungen ein«, sagte Mirwald. »Das ist Strafvereitelung. Haben Sie nicht versprochen, Ihre Finger da rauszuhalten, Hochwürden?«

»Die Ermittlungen überlasse ich komplett Ihnen, daran hat sich nichts geändert. Aber wenn mich Gemeindemitglieder um Unterstützung bitten oder um geistlichen Beistand, dann werde ich als Seelsorger solchen Menschen meine Hilfe nicht abschlagen.«

»Hören Sie doch auf mit Ihrer Flunkerei«, sagte der junge Kommissar. »Wer sollen diese ominösen Personen sein?«

»Das fällt unter die Vertraulichkeit eines Geistlichen.«

»Dacht ich mir's doch! Alles Ausreden …«

»Wir wollen Hochwürden nicht unterstellen, er ginge mit der Wahrheit sehr kreativ um«, sagte Dix. »Aber seltsam ist es schon: Sie geloben Abstinenz beim Detektiv-Spielen und tauchen doch immer wieder an Tatorten auf.«

»Der Mensch denkt, der Herr lenkt.«

Spezialisten in weißen Schutzanzügen untersuchten die Kisten, nahmen Fingerabdrücke vom Schloss und anderen Metallteilen. Baltasar bezweifelte, dass sie noch Verwertbares entdecken würden.

»Zumindest finden Sie Hinweise, die den Verdacht von Frau Murlinger weglenken«, sagte er. »Das ist doch gut für Ihre Recherchen. Dabei ist es egal, ob Sie die Informationen von mir, von Herrn Dreier oder von sonst wem erhalten haben.«

»Wir werden Andreas Dreier gesondert verhören, keine Sorge. Allerdings sehe ich keinen Durchbruch in unseren Ermittlungen«, antwortete Mirwald.

»Wenigstens wissen Sie nun, dass auch noch andere als Täter in Frage kommen.«

»Was konkret sind Ihre Schlussfolgerungen, auf denen Ihre Vermutungen basieren, Hochwürden?«, fragte Wolfram Dix.

»Erstens: Es sieht so aus, als ob sich jemand mit Gewalt Zutritt zum Zelt und zur Waffenkiste verschafft hat. Zweitens ist das niemandem aufgefallen. Keiner weiß, ob der Unbekannte auch Kugeln und Schwarzpulver mitgenommen hat. Von der vermissten Pistole will ich gar nicht reden.«

»Ja und?« Mirwald hob die Augenbrauen.

»Ich stelle mir folgendes Szenario vor: Der eigentliche Täter plante den Mord sehr geschickt. Er besorgte sich im Vorfeld eine Kugel, was kein Problem war, weil niemand die Munition kontrollierte. Mit dieser Kugel lud er heimlich das Gewehr von Frau Murlinger, machte also aus einem Spielzeug eine tödliche Waffe. Welche Flinte die richtige war, konnte er anhand der Inventarliste sehen – oder er hat die Frau beim Üben beobachtet.«

Baltasar räusperte sich. »Jetzt kommt der zweite Teil des Planes, der ebenso einfach wie genial ist. Der Täter konnte darauf vertrauen, dass niemand kontrollieren würde, ob jemand nachträglich eine Kugel in den Lauf geschoben hatte. Warum auch – die Waffen waren bereits fertig präpariert für die Ausgabe bei der Generalprobe. Jetzt brauchte der Mörder nur zu warten und darauf zu vertrauen, dass Frau Murlinger, ahnungslos wie sie war, tatsächlich traf – was bei der kurzen Entfernung keine Kunst war. Es war eine infame Falle: Niemand würde ihn verdächtigen, alle würden Frau Murlinger für die Täterin halten. So wie Sie.«

»Sie haben eine blühende Fantasie, Herr Senner, das muss

man Ihnen lassen. Sie sollten sich zum Märchenerzähler weiterbilden, als Geistlicher hat man offenbar die besten Voraussetzungen dazu«, entgegnete Mirwald. »Ihre abstrusen Thesen haben aber einige Löcher. Wie konnte Ihr Mann sicher sein, dass Frau Murlinger tatsächlich das Opfer tödlich treffen würde?«

»Die menschlichen Ziele waren vom Regisseur vorher festgelegt worden und sind jedem Teilnehmer des Festzuges bekannt gewesen. Und wenn die Frau daneben geschossen hätte, wäre es für den Unbekannten auch kein Problem: Dann würde er es später nochmal probieren, sich dafür eine andere Methode ausdenken.«

»Klingt gut, sind aber doch nur Theorien, nur Geschichten«, sagte Dix. »Nichts davon ist bewiesen. Das ist aber zwingend notwendig für seriöse Polizeiarbeit. Dagegen haben wir mit Frau Murlinger die Schützin, und sie hat ein Motiv. Welches Motiv soll Ihr Täter haben, Herr Senner?«

»Ich bin nicht der Fachmann, ich weiß es nicht. Sie sollten der Spur nachgehen und auch in diese Richtung ermitteln, das ist meine Meinung. Ich bin mir sicher, Sie stoßen auf brauchbare Indizien, die Ihre Verdächtige entlasten. Das gehört doch auch zu seriöser Polizeiarbeit, oder nicht?«

»Bitte belehren Sie uns nicht, wie wir unseren Job erledigen sollen«, sagte Mirwald. »Wir sind Ihnen sehr dankbar für Ihre Unterstützung.« Sein Tonfall drückte genau das Gegenteil aus.

»Und was werden Sie jetzt tun?«

»Ermitteln.«

Eine Frau von der Spurensicherung kam herein.

»Wir haben etwas gefunden, Herr Dix, Sie sollten sich das ansehen.«

Die Frau führte sie hinters Zelt an die Stelle, wo die

Heringe gelockert worden waren, und zeigte auf den Boden.

»Wenn Sie genau hinschauen, sehen Sie den Abdruck einer Schuhsohle auf der Erde«, sagte sie. »Vermutlich musste jemand viel Kraft aufwenden, um das Gestänge herauszuziehen, das hat den Abdruck tiefer als üblich gemacht.«

»Machen Sie bitte einen Gipsabguss«, sagte Dix, »und suchen Sie nochmals die unmittelbare Umgebung ab.«

»Außerdem nehmen Sie gleich die Waffenkiste samt Inhalt mit«, sagte Mirwald. »Unsere Kollegen im Labor sollen sich alles ansehen.«

»Haben Sie denn bisher weitere Indizien gefunden, die Frau Murlinger belasten?«, fragte Baltasar.

»Sie sind heute wieder besonders hartnäckig, Hochwürden«, antwortete Dix.

»Wie ein lästiger Käfer«, fügte Mirwald hinzu.

»Das ist meinem Kollegen nur so rausgerutscht, er meint es nicht so«, fuhr Dix fort. »Sie wollen also den Stand unserer Ermittlungen wissen, Herr Pfarrer?«

»Kommt nicht in Frage«, sagte Mirwald.

»Normalerweise würde ich Ihnen zustimmen, Herr Kollege«, sagte Dix. »Ich will aber verhindern, dass unser Herr Senner wieder selbst auf die Pirsch geht. Sie werden doch Ruhe geben, Hochwürden, wenn wir Ihnen ein paar – wie soll ich es nennen – Eindrücke schildern.«

»Dann tun Sie in Gottes Namen, was Sie nicht lassen können«, sagte Mirwald.

»Also, Frau Murlinger hat ihre frühere Aussage wiederholt, wir haben sie mehrmals verhört. Sie bleibt bei ihrer Version, nichts von der geladenen Kugel gewusst zu haben.«

»Muss die Frau noch lange in Untersuchungshaft bleiben? Gerade nach dem neuen Informationsstand von heute?«

»Das entscheiden der Staatsanwalt und der Richter«, antwortete Dix. »Einige Zeugen haben sich gemeldet, leider nicht so viele, wie wir uns erhofft haben. Sie haben den Streit zwischen Frau Murlinger und dem Opfer wegen der Besetzung der Hauptrolle bestätigt.«

»Und wir arbeiten die Liste mit den Festivalteilnehmern ab«, sagte Mirwald. »Das ist mühselig, niemand hat so recht Lust, mit uns zu reden. Und jeder präsentiert eine andere Version der Vorfälle zu dem Zeitpunkt, als die Schüsse fielen.«

»Es ist deshalb so kompliziert, weil zur gleichen Zeit das Pferd einer gewissen Person durch die Menge galoppierte.« Dix' Stimme nahm einen ironischen Unterton an. »Da war jeder damit beschäftigt, sich selbst in Sicherheit zu bringen.«

»Und es ist einige Zeit vergangen, bis die Leute kapiert hatten, dass gerade jemand niedergeschossen wurde, was auch nachvollziehbar ist«, ergänzte Mirwald. »Viele dachten, das gehört zum Schauspiel.«

»Haben Sie brauchbare Fotos und Videoaufnahmen gefunden?«

»Wir haben die Dateien der Kameras, die der Regisseur hat aufstellen lassen«, sagte Dix. »Nach erster Durchsicht findet sich darauf nichts Brauchbares. Außerdem bekamen wir einige Handy-Fotos, die alle daran kranken, unscharf oder aus der falschen Perspektive aufgenommen worden zu sein. Aber wir sind optimistisch, dass wir weitere Fotos auftreiben können. Wir müssen nur unsere Aufrufe an die Bevölkerung oft genug wiederholen oder die Presse einschalten.«

»Die Schützen im Wald neben Frau Murlinger – was haben die gesagt?«

»Alle haben bei der Ausgabe hier im Zelt ihre Waffen entgegengenommen und ihre zugewiesene Position bezogen. Niemandem ist an dem Verhalten von Frau Murlinger etwas Verdächtiges aufgefallen, sie habe ganz normal gewirkt.«

»Was keine Entlastung für die Verdächtige ist, um das deutlich zu sagen«, warf Mirwald ein. »Schließlich ist sie Schauspielerin und weiß sich zu verstellen. Gerade wenn man einen Mord plant, darf man nicht auffallen, das weiß doch jeder.«

»Gab es Hinweise auf andere Personen im Wald?«

»Sie meinen, ob in Wirklichkeit jemand anders …?« Mirwald schüttelte den Kopf. »Ich muss Sie enttäuschen, Hochwürden, wie man es auch betrachtet, Frau Murlinger bleibt die einzige Verdächtige.«

19

Baltasar hatte eine halbe Stunde Zeit bis zu dem Termin mit seinem Chef, deshalb schlenderte er durch die Passauer Altstadtgassen, um sich abzulenken. Die Gespräche mit Seiner Exzellenz erzeugten nämlich bei ihm immer ein Unbehagen, und er versuchte, sich von der Zentrale möglichst fernzuhalten. Was stand diesmal auf der Tagesordnung? Touristen von den Ausflugsdampfern drängten sich an den Schaufenstern der Geschäfte, Studenten saßen draußen vor den Cafés und genossen das schöne Wetter.

Im Vorzimmer des Bischofs musste er auf einem Stuhl

Platz nehmen, bis er nach zehn Minuten ins Allerheiligste, das Arbeitszimmer, vorgelassen wurde.

Vinzenz Siebenhaar begrüßte ihn mit einem Lächeln.

»Herr Senner, schön, Sie wiederzusehen. Wie ich sehe, können Sie ganz gut laufen.«

»Exzellenz?«

»Nun, ich meine nach Ihrem Unfall. Das freut mich, dass Sie wieder genesen sind.« Er klopfte Baltasar aufmunternd auf die Schulter, eine ungewöhnliche Geste, denn der Bischof war sonst penibel darauf bedacht, Abstand zu halten. »Ihre Verletzungen waren offenbar nicht so schlimm, das ist wunderbar, das heißt, Sie sind wieder voll einsatzfähig.«

Er deutete auf den Besprechungstisch.

»Nehmen Sie Platz, Herr Senner, schonen Sie Ihre Glieder.« Siebenhaar schob ihm eine Tasse hin, schenkte Kaffee ein und holte einen Teller mit Pralinen.

»Bitte bedienen Sie sich, die habe ich mir aus Regensburg kommen lassen. Handgemacht. Eine herrliche Sünde!«

Er schob sich selbst ein Exemplar in den Mund. »Die Sorte heißt Engelszungen«, sagte er zwischen dem Kauen, »und die schmeckt auch so.«

»Eure Exzellenz, was verschafft mir die Ehre dieser Einladung?« Baltasar zwang sich zu einem neutralen Tonfall. »Wenn es wegen der Süßigkeiten ist …«

»Wo denken Sie hin, Herr Senner. Sie müssen sich gelegentlich den weltlichen Genüssen öffnen. Nun nehmen Sie schon eine.« Es klang wie ein Befehl, verpackt in Watte.

Baltasar wählte eine Praline mit schwarzer Schokolade und weißer Glasur. Sie schmeckte gut, nach Nougat, mit einer Prise Zimt und Nelkengewürz.

»Also, ich habe eine große Bitte an Sie«, sagte der Bischof. »Sie müssen für mich einen Termin wahrnehmen.«

Das war wirklich ungewöhnlich. Normalerweise legte Siebenhaar Wert auf seine öffentlichen Auftritte.

»Um was geht es?«

»Ich habe eine Einladung zu einem Notartermin erhalten. Das ist schon morgen Vormittag. Leider bin ich da kurzfristig verhindert, und der Generalvikar hat Urlaub.«

»Was habe gerade ich damit zu tun?« Baltasar konnte sich noch immer keinen Reim darauf machen.

»Nun, es geht offenbar um den Nachlass von Eva Dirnberger, die durch so tragische Umstände ums Leben gekommen ist. Die Frau gehörte doch zu Ihrer Kirchengemeinde, oder nicht?«

Baltasar nickte.

»Da habe ich mir gedacht, das wäre doch was für Sie.« Die Stimme des Bischofs nahm einen sanften Tonfall an. »Wo Sie doch eine gewisse ... Leidenschaft für die Umstände anderer Leute haben, wie mir erst jüngst wieder Behördenvertreter aus Passau erklärt haben.«

Baltasar dachte an die beiden Kriminalkommissare.

»Ich will gar nicht wissen, was vorgefallen ist. Wie ich Sie kenne, kann ich es mir ausmalen«, sagte Siebenhaar. »Nur so viel von meiner Seite: Nehmen Sie Rücksicht auf die Empfindlichkeiten anderer Menschen. Der Ausflug wäre doch was, um Ihre Neugierde zu befriedigen. Sie müssten allerdings nach Regensburg fahren. Aber das lohnt sich, die Pralinen dort ...«

»Wissen Sie Genaueres über das Erbe?«

»Leider nein. Vermutlich wurde das Bistum mit einer Spende bedacht, das ist nicht ungewöhnlich. Lassen wir uns überraschen.«

»Gut, ich übernehme den Job.«

»Schön.«

»Da es sich um mein Gemeindemitglied handelt, erwarte ich, dass meine Kirchenkasse von dem Erbe begünstigt wird. Sie wissen schon, die Glockenturmrenovierung …«

Der Bischof lächelte, aber es war gekünstelt.

»Na, na, na, Sie versuchen es immer wieder, Herr Senner. Geschäftstüchtig sind Sie, das muss man Ihnen lassen. Aber Ihre Bedürfnisse müssen hinten anstehen, die vielfältigen Aufgaben der Diözese erfordern hohe Finanzmittel. Wie sollen wir sonst all die sozialen Projekte am Laufen halten?«

Baltasar lag eine bissige Bemerkung auf der Zunge, aber er beherrschte sich. »Unsere Projekte sind nicht weniger wichtig«, sagte er.

»Jetzt sehen wir erst, wie es weitergeht. Wann ist Ihr nächster Reitunterricht?«

Baltasar ließ vor Schreck die angebissene Praline fallen.

»Was … Was meinen Sie?«

»Das Robin-Hood-Festival soll doch fortgesetzt werden, wie ich gehört habe, und Ihr Auftritt ist fest eingeplant.«

»Bei allen Heiligen! Nichts bringt mich mehr auf den Rücken eines Pferdes.«

»Nun haben Sie sich nicht so, Herr Senner. Welche Prüfungen wurden unserem Heiland auferlegt? Und Sie jammern wegen ein paar blauer Flecken.«

»Das soll jemand anderes übernehmen.«

»Wir haben keinen anderen, das ist Ihr Revier, wenn ich das so sagen darf.«

»Dann gehe ich eben zu Fuß, so wie unser Heiland.«

»Seien Sie nicht bockig, Herr Senner. Wir haben das bereits ausdiskutiert und damit lassen wir es gut sein. Das ist ein Auftrag und damit Schluss! Wenn Sie mich jetzt entschuldigen …«

Baltasar hatte den Fehler begangen, Teresa von den Pralinen des Bischofs zu erzählen.

»Das ich können auch«, war die Antwort, »meine Oma in Polen immer Süßigkeiten selbst gezaubert. Ich etwas probieren.«

Selbst durch Baltasars Argumente, Pralinen hätten viele Kalorien und seien schlecht für die Zähne, ließ sie sich nicht mehr von ihrem Vorhaben abbringen. Deshalb fand er nun auf seinem Frühstücksteller vier schwarze Klumpen – Kohlestückchen? Misstrauisch stieß er mit der Gabel daran.

»Sie probieren, seien sehr lecker, ich hab selbst schon genascht.« Die Haushälterin lächelte. Er lächelte zurück.

»Wissen Sie was, Teresa: Ich werde diese ... ähh ... Leckerei zum Notar mitnehmen und dort allen anbieten. So früh am Morgen ist mir nicht nach Süßem.«

»Aber Sie essen doch jeden Tag eine Marmeladensemmel zum Kaffee. Die hat auch Kalorien.«

»Ähh ... Das ist was anderes. Eine Semmel ist ... weicher und passt besser zum Frühstück.«

»Probieren Sie wenigstens eine.« Enttäuschung klang aus Teresas Worten.

»Natürlich lass ich mir so was Köstliches nicht entgehen.« Baltasar bat im Stillen den Allmächtigen um Vergebung für seine Notlüge und schob sich eine Praline in den Mund.

Der erste Geschmackseindruck war Kakao und Zucker. Mit der Zunge ließ sich das Stück nicht zerdrücken, irgendetwas leistete Widerstand. Er biss hinein. Seine Zähne stießen auf etwas Hartes – ein Zuckerpanzer, ganze Nüsse, Krokant? –, danach etwas Cremiges. Seine Geschmackssensoren meldeten Kokosraspel, Rum-Aroma – und wieder Zucker. Wasser lief ihm im Mund zusammen, er konnte gar nichts dagegen tun. Mit letzter Willensanstrengung schluckte er die Teile hinunter und spülte mit Kaffee nach.

»Ungewöhnlich«, stammelte er, »wirklich eine … besondere Rezeptur.«

»Wenn Sie wollen, ich mach für morgen mehr.« Teresa strahlte.

»Oh … ähh … ich denke, so was heben wir uns für besondere Gäste auf, das ist für den Alltag viel zu schade.«

Er sprang auf. »Ich muss jetzt los. Rechnen Sie nicht mit mir zum Mittagessen, Teresa, ich weiß nicht, bis wann ich zurück bin.«

Für die Fahrt nach Regensburg wählte Baltasar eine Route über die Landstraßen. In der Nähe des Hauptbahnhofs fand er einen Parkplatz. Die Sonne schien, es versprach ein heißer Tag zu werden. Er machte einen Umweg durch den Schloss-Emmeram-Park und ging über die Waffnergasse Richtung Zentrum.

Die Notarkanzlei lag im ersten Stock eines renovierten Altstadthauses, Holztreppen, Stuckdecken und schmiedeeiserne Leuchter. Eine Sekretärin empfing ihn und geleitete ihn in einen Konferenzraum, dessen Mitte ein Mahagonitisch einnahm. Alte Stiche von Regensburg an den Wänden, vermutlich genauso echt wie die antiken Möbel und die Bronzeskulpturen.

»Nehmen Sie Platz, wo es Ihnen beliebt«, sagte die Frau. »Haben Sie Ihren Ausweis und die Vollmacht des Ordinariats dabei?«

Baltasar gab ihr die Dokumente.

»Wollen Sie Kaffee, Tee, Saft oder Wasser?«, fragte sie mit professionellem Tonfall. Er bat um ein Wasser.

Erst jetzt bemerkte er, dass bereits jemand an der Stirnseite des Tisches saß. Der Mann, Ende dreißig, stand auf und schüttelte ihm die Hand.

»Guten Tag, mein Name ist Sebastian Hopfinger.«

Er trug Jeans und ein weißes T-Shirt, sein Haar war seitlich ausrasiert. Baltasar stellte sich vor und setzte sich neben ihn.

»Eigentlich weiß ich nicht genau, warum ich hier bin«, sagte Hopfinger.

»Da geht es Ihnen wie mir«, antwortete Baltasar. »Das hier gehört nicht gerade zu meinen alltäglichen Pflichten als Pfarrer.«

»Ich hab Eva vor drei Monaten das letzte Mal gesehen«, fuhr Hopfinger fort.

»Sind Sie ein Verwandter?«

»Sie war meine Freundin, wir waren eine Zeit lang zusammen, bis ich nach München gezogen bin.«

»Haben Sie vorher im Bayerischen Wald gelebt?«

»In Bodenmais, ich hatte einen Job in der Gemeinde, dann bekam ich ein besseres Angebot bei einem Privatunternehmen in München und bin umgezogen.«

»Wie haben Sie Frau Dirnberger kennengelernt?«

»Ich habe ein Geschenk für meine Schwester gesucht, ein Freund gab mir den Tipp mit dem Reiterhof. Eigentlich wollte ich dort nur den Gutschein für einen Reitkurs kaufen und dann, nun, dann habe ich Eva getroffen, und es hat gefunkt.«

»Sie haben bei ihr gewohnt?«

»Ich habe regelmäßig bei ihr übernachtet, aber ich hatte meine Wohnung in Bodenmais behalten. Dort haben wir uns natürlich auch getroffen.«

»Dachten Sie ans Heiraten?«

»Das kann auch nur ein Priester fragen.«

»Ist denn die Frage so abwegig?«

Hopfinger schüttelte den Kopf. »Natürlich nicht. Aber das war für uns beide nie ein Thema. Es war Liebe, es war körperliche Anziehung und Leidenschaft, wenn Sie das verstehen, Hochwürden. Wir lebten im Hier und Jetzt und machten uns keine Gedanken über die Zukunft. Es war eine wunderbare Zeit.«

»Wie lange hat die Beziehung gehalten?«

»Mit meiner neuen Arbeitsstelle in München war es praktisch vorbei. Ich bin eine Zeit lang am Wochenende hingefahren, aber irgendwie war klar, dass sich die Koordinaten verschoben hatten. Es war nicht mehr so wie früher. Ich glaube, Eva hatte irgendwann einen anderen Lover, obwohl sie nichts davon erzählt hat, aber das merkt man einfach. Schließlich haben wir uns offiziell getrennt, blieben aber, wie man so schön sagt, Freunde. Von ihrem Tod habe ich erst durch das Schreiben des Notars erfahren. Sie soll absichtlich erschossen worden sein? Ich kann es mir kaum vorstellen.«

Die Tür ging auf, Margit Sprengler kam herein. Ihr folgte Werner Rechen. Als sie Sebastian Hopfinger sah, erschrak sie.

»Du Grattler, was willst du hier?« Der Satz abgefeuert wie eine Kanonenkugel. »Verschwinde, du Penner, hast du nicht schon genug angerichtet?« Ihre Stimme überschlug sich.

»Hallo Margit, schön, dich zu sehen.«

»Halt den Mund! Und hau ab, aber sofort!«

»Ich habe eine Einladung des Notars, so wie der Herr Pfarrer hier.« Er klang gelassen.

»Willst du Schmarotzer jetzt auch noch von Evas Tod profitieren? Das sähe dir ähnlich.«

Werner Rechen hatte bisher keinen Ton gesagt, er fasste Margit Sprengler am Arm und drückte sie sanft auf einen Stuhl.

»Alles wird sich schnell aufklären«, sagte er zu ihr. Und an Baltasar gewandt: »Überraschend, dass Sie auch hier sind, Hochwürden.«

Die Stimmung im Raum war auf Kühlschranktemperatur gesunken. Sebastian Hopfinger betrachtete seine Fingernägel, Werner Rechen schrieb etwas in ein Notizbuch, und Margit Sprengler sah stur geradeaus.

Nach quälenden Minuten tauchte der Notar auf, ein Mann mit Silberhaar und randloser Brille.

»Danke, dass Sie alle vollzählig erschienen sind«, sagte er. »Ich habe heute die traurige Pflicht, den letzten Willen von Frau Eva Dirnberger zu verkünden.«

»Wie kam meine Nichte gerade auf Sie, wenn ich fragen darf?«, meldete sich Werner Rechen zu Wort. »Regensburg ist nicht gerade um die Ecke.«

»Ich hatte Frau Dirnberger früher in geschäftlichen Dingen beraten. Daraufhin hat sie mir ihr Testament anvertraut. Sie hat das Dokument vor einem Vierteljahr neu geschrieben. Kurz vor ihrem Ableben hatte sie mich angerufen und mir mitgeteilt, dass sie ein neues Testament verfassen wolle.«

»Warum das?« Margit Sprengler sah auf.

»Das weiß ich nicht. Aber sie hat ihren Vorsatz nicht mehr ausgeführt.«

»Machen Sie's nicht so spannend, was steht drin?«, fragte Hopfinger.

»Darf ich um ein wenig Geduld bitten?« Der Notar sah sie der Reihe nach an wie ein Oberlehrer. »Wir müssen schon die Formalien einhalten.«

Er begann seine Einleitung, wies auf die gesetzlichen Vorschriften hin und stellte fest, dass beim Nachlassgericht kein neueres Testament bekannt sei und deshalb die vorliegende Fassung die verbindliche sei. Er nahm ein dreiseitiges, handgeschriebenes Papier aus seiner Dokumentenmappe und las die ersten Sätze vor, die Eva Dirnberger verfasst hatte; es waren die üblichen Formulierungen.

»Der katholischen Kirche, der ich seit meiner Geburt angehöre, vermache ich den Betrag von fünftausend Euro, zweckgebunden für soziale Projekte«, zitierte der Notar und wandte sich an Baltasar. »Das betrifft Sie als Bevollmächtigter der Diözese Passau, Herr Senner. Ich vermute, Sie nehmen das Erbe an?«

Baltasar nickte. Die anderen Personen am Tisch schauten verdrießlich drein, als sei ihnen gerade etwas weggenommen worden.

»Herrn Sebastian Hopfinger vererbe ich meinen Geländewagen, weil er so ein Autonarr ist. Dazu den Betrag von zweitausend Euro, damit er sich zumindest eine Zeit lang Benzin und Versicherung leisten kann. Ich habe lange überlegt, ob ich das tun soll, trotz allem, was sich Sebastian geleistet hat. Aber ich glaube, er ist kein ganz schlechter Mensch.«

»Jetzt reicht's!« Margit Sprengler war aufgesprungen. »Das ist unmoralisch und sittenwidrig, ein solches Testament. Dieser Hallodri darf nicht einen einzigen Euro bekommen! Ich werde den letzten Willen anfechten.«

»Frau Sprengler, bitte, beruhigen Sie sich.« Der Notar wies auf den Stuhl. »Bitte setzen Sie sich wieder, wir können darüber in Ruhe diskutieren.«

»Da gibt's nichts zu diskutieren«, schnaubte sie, nahm aber wieder Platz.

»Es steht Ihnen natürlich frei, das Testament anzufechten, Frau Sprengler, genauso wie jedem anderen Anwesenden hier. Aber das Recht hat davor hohe Hürden aufgebaut. Ich sehe keine Anhaltspunkte für eine solche Klage, das hat meiner Einschätzung nach keine Erfolgsaussichten.«

»Aber das darf nicht sein. Eva hat das anders gemeint, sie hätte mir gegenüber bestimmt etwas gesagt.« Trotz panzerte Margit Sprenglers Stimme.

»Sie sollten überdies bedenken, dass bei einer Anfechtung auch Ihr Erbteil ungültig werden könnte. Ich schlage vor, wir fahren jetzt fort.« Der Notar suchte die Stelle, wo er stehen geblieben war. »Meinem Onkel Werner Rechen vermache ich den Rosenkranz meiner Großmutter mit den Granatsteinen und Amethysten sowie das geschnitzte Kruzifix von ihr, das in meinem Schlafzimmer hängt. Mögen ihm die Dinge zu mehr Glaubenskraft verhelfen. Zusätzlich erhält er die Armbanduhr meines Vaters, ein Kriegsmodell mit schwarzem Ziffernblatt.«

Werner Rechen blieb der Mund offen. »Soll … Soll das ein Witz sein? Das sind doch nur Almosen! Eva hat mir immer das Waldgrundstück versprochen. Steht da nichts in dem Testament, was ist mit den übrigen Vermögensgegenständen?« Seine Beherrschtheit war von ihm abgefallen wie welkes Laub.

»Nächster Punkt: Meine Schwester Margit erhält die Fotoalben unserer Familie und die Goldkette unserer Mutter mit dem Diamantanhänger und die dazugehörige Diamantbrosche.« Der Notar machte unbeirrt seine Arbeit.

»Und mir hat sie gesagt, Mutters Schmuck sei verloren gegangen, diese …«, murmelte Margit Sprengler.

»Was ist jetzt mit den Immobilien?«, fragte Werner Rechen.

»Dazu kommen wir gleich.« Der Notar nahm einen Computerausdruck aus seiner Dokumentenmappe und legte ihn neben sich auf den Tisch. »Hier habe ich eine Aufstellung der Liegenschaften.« Er las weiter aus Eva Dirnbergers letztem Willen vor.

»Mein Onkel Werner Rechen, der immer so gierig auf meine Grundstücke war, soll die Fläche ›In der Saugrube‹ mit der Flurnummer 1294/A3 erhalten. Einzige Voraussetzung: Er muss sich über einen Zeitraum von zwei Jahren um eine Neuanpflanzung kümmern. Ansonsten fällt dieses Erbe an meine Schwester.«

»Wo liegt dieses Grundstück?« Werner Rechens Gesichtsausdruck verriet nicht, ob er sich freute oder ärgerte.

Der Notar sah in seiner Liste nach und holte eine Karte hervor, in der die Eigentümer eingetragen waren. Eine winzige Stelle war grün umrandet. Er tippte darauf.

»Das ist es.«

Werner Rechen beugte sich über den Plan, dann wurde er blass. »Ich kenn die Stelle, das ist lediglich ein schmaler Graben entlang eines Forstweges, dort wachsen nur Brennnesseln. Was soll ich damit anfangen?« Er wurde lauter. »Mir steht viel mehr zu, das wusste Eva, wir hatten Abmachungen, sie hat sich nicht daran gehalten.«

»Ich weiß nichts von solchen Absprachen«, sagte der Notar. »Für mich ist nur der Text des letzten Willens relevant. Sie haben ja noch Zeit, Herr Rechen, darüber nachzudenken, ob Sie das Erbe antreten wollen.«

Der Notar legte sich die letzte Seite des Testaments zurecht. »Und nun zum Hauptteil des Nachlasses. Ich zitiere: »Was mein sonstiges Vermögen und meine Liegenschaften angeht, so treffe ich folgende Regelung: Meinen Reiterhof samt allen Tieren erhält meine Schwester Margit Sprengler, ebenso die Waldgrundstücke einschließlich Jagdrechten, außerdem mein Depot mit Wertpapieren sowie die verbliebenen Barmittel nach Abzug der Beerdigungskosten. Ich hoffe, sie fühlt sich damit nicht länger benachteiligt und findet ihre innere Ruhe. Eine Bedingung habe ich daran geknüpft: Meine Schwester muss über einen Zeitraum von zwei Jahren den Reiterhof persönlich weiterbetreiben und darf kein einziges meiner geliebten Pferde verkaufen, verschenken oder sich ihrer sonst irgendwie entledigen.«

Einen Moment war Stille im Raum. Der Notar setzte neu an:

»Zur Überwachung meiner Auflagen beauftrage ich die katholische Kirche. Sollten meine Vorgaben nicht erfüllt oder das Erbe ausgeschlagen werden, geht mein gesamter Nachlass an die katholische Kirche.«

Die Worte hallten nach, die Stille dauerte diesmal länger, jeder schien damit beschäftigt, das Gesagte zu verarbeiten. Das Testament war ungewöhnlich und barg einige Überraschungen, Baltasar fragte sich, wie die Erben reagieren würden.

Sebastian Hopfinger fand als Erster seine Sprache wieder.

»Ich nehme das Erbe an. Wann kann ich den Wagen abholen? Heute noch?«

»Einige Tage dauert es noch, bis alle Formalitäten erledigt sind«, sagte der Notar.

»Ich bin nicht auf eine Übernachtung eingestellt«, antwortete Hopfinger.

»Ich kann Ihnen helfen«, sagte Baltasar. »Ich weiß eine günstige Unterkunft für Sie.« Er dachte an Victoria Stowasser, die Wirtin der »Einkehr«.

»Das alles muss ich mir erst durch den Kopf gehen lassen«, sagte Werner Rechen. »Ich gebe später Bescheid.«

Er schüttelte den Kopf. »Das hatte ich nicht von meiner Nichte erwartet, die Bosheit, die durch die Zeilen erkennbar wird. Habe ich das verdient?«

Niemand antwortete darauf.

»Was für eine Frechheit! Jetzt will mir meine Schwester über ihren Tod hinaus Vorschriften machen! Ich bleib dabei, dieses Testament ist sittenwidrig.« Margit Sprenglers Stimme drohte überzukippen. »Das vergess ich Eva nie!« Sie schlug mit der Faust auf den Tisch. Baltasar erschrak unwillkürlich.

»Meine Schwester stand sicher unter Drogen, als sie ihren letzten Willen verfasst hat. Oder jemand hat sie mit Gewalt dazu gezwungen, so was zu schreiben. Denn so was würde Eva aus freien Stücken niemals tun.« Ihre Worte dröhnten im Raum.

»Bitte beruhigen Sie sich alle«, sprach Baltasar dazwischen und holte eine Schachtel heraus. »Ich habe leckere, handgemachte Pralinen mitgebracht, nehmen Sie welche und probieren Sie – Sie werden sehen, die wirken Wunder.«

20

Der Bischof selbst war am Telefon. Baltasar konnte sich nicht daran erinnern, wann sich sein Vorgesetzter das letzte Mal auf diesem Weg bei ihm gemeldet hatte; normalerweise wurde er zur Besprechung nach Passau geladen.

»Eure Exzellenz, welche Ehre«, sagte Baltasar, »was kann ich für Sie tun? Brennt's irgendwo?«

»Ach, Herr Senner, hören Sie mit den Formalitäten auf.« Dem Tonfall nach zu urteilen, schien Vinzenz Siebenhaar gut gelaunt. »Ich wollte mich nach Ihrem Befinden erkundigen.«

»Danke, mir geht's gut.«

»Und wie ist Ihr Termin in Regensburg verlaufen?« Der Bischof musste vor Neugier platzen, dachte Baltasar. Er war kaum eine halbe Stunde zurück.

»Der Notar hat das Testament eröffnet und den letzten Willen der Verstorbenen verkündet.«

»Das war anzunehmen. Was stand drin? Sind wir mit dabei?«

»Mit dabei – was meinen Sie, Exzellenz?«

»Tun Sie nicht so. Ich will wissen, ob die Verstorbene der Diözese etwas zugesprochen hat.«

»Die katholische Kirche erhält einen Betrag von fünftausend Euro.«

»Sonst nichts?« Er klang enttäuscht.

»Es gibt einige Auflagen von Eva Dirnberger.« Baltasar berichtete von den Regelungen.

»Das heißt, wenn die Erben – aus welchen Gründen auch immer – die Vorgaben nicht erfüllen, fällt alles an uns?«

»So ungefähr.«

»Dann bleiben Sie an dem Thema dran, Herr Senner. Sie übernehmen die Oberaufsicht. Und wenn es dem Allmächtigen gefällt, wird die Kirche in zwei Jahren weitere Projekte fördern können.«

»Sie meinen, der gesamte Nachlass wäre besser beim Ordinariat aufgehoben?«

»Man kennt das ja mit den Erben, die plötzlich zu Geld kommen – schnell ist alles verjuxt. Ich glaube fest daran, dass wir mit solchen Zuwendungen verantwortungsvoller umgehen und damit Gutes tun können. Also strengen Sie sich an, Herr Senner! Ich werde veranlassen, dass der Notar Ihnen alle Unterlagen schickt. Gott zum Gruße.«

Der nächste überraschende Anruf kam am frühen Nachmittag. Kriminalkommissar Wolfram Dix war in der Leitung.

»Ich muss Ihnen eine Mitteilung machen, Herr Senner«, begann er.

»Ihre Anrufe sind selten genug. Um was handelt es sich?«

»Der Richter hat dem Antrag von Frau Murlingers Anwalt stattgegeben – sie wird unter Auflagen aus der Untersuchungshaft entlassen.«

»Woher der Sinneswandel?«, fragte Baltasar, obwohl er die Antwort wusste.

»Im Zuge der neuen Ermittlungsergebnisse sind Zweifel an der Täterschaft von Klara Murlinger aufgekommen. Das heißt nicht, dass sie deswegen völlig entlastet wäre«, sagte Dix. »Aber die Zweifel reichen, unmittelbare Fluchtgefahr besteht nach Auffassung des Gerichts nicht. Für mich bleibt sie nach wie vor auf der Liste der Verdächtigen.«

»Das sind erfreuliche Nachrichten«, sagte Baltasar.

»Frau Murlinger bittet darum, dass Sie nach Passau kommen, Hochwürden, und sie abholen. Sie wollte unbedingt Sie – keinen anderen. Könnten Sie das einrichten, am besten heute noch?«

»Wenn es ihr wichtig ist, gerne.«

»Ich lasse sie zu mir bringen. Sie wissen ja, wo Sie uns finden.«

Baltasar parkte direkt vor dem Gebäude der Polizeiinspektion in der Passauer Nibelungenstraße. Wolfram Dix empfing ihn in seinem Büro.

»Wo ist Ihr Kollege Mirwald?«, fragte Baltasar.

»Der sitzt drüben im Verhörraum und redet nochmals mit Frau Murlinger.«

»Ich dachte, Sie ermitteln nun in andere Richtungen.«

»Wir sind hartnäckig und wie gesagt nicht von der Unschuld der Dame überzeugt«, antwortete Dix. »Aber wir wollen uns nicht vorwerfen lassen, voreingenommen zu recherchieren.«

»Haben Sie denn schon neue Spuren?«

»Derzeit überprüfen wir nochmals alle Abläufe im Zusammenhang mit der Ausgabe der Waffen. Die Aufbewahrung der Gewehre und Pistolen war äußerst schlampig. Nach ersten Erkenntnissen waren die Waffenkisten nachts gar nicht bewacht. Stellen Sie sich das vor, Herr Senner! Das Zeug liegt einfach so in einem Zelt. Das ist ja eine Einladung zur Selbstbedienung.«

»Niemand hat mit einem Verbrechen gerechnet.«

»Trotzdem braucht es bei Schusswaffen ein Minimum an Sorgfalt, darüber gibt es gar nichts zu diskutieren. Aber das ist der Bayerische Wald, die Menschen nehmen es mit den Vorschriften nicht so genau, und wenn etwas passiert, will niemand dafür verantwortlich sein.«

»Akzeptiert man dennoch die These, dass ein Dritter der Täter ist, muss man in anderen Richtungen suchen.«

»Das ist doch selbstverständlich, wir gehen jeder Spur nach, auch wenn sie nur aus Brotkrümeln besteht.« Dix schien ungehalten. »Das erfordert schon allein die veränderte Situation. Wir müssen der Frage nachgehen, wer hatte sonst ein Motiv, Frau Dirnberger nach dem Leben zu trachten? Und wer hatte die Gelegenheit dazu? Aber das ist Routine. Am Ende werden wir schon den richtigen Täter verhaften.«

»Hat die Auswertung der Videoaufnahmen was Neues gebracht?«

»Die Bilder bestätigen nur, was auch die Zeugen erzählen: Kanonendonner, Gewehrsalven, die Frau bricht blutend zusammen – und da ist noch ein gewisses Pferd, das seinen Reiter, einen mir bekannten Pfarrer, abwirft und in der Menge Angst und Schrecken verbreitet.«

»Ich weiß schon, warum ich diese Tiere nicht in mein Herz geschlossen habe«, sagte Baltasar. »Gott sei Dank ist das Kapitel beendet.«

»Die Befragung von Herrn Andreas Dreier hat nur gezeigt, dass von diesen Waffennarren und Schützenvereinsmitgliedern offenbar keiner auch nur im Traum daran gedacht hat, jemanden zu bestimmen, der die Leitung der improvisierten Waffenkammer übernimmt. Dieser Dreier tut zwar zerknirscht, aber ich habe den Eindruck, in Wirklichkeit geht es ihm am A. vorbei, diesem Bauernschädel.«

»Konnten Ihre Kollegen Spuren am Zelt sichern?«

»Der Fußabdruck ist dokumentiert, jetzt bräuchten wir aber noch den passenden Schuh dazu. Fingerabdrücke haben wir genommen, aber ich bezweifle, dass bei der Menge wirklich etwas als Beweis taugt. Und falls wir es tatsächlich mit einem anderen Täter zu tun haben, hat der sicherlich Handschuhe getragen. Und nun haben Sie mich lang genug ausgefragt, Hochwürden, ich bringe Sie zu Frau Murlinger.«

Sie gingen quer über den Gang zu einer Tür mit der Aufschrift »Verhörraum«. Klara Murlinger saß an einem rechteckigen Tisch, ihr gegenüber Oliver Mirwald.

»Ihr Abholdienst ist da«, sagte der Kommissar zur Begrüßung.

»Sie nutzen jede Minute aus«, entgegnete Baltasar. »Dienst nach Vorschrift, das hat man als Steuerzahler gerne.«

»Ich frag mich, wann Priester eigentlich arbeiten, die Gottesdienste mal ausgenommen – und das von meinen Steuergeldern«, antwortete Mirwald.

»Wir wollen Frau Murlinger nicht länger warten lassen«, sagte Dix. »Ich kann mir vorstellen, dass Sie momentan die Nase voll von Justizgebäuden haben.«

Als sie zum Auto kamen, atmete Klara Murlinger hörbar aus. »Ich bin Ihnen so dankbar, Hochwürden, dass Sie mich abgeholt haben, und auch dafür, was Sie unternommen haben, damit ich wieder freikomme. Wenn es nach diesen Herren von der Kripo gegangen wäre ...«

»Das ist doch selbstverständlich.«

»Sagen Sie das nicht.« Sie ließ sich in den Sitz fallen. »Man kann sich als Außenstehender gar nicht vorstellen, was für ein Gefühl das ist, als Mörderin zu gelten. Wieder und immer wieder die gleichen Fragen. Und erst die Gefängniszelle ... Es ist ganz anders, als man es aus dem Fernsehen kennt. Es war schauerlich. Wie schätze ich es, wieder Frischluft zu genießen.« Sie schüttelte sich. »Ich hatte auch gerade Sie gebeten, Herr Senner, weil ich Angst habe, wieder zurückzukommen. Was werden meine Nachbarn sagen? Was denken die Freunde und Bekannten? Wenn Sie mich begleiten, gelange ich hoffentlich nach Hause, ohne belästigt zu werden. Ich will mich nur noch in meine Wohnung verkriechen und am liebsten nie mehr hinausgehen, bis der wahre Mörder gefasst ist.«

»Verreisen Sie einfach.«

»Ich muss vorerst in der Gegend bleiben, hat das Gericht verfügt. Darüber bin ich zwar nicht begeistert, aber im

Grunde ist es mir egal, solange es nicht zum Dauerzustand wird.«

»Haben Sie eine Idee, welches Motiv der Mörder gehabt haben könnte?«

»Dafür kannte ich Eva Dirnberger zu wenig. Im Gefängnis hab ich mir darüber ständig den Kopf zerbrochen, glauben Sie mir. Das Einzige, was mir eingefallen ist: Es gab Gerüchte, dass Frau Dirnberger im Streit mit der Jagdgenossenschaft lag wegen irgendwelcher Grundstücksfragen. Aber das klingt nicht gerade nach einem Mordmotiv.«

21

Da Teresa unterwegs zum Einkaufen war, entschloss sich Baltasar, seine Mittagspause im Wirtshaus »Einkehr« zu verbringen. Er wollte etwas mit Victoria Stowasser besprechen.

In der Gaststube saßen einige Touristen und der Sparkassendirektor Alexander Trumpisch mit Geschäftsfreunden. Baltasar nickte allen kurz zu und setzte sich an einen Ecktisch. Als Tagesgerichte standen Schweinsbraten mit Knödel und vegetarischer Leberkäse auf der Speisekarte.

Er nahm den Braten und wählte Semmelknödel statt Kartoffelknödel, dazu ein Radler.

»Ist die Wirtin zu sprechen?«, fragte er die Bedienung.

»Frau Stowasser ist in der Küche, ich sag ihr Bescheid.«

Nach einigen Minuten kam Victoria an seinen Tisch. Sie trug einen schwarzen Rock, eine Schürze und ein T-Shirt.

»Herr Senner, hallo, Sie haben sich mittags lange nicht mehr blicken lassen.«

»Ihre Küche ist mir abgegangen, setzen Sie sich doch einen Moment.«

Baltasar wartete, bis sein Essen serviert wurde. Er probierte einen Bissen – das Fleisch wunderbar zart und würzig.

»Ich habe ein Anliegen, Frau Stowasser. Es geht um den Mord an Eva Dirnberger.« Er sprach in gedämpftem Ton, damit niemand sonst mithören konnte.

»Ich hab schon gehört, dass Frau Murlinger wieder auf freiem Fuß ist«, sagte sie.

Baltasar berichtete über den Stand der Ermittlungen.

»Aber behalten Sie die Informationen bitte für sich.«

»Geht klar. Und womit kann ich helfen? Soll ich Privatdetektiv spielen?«, fragte sie.

»So was Ähnliches. Ich bräuchte Sie zu gezielten Recherchen. Es geht um zwei ehemalige Freunde des Opfers.«

»Freunde?«

»Nun ja, Liebhaber. Der eine war ein Tourist, der vermutlich bei Ihnen übernachtet hat.«

»Ja, ich kann mich erinnern, ein blonder Mann. Ich weiß es deshalb, weil er einmal Frau Dirnberger mit aufs Zimmer genommen hat.«

»Und der Name?«

»Ich müsste nachschauen, die Anschrift habe ich sicher in meinen Buchungsunterlagen. Und der zweite?«

»Sebastian Hopfinger, dem ich die ›Einkehr‹ als vorübergehendes Wohnquartier empfohlen habe. Es wäre nützlich, wenn Sie ihn, nun ja, wie soll ich sagen, ein wenig aushorchen, was seine Beziehung zu Frau Dirnberger angeht und was er sonst noch weiß. Immerhin hat er ein Auto von ihr geerbt, also muss was Besonderes zwischen beiden gewesen sein.«

»Stimmt, er wohnt bei mir, ein charmanter Kerl. Also, ich werd mich um ihn kümmern, aber versprechen kann ich nichts.«

Zwei Stunden später hatte Victoria ihn angerufen und die Kontaktdaten des Unbekannten durchgegeben. Er hieß Thomas Belling, war siebenunddreißig Jahre alt und lebte in Freiburg. Baltasar wählte die angegebene Mobilfunknummer. Eine unerwartet helle Stimme meldete sich.

»Herr Belling?«

Baltasar nannte seinen Namen und seinen Beruf und von woher er anrief. »Ich weiß nicht, ob Sie bereits darüber informiert wurden, aber ich habe die traurige Pflicht, Ihnen mitzuteilen, dass Frau Eva Dirnberger kürzlich verstorben ist. Ich habe mir Ihre Nummer besorgt und Sie angerufen, weil ich dachte, dass es Sie vielleicht interessiert.«

Am anderen Ende der Leitung blieb es still.

»Herr Belling?«

»Das muss ich erst verdauen«, sagte der Mann. »Eva ist tot. Ich kann es nicht fassen. Wie ist sie gestorben?«

»Sie wurde ermordet.«

Wieder Schweigen.

»Er…mor…det? Hat man den Täter schon gefasst?«

»Die Polizei ermittelt noch.«

»Das sind schreckliche Nachrichten.«

»Sie kannten Frau Dirnberger näher?« Baltasar tastete sich an das Thema heran.

»Ich war im Urlaub im Bayerischen Wald, ein wenig Mountainbike fahren, es war ein spontaner Entschluss.«

»Wie haben Sie sich kennengelernt, wenn ich fragen darf?«

»Ich war beim Joggen im Wald, Eva kam auf einem Pferd

angaloppiert und hätte mich fast umgeritten. Sie entschuldigte sich dafür, so kamen wir ins Gespräch. Ich hab sie gleich zum Essen eingeladen.«

»Und weiter?«

»Wie das halt so geht: Ich hab einen Reitkurs gebucht, wir sind öfters weggegangen und haben gemeinsame Ausflüge gemacht. Da Eva keine festen Arbeitszeiten hatte und nicht immer persönlich anwesend sein musste, konnten wir auch tagsüber was unternehmen.«

»Wie lange sind Sie bei uns im Bayerischen Wald geblieben?«

»Ich hatte zwei Wochen geplant, habe dann aber um eine Woche verlängert.«

»Wieso?«

»Weil ... Weil es zwischen Eva und mir immer stärker gefunkt hat. Eines Abends war ich länger bei ihr geblieben, und da ist es dann passiert ... Ich fuhr erst am nächsten Morgen zurück zum Gasthaus.«

»Verzeihen Sie die sehr persönliche Frage, Herr Belling, war es eine intensive Beziehung?«

»Ich bin mir nicht sicher, ob ich Ihre Frage richtig verstehe, Herr Pfarrer. Irgendwie war es für mich klar, dass es nach dem Urlaub vorbei sein würde, es war eine typische Urlaubsliebe, wenn Sie so wollen. Ich denke, Eva sah das genauso. Ich hatte nicht das Gefühl, dass sie sich nach einer festen Beziehung sehnte.«

»Liebe auf Zeit – ist das nicht paradox?«

»Als Geistlicher vertreten Sie natürlich die absoluten Werte. Aber zwischen Schwarz und Weiß gibt es Grau in allen Schattierungen. Es war eine Affäre, man hofft vielleicht insgeheim auf mehr, weiß aber zugleich, es gibt eine natürliche Bruchstelle: das Ende des Urlaubs. Würde die

Beziehung darüber hinausreichen – es wäre ein Zufall. Oder Schicksal. Sie würden vermutlich sagen: Gottes Wille. Ich habe Eva jedenfalls keine falschen Versprechungen gemacht. Ich fuhr wieder zurück nach Freiburg, wir haben noch zwei, drei Mal miteinander telefoniert, das war's dann.«

»Was machte Sie so sicher, dass Frau Dirnberger genauso dachte – und fühlte?«

»Wir haben uns über das Thema Beziehung und Liebe öfters unterhalten. Eine Frage, Herr Senner, kannten Sie Eva persönlich?«

»Ich bin ihr mehrmals begegnet, ich hatte Reitstunden bei ihr.«

»Dann haben Sie sicher bemerkt, dass Eva einen besonderen Charme und eine ungewöhnliche Ausstrahlung hatte. Das wirkt auf viele Männer anziehend. Dieser Wirkung war sich Eva voll bewusst. Ich denke, sie hat ihre Reize gezielt eingesetzt, gerade wenn sie etwas haben wollte. Und mein anderer Eindruck ist: Sie war unverkrampft beim Kontakt mit dem anderen Geschlecht.«

»Inwiefern?«

»Leute kennenzulernen fiel ihr offensichtlich sehr leicht. Sie ließ sich auf Gespräche mit Fremden ein, flirtete gerne ein bisschen – ohne gleich mit Männern in die Kiste zu springen.«

»Ist das nur eine Vermutung oder haben Sie dafür Belege?«

»Ich denke da an ein Gespräch eines Abends, wir waren zum Essen nach Straubing gefahren, glaub ich. Wir plauderten über dies und das, ich weiß nicht mehr, wie wir darauf kamen, jedenfalls erzählte ich von meinen früheren Freundinnen. Sie müssen wissen, Herr Pfarrer, ich bin nicht verheiratet.«

»Das dachte ich mir glatt«, sagte Baltasar.

»Daraufhin ließ Eva einige Bemerkungen über ihre Liebschaften fallen. Sie hatte längere Beziehungen und kürzere, erzählte sie. Meist hielt sie es in der Öffentlichkeit geheim, mit wem sie zusammen war, und auch ihre Partner behielten es für sich. Sie wollte nicht, dass im Ort darüber getuschelt wurde.«

»Es ist doch normal, einen Freund zu haben, da braucht man sich doch nicht verstecken«, sagte Baltasar.

»Eva hat angedeutet, einige ihrer Verflossenen waren anderweitig liiert, sie hatte offenbar Sorge, es würde rauskommen.«

»Wollen Sie damit sagen, Frau Dirnbergers Männer waren verheiratet und sind fremdgegangen?«

»Sie hat nicht gesagt, ob sie verheiratet waren, aber sie waren mit anderen Frauen zusammen, die natürlich nichts von den Eskapaden ihres Liebsten wissen durften. Das wäre eine Katastrophe gewesen, wenn es ans Licht gekommen wäre, dazu braucht es nicht viel Fantasie.«

»Klingt kompliziert.«

»Nicht nur das. Einmal hatte sie sogar richtig Angst, hat Eva gesagt. Der Typ muss extrem aufbrausend und eifersüchtig gewesen sein, deshalb hat sie die Beziehung schnell wieder abgebrochen.«

Baltasar horchte auf. »Hat sie einen Namen genannt oder sonst Andeutungen gemacht, wer es sein könnte?«

»Nur dass es jemand aus der Gegend war. Und dass sie eine Zeit lang Angst um ihr Leben hatte.«

22

Der Umschlag kam per Einschreiben. Er enthielt ein Bündel Dokumente, geschickt von Eva Dirnbergers Notar. Im Begleitbrief hieß es, »auf Wunsch Seiner Exzellenz Vinzenz Siebenhaar« habe er die Unterlagen weitergeleitet, eine Vollmacht beigefügt und er führe nun Baltasar Senner »als zeichnungsberechtigte Person im Namen und Auftrag« für das Ordinariat Passau.

Die Lieferung umfasste Abschriften des Testaments, die Anschriften und Kopien der Ausweise der Erben und die Aufstellung der Vermögenswerte. Baltasar ging die Listen durch. Was fehlte, waren Hinweise auf Bankkonten. Und die Immobilien waren in Flurnummern beschrieben, was ihn vor weitere Rätsel stellte.

Da half nur die Einsicht in die Akten. Er rief im Büro des Bürgermeisters an, schilderte seinen Wunsch und verabredete für den Nachmittag einen Termin. Für die Bankkonten hatte er ebenfalls eine Idee, ein zweiter Anruf sicherte ihm einen Termin beim Sparkassendirektor.

Er nutzte den Weg zur Bank für einen Spaziergang. Unterwegs traf er die Frau des Bürgermeisters, sie erzählte ihm von ihrer Rolle beim Robin-Hood-Festival und fragte ihn nach der nächsten Zusammenkunft des Bibelkreises.

Am Schalter der Sparkasse begrüßte ihn Nathalie Krömer. Sie tat geschäftsmäßig, überreichte ihm seine Kontoauszüge, ihre Miene blieb neutral, keine Vertrautheiten oder Andeutungen wegen ihres letzten Gesprächs mit ihm.

»Einen Moment, Hochwürden«, sagte sie, »ich schau, ob der Direktor aus seiner Besprechung zurück ist.«

Kurz darauf kam sie wieder. »Folgen Sie mir bitte, Herr Trumpisch erwartet Sie.«

Der Sparkassendirektor sprang hinter seinem Schreibtisch auf, als er Baltasar kommen sah, und schüttelte ihm überschwänglich die Hand. Das kam Baltasar seltsam vor, er kannte den nüchternen Geschäftssinn des Mannes.

Sie unterhielten sich über das Wetter und das geplante Festival, ein Thema, das offenbar jeden im Ort bewegte.

»Welche Rolle haben Sie übernommen?«, fragte Baltasar.

»Ich? Wo denken Sie hin?« Alexander Trumpisch schüttelte den Kopf. »Leider habe ich zu viele Auswärtstermine, da ist keine Zeit für Proben und Verkleidungen. Dafür engagiert sich meine Frau umso mehr. Ich bin froh, dass momentan eine Unterbrechung ist, sonst hätte ich zu Hause überhaupt keine Ruhe mehr.«

»Glauben Sie, dass dieses Ereignis überhaupt noch stattfindet – nach dem, was in der Vergangenheit passiert ist? Einen Mord kann man nicht so einfach ignorieren.«

»Ich habe das nicht zu entscheiden, sondern die Organisatoren. Aber wirtschaftlich wäre es unserer Gemeinde nur zu wünschen, wenn es weiterginge.« Der Direktor lächelte. »Doch das ist ein anderes Thema. Womit kann ich dienen, Hochwürden? Ein Kredit für die Kirche? Wollen Sie Geld anlegen?«

»Nichts von alledem. Ich brauche Ihre Unterstützung in einer delikaten Angelegenheit.« Baltasar senkte die Stimme. »Ich brauche wohl nicht zu sagen, dass alles unter uns bleibt, kann ich mich darauf verlassen?«

»Wir wahren unsere Geschäftsgeheimnisse, nichts dringt nach draußen«, sagte Trumpisch. »Sie machen mich neugierig.«

»Ich bin in einer speziellen Mission unterwegs.« Baltasar

holte das Schreiben des Notars heraus und schob es dem Direktor zu.

Trumpisch setzte seine Brille auf und las. »Eine Vollmacht«, sagte er. »Es dreht sich um den Nachlass von Eva Dirnberger. Wenn ich das Schreiben recht verstehe, sollen Sie darauf achten, dass alle Bedingungen erfüllt werden und das Erbe ordnungsgemäß verteilt wird. Um welche Bedingungen handelt es sich denn?«

»Darüber darf ich nicht reden. Aber zuvor muss ich mir einen Überblick verschaffen, was überhaupt zu verteilen ist. Sie können sich vorstellen, Herr Trumpisch, dass die Erben kein Interesse daran haben, den Fall in der Öffentlichkeit diskutiert zu sehen. Deshalb bitte ich Sie um Ihre Unterstützung.«

»Diskretion ist selbstverständlich. Wie genau kann ich helfen? Soll ich irgendwelche Immobilien im Auftrag verkaufen? Ich würde mich selbstverständlich persönlich darum kümmern.«

»Zuerst bräuchte ich einen Überblick, welche Konten und Depots Frau Dirnberger hatte – hier bei der Sparkasse oder einer anderen Bank.«

»Steht das nicht in den Unterlagen?«

»Bedauerlicherweise sind die Dokumente unvollständig.«

»Wir könnten sowieso erst etwas auszahlen oder die Konten auflösen, wenn wir einen Erbschein haben«, sagte Trumpisch.

»Mir reicht vorläufig die reine Information.«

»Also gut, ich sehe nach. Für Fremdkonten müsste ich eine Anfrage laufen lassen, das kann ein wenig dauern.« Er ging zurück zu seinem Schreibtisch und tippte etwas in die Computertastatur.

»Da haben wir's!« Trumpisch schaltete den Drucker ein, Rattern erfüllte den Raum. Mit einigen Blatt Papier kam er zurück und gab sie Baltasar. »Wie Sie sehen, hat Frau Dirnberger bei uns zwei Konten, ein Sparkonto mit kleinerem Geldbetrag und ein Girokonto mit derzeit einem Saldo von rund einhundertvierundzwanzigtausend Euro.«

»So viel?« Baltasar sah sich die Kontoauszüge an.

»Das ist in der Tat hoch. Aber Sie müssen bedenken, Hochwürden, bei der Geschäftsführung eines Reiterhofs fallen immer wieder nennenswerte Summen zum Begleichen von Rechnungen an. Da kann es vernünftig sein, Rücklagen direkt auf dem Girokonto zu belassen.«

Baltasar ging die Zahlenkolonnen durch. »Es sind fast immer krumme Beträge bei den Überweisungen. Aber hier diese Barabhebung ist auffällig.«

»Darf ich mal?«

Der Sparkassendirektor studierte die angegebene Position. »Das war genau einen Tag vor Frau Dirnbergers Tod – eine Auszahlung in Höhe von fünfundzwanzigtausend Euro.« Er ging erneut zurück zu seinem Computer und rief eine andere Datei auf.

»Die Höhe des Betrages ist in der Tat ungewöhnlich«, sagte Trumpisch. »Sonst hat Frau Dirnberger für gewöhnlich kleinere Summen abgehoben. Für was sie wohl das Geld benötigte? Wir werden es wohl nie mehr erfahren.«

»Und Konten bei anderen Banken?«

»Moment.« Der Direktor starrte auf den Bildschirm. »Laut Datenbank nichts Aufregendes: lediglich ein Sparkonto in Regensburg. Ich ruf mal meinen Kollegen dort an.«

Trumpisch griff zum Telefonhörer, und die nächsten Minuten musste Baltasar den Small Talk der beiden Banker mit anhören, der etwa so aufregend war wie Knäckebrot. Es dauerte, bis Trumpisch seine konkrete Anfrage formulierte. Er antwortete nur noch »Ja«, »Ja«, notierte sich etwas auf seinem Zettel und verabschiedete sich wieder von dem unbekannten Gesprächspartner.

»Also, der Kollege sagt, es wären schon lange keine Kontobewegungen mehr erfolgt. Derzeit liegen dort etwa siebentausend Euro – also nichts Weltbewegendes.«

»Wie man's nimmt«, antwortete Baltasar. »Unserer Kirchengemeinde würde ein solcher Obolus schon guttun.«

»Ansonsten sehen die übrigen Zahlungsempfänger bei den Überweisungen von unseren Konten auf den ersten Blick ganz seriös aus«, sagte Trumpisch. »Tierfutterfirmen, Reitzubehör, Handwerker – das Übliche, man kann es jedoch anhand der kurzen Buchungszeilen nicht genau erkennen.«

»Hatte eigentlich noch jemand Kontovollmacht?«

»Frau Dirnberger hatte alleinige Verfügungshoheit. Aber soviel ich weiß, ließ sie ihre Überweisungsformulare oft von anderen zu uns bringen.«

»Wen hat sie beauftragt?«

»Ich glaube, Praktikantinnen.«

»Und ihr Onkel, Herr Rechen?«

»Den habe ich persönlich nie gesehen. Aber ich arbeite natürlich nicht am Schalter«, sagte Trumpisch. »Da müsste ich die Angestellten fragen.«

»Lebensversicherungen haben Sie der Verstorbenen nicht verkauft?«, fragte Baltasar. »Sie bieten solche Policen an, wie ich Ihren Prospekten entnommen habe.«

»Leider nein, und ich weiß auch nicht, wie Sie die Versicherungsverträge ausfindig machen können«, sagte Trumpisch.

»Eine ganz andere Frage: Brauchte Frau Dirnberger eigentlich nie Geld, größere Summen beispielsweise?«

»Sie meinen, ob sie schon mal einen Kredit beantragt hat?«

Baltasar nickte.

»Gut, dass Sie mich daran erinnern. Frau Dirnberger hat in der Tat einmal bei mir wegen eines Darlehens vorgesprochen. Es ging um ein Bauprojekt, sie wollte was Größeres aufziehen und die Investitionen vorfinanzieren.«

»Wie lange ist das her?«

»Vielleicht zwei Jahre.«

»Und was ist daraus geworden?«

»Es war klar, dass sie Beträge im hohen sechsstelligen Bereich benötigte. Deshalb forderten wir zusätzliche Unterlagen an. Außerdem wollten wir wissen, mit welchen Garantien Frau Dirnberger dienen konnte. Wir wollten einen solchen Kredit nicht ohne Absicherung auszahlen, verstehen Sie, Herr Senner?«

»Haben Sie das Gewünschte erhalten?«

»Die ganze Sache hat sich plötzlich in Luft aufgelöst. Frau Dirnberger rief mich an und sagte, das Projekt hätte sich erledigt. Sie sprach von Problemen, die erst aus der Welt geschafft werden müssten.«

23

Im Erdgeschoss roch es nach Schweinefett, vermischt mit dem süßlichen Aroma von Kohl. Teresa hatte etwas von »Überraschung zum Abendessen« gemurmelt, es sei ein neues Rezept – ein Warnsignal für Baltasar, schleunigst das Haus zu verlassen. Er rief etwas wie »wichtiger Termin,

Sie brauchen nicht auf mich zu warten« in Richtung Küche und verschwand, bevor er eine Antwort erhielt.

Die Sekretärin des Bürgermeisters war gerade dabei, sich die Fingernägel zu lackieren, ein leuchtendes Rot.

»Guten Tag, ich hab eine Verabredung mit Herrn Wohlrab«, sagte Baltasar.

Die Frau sah ihn an, als sei er gerade einem Raumschiff entstiegen.

»Einen Moment.«

In aller Ruhe schraubte sie das Lackfläschchen zu und wedelte mit den Händen, um die Farbe zu trocknen.

»Ich hab gerade Pause«, sagte sie, aber Baltasar zweifelte an dieser Erklärung. »Wenn Sie einen Augenblick Platz nehmen wollen, Hochwürden.«

Sie deutete auf einen Besucherstuhl, stand aufreizend langsam auf und öffnete die Tür zum Büro des Bürgermeisters.

»Herr Senner ist jetzt da«, sprach sie in die Tiefe des Raums. Offenbar erhielt sie ein Zeichen, denn sie sagte: »Sie dürfen jetzt hereinkommen, Herr Pfarrer.«

Baltasar kam sich vor, als sei er vom Lehrer zur mündlichen Prüfung aufgerufen. Xaver Wohlrab bot ihm einen Stuhl gegenüber seinem Schreibtisch an.

»Herr Senner, wie geht es Ihnen, was machen Ihre Verletzungen?«

»Alles wieder verheilt – mit Gottes Hilfe.«

»Ja, ja, mit Pferden ist nicht zu spaßen, nicht jeder ist zum Indianer geboren.« Der Bürgermeister zwinkerte mit den Augen wie ein Verschwörer.

»Sie haben es einfacher, Sie können bei Ihrer Rolle einfach zu Fuß gehen und müssen nicht auf ein Ungetüm klettern.«

»Das nächste Mal besorgen wir Ihnen ein Pony.« Wohlrab lachte.

»Sie sind zuversichtlich, dass es weitergeht?«

»Die ersten Tage nach diesem … Vorfall war ich unsicher, aber jetzt bin ich sicher. Es wäre unverantwortlich gegenüber den Bürgern und den Geschäftsleuten …«

»… vor allem den Geschäftsleuten …«, sagte Baltasar ironisch, aber sein Gesprächspartner schien es nicht zu merken.

»… den vielen Kleinunternehmern, die sich bei solchen Festivals etwas dazuverdienen können. Reich wird davon niemand.« Wohlrab hob die Hände wie ein Prediger. »Und denken Sie an das Image, die Werbung für unsere Gemeinde ist unbezahlbar. Das sorgt für neue Gäste, das ist nachhaltig. So was brauchen wir hier im Bayerischen Wald!«

»Ein Mord ist nicht gerade Werbung für den Ort.«

»Der Marketingexperte Dominik Fetzner meint, egal, ob gute oder schlechte Nachrichten – Hauptsache, unsere Gemeinde kommt ins Gespräch. Den eigentlichen Anlass vergessen die Leute bald wieder, meint er. Und wissen Sie was, Hochwürden? Der Mann hat recht! So hart und zynisch es klingt: Auch ein gewaltsamer Tod, so schrecklich er ist, bringt uns Aufmerksamkeit.«

»Dann sollten Sie sich einen Serienkiller wünschen, Herr Wohlrab, damit wären Sie dauernd in den Schlagzeilen. Das wollen Sie doch.«

»Sie verdrehen mir die Worte im Mund, Herr Pfarrer, Sie wissen schon, was ich meine. Natürlich hoffe und bete ich, dass der wahre Täter nun gefasst wird. Es muss schrecklich sein, unschuldig verdächtigt zu werden. Die arme Frau. Sie ist doch unschuldig?«

»Nichts spricht für ihre Täterschaft. Die Polizei muss weitersuchen, bis sie den Richtigen erwischt.«

»Was sagen die Beamten, schon eine Spur? Sie haben doch besondere Kontakte zu den Behörden, Herr Senner.«

»Bedauerlicherweise weihen mich die Herren Kriminaler nicht in ihre Ermittlungen ein«, sagte Baltasar.

»Was haben dann Ihre Wünsche für einen Hintergrund? Sie wollten doch Details über die Immobilien der Ermordeten. Gehört das nicht zu Ihren privaten Ermittlungen?«

»Sie irren sich, Herr Bürgermeister. Ich will der Polizei nicht in die Quere kommen, Gott bewahre. Ich bin im Auftrag des Bischofs unterwegs.« Baltasar erläuterte die Hintergründe seines Mandats.

»Dann handelt es sich also um Erbstreitigkeiten über den Nachlass von Eva Dirnberger? Das ist ein unangenehmes Thema.«

»So was in der Art. Ich bin gerade dabei, mir einen Überblick zu verschaffen, um welche Werte es eigentlich geht.« Baltasar holte die Liste mit den Flurnummern der Grundstücke heraus und gab sie dem Bürgermeister.

»Sie hatten bereits angekündigt, was Sie brauchen, Hochwürden. Ich habe mir die Unterlagen kommen lassen.« Er zog einige Computerausdrucke aus der Schublade sowie einen großen Übersichtsplan der Gegend, den er vor sich ausbreitete. »So, nun wollen wir mal sehen.«

Er nahm sich Baltasars Liste vor und suchte die entsprechende Stelle auf der Landkarte.

»Das ist die sogenannte Saugrube. Ein wertloser Streifen. Ich weiß gar nicht, wie Frau Dirnberger zu diesem Flecken gekommen ist.«

»Und die anderen Grundstücke?«

»Mal sehen. Der Reiterhof ist hier.« Der Bürgermeister

zeigte auf die Karte. »Ein riesiges Anwesen, wenn auch etwas abgelegen, aber eine ideale Lage für Feriengäste, die ihre Ruhe haben wollen. Das alles hat bereits den Eltern von Frau Dirnberger gehört, es ist schon lange in Familienbesitz.«

»Hat Frau Dirnberger selbst Grundstücke zugekauft?«

»Lediglich am Rand ihres Reiterhofs. Sie hat quasi den Radius erweitert und das Gelände ausgedehnt, aber es waren keine großen Investitionen. Das meiste ist Waldgebiet.«

»Ist ein Wald nichts wert?«

»Doch, doch, man kann das Gelände als Jagdrevier verpachten oder, gerade wenn der Baumbestand gut ist, Holzwirtschaft betreiben, aber das hat Frau Dirnberger nicht gemacht, soweit ich weiß. Ich meine nur, im Vergleich zu Baugrundstücken erzielt man viel niedrigere Preise.«

»Es steht noch eine letzte Flurnummer auf der Liste«, sagte Baltasar.

Wohlrab umkreiste die Fläche mit einem Bleistift. »Das ist interessant«, sagte er, »das war mir gar nicht mehr bewusst. Aber Eva Dirnberger war Eigentümerin des Grundstückes, auf dem der Schießstand steht.«

»Demnach gehört das Gelände gar nicht dem Schützenverein?«

»Eindeutig nein. Es gibt sicher einen Pachtvertrag, aber ich kenne den Inhalt nicht«, sagte der Bürgermeister. »Etwas anderes ist auffällig, sehen Sie selbst, Hochwürden.« Wohlrab zeigte auf die Nachbargrundstücke. »Frau Dirnbergers Grundstück schiebt sich zwischen die Besitztümer des anderen Nachbarn.« Er zog die Bleistiftlinie weiter. »Damit ist eine einheitliche Nutzung der Fremdfläche erschwert.«

»Kann man so was nicht regeln?«

»Normalerweise gibt es einen Interessenausgleich, die Eigentümer tauschen untereinander einfach passende Grundstücksteile. Warum es in diesem Fall nicht geschehen ist, weiß ich auch nicht.«

»Wer ist dieser Nachbar?«, fragte Baltasar.

»Richard Hurzlmeier, von Beruf Privatier, passionierter Jäger und Vorsitzender der Jagdgenossenschaft.«

»Herr Bürgermeister, Sie sprachen den Wert von Baugrundstücken an. Aber Eva Dirnberger hatte selbst gebaut, neue Stallungen errichtet. Sie erzählte mir, sie plante zusätzliche Ferienwohnungen. Dafür hat sie doch Baugenehmigungen erhalten, oder nicht?«

»Selbstverständlich. Aber das ist ein Sonderfall. Ihre Eltern hatten das Gelände bereits landwirtschaftlich genutzt, es standen bereits Gebäude darauf, und sie hatten eine Erweiterung beantragt, die auch genehmigt wurde. Die Tochter, Frau Eva Dirnberger, berief sich auf diese Zusagen, als sie die Anträge für die Erweiterungen einreichte. Ich kann mich an den Fall gut erinnern, weil er einige Diskussionen im Gemeinderat auslöste.«

»Soll das heißen, nach den heutigen Vorschriften wäre keine Baugenehmigung mehr möglich gewesen?«

»Im Prinzip ja, aber es ist Ermessenssache. Da hat die Gemeinde einen gewissen Entscheidungsspielraum. Es war kein kompletter Neubau auf jungfräulichem Grund und Boden, was Frau Dirnberger plante, sondern nur eine Erweiterung. Da kann man lange diskutieren, aber wir wollten uns nicht als Paragrafenreiter aufspielen, deshalb haben wir das Projekt genehmigt.«

»Bei meinem Besuch auf dem Reiterhof habe ich den Rohbau gesehen«, sagte Baltasar. »Aber ich hatte den Eindruck, dass nichts voranging. Wissen Sie, woran das lag?«

»Natürlich«, antwortete der Bürgermeister. »Die Antwort ist ganz einfach: Es gab einen Einspruch gegen die Pläne. Daraufhin hat Frau Dirnberger die Bauarbeiten einstellen lassen.«

»Und wer hat das veranlasst?«

»Na, Frau Dirnbergers Nachbar – Herr Hurzlmeier.«

24

Diesmal hatte die Metzgerin Emma Hollerbach zum Bibelkreis in ihr Haus eingeladen. Diese Treffen waren einst von Baltasar ins Leben gerufen worden. Er wollte damit die Gemeindemitglieder zum Mitmachen bei sozialen Projekten bewegen, getreu der biblischen Verpflichtung zur tätigen Nächstenliebe.

Die Wahrheit sah anders aus: Die Veranstaltung war schnell zum gemütlichen Kaffeekränzchen mutiert, auf dem nach Herzenslust Tratsch und Klatsch ausgetauscht wurde. Selbstverständlich nahmen ausschließlich Frauen daran teil, obwohl der Bibelkreis auch Männern offenstand – aber welcher Mann aus dem Bayerischen Wald wollte in einer solchen Runde mitmachen, in der über Gott und die Welt und den ganzen übrigen Rest geredet wurde? Wo es kein Bier gab und nicht mal Karten gespielt wurde?

Vermutlich waren die Ehegatten sogar froh, wenn die Frauen einige Stunden aus dem Haus waren. Und die Gattinnen waren froh, sich einige Stunden vom Ehemann erholen zu können. So blieb Baltasar als einziger Mann, aufgrund seines Amtes das Alibi für das Treffen, auch wenn die Frauen sich auch ohne ihn gut amüsieren würden.

Auf der Anrichte im Wohnzimmer standen mehrere

Platten mit Kuchen und Torten, dazu einige Tabletts voller Schinken- und Wurstsemmeln.

»Bitte, bedient euch«, sagte die Gastgeberin. In ihrem grünen Sonntagskleid und dem weißen Blazer sah sie ungewohnt aus, Baltasar kannte sie hinter der Ladentheke der Metzgerei nur mit ihrer Schürze und dem karierten Hemd.

»Alles frisch gemacht – auch die Wurst, bitte greift zu, Sie auch, Hochwürden.«

Es war die unausgesprochene Pflicht jeder Gastgeberin, ihre Backkünste unter Beweis zu stellen, wenn man an die Reihe kam, den Bibelkreis auszurichten. Keine wollte sich die Blöße geben, mit einfachem Sandkuchen oder – schlimmer noch – mit Tiefkühltorten den kritischen Blick der anderen auf sich zu ziehen und sich womöglich wochenlang das Gerede der anderen anhören zu müssen.

Baltasar schnappte sich einen Teller, lud sich ein Stück Quark-Mohn-Kuchen und ein Stück gedeckte Apfeltorte auf. Das Wohnzimmer war wie aus einem Möbelkatalog der neunziger Jahre eingerichtet: eine Ledercouch mit zwei Sesseln, Buchenholz-Tisch mit passender Schrankwand, eine Stehlampe und Blümchenvorhänge. Dazu hatte Emma Hollerbach weitere Stühle gruppiert, damit alle Platz fanden.

Sie schenkte allen Kaffee aus, reichte Zucker, Milch und Sahne. Jeder lobte den Kaffee und das Selbstgebackene, einige fragten nach Rezepten für Torten, Emma Hollerbach versprach, das Gewünschte zu liefern. Ihre Wangen glühten.

Die erste halbe Stunde tauschte man Neuigkeiten aus, fragte, wie es dem verletzten Bein von Emma Hollerbach ging, man erzählte vom letzten Urlaub oder wo man gerade ein wunderbares Schuhgeschäft entdeckt hatte. Auch die anderen Frauen hatten ihr bestes Gewand aus dem Schrank geholt, Goldschmuck und Perlenketten angelegt, als seien sie nicht bei einem Kaffeenachmittag, sondern in einer Theateraufführung.

»Habt ihr übrigens schon Klara Murlinger gesehen, seit sie aus dem Knast entlassen wurde?«, fragte die Metzgerin in die Runde. Die Kuchengabeln hörten auf zu klappern, sofort hatte sie die Aufmerksamkeit aller Anwesenden.

»Bei uns in der Metzgerei war sie noch nicht, obwohl sie sonst jede Woche ihr Fleisch eingekauft hat«, fuhr Emma Hollerbach fort. »Vielleicht hat sie eine Art Hausarrest und darf ihre Wohnung nicht verlassen.«

»Ob sie Fußfesseln tragen muss?«, fragte Agnes Wohlrab, die Frau des Bürgermeisters. »Ihr wisst schon, diese Dinger, die piepsen, wenn man sich außerhalb eines gewissen Radius bewegt.«

»Die gibt's flächendeckend nur in Amerika«, sagte Elisabeth Trumpisch, die Gattin des Sparkassendirektors. »Und dass sie nicht mehr bei euch einkauft, braucht nichts zu bedeuten, vielleicht schämt sie sich und will sich nicht mehr im Ort blicken lassen.«

»Aber zu essen braucht sie doch was«, beharrte die Metzgerin. »Sie kann doch nicht alles im Supermarkt kaufen. Bei uns weiß sie, welche Qualität sie bekommt, das hat sie früher immer zu mir gesagt.«

»In der Sparkasse jedenfalls war sie seit ihrer Verhaftung nicht mehr«, sagte Elisabeth Trumpisch. »Das hat zumindest mein Mann erzählt. Die Frau braucht doch Geld zum Leben – oder nicht?«

Die anderen nickten zustimmend.

»Vielleicht hat Frau Murlinger jemanden, der sie mit allem Nötigen versorgt«, sagte Agnes Wohlrab. »Außerdem kann man heutzutage alles per Telefon oder via Internet bestellen, egal, ob Pizza oder Kleidung.«

»Das hab ich auch schon gemacht«, sagte die Metzgerin, »aber wenn einem etwas nicht gefällt, hat man die Arbeit mit dem Zurückschicken. Meint ihr, Klara Murlinger hat einen Komplizen?«

»Jetzt mach mal halblang, Emma, wir wissen gar nicht, ob die Frau überhaupt die Täterin war«, sagte Elisabeth Trumpisch. »Die Kripo hätte sie sonst nie im Leben auf freien Fuß gesetzt. Was meinen Sie, Herr Pfarrer?«

»Die Polizei hat neue Hinweise, die Frau Murlinger entlasten. Deshalb wurde sie entlassen«, antwortete Baltasar. »Im Übrigen gilt für jeden Verdächtigen die Unschuldsvermutung.«

»Und was glauben Sie persönlich?«

»Mich überzeugen die Argumente der Ermittler nicht. Viele hatten Gelegenheit, die Waffe zu laden und damit den Tod von Frau Dirnberger zu provozieren. Deshalb halte ich die Frau nicht für die Täterin.«

»Aber es ist ein Mord und kein Versehen?«

»Eindeutig ja«, sagte Baltasar.

Die Frauen sahen einander an, seine klare Aussage schien sie zu überraschen.

»Aber Frau Murlinger hat bei der Probe zum Robin-Hood-Festival ganz schön aufgedreht«, sagte die Metzgerin. »Ich stand zufällig daneben. Es ging darum, wer die weibliche Hauptrolle bekommen sollte. Da die Wahl auf Eva Dirnberger fiel, ist Frau Murlinger ganz schön ausgerastet. Einen Moment dachte ich, sie springt ihr an die Gurgel und bringt sie um, so wütend war sie. Und das war nicht geschauspielert.«

»Was sagt man nicht alles in Ausnahmesituationen? Eine

solche Wut führt nicht automatisch zu einem Gewaltverbrechen«, sagte Baltasar.

»Frau Murlinger rief dabei etwas in der Art wie: ›Ich bring dich um‹«, fügte Emma Hollerbach hinzu.

»Darüber reden und etwas tatsächlich tun, das sind zwei unterschiedliche Paar Stiefel. Die Polizei hat das alles bereits überprüft, das Ergebnis kennen Sie.«

»Aber stimmt es, dass sie den Landkreis nicht verlassen darf?«

Baltasar bejahte.

»Also ist sie doch nicht ganz entlastet!« Triumph lag in der Stimme der Metzgerin.

»Tatsache ist, die Polizei sucht nach anderen Tätern«, antwortete Baltasar.

»Das würde doch heißen, da draußen läuft weiterhin ein Verrückter herum.« Die Frau des Bürgermeisters schüttelte sich. »Das ist ja gruselig, wenn ich mir vorstelle, derjenige lebt unter uns, vielleicht habe ich ihn erst gestern gesehen, ohne zu wissen, dass …«

»Warum redest du nur von einem Mann als Täter? Es könnte genauso gut eine Frau gewesen sein.« Elisabeth Trumpisch stellte ihren Kuchenteller ab.

»Da ist was dran«, sagte die Gastgeberin. »Vermutlich ist Klara Murlinger nicht die Einzige, die einen Hass auf die Verstorbene hatte.«

»Wie kommst du da drauf?«, fragte Agnes Wohlrab.

»Wer weiß, wem Eva Dirnberger alles auf die Füße getreten ist, bildlich gesprochen«, sagte die Metzgerin. »Sie war besitzergreifend, was Männer betraf, und sie war nicht gerade arm, auch wenn sie ihren Reichtum nicht öffentlich zeigte.«

»Na ja, das mit dem anderen Geschlecht mag stimmen,

ich hab sie früher mit unterschiedlichen Herren zusammen gesehen, aber ich weiß nicht, was da konkret zwischen denen gelaufen ist«, sagte Elisabeth Trumpisch.

»Sie hat halt gewusst, wie man Männer für sich einspannt.« Agnes Wohlrab lachte. »Das ist eine Kunst, sag ich euch, die würde ich auch gern beherrschen. Wenn ich an meinen Liebsten daheim denke …«

»Was das Vermögen betrifft: In Wirklichkeit haben Eva und ihre Schwester alles geerbt. Das ist keine große Leistung, sondern schlicht Glück«, sagte Elisabeth Trumpisch.

»Aber den Reiterhof hat Eva allein aufgebaut«, entgegnete Agnes Wohlrab. »Und dazu gehört schon einiges. Ihre Schwester Margit war da nicht so zielstrebig.«

»Wie war denn das damals mit dem Erbe?«, fragte die Frau des Sparkassendirektors. »Ich habe gehört, dass Eva den Reiterhof schon immer allein besessen hat.«

»Die Alten müssen ganz schwierige Eltern gewesen sein«, sagte Emma Hollerbach. »Ich hab sie als Kind kennengelernt, bis sie durch den Autounfall …«

»Haben die beiden Schwestern nun das Gleiche erhalten oder nicht?«

»Genaues weiß ich nicht.« Die Metzgerin entlastete ihr verletztes Bein. »Man munkelt, der Nachlass sei unterschiedlich zwischen beiden aufgeteilt worden.«

»Herr Senner, wissen Sie nicht mehr? Die Leute erzählen sich, Sie haben jetzt die Verteilung des Erbes übernommen«, sagte die Frau des Bürgermeisters.

Gerüchte verbreiten sich bei uns schnell, dachte Baltasar und sagte: »Ich wurde nur gebeten, die Sache beratend zu begleiten.« Das entsprach nicht exakt der Wahrheit, aber er wollte das Thema nicht noch weiter anheizen.

»Und wie hoch ist das Vermögen genau?« Emma Hollerbach hatte den Schmerz in ihrem Bein vergessen.

»Das darf ich nicht sagen«, antwortete Baltasar. »Am besten fragen Sie Margit Sprengler selbst.«

»Und erbt ihr Onkel auch was?«

»Fragen Sie ihn selbst.«

»Das würde mich wundern«, sagte Agnes Wohlrab. »Ich hab gehört, Werner Rechen und die Familie waren sich früher nicht gerade grün.«

»Was du alles hörst.« Elisabeth Trumpisch schüttelte den Kopf. »Reich mir lieber noch ein Stück von der Schokoladencremetorte.«

25

Die Informationen vom Bibelkreis hatten Baltasar nachdenklich gemacht. War die Angelegenheit viel komplizierter, der Mord an Eva Dirnberger aus ganz anderen Motiven gespeist? Musste er tiefer graben, um die Wahrheit freizulegen?

Ein Name war bei ihm besonders hängengeblieben: Richard Hurzlmeier. Er konnte sich kaum an den Mann erinnern, der ihm auf dem Schießstand begegnet war. Es schien notwendig, sich näher mit dem Herrn zu beschäftigen, um sich Klarheit zu verschaffen.

Er rief Andreas Dreier an. Der beklagte sich bei Baltasar, wie hart die Polizei mit ihm bei den Verhören umgesprungen sei, als sei er selbst ein Verbrecher, dabei war er doch nicht für die Bewachung der Waffenkiste im Lagerzelt verantwortlich gewesen.

»Haben Sie den Beamten weitere Entlastungszeugen genannt?«, fragte Baltasar, nicht ohne Hintergedanken.

»Nur unseren Schützenmeister, Herrn Hurzlmeier, der sollte sich beim Festival um alles kümmern. Wieso?«

»Vielleicht kann ich für Sie weitere Zeugen an die Polizei vermitteln. Sie bleiben dabei außen vor, wenn Sie das wollen.«

»Das wäre klasse!«

»Ich könnte beispielsweise mit Herrn Hurzlmeier über die Sache reden, ich muss mich sowieso mit ihm treffen, es geht um eine Immobilienangelegenheit. Wäre das in Ihrem Sinne, Herr Dreier?«

»In Gottes Namen. Aber lassen Sie meinen Namen aus dem Spiel, mit Herrn Hurzlmeier ist nicht zu spaßen.« Nervosität ließ seine Stimme vibrieren.

»Geht klar. Haben Sie einen Tipp, wie ich den Mann am besten erreichen kann?«

»Er ist unter der Woche oft am späten Nachmittag auf dem Schießstand, um in Ruhe zu trainieren. Zu diesem Zeitpunkt sind kaum Leute auf der Anlage. Ich melde mich bei Ihnen, Hochwürden, wenn ich sein Auto dort sehe.«

Noch am selben Tag kam Andreas Dreiers Anruf.

»Er ist gerade am Schießstand eingetroffen. Ich verdrück mich jetzt, schöne Grüße.« Er hatte aufgelegt.

Nach einer kurzen Fahrt erreichte Baltasar sein Ziel. Er parkte seinen VW-Käfer neben einem grünen Geländewagen, es war das einzige Fahrzeug vor dem Gebäude. Der Lärm von Schüssen wehte von der Anlage herüber.

Er betrat den Vorraum, in der Gaststube war niemand zu sehen. Auf dem Tresen standen noch einige benutzte Gläser vom Vorabend. Es war schummrig. Er ging weiter in Richtung Schießstand. In der Halle brannte kein Licht, es war kaum etwas zu sehen. Baltasar tastete sich zur Balustrade, vor der normalerweise die Schützen standen.

Plötzlich ein Blitz. Im selben Augenblick pfiff etwas an Baltasars Kopf vorbei und schlug in die Holzpaneele ein.

Jemand hatte auf ihn geschossen.

»Halt, stehen bleiben!«

Der Befehl kam aus Richtung der Verbindungstür ins Freie.

»Rühren Sie sich nicht, Hände hoch!« Eine Männerstimme.

Baltasar hob die Hände. Unbehagen beschlich ihn oder vielmehr Angst. Er zitterte, er konnte es nicht unterdrücken. War der Mörder von Eva Dirnberger hier in der Halle? War das seine letzte Stunde, erwartete der Allmächtige ihn im Himmel? Eigentlich hatte Baltasar nicht vor, so früh zu sterben. Was bildete sich dieser … dieser Mensch überhaupt ein?

»Wer ist da?«, rief er ins Dunkle.

Die Sekunden vergingen. Es blieb still.

Auf einmal ging das Licht an. Ein Mann stand in der Türöffnung, eine Pistole im Anschlag, der Lauf zielte auf Baltasar. Der Unbekannte trat näher.

Erst jetzt erkannte ihn Baltasar: Es war Richard Hurzlmeier.

»Herr Hurzlmeier? Nehmen Sie die Waffe runter!« Ärger flammte in ihm hoch. »Sind Sie noch knusprig, auf Menschen zu schießen?« Sein Zittern war weg. Am liebsten hätte er diesem Typen die Pistole in den Hals gestopft. Er musste sich beherrschen, nicht loszubrüllen.

»Herr Pfarrer Senner?« Hurzlmeier ließ die Waffe sinken

und kam näher. »Oh, tausendmal Entschuldigung, ich habe Sie nicht erkannt.«

»Und jemand anderen hätten Sie über den Haufen geschossen?« Baltasar ballte die Faust. »Wir sind nicht im Krieg.«

»Es tut mir leid, Hochwürden. Ich habe Sie für einen Einbrecher gehalten. Bei uns im Schützenverein wurde im letzten Vierteljahr zwei Mal eingebrochen und die Kasse mit den Getränkeeinnahmen geknackt. Ich dachte, jetzt erwische ich den Gangster auf frischer Tat.«

»Sie sind schnell mit der Waffe zur Hand, Herr Hurzlmeier.«

»Ich bin Jäger und im Schützenverein und den Umgang mit Gewehren und Pistolen gewohnt«, antwortete Hurzlmeier.

Und das Töten, dachte Baltasar, das gehörte zwingend zum Handwerk des Jägers.

»Sie haben viel riskiert mit dem Schuss«, sagte er. »Sie hätten mich im Dunkeln leicht treffen können. Was wäre, wenn Sie mich verletzt hätten – vielleicht tödlich, so wie Eva Dirnberger.«

»Was wollen Sie damit sagen?« Hurzlmeiers Tonlage hatte sich verändert, es klang bedrohlich.

»Nun, Sie haben in Kauf genommen, dass jemand verletzt oder getötet wird.«

»Eines vorweg: Wenn jemand in ein fremdes Gebäude eindringt, ohne sich zu erkennen zu geben, dann darf man von unlauteren Motiven ausgehen, dann ist es praktisch Notwehr. Außerdem, und das ist das Entscheidende, bin ich ein sicherer Schütze, ich war sogar mehrmals Schützenkönig. Wenn ich Sie hätte treffen wollen, dann hätte ich auch getroffen, sogar in der Dunkelheit. Aber ich wollte nur einen Warnschuss abgeben. Und genau das habe ich getan und nichts anderes.«

Er legte seine Waffe auf die Balustrade, eine Sportpistole mit einem seltsamen Griff und verlängertem Lauf.

»Das sagen Sie, aber wie wollen Sie da sicher sein?« Baltasar verschränkte die Arme.

»Sehen Sie her.«

Richard Hurzlmeier holte eine Zielscheibe aus einem Vorratsschrank. Die Pappe zeigte einen Mann, der gerade auf den Betrachter zielte.

»Für Combatschützen«, sagte Hurzlmeier. Er spannte die Zielscheibe in die Halterung und fuhr sie mit dem elektrischen Mechanismus ans andere Ende der Halle zu den Kugelfängen.

»Jetzt aufpassen.«

Er nahm die Pistole wieder an sich, zielte kurz mit ausgestrecktem Arm und schoss fünf Mal schnell hintereinander. Dann holte er die Scheibe wieder ein.

Der stilisierte Angreifer auf der Combatscheibe hatte drei Treffer in der Herzgegend und zwei im Kopf.

»Glauben Sie mir jetzt?« Richard Hurzlmeier hielt ihm die Waffe hin. »Sie dürfen selbst probieren.«

»Das ist nichts für mich«, sagte Baltasar. »Ich halte nichts von solchen Dingern.«

»Ein Pazifist, nun gut, das passt zu einem Pfarrer«, antwortete Hurzlmeier. »Ich wollte nur demonstrieren, dass ich eine Pistole nicht leichtfertig benutze, nicht, dass Sie einen falschen Eindruck bekommen, Hochwürden.«

Baltasar wusste nicht, was er von dieser Vorführung halten sollte. Der Mann war ihm irgendwie nicht geheuer. Aber vielleicht lag es nur daran, dass ihm diese Schießerei mehr an die Nieren gegangen war, als er sich eingestehen wollte.

»Eigentlich bin ich hergekommen in der Hoffnung, mit Ihnen reden zu können«, sagte er.

»Mit mir? Was haben Sie auf dem Herzen?« Hurzlmeier verstaute die Pistole in einem Metallkoffer und schloss ab.

»Ich bin quasi im Auftrag der Erben von Eva Dirnberger unterwegs«, sagte Baltasar. Das stimmte zwar nicht ganz, aber er wollte nicht noch zusätzliches Misstrauen schüren. In kurzen Sätzen skizzierte er seine Mission.

»Und was hat das mit mir zu tun?«, fragte Hurzlmeier.

»Ich will gerade eine Bestandsaufnahme machen, und bei den Immobilien im Nachlass bin ich auf Ihren Namen gestoßen. Sie sind der Nachbar vom Anwesen Dirnberger.«

»Das ist richtig, mein Grundstück grenzt an ihres. Was hat das nun mit dem Erbe zu tun?«

»Ich will mich informieren, ob irgendwelche alten Ansprüche oder Rechte auf dem Anwesen lasten.«

»Inwiefern?«

Baltasar hatte den Eindruck, dass Hurzlmeier eine klare Antwort umschiffen wollte, denn er tat naiver, als er tatsächlich war.

»Die Erben werden sich nun mit solchen Fragen auseinandersetzen müssen«, sagte Baltasar und probierte es mit einem Bluff: »Von denen habe ich gehört, Sie machen Ansprüche geltend, Herr Hurzlmeier.«

»Das liegt alles in der Vergangenheit«, sagte Hurzlmeier. »Schnee von gestern.«

»Um was handelte es sich genau?«

»Ich sag doch, Schnee von gestern.«

»Einige Fakten wären für meine Arbeit trotzdem äußerst hilfreich. Gab es Streit?«

»Streit würde ich das nicht nennen. Ich hatte Diskussionen mit Frau Dirnberger. Es ging um den genauen Grenzverlauf an einer Stelle, wo wir alte Wegerechte hatten – und haben.«

»Und – haben Sie die Probleme ausräumen können?«

»Es ging um eine Straße genau entlang der Grundstücksgrenze. Wir haben das dadurch gelöst, indem wir einfach den Straßenverlauf um einen Meter verlegt haben, jetzt ist der Weg ausschließlich auf unserem Gelände, und die Sache ist bereinigt.«

»Sonst gab's keine Probleme mit Ihrer Nachbarin?«

»Nichts Wichtiges.«

»Und der Plan Eva Dirnbergers, eine Ferienanlage zu bauen? Waren Sie da nicht dagegen, Herr Hurzlmeier?«

»Ach das.« Hurzlmeier verzog das Gesicht, als hätte er auf was Saures gebissen. Offensichtlich wollte er nicht darüber reden.

»Was ist damit?«

»Schnee von gestern.«

»Das sagten Sie bereits.«

»Frau Dirnberger hatte mir als Nachbar die Baupläne vorgelegt. Daraufhin habe ich mit dem Landratsamt gesprochen. Für mich war das ein Schwarzbau.«

»Aber es stehen doch halbfertige Gebäude auf dem Grundstück, Frau Dirnberger wird doch eine Baugenehmigung erhalten haben.«

»Die Behörde hat es sich offenbar nochmal anders überlegt. Für mich war das nicht genehmigungsfähig. Neue Wohngebäude mitten in der Natur, das hätte alles verschandelt. Das hat das Landratsamt auch so gesehen.«

»Also doch Streit mit Ihrer Nachbarin.«

»Ich habe den Eindruck, Hochwürden, Sie wollen krampfhaft eine Geschichte konstruieren, bei der ich den

Bösewicht spielen soll. Mit mir nicht!« Er war lauter geworden.

»Sie täuschen sich, das ist nicht meine Absicht.«

»Mich ging danach das Ganze nichts mehr an, das lag alles in den Händen der Behörden«, sagte Hurzlmeier.

»Aber es wirkt nicht nett, wenn man seinen Nachbarn ein Geschäft nicht gönnt.«

»Wie es wirkt, ist mir egal. Naturschutz geht vor Eigennutz, sage ich immer. Ansonsten hatte ich mit Eva Dirnberger keine Berührungspunkte. Und jetzt wäre ich Ihnen sehr verbunden, Herr Senner, wenn Sie jemand anderen mit Ihren impertinenten Fragen nerven.«

26

Im Regionalteil der Tageszeitung stieß Baltasar auf einen Bericht, der sofort seine Aufmerksamkeit fesselte:

Polizei steht vor einem Rätsel

Mord während des Robin-Hood-Festivals – Verdächtige wieder frei

Beim Tod von Eva D. während der Proben zu den Wilderer-Festspielen geht die Kriminalpolizei nun von einem Verbrechen aus. Ursprünglich hatte es geheißen, die Schussverletzungen des Opfers stammten von einem bedauerlichen Unfall.

Die Ermittler hatten Klara M. als Verdächtige verhaftet. Die Frau wohnt in der Region und hatte den verhängnisvollen Schuss abgegeben. Nun ist sie wieder auf freiem Fuß. »Für eine weitere Untersuchungshaft reichen die Indizien nicht«, sagt Kriminalkommissar Dr. Oliver Mirwald.

Die Polizei tappt offenbar im Dunkeln: »Wir ermitteln in alle Richtungen«, sagt Mirwald. »Jedoch möchten wir zum jetzigen Zeitpunkt keine weiteren Einzelheiten über den Stand der Ermittlungen preisgeben«, so der Beamte.

Anscheinend fehlen zwingende Beweise für einen Mord. Eine Schlussfolgerung lässt sich jetzt schon anstellen: Der Täter weilt noch unter uns. Wird er abermals zuschlagen?

Baltasar ahnte, dass dieser Zeitungsbericht einigen Menschen nicht gefallen würde. Wie zum Beweis klingelte eine halbe Stunde später das Telefon.

»Hochwürden, Sie müssen kommen.« Es war die Stimme von Klara Murlinger. »Haben Sie die Zeitung gelesen? Ich steh jetzt am Pranger! Was soll ich tun? Bitte kommen Sie bei mir vorbei.«

Er versuchte, die Frau zu beruhigen, aber sie bestand darauf, er solle ihr beistehen, wie er es bereits in der Vergangenheit getan hatte, und sie besuchen. Schließlich gab er nach und setzte sich ins Auto, wenn auch mit ungutem Gefühl, weil er eigentlich noch seine Predigt für nächsten Sonntag vorbereiten musste.

Klara Murlinger wohnte in einem Mehrfamilienhaus im Nachbarort. Sie hatte den ersten Stock gemietet. Beim ersten Klingeln öffnete sie.

»Danke, dass Sie kommen konnten, Herr Senner.« Sie führte ihn ins Wohnzimmer. Fenster bis zum Boden gaben den Blick frei auf die Nachbarhäuser. Ein Bauernschrank aus naturbelassenem Fichtenholz, die Polstersessel waren um einen passenden Tisch arrangiert, der Parkettboden war mit rustikalen Teppichen belegt. An den Wänden Ölgemälde mit Bauernszenen, daneben hingen einige Fotografien im Goldrahmen. Ein Regal mit Büchern. Der Raum wirkte einladend und großzügig.

»Bitte setzen Sie sich, Hochwürden.«

Sie brachte ein Tablett mit Kaffee und Keksen herein. »Tut mir leid, dass ich nicht beim Konditor war, um frischen Kuchen zu besorgen, aber ich wage mich momentan nur aus dem Haus, wenn ich dringende Besorgungen machen muss. Sie können sich denken, warum. Und dieser Bericht heute heizt das Ganze nochmal an.«

Sie schenkte Kaffee ein. »Bitte bedienen Sie sich.« Sie selber holte sich ein Glas Leitungswasser.

»Mein Magen«, sagte sie wie zur Entschuldigung.

»Haben sich Herr Dix und Herr Mirwald nochmal bei Ihnen gemeldet?«, fragte er.

»Von denen hab ich nichts mehr gehört. Und ehrlich gesagt, ich bin auch nicht scharf darauf, die beiden jemals wiederzusehen. Ich will nur meine Ruhe.«

»Sie müssen aber damit rechnen, dass sie nicht lockerlassen – vor allem, nachdem der Polizei eine heiße Spur fehlt.«

»Viel mehr macht mir derzeit der Artikel Sorgen. Ich stehe da wie eine Verbrecherin, die lediglich aus Mangel an Beweisen nicht hinter Gittern sitzt. Und ›Klara M.‹ – das ist geradezu lächerlich. Jeder, der sich einigermaßen auskennt, weiß, dass ich damit gemeint bin.«

»Das ist nicht so. Wer Sie kennt, wusste schon vorher um die Zusammenhänge, wer Sie nicht kennt, kann sich auch jetzt keinen Reim drauf machen. Und Ihre Adresse wurde nicht veröffentlicht.«

»Das sagen Sie, um mich zu beruhigen. Ich glaub nur nicht dran. Jedes Mal, wenn ich einkaufen geh, habe ich so ein komisches Gefühl, dass mich alle Leute anschauen und sich denken, hier kommt die Mörderin.«

»Sie sollten sich nicht selbst verrückt machen, Frau Murlinger. Es ist nur eine Frage der Zeit, bis die Polizei Sie entlastet. Und ich kümmere mich auch noch darum. Wenn ich was höre, informiere ich die Beamten natürlich sofort.«

»Am liebsten wär mir, Herr Pfarrer, Sie würden Ihre privaten Nachforschungen ruhen lassen. Man sieht doch, wohin das alles führt. Es wirbelt nur Staub auf, und früher oder später steht es in der Zeitung.«

»Ich dachte, nur wenn man den richtigen Täter findet, sind Sie von jedem Verdacht befreit. Das wollten Sie doch.« Baltasar trank einen Schluck, es war eine Kaffeeröstung mit mildem Geschmack.

»Ja, ja, das schon, aber wenn jedes Detail in die Öffentlichkeit gezerrt wird … Ansonsten bete ich darum, dass die Polizei ihren Job erledigt und Gras über die Sache wächst, damit ich wieder ein normales Leben führen kann.«

»Müssen Sie eigentlich nicht in die Arbeit?«

»Ich hab unbezahlten Urlaub genommen. In meiner jetzigen Verfassung wäre ich sowieso zu nichts zu gebrauchen.«

»Das geht so einfach? Wo genau arbeiten Sie denn?«

»In einem Steuerberaterbüro hier im Ort. Jetzt ist eh nicht so viel zu tun, da hat mein Chef Verständnis für meine Situation. Ich bin schon froh, dass er mich nicht einfach rausgeschmissen hat. Wer will schon eine Angestellte, die im Knast saß?«

Baltasar stand auf. »Verzeihung, Frau Murlinger, dürfte ich Ihre Toilette benutzen?«

»Im Gang zweite Tür links, Hochwürden. Ich setz derweil frischen Kaffee auf.«

Er ging in den Flur.

»Haben Sie sie gefunden?«, tönte es aus der Küche.

»Ja, danke«, rief Baltasar zurück. Sein Blick fiel auf eine Urkunde, die gerahmt neben dem Garderobenspiegel hing. Er blieb stehen und las. Es war eine Auszeichnung für Klara Murlinger vom Sportverein für den zweiten Platz bei einem Halbmarathon. Daneben zwei Zertifikate über die erfolgreiche Teilnahme an einem Segelkurs und einem Reitkurs. Baltasar sah sich die Unterschrift und den Stempel an, aber es war nicht Eva Dirnbergers Signatur und auch nicht die Adresse ihres Reiterhofs.

Als er zurück ins Wohnzimmer kam, hatte Klara Murlinger bereits nachgeschenkt und den Plätzchenteller aufgefüllt.

»Ich habe im Gang die Urkunde gesehen. Alle Achtung, Sie scheinen eine gute Sportlerin zu sein.«

»Oh nein, das war eine Phase in meinem Leben, in der ich dachte, ich schließe mich einem Klub an. Durch Zufall bin ich damals beim Sportverein gelandet, aber ich bin bald wieder ausgetreten, das war nichts für mich. Da haben die Männer das Sagen, wissen Sie? Auch das mit dem Reiten ist nicht mein Ding, ich hab's probiert und wieder gelassen. Ich segle lieber, wenn ich im Urlaub bin. Oder ich fahr Rad.«

»Allein?«

»Sie meinen, ob ich liiert bin? Also, verheiratet war ich nie. Ich hatte feste Freunde, aber die letzte Zeit bin ich solo und genieße meine Unabhängigkeit. Das mit der Liebe ist eine unsichere Sache, man wird leicht enttäuscht. Das will ich mir lieber ersparen.«

»Wenn das so leicht zu planen wäre«, antwortete Baltasar. »Aber das wissen Sie vermutlich besser als ich.«

»Ich habe so meine Erfahrungen gemacht, ich weiß, wovon ich rede. Männer ja – aber deswegen eine langfristige Beziehung?«

»Es klingt, als ob Sie enttäuscht wären von den Männern. Aber es sind doch nicht alle gleich, oder?«

»Das stimmt. Dennoch … Und Frauen können genauso schlimm sein, auf eine andere Art, das gibt sich nichts. Ich weiß, ich klinge jetzt etwas pessimistisch. Aber eigentlich habe ich mich damit abgefunden, für mich ist das kein Thema mehr.«

27

Sein Freund Philipp Vallerot hatte ihn zum Umtrunk eingeladen. Baltasar brachte zwei Flaschen Barolo mit, Teil einer Rotwein-Lieferung aus einem Kloster im Piemont, die er als Bezahlung für eine spezielle Charge Weihrauch erhalten hatte.

Philipp schenkte die Gläser ein.

»Wir haben etwas zu feiern«, sagte er.

»Kommt bei dir selten vor, dass du Party machst«, antwortete Baltasar.

»Der Anlass ist besonders: Ich habe heute meine Aufträge erledigt und die Recherchen für dich beendet. Ich bin wieder frei.«

»Du bist doch immer frei, du brauchst keiner Arbeit nachzugehen und hast trotzdem genügend Geld dank deines Vermögens. Du solltest mir dankbar sein, dass ich mit meinen Bitten um Unterstützung Struktur und Sinn in dein Leben bringe.« Baltasar lachte.

»Ich bin dir ja so dankbar.« Philipp hob theatralisch die Arme.

»Dank nicht mir, dank dem Allmächtigen, er hat dir Kraft und Einsicht gegeben.«

»Dein Großer Außerirdischer soll sich lieber um dich kümmern, du brauchst nämlich Erleuchtung für deinen neuen Fall. Da bist du nämlich noch keinen Schritt weiter. Oder täusche ich mich?«

Baltasar berichtete von seinen bisherigen Gesprächen.

»Ein greifbares Ergebnis sieht anders aus«, sagte Philipp. »Dafür hab ich was für dich.«

»Zeig schon her.«

»Ich hab mir die Arbeit gemacht – du hast richtig verstanden: Arbeit – und hab die Fotos und Videos der Festival-Generalprobe analysiert. Dabei sind mir mehrere Dinge aufgefallen.« Philipp sah triumphierend drein.

»Nun spuck's schon aus.«

»Moment.«

Er klappte seinen Laptop auf und öffnete einen Ordner mit Bildern. »Das sind die wenigen Aufnahmen, die möglicherweise aussagekräftige Hinweise enthalten, gefiltert aus einer Vielzahl von Vorlagen, die deine treuen Gemeindemitglieder geliefert haben. Besonders gelungen finde ich dieses Foto.«

Es zeigte ein Pferd, das halb in der Luft stand, eindeutig Rosalie, und Baltasar, der gerade nach hinten kippte.

»Nicht ganz wie die alten *Fury*-Filme, aber die Momentaufnahme hat etwas von einer Zirkus-Vorstellung.« Philipp gluckste. »Wenn du willst, rahme ich dir das Foto als Andenken an deine Reitkünste.«

»Haha, mach weiter. Was hast du sonst noch?«

»Hier habe ich drei Vergrößerungen, die Kamera war dabei in Richtung Wald gerichtet«, sagte Philipp. »Die Fotos müssen knapp hintereinander aufgenommen worden sein. Die Frau müsste dir bekannt sein.«

Auf der Bildfolge war Klara Murlinger zu sehen. Sie war

zwischen den Bäumen hervorgetreten und ging anscheinend in Richtung Parkplatz.

»Sie hatte berichtet, dass sie heimgefahren ist«, sagte Baltasar. »Das Foto deckt sich also mit ihrer Aussage.«

»Achte bitte auf den Gegenstand, den sie in der Hand hält, es ist aus dieser Perspektive schlecht zu erkennen«, sagte Philipp.

Baltasar sah sich das Foto nochmal an. Klara Murlinger trug tatsächlich etwas mit sich. Es war ein Gewehr.

»Ich wusste gar nicht, dass sie die Waffe mitgenommen hat«, sagte Baltasar.

»Da siehst du, wie wichtig es ist, einen Freund zu haben, der die Arbeit für dich erledigt.« Philipp schenkte nochmals nach. »Aber heute ist wie Weihnachten – ich hab noch mehr für dich.«

Er tippte einen Befehl in den Computer. Ein Film wurde abgespielt. Die Bilder waren leicht verwackelt und teilweise unscharf, offensichtlich mit einem Handy aufgenommen.

Die Szene zeigte Eva Dirnberger, wie sie mit ihren Begleiterinnen den Hauptweg entlangschritt. Man hörte den Kanonendonner, gleich darauf die Gewehrsalven. Sekunden später war die Unruhe zu sehen, die die Teilnehmer erfasst hatte, wie sie sich erschrocken umsahen, die ersten zu laufen begannen. Das Bild zitterte heftiger, ein Schwenk über die Schauspieler, dann wurde es dunkel.

»Auf den ersten Blick eine Aufnahme wie viele andere. Ich habe mir die Mühe gemacht, einzelne Sequenzen zu glätten und nachzuschärfen. Dabei bin ich auf Folgendes gestoßen.«

Er klickte auf eine zweite Datei.

Der Videoschnipsel war kurz. Es war offensichtlich ein vergrößerter Ausschnitt vom Ende des Films, auf dem der

Waldrand zu erkennen war, wenn auch Details nicht auszumachen waren.

»Achte auf die Gestalt, die gleich am linken Bildrand auftaucht.« Philipp deutete auf den Bildschirm.

Eine Gestalt, vermutlich ein Mann, kam aus dem Wald, sah sich kurz um in Richtung der Stelle, wo Eva Dirnberger zusammengebrochen sein musste, dann drehte er sich wieder weg und ging den entgegengesetzten Weg davon.

»Das Verhalten ist ungewöhnlich. Normalerweise würde man dem natürlichen Impuls folgen und weiter zusehen, was passiert ist«, sagte Baltasar, »oder sogar zu Hilfe eilen, immerhin muss der Unbekannte gesehen haben, dass jemand zu Boden gegangen ist.«

»Ich habe weitere Bearbeitungsschritte unternommen, um die Gestalt besser hervorzuheben«, sagte Philipp. »Das ist dabei herausgekommen.«

Er öffnete eine Fotodatei. »Es ist nur eine Aufnahme.«

Das Bild wirkte grobkörnig, aber der Mann war eindeutig zu erkennen.

Es war Werner Rechen, der Onkel des Opfers.

»Jetzt bin ich platt«, sagte Baltasar. »Ich wusste gar nicht, dass er auf der Generalprobe mit dabei war. Er hatte jedenfalls keine Rolle und er hat mir was anderes erzählt.«

»Dann solltest du mit ihm reden, vielleicht gibt es eine natürliche Erklärung für sein Verhalten.«

Die neuen Informationen machten Baltasar nachdenklich. War der Onkel des Opfers stärker in den Fall verwickelt als ursprünglich gedacht? Warum hatte er damals im Krankenhaus die Unwahrheit gesagt und behauptet, nicht dort gewesen zu sein? Und warum hatte Klara Murlinger eigentlich die Waffe mitgenommen und nicht liegen gelassen?

Er beschloss, nicht gleich zurück ins Pfarrhaus zu gehen, sondern stattdessen einen Umweg über die »Einkehr« zu machen. Victoria Stowasser brachte ihm einen Kaffee und setzte sich zu ihm.

»Schön, Sie zu sehen, Herr Senner«, sagte sie. »Ich wollte Sie eh anrufen.«

»Haben Sie etwas herausgefunden über den – Sie wissen schon – ganz speziellen Übernachtungsgast?«, fragte er.

»Ich habe versucht, Herrn Hopfinger ein wenig auszuhorchen«, antwortete Victoria. »Ich bin mir vorgekommen wie Miss Marple, nur nicht so alt.« Sie zeigte ihr attraktives Lächeln.

»Und was hat die Hobby-Detektivin entdeckt?«

»Er mag Schweinsbraten und Weißbier.«

»Dann kann er ja kein schlechter Mensch sein.« Baltasar grinste.

»Außerdem redet er gern.«

»Aha.«

»Sebastian Hopfinger ist sicher ein wenig eitel und von sich eingenommen. Das macht es für eine Frau leichter, sich mit ihm zu unterhalten.«

»Tatsächlich?«

»Sie verstehen das nicht, aber das ist so. Diese Männer haben einen Mitteilungsdrang, und es fällt ihnen kaum auf, wenn nur sie reden und die Frau nur zuhört und ab und zu Fragen dazwischenschiebt.«

»Und über was haben Sie geplaudert?«

»Zuerst hat er von der Testamentseröffnung erzählt und wie sehr es ihn überrascht hat, von Eva Dirnberger bedacht worden zu sein. Das Auto scheint ihm weniger wichtig zu sein, viel mehr zählt für ihn die Geste.«

»Und was sagte Herr Hopfinger über seine Beziehung zu Frau Dirnberger?«

»In etwa dasselbe, was er Ihnen erzählt hat: Es war eine kurze, intensive Beziehung, sie ging über mehrere Monate. Er schilderte sie als leidenschaftlich und temperamentvoll und bedauerte, dass nach seinem Jobwechsel alles vorbei war. Sie schien jedoch kurz nach ihm einen neuen Mann kennengelernt zu haben. Und vorher hatte sie auch schon eine Beziehung.«

»Wie kam er darauf?«

»Nun, Eva Dirnberger hatte nach der Trennung noch öfters mit ihm telefoniert und so etwas angedeutet. Auf seine Nachfragen ist sie jedoch nicht konkreter geworden, sie meinte jedoch, sie wolle es erst mal für sich behalten, weil sie sich bei dem Neuen nicht sicher war; der war wohl sehr aufbrausend und eifersüchtig.«

»Hat sie einen Namen genannt?«

»Leider nicht. Und Sebastian Hopfinger hat es verständlicherweise nicht sonderlich interessiert. Er hatte sich nämlich zur selben Zeit bereits mit einer anderen Frau über die Trennung hinweggetröstet.«

»Nett.«

»Sie sagen es. Er meinte nur, dass Frau Dirnberger auf der anderen Seite sehr konsequent und sogar rücksichtslos sein konnte. Wenn sie sich etwas in den Kopf gesetzt hatte, dann tat sie alles, um ihre Ziele zu erreichen. Ich weiß nicht, ob er das nur auf geschäftliche Dinge bezogen hat oder auch auf ihr Privatleben.«

»Hat Herr Hopfinger etwas dazu gesagt, warum Evas Schwester Margit Sprengler einen solchen Hass auf ihn hat? Das war bei dem Notartermin ziemlich auffällig.«

»Nein, da war er recht einsilbig. Ich hatte aber den

Eindruck, dass da mehr dahintersteckt, als er zugeben wollte.«

28

Baltasar wusste, er sollte die frisch gewonnenen Informationen der Polizei mitteilen, aber er beschloss, noch etwas zu warten. Schließlich musste sich erst herausstellen, wie das alles tatsächlich zusammenhing – und wer konnte das besser in Erfahrung bringen als er selbst? Zugleich bat er den Allmächtigen um Entschuldigung für seine Ausrede.

Die Mittagszeit war der ideale Moment, um sich in die aktuelle Klatschbörse der Gemeinde einzuklinken. Baltasar sagte Teresa Bescheid, sie solle mit ihm erst zum Abendessen rechnen, er habe noch einen Termin außer Haus.

In der Metzgerei Hollerbach drängten sich die Menschen. Man redete über die Fußballergebnisse, vom Fernsehprogramm des Vortages und übers Wetter. Das Ehepaar Hollerbach wieselte hinter dem Tresen, klopfte Schnitzel, bediente die Aufschnittmaschine. Agnes Wohlrab, die Frau des Bürgermeisters, berichtete gerade, es sei eine Neuauflage der Generalprobe der Robin-Hood-Festspiele geplant. Sofort war ihr die Aufmerksamkeit sicher.

»Wer sagt das?«, fragte eine Frau.

»Ich hab Dominik Fetzner zufällig getroffen«, antwortete Agnes Wohlrab. »Er meint, das Organisationskomitee hätte eine Fortsetzung beschlossen.«

»Wurde auch Zeit«, meinte ein Handwerker, »nur wegen eines bedauerlichen Todesfalles steht die Welt nicht still.«

»Und wer bekommt nun die Hauptrolle?«, rief Emma Hollerbach.

»Warum, wollen Sie sich bewerben?«, fragte jemand. Einige lachten.

»Na, ohne die Rolle der Gräfin ist das ganze Stück nichts wert«, meinte die Metzgerin. »Genauso wenig wie ohne den Wilderer-Darsteller.«

»Der Regisseur wird sicher noch Zweit- und Drittbesetzungen in Reserve haben«, sagte eine Rentnerin. »Das ist bei allen Theaterstücken so, hab ich gelesen.«

»Vielleicht bekommt Klara Murlinger nun ihre Chance«, sagte ein Mann.

Für einen Moment war es still.

»Glaubst du wirklich ...?«, fragte jemand.

»Warum nicht?«, sagte der Handwerker. »Wenn die Frau unschuldig ist.«

»Wenn ...«

»Wir werden es bald erfahren«, meinte Agnes Wohlrab. »Es kann der Gemeinde nur guttun, wenn wieder Leben in den Ort kommt.«

»Als ob es vorher ruhig gewesen wäre«, sagte eine Frau.

»Ihr wisst schon, wie ich das meine«, antwortete die Frau des Bürgermeisters. »Der Extra-Umsatz hilft allen, oder nicht?«

»Wir hätten nichts dagegen einzuwenden«, sagte Emma Hollerbach. »Unsere Leberkässemmeln werden auch den Fremden schmecken.«

»Da bin ich mir sicher«, sagte Baltasar und orderte zwei Stück, dazu eine extra Schinkensemmel.

Der Geräuschpegel im Verkaufsraum hatte wieder seine normale Lautstärke erreicht, schnell waren neue Themen gefunden.

»Hochwürden, was macht eigentlich der Nachlass von

Eva Dirnberger?«, fragte die Metzgerin. »Ist schon klar, wer was erbt?«

»Der Notar hat das Testament verlesen, nun müssen verschiedene Formalien geprüft werden«, antwortete Baltasar.

»Und wer erhält nun den größten Batzen? Die Schwester?« Emma Hollerbach ließ nicht locker.

»Ich darf nichts sagen, ich bin daran gebunden wie beim Beichtgeheimnis.« Baltasar beugte sich zu der Metzgerin. »Kannten Sie die Eltern und Großeltern der beiden näher? Oder den früheren Ehemann von Frau Dirnberger?«

»Den Sepp meinen Sie, Josef Dirnberger? Das ist ewig her. Der hat sich nach Fernost abgesetzt, auf die Philippinen oder nach Thailand, hab ich gehört.«

»Warum das?«

»Die Schulden, hieß es. Er hatte eine Möbelmanufaktur, und die ist pleitegegangen. Die Bank wollte Geld sehen, da ist er abgehauen.«

»Er wär doch eigentlich erbberechtigt, denk ich mir. Aber beim Notar wurde der Name nicht erwähnt.«

»Als Eva ihn geheiratet hat, war sie noch ein junges Ding, sie muss damals Flausen im Kopf gehabt haben, eine Kurzschlussreaktion, vermute ich, oder Verliebtheit. Der Typ war ein Aufschneider, wenn Sie mich fragen, Hochwürden. War immer herausgeputzt wie ein Pfau, wenn er in die Metzgerei kam, tat recht großspurig. Jedenfalls soll er kurz vor der Hochzeit einen Ehevertrag mit der Braut geschlossen haben. Beide verzichteten gegenseitig auf alle Ansprüche. Der Sepp fürchtete wohl, bei einer Trennung einen Teil seiner Firma zu verlieren. Na, es kam anders … Zum Glück für Eva. Und schon bald war sie ihren Josef wieder los. Was die genauen Gründe waren, keine Ahnung. Oft reicht da eine Kleinigkeit – und schon kracht's. Das ist dann nicht mehr zu kitten.« Emma Hollerbach seufzte. »Die jungen Leute … Jedenfalls ging es dann ruck, zuck, Scheidung, Pleite, soweit ich mich erinnere. Und eines Tages war der Sepp für immer verschwunden. Aber ich denke, Frau Dirnberger war froh drum. Nicht auszudenken, wenn das arme Ding mit diesem Typen noch Jahre …«

»Und dieser Josef Dirnberger ist tatsächlich nie mehr aufgetaucht? Nicht einmal für einen Kurzbesuch?«

»Ich hab ihn jedenfalls nicht mehr gesehen und ich kenn auch niemanden, der ihn gesehen hat. Und Frau Dirnberger hat auch nie Andeutungen gemacht, wobei sie das Thema sowieso später nie mehr erwähnt hat. Ich glaube, sie hatte mit diesem Kapitel ihres Lebens abgeschlossen.«

»Warum hat sie danach ihren alten Familiennamen Sprengler nicht wieder angenommen?«, fragte Baltasar.

»Genaues weiß ich nicht. Zwischen den beiden Schwestern verlief in der Vergangenheit nicht immer alles so harmonisch, hieß es. Aber da sollten Sie besser Frau Wohlrab fragen, Hochwürden.«

Sie reichte ihm die Tüte mit seinen Semmeln, er bezahlte und verabschiedete sich. Draußen wartete er auf die Frau des Bürgermeisters. Es dauerte, offenbar hatte sie ihr Schwätzchen noch nicht beendet.

»Frau Wohlrab, haben Sie einen Moment Zeit?«, fragte er, als sie aus der Metzgerei gekommen war.

»Herr Pfarrer, für Sie immer.«

»Ich versuche mir wegen der Erbschaftssache gerade ein Bild von der Familie Sprengler zu machen«, sagte Baltasar.

»Wegen der Erbschaftssache?« Agnes Wohlrab lächelte. »Ich hab vorhin Ihr Gespräch mit Emma angehört, Ihr Interesse rührt nicht zufällig auch von dem ungeklärten Mord an Eva Dirnberger her?«

»Darüber mache ich mir natürlich Gedanken. Ich will, dass der Mörder hinter Gitter kommt, Sie doch auch, oder?«

»Ja, ja, es ist irgendwie ein unangenehmes Gefühl zu wissen, dass ein solcher Mensch möglicherweise direkt unter uns lebt.«

»Bisher sind mir die Zusammenhänge unklar. Möglicherweise könnte es helfen, mehr über die Hintergründe zu erfahren, wie das mit Eltern, Großeltern und Verwandten war; manchmal stößt man dadurch auf Informationen, die der Polizei helfen könnten.«

»Wir hatten ja schon beim Bibelkreis darüber gesprochen«, sagte Agnes Wohlrab. »Vieles ist nur Hörensagen. Sie können sich vorstellen, Herr Pfarrer, die Sprenglers wohnten sehr abgelegen im Wald, man traf sie für gewöhnlich nur beim Einkaufen, wenn sie mit den Kindern unterwegs waren, oder eben im Gottesdienst. Das war aber lange bevor Sie bei uns in der Gemeinde anfingen, Herr Senner.«

»Und was besagen die Gerüchte?«

»Nach allem, was man erfahren hat, muss in der Familie einiges schiefgelaufen sein.« Agnes Wohlrab stellte ihren Einkaufskorb ab. »Die Großeltern kamen aus der Oberpfalz hierher und haben sich zuerst als Helfer in der Landwirtschaft verdingt, bevor sie sich einen eigenen kleinen Hof gekauft haben.«

»Woher kam das Geld?«

»Keine Ahnung, vermutlich geerbt. Jedenfalls vermehrten die Großeltern ihren Besitz, dabei soll es schon Streit mit den Verwandten gegeben haben. Diese Auseinandersetzungen hat die nächste Generation quasi mitgeerbt. Dabei soll es durchaus hart zur Sache gegangen sein. Angeblich drehte es sich, wen wundert's, um das liebe Geld. Und zu allem Überfluss kam es zwischen Eva und ihrer Schwester Margit zum Zerwürfnis, nachdem beide geerbt hatten. Daraufhin ist Margit von zu Hause ausgezogen. Aber in den letzten Jahren scheinen sie sich wieder nähergekommen zu sein.«

»Und was ist mit dem Onkel, Werner Rechen?«

»Der ist einer von der verfeindeten Verwandtschaftslinie. Aber darüber weiß ich zu wenig. Fragen Sie doch Christine Stümpfl, die kann Ihnen mehr sagen.«

Baltasar kannte die Seniorin. Sie kam regelmäßig in die Morgenandacht und hatte schon mehrmals bei ihm eine Gedenkmesse für ihren verstorbenen Mann Richard bestellt. Er nahm sich vor, sie nach dem Gottesdienst anzusprechen.

29

Baltasar telefonierte mit dem Notar und fragte ihn nach Josef Dirnberger. Der Notar bestätigte, dass aufgrund früherer Vereinbarungen der geschiedene Mann von der Erbfolge ausgeschlossen sei, leider sei die aktuelle Anschrift Dirnbergers unbekannt. Der zweite Anruf galt Werner Rechen. Baltasar kündigte der Sekretärin seinen Besuch an.

Dem Onkel von Eva Dirnberger und Margit Sprengler gehörte eine kleine Schreinerei in einer Nachbargemeinde. Der Betrieb lag am Ortsrand. Baltasar fuhr eine unbefestigte Straße entlang, die an dem Gewerbegrundstück endete. Eine Lagerhalle für Holz, ein Wohnhaus mit einem barackenähnlichen Anbau, in dem sich vermutlich die Werkstatt befand. Im Hof parkten ein Kleinlaster und ein PKW.

Baltasar stellte seinen VW-Käfer daneben ab und folgte einem verwitterten Schild, auf dem »Büro« stand. Der Raum im Erdgeschoss musste die ehemalige Küche des Hauses sein, eine Spüle und ein Kühlschrank nahmen die Schmalseite einer Wand ein, in der Mitte zwei Schreibtische, dahinter mehrere Ablageregale.

»Ich bin Pfarrer Baltasar Senner«, stellte er sich der Frau vor, die über Quittungen gebeugt saß und immer wieder etwas in ihre Rechenmaschine tippte.

»Ja, Sie hatten angerufen«, sagte die Sekretärin, »aber Sie haben so schnell wieder aufgelegt, dass ich Ihnen nicht sagen konnte, an einem anderen Tag vorbeizuschauen. Herr Rechen muss eine Bestellung fertig machen. Das eilt, da hat er keine Zeit.«

Von der Werkstatt war das Jaulen einer Maschine zu hören. Er sah sich um. An der Wand hingen mehrere Hirschgeweihe, darunter ein ausgestopfter Auerhahn und ein Dachs.

Baltasar deutete darauf. »Sind die echt?«

»Ja, natürlich.«

»Vom Flohmarkt?«

»Wo denken Sie hin, Herr Pfarrer. Die Trophäen gehören Herrn Rechen. Das alles hat der Chef selbst erlegt.«

»Ich wusste gar nicht, dass er Jäger ist.«

»Es ist seine Leidenschaft.«

Ein gerahmtes Foto zeigte Werner Rechen in jungen Jahren, wie er vor einem geschossenen Wildschwein posierte. Neben ihm ein unbekannter Mann.

»Wer ist der andere Herr?« Baltasar hielt das Foto hoch.

Die Frau blickte von ihrer Arbeit auf, sie wirkte leicht genervt. »Das ist sein Onkel, von dem hat Herr Rechen seine Jagdbegeisterung geerbt«, sagte sie. »Wenn es Ihnen nichts ausmacht, Hochwürden, würde ich gerne weitermachen. Kommen Sie doch an einem anderen Tag vorbei – und rufen Sie vorher an.«

»Jetzt bin ich extra hergefahren«, sagte Baltasar. »Wissen Sie, es geht um das Erbe Eva Dirnbergers. Sie kannten die Frau doch?«

»Ich hab sie einmal vor ein paar Monaten gesehen, hier in der Werkstatt tauchte sie normalerweise nicht auf. Und mein Chef schien nicht besonders gut auf sie zu sprechen zu sein. Die beiden haben sich ausgiebig gestritten, das war nicht zu überhören. Aber wenn sie ihm nun was vererbt hat …«

»Haben Sie mitbekommen, worum es bei dem Streit ging?«

»Das geht mich nichts an, das ist Privatsache meines Chefs. Jedenfalls war Herr Rechen nach dem Gespräch mit seiner Nichte ziemlich geladen und benutzte einige äußerst unflätige Ausdrücke.«

»Ging es um Familienangelegenheiten oder ums Geld?« Baltasar ließ nicht locker. Er sagte im Verschwörertonfall: »Keine Sorge, es bleibt unter uns. Ich bin Geistlicher und weiß, wie man damit umzugehen hat.«

»Ich … Ich kann doch nicht … Nun gut, ganz im Vertrauen, sie diskutierten über eine Immobiliensache, von der mein Chef glaubt, er wäre dabei zu kurz gekommen und die Eltern von Frau Dirnberger wären daran schuld. Dem widersprach seine Nichte und meinte, das hätten er und seine Familie sich wegen ihrer Trägheit und Dummheit selbst zuzuschreiben. Mein Chef forderte von Frau Dirnberger, sich endlich zu entscheiden, und setzte ein Ultimatum, bis zu dem er eine Antwort haben wolle. Sonst hätte sie die Konsequenzen selbst zu tragen.«

»Um welches Thema ging es genau?«

»Das hab ich nicht mitbekommen. Seine Nichte verließ kurz darauf wieder die Werkstatt und fuhr davon, ohne sich zu verabschieden.«

»Das ist ungewöhnlich.«

»Jetzt muss ich Sie wirklich bitten zu gehen«, sagte die Sekretärin, »ich hab schon viel zu viel erzählt.«

Der Lärm der Maschine war verebbt. Einen Moment war es still.

»Gut, dann fahr ich jetzt wieder«, meinte Baltasar. »Ich sage nur kurz Herrn Rechen Bescheid, dass ich da gewesen bin, und mach mit ihm einen neuen Termin aus. Schönen Tag noch.«

»Nein, ich habe Ihnen doch …«

Die Tür fiel hinter Baltasar zu. Er überquerte den Hof und betrat die Werkstatt. Feiner Staub lag in der Luft. Er hustete. Am Fenster stand ein Gestell, in das eine Schranktür eingespannt war; Schraubzwingen fixierten ein Furnier. Es war stickig und es roch nach Tischlerleim.

»Herr Rechen?« Baltasar dachte an sein Erlebnis auf dem Schießstand und fügte laut hinzu: »Pfarrer Senner ist hier.«

Aus einem Nebenraum tauchte eine Gestalt im grauen Kittel auf.

»Herr Pfarrer, was tun Sie hier, hat Ihnen meine Sekretärin nicht ausgerichtet …?« Werner Rechen streifte seinen Mundschutz ab.

»Es klang, als ob Sie Pause machen«, sagte Baltasar. »Sie können aber gerne auch weiterarbeiten, während wir uns unterhalten.«

»Kann das nicht warten? Ich bin beschäftigt, wie Sie sehen.«

»Eigentlich sollten wir besser jetzt darüber reden – bevor es die Polizei erfährt.« Baltasar wartete, ob sein Köder Wirkung zeigte.

»Was reden Sie da von Polizei? Ich dachte, Sie sind wegen der Erbschaft da?« Werner Rechen baute sich vor ihm auf.

»Mir wurden Informationen weitergeleitet, die Sie betreffen und mit dem Tod Ihrer Nichte im Zusammenhang stehen.«

»Haben Sie zu tief ins Glas geschaut, Hochwürden? Was reden Sie da? Was soll das alles? Sie kommen hereinspaziert und stellen abstruse Behauptungen auf.« Die Stimme verriet Aggressivität.

»Hören Sie sich doch bitte zuerst an, um was es geht, bevor Sie Ihr Urteil fällen«, antwortete Baltasar. »Ich dachte, es ist in Ihrem Sinn, wenn ich Sie vorab informiere. Sehen Sie es als Entgegenkommen.«

»Dahinter stecken immer auch unterschwellige Vorwürfe, und das gefällt mir gar nicht. Also, was haben Sie mir zu sagen?«

»Sie haben mir doch im Krankenhaus erzählt, Sie wären bei der Robin-Hood-Generalprobe gar nicht dabei gewesen.«

»Ja und?«

»Es gibt Hinweise, dass das nicht den Tatsachen entspricht.«

»Ich weiß nicht mehr, was ich gesagt hab. Ich war ganz in Sorge um meine Nichte.«

»Waren Sie nun bei den Proben oder nicht?«

»Natürlich nicht.«

»Das deckt sich nicht mit den Fakten.«

»Werden Sie konkreter, Herr Senner.«

Baltasar holte eine Vergrößerung des Fotos heraus, auf

dem Werner Rechen während der Veranstaltung am Waldrand zu sehen war, und zeigte sie ihm.

»Wo haben Sie das her?«

»Von Gemeindemitgliedern, die einem Aufruf der Polizei gefolgt sind.«

»Und da rücken Ihre ominösen Tippgeber bei Ihnen persönlich an und nicht bei der Polizei, Herr Pfarrer? Das ist seltsam. Ich gewinne einmal mehr den Eindruck, Sie betreiben hier ein eigenes kleines Hobby, das nichts mit Ihrem geistlichen Amt zu tun hat.«

»Nehmen Sie es einfach hin, dass Menschen mir etwas anvertrauen. Außerdem ändert es nichts. Sie sind auf dem Foto zu erkennen, Herr Rechen, das widerspricht Ihrer Aussage. Was sagen Sie dazu?«

Werner Rechen hielt die Aufnahme ans Licht. »Das kann schon sein, dass ich das bin. Na und, was soll das beweisen?«

»Sie haben nicht die Wahrheit gesagt.«

»Das glauben Sie, Hochwürden, aber das stimmt nicht. Sie interpretieren das Bild falsch.«

»Das müssen Sie mir jetzt erklären, Herr Rechen.«

»Es ist ganz einfach: Ich war nicht auf dem Wilderer-Festival, ich war im Wald, vermutlich hat mich jemand gefilmt, wie ich den Wald verlassen habe.«

»Und …«

»Ich war als Jäger unterwegs. Sie müssen wissen, Hochwürden, ich habe einen Jagdschein und bin Mitglied der Jagdgenossenschaft.«

»Dann müssten Sie auch Herrn Hurzlmeier kennen.«

»Selbstverständlich kenn ich den Richard. Er ist Jagdvorsteher der Genossenschaft. Aber ich schweife ab. Die Wahrheit ist: Ich hatte mich in dem Revier umgesehen, als ich die Schüsse hörte. Da bin ich zu der Quelle des Lärms gegangen.«

»Was machten Sie gerade zu dem Zeitpunkt im Wald, als die Generalprobe stattfand? Sie mussten doch in der Zeitung davon gelesen haben.«

»Ich wusste, dort wird geübt, aber ich dachte nicht, dass jemand schießt. Außerdem streifte ich tiefer im Gelände, da haben mich die Leute dort nicht gestört.«

»Auf dem Bild hatten Sie kein Gewehr dabei, auf der Jagd waren Sie also nicht. Was haben Sie dann dort gesucht?«

»In diesem Abschnitt des Reviers gibt es immer wieder Klagen über Wildverbiss. Ich wollte mir selbst ein Bild von den Schäden machen. Wir Jäger sind auch für den Naturschutz da, wir schießen nicht nur Tiere, wie die Öffentlichkeit immer denkt.«

»Noch etwas anderes: Nehmen Sie das Erbe Ihrer Nichte an?«, fragte Baltasar.

»Ich hab mich noch nicht entschieden. Der Grundstücksstreifen, den ich erhalten soll, ist ein Witz, als ob mir Eva noch aus ihrem Grab eine lange Nase machen wollte.«

»Das klingt verbittert. Sie scheinen kein besonders gutes Verhältnis zu Ihrer Nichte gehabt zu haben.«

»Eva konnte sehr dickköpfig sein, widerspenstig und boshaft. Mit ihr war nicht gut auszukommen.«

»Das scheint aber mehr an Ihnen zu liegen. Mit anderen kam Frau Dirnberger sehr gut klar«, sagte Baltasar.

»Vor allem mit Männern. Sie war keine Kostverächterin. Aber sie wusste, ihren Willen durchzusetzen.«

»Hatten Sie Streit?«

»Nicht mehr, als unter Verwandten üblich ist.«

»Und war das früher zwischen Ihren beiden Familien üblich?«

»Das ist eine alte Geschichte, über die ich nicht sprechen möchte. Über Tote nur Gutes, heißt es doch.«

30

Die Erklärung Werner Rechens für dessen Anwesenheit bei der Generalprobe beschäftigte Baltasar während seines Frühstücks. Konnte er dem Mann wirklich glauben? Es klang ziemlich weit hergeholt, was Rechen erzählt hatte.

Seine Marmeladensemmel schmeckte anders als sonst. Er fragte Teresa, ob sie wieder ein neues Rezept …

»Nichts ist neu. Ich nur was getan für Ihre Gesundheit«, sagte die Haushälterin.

»Was soll an einer Marmeladensemmel gesund sein?«

»Ich habe Margarine statt Butter genommen. Ich in Zeitschrift gelesen, das sein gut fürs Blut und überhaupt.«

»Mir ist Butter lieber«, antwortete Baltasar.

»Aber Sie aufpassen müssen mit diesem Cholesterin.«

Bevor er sich nun einen Vortrag über gesunde Ernährung anhören musste, wechselte er schnell das Thema.

»Teresa, was sagen die Gerüchte, haben Sie was über Eva Dirnbergers Verwandtschaft oder deren Freunde aufgeschnappt?«

Er kannte ihre Neigung zu Klatsch, die sie bei ihren ausgedehnten Einkaufstouren auslebte.

»Nein, aber ich kann mich umhören.«

Vielleicht konnte auch Eva Dirnbergers Schwester weiterhelfen, dachte Baltasar. Sie stand nun gewissermaßen im Zentrum der Familie, nicht zuletzt, weil sie die Haupterbin des Vermögens war. Er beschloss, sie auf dem Reiterhof zu besuchen.

Es sah nach Gewitter aus. Baltasar nahm einen Schirm mit und fuhr los. Kurz vor dem Ziel begann es zu regnen. Als er das Auto parkte, war der Regen zu einer grauen Wand angewachsen. Andere Fahrzeuge waren nicht zu sehen, vermutlich waren sie in einer Scheune untergestellt. Er spannte den Schirm auf und sprintete zum Eingang.

»Sauwetter, nicht? Sie hätten sich einen anderen Tag aussuchen sollen, Hochwürden.« Margit Sprengler erwartete ihn an der Tür. »Ihr Anruf kam plötzlich, Sie haben Glück, dass ich noch da bin, ich muss nochmal weg.«

Sie führte ihn in den Raum, der als Stube für Gäste diente.

»Bier, Wasser, Saft?« Sie öffnete ein Bier und schenkte sich ein.

»Ein Wasser gerne«, sagte Baltasar.

Er nahm das Glas entgegen. »Haben Sie sich in Ihrem neuen Zuhause schon eingelebt, Frau Sprengler?«

»Was heißt neues Zuhause? Ich bin hier aufgewachsen. Das ist mein altes Zuhause.« Sie lehnte sich zurück. »Oben war mein Kinderzimmer, gleich neben Evas.«

»Was ist mit Ihrer alten Wohnung?«

»Die hab ich gekündigt. Meine Sachen sind noch dort. Ich werde jetzt ganz hier auf dem Anwesen leben.«

»Heißt das, Sie nehmen die Bedingungen des Testaments an und betreiben den Reiterhof weiter, wie von Ihrer Schwester gewünscht?«

»Ich lasse das gerade von einem Anwalt prüfen. Mir kommen die Bedingungen schräg vor, das ist doch nicht legal. Und dann auch noch die Aufsicht durch die katholische Kirche. Nichts gegen Sie persönlich, Herr Senner, aber das geht wirklich zu weit. Ich bin doch kein unmündiges Kind mehr.«

»Es ist Ihr gutes Recht, sich juristischen Rat zu holen, aber dennoch sollten Sie sich mit dem Gedanken anfreunden, dass die Verfügungen Ihrer Schwester in Ordnung sind.«

»Eva! Noch nach ihrem Tod will sie mich ärgern! Das sieht ihr ähnlich!« Margit Sprengler setzte ihr Glas so heftig auf, dass das Bier überschwappte. »Aber ich habe es satt, mir Vorschriften machen zu lassen. Ich entscheide jetzt selbst, was gut für mich ist und was ich machen will.«

»Aber das konnten Sie vorher doch auch«, meinte Baltasar.

»Leider wissen Sie gar nichts über uns, Hochwürden«, sagte Margit Sprengler. Sie wirkte aufgewühlt. »In unserer Familie war das Leben wie eine Achterbahnfahrt, immer ging es auf und ab. Leider sind unsere Eltern viel zu früh gestorben. So hatten wir Schwestern nur uns selbst.«

»Wie alt waren Sie, als Ihre Eltern verunglückt sind?«

»Wir beide waren volljährig. Eva war damals schon mit dem Typen liiert, den sie später in einer Spontanaktion geheiratet hat – trotz meiner Warnungen.«

»Das klingt nicht besonders liebevoll.«

»Mein Schwager war ein Hallodri, er hat Eva betrogen. Ich habe sie angefleht, mit diesem Mann Schluss zu machen, es war vergeblich, sie wollte nicht auf mich hören, verliebt, wie sie war. Die Quittung bekam sie einige Monate später: Der Vogel war ausgeflogen und wurde nicht mehr gesehen, nur beim Scheidungstermin tauchte er noch einmal auf.«

»Das wäre doch von Ihrer Warte aus gesehen die ideale Voraussetzung gewesen, mit Ihrer Schwester weiter unter einem Dach zu wohnen.«

»Unsere Eltern hatten in ihrem gemeinsamen Testament festgelegt, der Hof müsse in einer Hand bleiben. Meine Schwester hat das Anwesen geerbt.«

»Und Sie?«

»Ich erhielt das Geld von den Sparkonten, ein großes Aktiendepot und ein kleines Wiesengrundstück.«

»Deswegen müsste man doch nicht ausziehen.«

»Mit dieser Teilung des Vermögens war klar, dass wir früher oder später getrennte Wege gehen würden. Jeder lebte sein eigenes Leben, jeder hatte seinen eigenen Freundeskreis aufgebaut.«

»Und die Idee mit dem Reiterhof?«

»Das hatte sich Eva in den Kopf gesetzt, vorher wurde das Haus im Wesentlichen als Wohnhaus genutzt, dazu ein paar Felder und Holzwirtschaft. Aber Eva strebte nach Höherem.«

»Und Sie haben da nicht mitgemacht?«

»Eine Ferienanlage hätte ich mir vorstellen können, aber mit Pferden hatte ich es nicht so, im Gegensatz zu meiner Schwester. Und das finanzielle Risiko war mir zu groß. Was für eine Ironie, dass ich jetzt zwei Jahre an die Pferdewirtschaft gekettet werden soll.«

»Und als Angestellte wollten Sie auch nicht auf dem Reiterhof arbeiten, beispielsweise im Büro?«

»Mit meiner Schwester als Chefin? Nie!« Margit Sprengler presste die Worte heraus. »Das hätte mir gerade noch gefehlt! Das hätte ich nicht ausgehalten. Aber jetzt reden wir die ganze Zeit über dieses Anwesen und sitzen nur herum. Wenn Sie Lust haben, Herr Senner, zeig ich Ihnen das Haus.«

»Gerne.« Baltasar stand auf.

Margit Sprengler führte ihn durchs Erdgeschoss, das ganz für die Bedürfnisse der Reitergäste umgebaut worden war. Ein Büro, ein Hauswirtschaftsraum, eine große Küche, ein Sanitärraum mit mehreren Duschen, ein Umkleideraum mit Spinden. Drucke von Pferdegemälden und Urkunden oder Medaillen von Reitwettbewerben schmückten die Zimmer.

Baltasar fiel ein Paar antiker Vorderlader-Pistolen auf, die kreuzförmig an der Wand hingen.

»Das hätte ich hier nicht erwartet – sind die echt?«, fragte er.

»Sie meinen die Seeräuberpistolen? Ich glaub schon. In einer Schublade müsste auch noch die Munition zu finden sein. Eva hat mal erzählt, sie von einem Verehrer geschenkt bekommen zu haben.«

»Wer schenkt einer Frau denn so was?«

»Das war wahrscheinlich nicht statt Blumen gedacht, sondern als Dekoration. Aber wer der seltsame Kavalier war, weiß ich nicht.« Margit Sprengler machte ihm ein Zeichen. »Gehen wir in den ersten Stock, dort ist der private Bereich, der Kontrast könnte kaum größer sein. Sie werden sehen, Hochwürden.«

Der Flur oben erinnerte an ein Landhaus mit seinen Blümchentapeten und Naturholzmöbeln, darauf alte Porzellanfiguren und Vasen. Der erste Raum war als Gästezimmer eingerichtet.

»Das war früher mein Reich«, sagte Margit Sprengler. »Leider hat Eva alle meine Sachen weggeräumt. Aber ich werde den Raum neu gestalten.«

Vom Fenster aus hatte man einen guten Blick auf die Stallungen und die Baustelle mit den Ferienwohnungen. Es hatte aufgehört zu regnen, Pfützen wie kleine Seen unterbrachen die Gehwege.

»Was planen Sie mit den unfertigen Wohnungen?« Baltasar deutete auf den Rohbau.

»Natürlich fertig bauen. Da steckt ein Vermögen drin.

Ferienwohnungen in solcher Lage sind begehrt – auch wenn es den Reiterhof einmal nicht mehr geben sollte. Aber ich habe mich bisher noch nicht darum kümmern können, das hat Zeit.«

Sie gingen in den nächsten Raum, unverkennbar Eva Dirnbergers Schlafzimmer. Ein cremefarbener Teppich, ein Schminktisch mit einem überdimensionalen Spiegel und ein Kleiderschrank, dessen Front ebenfalls aus Spiegeln bestand. Das Auffälligste jedoch war das Bett: eine kreisförmige Polsterinsel, bedeckt mit rosafarbener Seidendecke.

»Sieht aus wie ein Lusttempel«, meinte Margit Sprengler trocken. »Meine Schwester hatte eben in solchen Dingen einen ausgefallenen Geschmack.«

»Meinen Sie in Bezug auf ihre Freunde?«

»Welche Freunde meinen Sie? Da war eine ganze Reihe. Ich kenn die meisten selbst nicht. Eva machte nie großes Tamtam um ihre Liebschaften und zeigte sich selten mit ihnen in der Öffentlichkeit – oder gar nicht. Jedenfalls werd ich die Bude ausräumen lassen, dieser Look ist unerträglich. Bisher habe ich mich noch nicht mit dem Nachlass beschäftigt, selbst Evas Unterlagen habe ich noch nicht durchgesehen. Aber deswegen wohne ich nun schon hier, um das nachzuholen.«

Die anderen Räume im Obergeschoss waren weitere Gästezimmer und ein Wohnzimmer mit Polstermöbeln im Landhausstil, Fernseher, DVD-Spieler und Stereoanlage.

»Hat Ihr Onkel, Herr Rechen, früher auch hier gewohnt?«, fragte Baltasar.

»Das war weit vor meiner Zeit«, antwortete Margit Sprengler. »Onkel Werner und mein Vater waren Brüder, Halbbrüder, genauer gesagt, das Ergebnis eines Seitensprungs meiner Großmutter. Ich weiß die Geschichte nur aus Erzählungen meiner Eltern. Danach ist mein Onkel ausgezogen, als er seine Schreinerlehre begonnen hat, und nach dem Abschluss der Lehre hat er geheiratet.«

»Herr Rechen ist verheiratet?«

»Nicht mehr. Es war ähnlich wie bei Eva, seine Frau hat ihn sitzen gelassen. Es blieb nur noch die Scheidung.«

»Hätten Ihre Eltern Herrn Rechen nicht auch was vom Erbe zukommen lassen sollen, als Geste gewissermaßen?«

»Da gab es vorher Knatsch zwischen den Brüdern. Mein Onkel behauptete, er sei über den Tisch gezogen worden, die Details des Streits kenne ich nicht. Jedenfalls ging Werner leer aus. Mein Onkel ist nie von seiner Meinung abgerückt. Aber das sind Geschichten von gestern. Ich hatte jedenfalls immer ein gutes Verhältnis zu ihm. Auch jetzt noch.«

»Und Eva?«

Margit Sprengler überlegte. »Hm, die Antwort fällt mir schwer. Ich muss vorausschicken, ich habe beide zusammen nur selten erlebt, weil mein Onkel woanders wohnt und für gewöhnlich nicht auf dem Reiterhof erschienen ist. Es war nicht so, dass sie sich nicht miteinander unterhalten hätten. Auf den ersten Blick hätte man es als ein normales Verwandtschaftsverhältnis interpretieren können. Aber ich hatte den Eindruck, die Beziehung kühlte merklich ab.«

»Von wem ging das aus?«

»Von meiner Schwester. Sie ging mehr und mehr auf Distanz, ließ häufiger boshafte Bemerkungen über meinen Onkel fallen. Sie ging sogar so weit zu behaupten, sie fühle sich von ihm bedroht. ›Gierig‹ und ›rachsüchtig‹ nannte sie ihn. Aber auf meine Nachfrage blieb sie die Antwort schuldig. Ich denke, es war eine dieser Launen meiner Schwester.«

Sie gingen wieder hinunter ins Erdgeschoss, Baltasar trank noch ein Glas Wasser, sie plauderten über das Wetter.

»Wann haben Sie eigentlich das letzte Mal mit Ihrer Schwester gesprochen?«, fragte Baltasar. »Ich meine, vor diesem traurigen Vorfall …«

»Das muss etwa eine Woche her gewesen sein, irgendwas Belangloses, ich glaube, sie wollte mich zum Essen einladen. Ich bereue, dass ich mir nicht mehr Zeit für Eva genommen habe. Wenn ich gewusst hätte … Eine Bitte habe ich noch zum Abschied, Herr Senner.« Sie holte eine Geldbörse aus einer Schublade und drückte ihm hundert Euro in die Hand. »Bitte lesen Sie eine Messe für meine verstorbene Schwester.«

»Aber das kostet bei Weitem nicht so viel«, sagte Baltasar. »Wir nehmen die Spende für Werke in der Dritten Welt.«

»Ich will aber, dass Sie sich persönlich der Sache annehmen und nicht ein Missionar in Afrika«, sagte Margit Sprengler. »Geben Sie weiter, was Sie für richtig halten, der Rest ist für die Gemeindekasse.«

Baltasar verabschiedete sich. Er fuhr langsam auf dem matschigen Weg bis zur Teerstraße. Er war schon fast zu Hause, da fiel ihm ein, dass er seinen Regenschirm im Reiterhof vergessen hatte. Anrufen oder umkehren? Er wendete und fuhr wieder zurück. Es fing wieder an zu tröpfeln. Richtige Entscheidung, dachte er.

Das Anwesen lag wie ausgestorben da. Mittlerweile war der Regen heftiger geworden. Obwohl es mitten am Tag war, hatten sich die Gewitterwolken zu einer schwarzen Decke zusammengezogen und tauchten das Gelände in ein Zwielicht. Baltasar parkte so nahe wie möglich am Haus, zog sich die Jacke über den Kopf und lief zum Eingang. Er klopfte an die Haustür und wartete. Als niemand reagierte, drückte er die Klinke herunter, die Tür war nicht abgeschlossen, und trat ein.

»Frau Sprengler?«

Es blieb ruhig.

»Hallo, sind Sie zu Hause?«

Er erinnerte sich, dass Margit Sprengler etwas von einem Termin gesagt hatte. War sie etwa bereits weggefahren?

Von oben war ein Geräusch zu hören. Oder täuschte er sich, und es war nur das Prasseln der Tropfen auf dem Fensterbrett?

»Ist hier jemand?«

Er lauschte. Nichts. Er lauschte weiter. Immer noch nichts. Oder doch – war da ein Geräusch, das nicht zum monotonen Rhythmus des Regens passte, wie ein unsauber gespieltes Instrument, das in der Harmonie des Orchesters auffiel?

Was sollte er tun? Nachsehen? War es unhöflich, einfach so durch ein fremdes Haus zu spazieren? Womöglich lag Margit Sprengler oben im Bett und schlief. Nicht auszudenken, wenn sie ihn beim Herumschleichen erwischte. Andererseits tat er nichts Unrechtes, er machte sich einfach Sorgen. Die Situation kam ihm merkwürdig vor.

Ein Krachen ließ ihn zusammenfahren.

Instinktiv duckte er sich. Erinnerungen an den Schuss, den dieser Richard Hurzlmeier im Schützenverein auf ihn abgefeuert hatte, drängten sich in sein Gehirn.

Er brauchte einen Moment, bis er registrierte, dass es gerade gedonnert hatte. Blitze erhellten die Umgebung, weiterer Donner folgte. Baltasar war erleichtert. Es war lediglich ein Gewitter.

Er beschloss, kurz nachzusehen und dann wieder heimzufahren. Noch einmal rief er »Hallo« nach oben. Keine

Reaktion. Er ging langsam die Treppe hinauf und hielt vor der ersten Tür, dem früheren Mädchenzimmer Margit Sprenglers. Er klopfte, wartete zwei Sekunden und trat ein.

Die Veränderung fiel ihm sofort auf: Schranktüren und Schubladen waren aufgerissen worden, Kleidung und Papiere lagen verstreut auf dem Boden.

Ein Einbrecher, kam es Baltasar in den Sinn.

Vorsichtig schlich er sich zum Schlafzimmer Eva Dirnbergers und presste sein Ohr ans Türblatt. War der Einbrecher noch da, lauerte er hinter dieser Tür? Es gab nur einen Weg, das herauszufinden.

Baltasar schickte ein Stoßgebet gen Himmel und öffnete langsam die Tür. Drinnen bot sich ihm das gleiche Bild wie im anderen Raum: Jemand hatte alles durchwühlt, ohne sich die Mühe zu machen, seine Spuren zu verbergen.

Oder hatte er den Täter bei dessen Treiben gestört? Das würde bedeuten, der Unbekannte wäre noch im Haus. Baltasar blieb einige Minuten wie angewurzelt stehen und horchte. Bis auf den Regen war nichts zu hören. Er sah in den anderen Zimmern nach, sie schienen unberührt. Am Ende des Ganges führte eine Tür nach draußen zur Feuertreppe. Die Tür war nur angelehnt. War der Einbrecher auf diesem Weg geflohen?

Baltasar verschloss die Tür und ging wieder nach unten. Er inspizierte alle Räume im Erdgeschoss. Alles schien wie immer, niemand war zu sehen.

Ein anderer Gedanke bemächtigte sich seiner: Was, wenn es gar kein Einbrecher war, sondern der Mörder Eva Dirnbergers? Es war eine beunruhigende Vorstellung. War Margit Sprengler etwas zugestoßen?

Baltasar nahm seinen Regenschirm und lief nach draußen. Er musste nachschauen und sichergehen, dass alles in Ordnung war. Immer wieder rief er Margit Sprenglers Namen, ohne eine Antwort zu erhalten. Donnergrollen begleitete ihn.

Zuerst sah er in den Scheunen nach, Geräte, Landmaschinen, eingelagertes Futter für die Pferde – aber kein Hinweis auf die Frau. Daneben war ein überdachter Freiplatz, gedacht als Stellfläche für Autos. Ein Kleinwagen stand da, aber er war sich nicht sicher, ob er Margit Sprengler gehörte. Das Auto war abgeschlossen, der Innenraum leer.

Er umrundete die Baustelle. Nichts wies darauf hin, dass hier jemand gewesen war. Durch Schlammpfützen ging er zum Stall. Die Pferde wieherten. Es klang, als ob sie unruhig wären – oder war das normal bei diesem Wetter?

Baltasar entriegelte die Tür und trat ins Halbdunkel des Stalls. Der Geruch von Heu und Pferd schlug ihm entgegen. Er suchte einen Lichtschalter, fand aber keinen.

Etwas stimmte nicht. Er wusste nicht, was. Die Tiere drehten die Köpfe zu ihm, bewegten sich hin und her. Wieder dieses Gefühl der Unruhe. Rosalie hinten in der letzten Box begrüßte ihn mit einem Schnauben. Er ging zu ihr und tätschelte ihr den Hals.

»Weißt du, wo die Frau steckt?«, sagte er zu dem Tier.

Rosalie schüttelte den Kopf. Hatte sie ihn verstanden oder war das nur ihre normale Reaktion? Ihm fiel auf, dass der Mittelgang des Stalls feucht war, als ob jemand mit nassen Schuhen darauf gegangen wäre. War jemand vor ihm hier gewesen?

Ein Pferd stieß gegen seine Box, die Tür sprang auf. Baltasar lief hin und verschloss die Tür wieder, darauf achtend, dass sich das Tier ruhig verhielt und nicht ausschlug. Man konnte ja nie wissen.

Er überprüfte die Tür der benachbarten Box. Das Pferd sah ihn an, als wolle es gleich zubeißen. Baltasar zuckte zurück. Auch bei dieser Tür war der Sicherungsbolzen entfernt worden. Er sah sich die anderen Schlösser an, überall fehlte der Bolzen. Das konnte kein Zufall sein. Jemand hatte nachgeholfen.

Von draußen hörte er ein Geräusch. Er lauschte. Der Regen klang wie vorher. Doch da war noch etwas anderes: Schritte.

Baltasar lief zum Eingang und rief: »Hallo!«

Er wollte die Tür öffnen, aber in dem Moment spürte er, wie jemand dagegendrückte und den Riegel ins Schloss fallen ließ. Baltasar warf sich gegen die Tür, aber vergebens.

Er war gefangen.

»Hallo, machen Sie auf, Sie haben mich versehentlich eingeschlossen.« Er rüttelte am Schloss, aber er wusste, sein Versuch würde umsonst sein. »Das ist kein Spaß. Ich hab Sie gesehen, bitte öffnen Sie!«

Baltasar hatte das Gefühl, dass der Unbekannte direkt ihm gegenüber auf der anderen Seite des Türblatts stand.

»Hallo, sagen Sie was!«

Niemand antwortete.

Baltasar presste sein Ohr ans Holz. Er hörte, wie sich die Schritte wieder entfernten. Der Unbekannte ging anscheinend um den Stall herum.

Durch die Fensterschlitze unter der Decke würde er den Fremden sehen, dachte Baltasar. Aber dazu müsste er in eine Box gehen, sich hinter die nervösen Tiere zwängen und hochklettern. Er verwarf den Plan wieder.

Die Schritte kamen jetzt von der Seite des Stalls.

»Hallo, hören Sie mich?«, rief er in Richtung der Oberlichter. »Ich bin Pfarrer Baltasar Senner.«

Wieder waren Schritte zu hören. Dann ein Kratzen, als würde jemand eine Leiter an die Außenmauer anlegen.

Baltasar ging bis zu Rosalies Box. Ein Schatten tauchte bei einem der Fenster auf. Gleich darauf gab es einen ohrenbetäubenden Krach.

Das war kein Donner. Baltasar kannte diese Sorte Krach mittlerweile: Das war ein Schuss. Jemand hatte in den Stall gefeuert.

Die Pferde waren plötzlich wie verwandelt. Sie wieherten und stampften und tobten, einige warfen sich gegen die Abtrennungen.

»Rosalie?«

Das Pferd schien in Panik zu sein, es stieg hoch und krachte gegen die Tür. Baltasar wollte sich gerade umdrehen, als die Tür aufschwang und ihn am Kopf traf.

Er sackte in die Dunkelheit.

31

Er ritt auf Rosalie durch die Dunkelheit und wusste nicht, ob er auf dem Weg in den Himmel oder in die Hölle war. Schattenwesen tauchten am Wegrand auf, sie zielten mit Pistolen auf ihn, Blitze und Krachen und das Pfeifen von Kugeln begleiteten ihn. Sie mussten ihn am Kopf getroffen haben, sein Schädel schmerzte, der Tod war nur noch eine Frage von Sekunden.

»Hochwürden?«

Das war eindeutig ein Engel, diese Schülerinnenstimme. Er musste im Himmel angekommen sein. Die Kopfschmerzen blieben.

»Herr Senner, hören Sie mich?«

Wieder diese liebliche Stimme. Er spürte eine Hand an seiner Wange.

»Hochwürden!«

Baltasar öffnete die Augen und sah direkt in das Gesicht eines Mädchens. Er kannte dieses Gesicht. Wie war das möglich, wenn er im Himmel war?

»Ja, gut«, sagte das Mädchen. »Gott sei Dank. Sie sind wieder bei Bewusstsein.«

Jetzt erinnerte er sich wieder. Es war die Schülerin, die auf dem Reiterhof mitarbeitete. Er sah sich um, er lag auf dem Boden im Pferdestall. Das konnte nicht der Himmel sein. Ein wenig enttäuscht richtete er sich auf.

»Was ist passiert?« Baltasar hatte das Gefühl, sein Schädel würde zerspringen. Er rieb sich den Kopf und fühlte eine Riesenbeule – und Blut, das in seinen Haaren klebte.

»Ich wollte gerade anfangen, den Stall auszumisten, als ich die offenen Boxen gesehen habe. Ein paar Pferde standen im Gang. Dann erst habe ich Sie hier bemerkt. Sie haben Glück, dass Sie nicht mehr abbekommen haben. Pferdehufe sind wie Vorschlaghämmer.«

»Das ist nicht wirklich beruhigend«, meinte Baltasar. »Rosalie ist ausgeflippt und hat die Tür aufgestoßen – und Peng! Das Vieh hat wirklich einen Hau.«

»Nein! Rosalie ist so ein liebes Wesen, die tut niemandem was zuleide«, sagte das Mädchen. »Sie ist brav und gehorsam.«

»Bei dir vielleicht. Ich hab sie anders kennengelernt. Jetzt hat sich Rosalie schon zum zweiten Mal wie ein tollwütiges Monstrum aufgeführt.«

»Das kann nicht sein, etwas muss sie erschreckt haben«, sagte das Mädchen. »Rosalie ist so sensibel.«

»Dann teil deiner Rosalie bitte mit, sie möge mir gegenüber auch etwas sensibler sein.« Baltasar tastete nach seiner Beule, sie schien noch größer geworden zu sein. »Hast du jemanden auf dem Gelände gesehen?«

»Nein, ich bin allein hier.«

Von ferne war eine Sirene zu hören, die rasch näher kam.

»Ich hab als Erstes den Notruf gewählt, wie ich Sie da liegen sah, Hochwürden«, sagte die Schülerin. »Das müssten sie sein.«

»Könntest du mir einen Gefallen tun und die Polizei anrufen? Sie möchten bitte sofort kommen«, sagte Baltasar.

Die Schülerin führte die Sanitäter in den Stall. Alle Pferde waren wieder in ihre Boxen eingesperrt, neugierig beäugten sie die Besucher.

»Wir bringen Sie ins Krankenhaus«, sagte einer der Männer. »Dort werden die Ärzte Sie in Ruhe untersuchen.«

»Kommt nicht in Frage!«, sagte Baltasar. »Der letzte Krankenhausaufenthalt reicht mir für die nächsten Jahre. Untersuchen Sie mich hier, das ist keine große Sache. Ich habe mich an der Tür gestoßen. Mir geht es schon wieder besser.« Was nicht ganz stimmte. Sein Schädel fühlte sich an wie mit einer Keule bearbeitet.

»Meinetwegen«, sagte der andere Sanitäter und fragte nach Name und Adresse. Baltasar nannte sie ihm.

Der Mann stutzte. »Sind Sie nicht der Pfarrer, der sich während der Generalprobe beim Sturz vom Pferd verletzt hat? Und jetzt schon wieder ein Pferdeunfall …«

Gott sei Dank wusste er nicht, dass wieder Rosalie schuld an dem Malheur war, dachte Baltasar. Sonst müsste er sich vermutlich noch viel mehr Häme und Spott anhören. »Wie lautet Ihre Diagnose?«, fragte er.

Die beiden Sanitäter untersuchten die Kopfwunde und machten einige Tests. »Keine Gehirnerschütterung, soweit wir feststellen können. Sie haben Glück gehabt, Herr Pfarrer. Eine Platzwunde und eine Beule. Wir legen Ihnen einen Verband an. Die nächsten Tage sollten Sie sich schonen und, wenn es schlechter wird, sofort ins Krankenhaus gehen.«

»Eine Bitte: Haben Sie eine starke Kopfschmerztablette für mich?«, fragte Baltasar.

»Wir tun Ihnen eine Salbe auf die Wunde und geben Ihnen eine Spritze«, sagte einer der Männer. »Danach geht es Ihnen wieder besser.«

Die beiden fassten Baltasar unter die Achseln. »Wir helfen Ihnen auf. Gehen Sie langsam, bis sich der Kreislauf wieder normalisiert.«

Draußen atmete Baltasar mehrmals tief durch und genoss die Frischluft. Es hatte aufgehört zu regnen. Er befühlte den Verband auf seinem Kopf. Er musste sonderbar aussehen mit diesem Turban. Er verabschiedete die Sanitäter. Die Schülerin blieb in seiner Nähe, wohl aus Sorge, er könnte wieder zusammenbrechen.

Es dauerte fast eine Stunde, bis die Polizei kam. Vorsichtig stiegen die beiden Beamten aus ihrem Wagen, darauf achtend, nicht in die Schlammpfützen zu treten.

»Haben Sie sich verfahren?« Baltasars Unmut war hörbar. Gleich darauf merkte er, es war ein Fehler gewesen, die Beamten so zu begrüßen.

»Wir haben noch anderes zu tun«, blaffte der größere der beiden Polizisten. »Die Leitstelle hat den Anruf eines Kindes erhalten. Die Kleine wusste gar nicht, was sie melden sollte, sprach nur von einem Auftrag des Pfarrers. Um was für einen Vorfall geht es hier eigentlich?«

Baltasar stellte sich vor.

»Ja und, Hochwürden, warum haben Sie uns rufen lassen?«

»In dem Haus ist eingebrochen worden, und ein Unbekannter ist durchs Gelände geschlichen und hat einen Schuss abgefeuert.«

Sein Bericht musste für die Beamten ziemlich wirr klingen, dachte Baltasar.

»Hat jemand auf Sie geschossen, Herr Pfarrer?« Der kleinere der Beamten deutete auf den Kopfverband.

Baltasar überlegte kurz, ob er den wahren Hergang des Geschehens erzählen sollte, aber als er die Miene der Männer sah, entschied er sich dagegen und schüttelte den Kopf.

»Jemand hat in die Luft geschossen, direkt beim Stall. Ich war dort, ich hab's gehört«, sagte er.

»Sie waren im Stall, soso.« Der Größere hatte einen Tonfall, als spräche er mit einem Kleinkind. »Was haben Sie denn im Stall gemacht? Die Weihnachtsgeschichte nachgespielt?« Er lachte. Sein Kollege grinste.

»Wollen Sie den Stall nicht untersuchen?« Baltasar versuchte, seinen Ärger zu unterdrücken.

»Haben Sie jemanden gesehen, der den Schuss abgefeuert hat? Können Sie die Waffe beschreiben?«, fragte einer der Beamten. »Sind Sie durch eine Kugel verletzt worden?«

Jede einzelne Frage musste Baltasar verneinen.

»Man kann bei diesem Gewitter schon einen gehörigen Schreck bekommen, gerade wenn's blitzt und donnert«, sagte der andere Polizist. »Vermutlich haben Sie einen Jäger gehört. Wir sind hier mitten im Wald, da ist so was nicht ungewöhnlich.«

»Außerdem möchte ich, wie bereits gesagt, einen Einbruch melden«, sagte Baltasar betont ruhig.

»Wo soll denn eingebrochen worden sein? Im Stall?« Der Größere grinste.

»Hier im Haupthaus. Sie können selbst nachschauen, die Tür ist offen.«

»Wohnen Sie hier, Hochwürden?«, fragte der Kleinere.

»Nein«, antwortete Baltasar, »ich war nur zu Besuch hier.«

»Wir vermuten richtig, diese Einbrecher haben Sie auch nicht gesehen«, sagte der andere Beamte. »Worauf gründen Sie Ihren Verdacht?«

»Ich war im Gebäude und habe die durchwühlten Zimmer gesehen.« Langsam verlor Baltasar bei diesen begriffsstutzigen Beamten die Geduld.

»Wo ist denn die Bewohnerin des Hauses?«, fragte der Polizist.

»Ich weiß es nicht.«

»Sie wissen es nicht? Sie sind also allein in das Haus gegangen? Gab es dafür einen konkreten Anlass?«

»Ich hatte meinen Regenschirm vergessen und bin deshalb nochmals zurückgekommen. Irgendwie kam mir die Situation komisch vor, da habe ich nachgesehen. Wenn Sie mitkommen, können wir gleich jetzt die fraglichen Zimmer besichtigen.«

Die beiden Beamten sahen sich an. »Also gut, wir wollen uns nicht nachsagen lassen, wir würden unsere Pflicht nicht ernst nehmen, gerade wenn uns ein Geistlicher darum bittet. Also schauen wir uns das Ganze an.«

Baltasar führte sie in den ersten Stock und zeigte ihnen die Räume.

»Sie waren im Schlafzimmer?« Der Größere wies auf die geöffneten Schubladen. Auf dem Boden lagen Teile eines Fotoapparats, es sah aus, als wäre jemand darauf herumgetrampelt. »Was haben Sie in einem fremden Schlafzimmer gesucht?«

»Ich hatte Geräusche gehört.«

»Wissen Sie, ob etwas fehlt?«, fragte der Kleinere.

»Woher soll ich denn das wissen?« Baltasar wurde lauter, als er eigentlich beabsichtigt hatte.

»Ruhig Blut, Hochwürden, wir wollen nur wissen, ob überhaupt etwas gestohlen worden ist.«

»Da müssen Sie den Einbrecher fragen – oder die Bewohnerin des Hauses«, antwortete Baltasar.

»Nun, es könnte doch sein, dass diese Unordnung ganz andere Ursachen hat«, sagte der Größere.

Verständnislos sah Baltasar ihn an.

»Sie sind nicht verheiratet und haben keine Kinder, Herr Pfarrer«, sagte der Polizist. »Deshalb können Sie nicht wissen, wie es in Kinderzimmern oft aussieht. Da wirken diese Räume geradezu ordentlich.«

»Und wenn meine Frau was sucht ...«, ergänzte der andere Polizist.

Sie gingen wieder nach unten.

»Wir können jetzt nichts machen, Hochwürden«, sagte der Größere. »Wir brauchen die Eigentümerin, sie muss uns sagen, was gestohlen worden ist, und Anzeige erstatten.«

»Kein Problem, ich rufe sie an.« Baltasar wählte Margit Sprenglers Handynummer. Niemand meldete sich. Wo steckte die Frau?

»Tut mir leid, ich erreiche sie nicht.«

»Dann tut es uns auch leid, wir rücken wieder ab«, sagte der Kleinere.

Baltasar gab es auf, wieder mit den Beamten diskutieren zu wollen.

»Wissen Sie, welches Anwesen das ist?«, sagte er. »Von Eva Dirnberger, dem Mordopfer. Davon haben Sie sicher schon in der Zeitung gelesen. Und jetzt bitte ich Sie, sofort Kriminalkommissar Wolfram Dix in Passau anzurufen, er bearbeitet den Fall.«

Es dauerte nochmals anderthalb Stunden, bis die Beamten eingetroffen waren.

»Zuerst dachte ich, ein Scherz, als uns gemeldet wurde, ein gewisser Baltasar Senner wünscht uns zu sehen«, sagte Wolfram Dix zur Begrüßung. »Auf Ihre Erklärung, was Sie auf dem Grundstück des Opfers zu suchen haben, sind wir gespannt.«

Oliver Mirwald zückte das Mobiltelefon und machte eine Aufnahme von Baltasar.

»Das werde ich später meinen Enkeln zeigen«, sagte Mirwald. »Hochwürden mit Kopfverband, wie allerliebst. Haben Sie wieder mal Ihr Näschen in Dinge gesteckt, die Sie nichts angehen, und dafür die Quittung erhalten?«

Baltasar wiederholte seine Geschichte, nur ausführlicher.

»Also der vergessene Regenschirm war schuld«, fasste Dix mit einem Stirnrunzeln zusammen.

»Sie wissen doch von meinem Mandat, mich um die Erbschaftsangelegenheiten von Eva Dirnberger zu kümmern«, antwortete Baltasar. »Da komm ich eben rum.«

»Netter Versuch, aber uns beeindrucken Sie damit nicht«, sagte Mirwald. »Haben Sie schon Frau Sprengler erreicht?«

»Sie hat anscheinend ihr Telefon ausgeschaltet. Sie sagte was von einem Termin, aber nicht, wohin sie wollte.«

»Schauen wir uns um«, sagte Dix und winkte den Kollegen der Spurensicherung. »Wo finden wir die Zimmer?«

Baltasar brachte sie nach oben.

»Das sieht ganz nach Einbruch aus.« Mirwald blieb an der Tür zum Schlafzimmer stehen. »Ich bezweifle, dass wir

Fingerabdrücke finden. Der Täter hat bestimmt Handschuhe getragen.«

»Wie ist er reingekommen?«, fragte Dix.

»Die Tür war meistens nicht verschlossen – wegen der Gäste«, sagte Baltasar. »Und die Fenster wirken nicht so, als könnten sie einen Eindringling lange abhalten.«

Der Kriminalkommissar ging zur Nottreppe. »Von hier, glauben Sie, Hochwürden, soll er verschwunden sein?«

»Einen anderen Fluchtweg wüsste ich nicht, außer er hatte sich irgendwo versteckt.«

»Untersuchen wir den Stall«, schlug Mirwald vor. »Das hier ist was für unsere Spezialisten.«

Im Stall waren alle Boxen wieder versperrt. Die Pferde hatten Futter erhalten und verhielten sich ruhig.

»Wo genau haben Sie gestanden, bis …?«, fragte Dix.

Baltasar ging zu der Stelle neben Rosalies Box.

»Also das ist die Täterin, die die Tür aufgestoßen und Sie verletzt hat, Hochwürden?« Mirwald strich Rosalie über den Hals, offenbar fand er die Situation komisch. »Braves Tier. Es sieht gar nicht wild aus. Könnte es sein, dass Sie mit Ihrem Verhalten …?« Mirwald grinste. »Sollen wir das Pferd verhaften?«

Baltasar ignorierte den Spott und zeigte auf das Oberlicht. »Etwa von dort kam der Schuss.«

»Haben Sie einen Einschlag von einer Kugel bemerkt?« Dix holte eine Taschenlampe heraus und leuchtete Wände und Decken ab. »Auf den ersten Blick ist nichts zu entdecken, wir werden das aber genauer unter die Lupe nehmen.«

»Ich kann mich nicht erinnern«, antwortete Baltasar. »Es war auf jeden Fall ein fürchterlicher Krach.«

»Laut Ihrem Bericht müsste der Täter vor Ihnen im Stall

gewesen sein, um die Boxentüren zu entriegeln und Ihnen dann aufzulauern«, sagte Mirwald. »Er muss sich in der Nähe versteckt haben, sonst wäre er nicht so schnell an die Außentüre gelangt und hätte Sie nicht einsperren können, Herr Pfarrer.«

»Die Spurensicherung nimmt sich den Stall und das Gelände vor«, sagte Wolfram Dix. »Sehen wir uns das Gebäude von außen an.«

Sie umrundeten den Stall. Der Boden war aufgeweicht, es hatten sich kleine Seen aus Regenwasser gebildet.

»Da wird nichts mehr zu holen sein«, sagte Dix. »Das Gewitter hat dem Unbekannten in die Hände gespielt und vermutlich alle Spuren verwischt.«

Er suchte die Stelle, wo der Schütze gestanden haben müsste. Auf dem Boden lag eine Leiter.

»Die wird der Täter benutzt haben, ansonsten hätte er nicht durch das Oberlicht schießen können. Möglicherweise finden wir an der Außenwand Schmauchspuren.«

Mirwald kniete sich nieder und untersuchte die Leiter. »Da sind einige Fäden an den Stufen, vielleicht ist uns der liebe Gott doch gnädig gesonnen und wir haben einen Hinweis gefunden. Das muss von einer Jacke stammen. Vermutlich ist der Unbekannte beim Besteigen der Leiter mit seiner Kleidung hängen geblieben.«

»Dennoch werde ich nicht schlau draus«, sagte Dix. »Wozu der ganze Aufwand? Der Dieb hätte einfach im Wald verschwinden können. Irgendwo hatte er sicher sein Fahrzeug abgestellt. Warum also wartete er hier mit dem Risiko, entdeckt zu werden?«

»Vielleicht wollte er wissen, wer ihn aufgescheucht hat«, meinte Mirwald.

»Oder er hatte noch einen anderen Plan«, sagte Dix. »Die

nächste Frage ist: Hatte er es auf Sie abgesehen, Hochwürden, oder waren Sie nur zufälliges Opfer?«

»Was automatisch eine weitere Frage aufwirft«, sagte Mirwald. »Wenn der Unbekannte Herrn Senner im Visier hatte, warum hat er nicht gleich im Freien auf ihn geschossen und ihn umgebracht?«

32

Der Arzt schnitt mit einer Schere durch den Mull.

»Bitte jetzt nicht bewegen«, sagte er.

Baltasar spürte, wie der Stahl über seinen Kopf glitt. Hoffentlich wurde er nicht aus Versehen skalpiert.

»Gleich zwickt's.«

Kaum hatte der Arzt die Worte ausgesprochen, durchfuhr Baltasar ein Schmerz, als habe jemand mit der Schere direkt in der Wunde gewühlt.

»Waren Sie früher Metzger?«, sagte Baltasar durch die zusammengebissenen Zähne.

»Hochwürden, es ist schon vorbei.« Der Arzt legte die blutverschmierten Binden beiseite. »Jetzt wollen wir mal sehen.« Er untersuchte die Verletzung. »Sie haben Glück, Herr Senner, es muss nichts genäht werden. Eine ordentliche Schwellung, aber keine Gehirnerschütterung. Ich lege Ihnen einen neuen Verband an.«

»Lieber ein großes Pflaster«, sagte Baltasar. Er richtete sich von seinem Bett auf. »Und Schmerztabletten.«

»Gut, ich fixiere die Kompressen nur mit Pflasterstreifen. Und ich stelle Ihnen ein Rezept aus. Sie sollten noch einige Tage ruhen, zur Vorsicht. Bei Ihrer Haushälterin sind Sie in guten Händen.«

Teresa brachte den Arzt hinaus und kam mit einer dampfenden Schüssel wieder. Der Geruch von vergorenem Gemüse verteilte sich im Raum. Baltasar hielt die Luft an.

»Ich haben Kräuterwickel vorbereitet.« Sie stellte die Schüssel neben ihm ab. »Altes Hausrezept meiner Oma aus Polen. Hilft gegen Wunden und Kopfschmerzen und Appetitlosigkeit.«

Baltasar wusste, es gab kein Entrinnen. Außerdem fühlte er sich immer noch angeschlagen.

»Können wir das auf später vertagen?« Ein schwacher Versuch der Abwehr.

»Jetzt ist es heiß, jetzt wirkt es am besten.«

Sie breitete ein Handtuch über dem Kissen aus.

»So, nun den Kopf drehen.«

Baltasar ergab sich seinem Schicksal. Das beißende Aroma reizte seine Nase.

»So wie es riecht – wird da die Kopfhaut einfach weggeätzt?«, sagte er.

»Sie schon bald merken«, antwortete Teresa.

Sie kramte in der Schüssel und holte einen Stoffbeutel hervor. Mit Schwung platzierte sie den Beutel auf der Wunde. Es fühlte sich an, als hätte jemand ein glühendes Brikett auf seinen Schädel gelegt.

Teresa umwickelte seinen Kopf mit einem weiteren Handtuch. »Jetzt zurücklehnen und ausruhen«, sagte sie und verschwand.

Als er erwachte, waren die Kopfschmerzen weg. Er fühlte sich besser und voller Tatendrang. Er sprang aus dem Bett, befreite sich von seinem Wickel und duschte.

Es war bereits Abend. Teresa wartete mit dem Essen. Sie sah zufrieden aus, als sie ihn sah.

»Gutes Rezept von Ihrer Oma«, sagte Baltasar.

»Frau Stowasser haben angerufen«, sagte sie. »Sie sollten vorbeikommen.«

»Dann muss es dringend sein, ich geh sofort los.«

»Sie erst etwas essen.« Teresa stellte einen Teller mit belegten Broten auf den Tisch. Er nahm sich ein Salamibrot und sagte: »Den Rest esse ich vielleicht später, ich bin noch nicht hungrig.«

Das Gasthaus »Zur Einkehr« war gut gefüllt mit Einheimischen und Touristen. An einem Tisch saß Sebastian Hopfinger und winkte ihm zu. Baltasar ging zu ihm.

»Sie sind noch nicht nach Hause gefahren, Herr Hopfinger?«

»Das mit der Übernahme und der Versicherung des Wagens verzögert sich. Der Papierkram ist umfangreicher, als ich dachte. Außerdem ist es eine gute Gelegenheit, noch ein wenig auszuspannen – und wenn nicht im Bayerischen Wald, wo dann?«

Baltasar bemerkte Victoria Stowasser, die gerade aus der Küche kam. Sie verhielt sich anders als sonst, kein Zeichen der Begrüßung, sondern sie machte ihm heimlich Zeichen, zu ihr zu kommen.

»Wenn Sie mich kurz entschuldigen.« Baltasar tat so, als müsste er auf die Toilette.

Im Gang wartete die Wirtin. Sie zog ihn beiseite in ein Nebenzimmer. »Was ist mit Ihrem Kopf passiert?«, fragte sie.

Er berichtete von den Ereignissen auf dem Reiterhof. »Was gibt es so Dringendes, Frau Stowasser?«

»Ich hab Ihren Auftrag ernst genommen und mich weiterhin regelmäßig zu Herrn Hopfinger an den Tisch gesetzt und mit ihm geplaudert. Und da der Herr später am Abend sehr gesprächig wurde, habe ich was erfahren, das für Ihre Ermittlungen nützlich sein könnte.«

»Her damit.«

»Herr Hopfinger hat sich natürlich über alle Details des Mordes an Frau Dirnberger erkundigt. Dabei hat er eine Bemerkung fallen lassen, nach der ich mir sicher bin, dass er Klara Murlinger kennt. Er nannte sie beim Vornamen und hat erwähnt, dass sie in einer Steuerberatungskanzlei arbeitet.«

»Das ist überraschend, denn davon stand nichts in den Zeitungen. Hat er sie erst jetzt kennengelernt oder ist es schon länger her?«

»Als ich nachgehakt habe, ist er einsilbig geworden und wollte nicht mehr darüber reden. Es war, als sei er sich plötzlich bewusst geworden, zu viel ausgeplaudert zu haben.«

»Danke, Frau Stowasser. Gut, dass Sie es mir gleich gesagt haben. Ich werde versuchen, das Thema anzuschneiden.«

Er ging wieder zurück und setzte sich zu Sebastian Hopfinger an den Tisch. Bei der Bedienung bestellte er sich einen Frankenwein und ein Wasser.

»Und, haben Sie Ihre Wartezeit gut verbracht?«, fragte er.

»Ich kenn ja die Gegend von früher, es ist gewissermaßen ein Heimspiel. Ein Ausflug zu den Orten, in denen ich bereits war, Furth im Wald, Bodenmais, Zwiesel und natürlich Passau. Ein wenig nostalgisch wird man dabei schon.«

»Was haben Sie mit dem geerbten Auto vor? Fahren? Verkaufen?«

»Eigentlich bin ich mit meinem eigenen Gefährt ganz zufrieden, aber irgendwie habe ich Scheu, etwas herzugeben, was Eva gehörte.«

»Hat Frau Dirnberger zufällig mal von ihrem früheren Ehemann erzählt? Von dem weiß man so gut wie gar nichts.«

»Es ist eigentlich nicht meine Art, über die Verflossenen meiner Freundinnen zu reden, verstehen Sie, Hochwürden? Eva hat nur einmal über ihn gesprochen. Ich weiß nicht mehr, in welchem Zusammenhang. Sie meinte, die Heirat sei ein großer Fehler gewesen, und sie sei froh, diesen ›Kerl‹ – so hat sie ihn genannt – nie mehr sehen zu müssen.«

»Was mich etwas schockiert hat, Herr Hopfinger, wenn ich das so sagen darf, war die heftige Reaktion von Frau Sprengler auf Ihre Anwesenheit bei dem Notartermin.«

»Wir haben uns nie gut vertragen in der Zeit, in der ich mit Eva zusammen war.« Sebastian Hopfinger zuckte mit den Schultern. »Aber so sind Frauen eben, reagieren total emotional auf irgendwelche Kleinigkeiten.«

»Wie eine Kleinigkeit kam mir das nicht vor. Da muss doch mehr dahinterstecken.«

»Da müssen Sie die Dame selber fragen, Herr Pfarrer. Meine einzige Erklärung ist: Frau Sprengler sorgte sich, ich hätte es auf das Vermögen von Eva abgesehen und würde sie damit um ihr Erbe bringen.«

»Wie kommen Sie darauf?«

»Wir waren mal zu dritt unterwegs. Eva machte einen Witz in der Art, wir beide könnten doch heiraten, dann hätte sie wenigstens einen Erben, wenn ihr was passieren würde.«

»Und wie hat ihre Schwester reagiert?«

»Margit ist ausgerastet. Sie beschuldigte ihre Schwester und mich, faselte davon, das sei nicht der Wille ihrer Eltern gewesen und Eva solle sich unterstehen, so was zu tun. Dann ist sie verschwunden. Dabei war es nur als Spaß gedacht.«

»Und was hat Frau Dirnberger zu dieser Reaktion gesagt?«

»Sie war außer sich wegen Margits Verhalten und meinte, sie sollte ihr Testament ändern, dann hätte ihre Schwester wirklich Grund zum Klagen.«

»Wenn Frau Dirnberger etwas in der Richtung geplant hatte, hat ihr Tod es verhindert«, sagte Baltasar. »Wir werden sehen, was die Polizei noch an Spuren entdeckt.«

»Gibt es schon einen konkreten Verdacht?«

»Ich habe keine neuen Informationen. Die erste Mordverdächtige, Frau Klara Murlinger, hat die Kripo wieder laufen lassen. Jetzt suchen die Beamten weiter nach dem Täter. Sie haben bestimmt davon gehört.«

»Ich denk schon. Jemand hat davon erzählt, es war hier im Wirtshaus, an einem Nebentisch, glaub ich. Die arme Frau. Es ist höllisch, wenn man unschuldig unter einem solchen Verdacht steht. Sie haben sich für Klara … ich meine, Frau Murlinger, eingesetzt, hab ich mitgekriegt. Das ist sehr nobel von Ihnen, Herr Pfarrer.«

»Das ist selbstverständlich, wenn ich von der Unschuld einer Person überzeugt bin. Was ist Ihre Meinung?«

»Natürlich ist die Frau unschuldig, keine Frage!« Für einen Moment verlor Sebastian Hopfinger seine Fassung. »Ähh … ich meine, nach dem, was ich gehört habe.«

»Ist Ihnen diese Frau Murlinger früher vielleicht schon mal über den Weg gelaufen? So groß ist unsere Region nicht.«

Hopfinger richtete sich auf. »Ausgeschlossen! Daran würde ich mich erinnern. Alles, was ich weiß, hab ich hier aufgeschnappt.« Er machte eine Bewegung in die Gaststube. »Aber eine andere Frage: Zu welchen Zeiten halten Sie im Ort die heilige Messe ab?«

Eine Frage zur Ablenkung, dachte Baltasar. Er antwortete mechanisch darauf. Aber in ihm verfestigte sich ein Eindruck: Der Mann hatte ihn angelogen.

Sebastian Hopfinger kannte Klara Murlinger.

33

Die jüngsten Ereignisse hatten Baltasar mitgenommen. Das betraf nicht nur seinen lädierten Schädel. Sondern auch die Gründe dafür verwirrten ihn – wer würde sich an einem Pfarrer vergreifen? Warum wollte ihn jemand umbringen, oder war er nur ein zufälliges Opfer eines Einbrechers? Hatte diese Tat etwas mit dem Mord an Eva Dirnberger zu tun oder nicht?

Noch immer fehlte ein zwingendes Motiv für das Verbrechen. Das Opfer mochte bei einigen angeeckt sein und Neid auf sich gezogen haben. Aber deswegen brachte man niemanden um. War Eva Dirnbergers Vermögen der Auslöser gewesen? Wollte jemand eine Rechnung begleichen?

Baltasar bekam wieder Kopfschmerzen. So kam er nicht weiter. Er brauchte Unterstützung. Zuerst rief er Kommissar Wolfram Dix an, auch wenn es ihm schwerfiel. Andererseits hatte er dem Beamten, wie gefordert, seine bisherigen Ermittlungsergebnisse mitgeteilt, zumindest die meisten. Da wäre ein kleiner Gefallen als Gegenleistung durchaus in Ordnung.

Als Nächstes traf er sich nochmals mit Victoria Stowasser und verabredete mit ihr, weiterhin auf Sebastian Hopfinger aufzupassen. Er instruierte sie zusätzlich für einen Spezialauftrag. Seinem Freund Philipp Vallerot übermittelte er mehrere Recherchewünsche, was dieser mit bissigen Bemerkungen quittierte.

Auch Margit Sprengler hatte sich wieder gemeldet. Sie war zu ihrem wöchentlichen Tae-Bo-Gymnastikkurs gefahren und hatte wie immer ihr Handy ausgeschaltet. Ganz aufgelöst hatte sie Baltasar angerufen und ihn gebeten, nochmals vorbeizukommen.

Der Regisseur und Dominik Fetzner hatten zu neuen Proben aufgerufen. Eine gute Gelegenheit, sich zu unterhalten, dachte Baltasar und zog sich um.

Mehrere Dutzend Menschen warteten auf dem Festplatz darauf, eingeteilt zu werden. Die meisten trugen normale Freizeitkleidung, einige hatten Texthefte dabei und memorierten die Sätze für ihren Auftritt.

Er winkte Teresa zu, die sich mit ein paar Frauen unterhielt. Sie gestikulierten dabei und lachten. Er wusste nicht, ob das zu ihrem Auftritt gehörte.

»Hochwürden, Sie haben heute keine Probe.« Dominik Fetzner war zu ihm gekommen.

»Ich weiß«, sagte Baltasar, »ich habe auch nicht vor, nochmal auf ein Pferd zu klettern. Sie müssen sich was anderes einfallen lassen.«

»Aber ... Aber das haben wir fest in unser Marketingkonzept eingeplant. Sie und Ihr evangelischer Kollege, hoch zu Ross, zwei echte Geistliche und nicht bloß Schauspieler ... Das gibt dem Ganzen eine besondere Würze.«

»Aber muss ich deswegen auf diesen Fleischbergen sitzen? Ich kann genauso gut zu Fuß unterwegs sein.«

»Da sieht Sie keiner im Publikum. Außerdem hat der Bischof ...«

Baltasar wurde hellhörig. »Was hat Seine Exzellenz gesagt?«

»Ähh … Herr Siebenhaar hat versprochen, zum Auftakt zu erscheinen und persönlich dem Festival seinen Segen zu spenden, vorausgesetzt, Sie reiten neben dem anderen Pfarrer – oder noch besser vor ihm, hat er gemeint.«

»Bitten Sie Herrn Siebenhaar, seinen Segen vom Pferd aus zu geben, da sieht man ihn besser. Dieser Hinweis wird seiner Eitelkeit schmeicheln.«

»Ich könnte Ihnen Tabletten besorgen, ganz diskret, versteht sich.« Dominik Fetzner senkte seine Stimme. »Kein Problem für mich.«

»Ich verstehe nicht ganz.«

»Nun, es gibt Mittel gegen solche Phobien. So was wie Tabletten gegen Flugangst.«

»Nicht gerade Ihr bester Vorschlag, Herr Fetzner. Sie sollten lieber diesen Viechern Tabletten geben, damit sie brav bleiben. Sie sollten sich mehr Gedanken darüber machen, wie Sie die dunklen Wolken vertreiben, die seit dem Mord über Ihrer Veranstaltung schweben.«

»Daran habe ich bereits gedacht. Ich habe für heute die Presse eingeladen. Damit kann sich die Öffentlichkeit selbst davon überzeugen, dass bei uns alles in Ordnung ist und dieser … dieser Vorfall nichts mit dem Robin-Hood-Festival zu tun hat. Wir können hier ein wenig Gratiswerbung gut gebrauchen. Außerdem arbeiten wir an einem Sicherheitskonzept, der Bürgermeister kümmert sich persönlich um die Sache. Nicht, dass es nötig wäre, aber es gibt der Bevölkerung ein beruhigendes Gefühl und zeigt, wir nehmen die Sorgen auf und kümmern uns darum. Wenn Sie mich jetzt entschuldigen, Hochwürden, ich muss die Pressevertreter begrüßen.«

Schüsse krachten kurz hintereinander. Baltasar fuhr herum. Sie kamen direkt aus dem Wald. Er ging hinüber, darauf achtend, ob er den Standort der Schützen lokalisieren konnte. Zwischen den Bäumen empfing ihn Halbdunkel. Er brauchte einen Moment, bis sich seine Augen daran gewöhnt hatten. Niemand war zu sehen.

»Hallo!«, rief er ins Ungewisse. »Wo sind Sie?«

Neben ihm raschelte es, Zweige zitterten, der Boden schien zum Leben zu erwachen. Eine Gestalt in Tarnuniform erhob sich, sie trug eine Mütze, in der Moos und Gras steckte.

Erst jetzt erkannte er den Mann: Es war Andreas Dreier vom Schützenverein.

»Grüß Gott, Hochwürden.« Dreier strich sich einige Erdbatzen von seiner Jacke.

»Was machen Sie denn hier?« Baltasar fand den Aufzug albern. »Üben Sie für den nächsten Auslandseinsatz der Bundeswehr? Ich dachte, das sind Festspiele, die im neunzehnten Jahrhundert angesiedelt sind. Sie sehen aus wie ein Paramilitär.«

»Ach, das sind die Klamotten, die ich beim Paintball benutze«, sagte Andreas Dreier. »Sie kennen das doch, zwei Gruppen spielen eine moderne Version von Cowboy und Indianer und beschießen sich gegenseitig mit Farbkugeln.«

»Ich habe darüber gelesen, doch was hat das mit Wilderern zu tun?«

Statt einer Antwort pfiff Dreier durch die Zähne. Mit einem Mal rumorte es um Baltasar herum. Etwa ein Dutzend Männer und Frauen stand auf, alle bewaffnet und angetan mit grünen oder erdfarbenen Jacken und Mänteln im Stil des neunzehnten Jahrhunderts.

»Guten Tag, Herr Pfarrer«, klang es ihm entgegen. »Perfekte Tarnung, nicht wahr?«

Die Gruppe hatte sich im Unterholz zwischen Sträuchern und unter Farnen verborgen.

»Das ist unsere Wilderertruppe«, sagte Andreas Dreier. »Auf Wunsch des Regisseurs üben wir gerade eine neue Szene. Wir nutzen den Überraschungseffekt, so wie bei Ihnen, Herr Senner, um das Publikum zu begeistern. Das ist uns doch gelungen, oder?«

Baltasar sah sich die Gestalten an mit ihren verrußten Gesichtern und zerlumpten Kleidern, die durchaus lebensecht wirkten. Er nickte.

»Machen wir eine Pause«, rief Dreier. Die Gruppe zerstreute sich. »Das wird seine Wirkung bei den Zuschauern nicht verfehlen«, sagte Dreier.

»Hoffentlich stirbt niemand an Herzinfarkt, wenn die wie Geister plötzlich neben den Leuten erscheinen«, sagte Baltasar.

»Die Tribüne wird weiter weg stehen«, antwortete Dreier. »Das ist doch nur Show.«

»Üben Sie mit scharfer Munition?«

»Du lieber Gott, nein, wir haben alle Kugeln aus unserem Lager entfernt. Und das Schwarzpulver ist unter meiner persönlichen Aufsicht. Ich will mir das nicht noch einmal vorwerfen lassen, nicht genug achtgegeben zu haben. Unterwegs lasse ich die Schwarzpulvervorräte in meinem Auto, sicher verschlossen im Kofferraum.«

»Und die Waffen?«

»Wir haben uns ein neues System einfallen lassen. Solche Vorwürfe von der Polizei will ich mir mein Lebtag nicht mehr anhören müssen.«

»Wer ist wir?«

»Herr Hurzlmeier und ich. Jeder Teilnehmer muss den Empfang seiner Pistole oder seines Gewehrs mit seiner Unterschrift quittieren. Wir kontrollieren die Rückgabe anhand dieser Unterschriftenliste. Und geladen werden die Waffen nicht mehr im Voraus, sondern erst kurz vor dem Einsatz unter der Aufsicht eines Fachmanns. Danach packen wir die Waffen in eine Metallkiste mit Vorhängeschloss und transportieren sie nach Abschluss der Proben ins Schützenheim. Dort haben wir Stahlschränke zur sicheren Aufbewahrung.«

»Das klingt beruhigend«, sagte Baltasar. »Aber ich vermute, das betrifft nur die Leihwaffen.«

»Wie? Natürlich. Das ist eine bewährte Vorgehensweise.«

»Ich meine, wer seine eigene Pistole mitbringt, fällt durch das Sicherheitsraster«, sagte Baltasar.

»Die Personen mit eigenen Waffen wissen, wie man damit umgeht. Ich hab selber Gewehre zu Hause. Wenn Sie wollen, kann ich sie Ihnen zeigen, Hochwürden. Dann sehen Sie, alles hat seine Richtigkeit. Nein, darüber mach ich mir keine Sorgen. Eher habe ich Angst, dass jemand von den Amateuren Unsinn macht und sich beim Schwarzpulverschießen selbst verletzt.«

»Hätte man nach dem schlimmen Vorfall mit Frau Dirnberger auf die Ballerei beim Wildererfestival nicht ganz verzichten können?«

»Der Regisseur bestand darauf. Außerdem ist ein Wilderer ohne Gewehr wie Beckenbauer ohne Fußball. Und Herr Hurzlmeier hat alles abgesegnet, und wenn sich einer mit Waffen auskennt, dann er.«

Baltasar ging zurück zum Festplatz. Es hatten sich mehrere Gruppen gebildet, die Szenen für die Festspiele einstudierten. Eine Frau kreischte und schrie und schluchzte, es sollte wohl die Klage über den Tod ihres geliebten Mannes dargestellt werden. Ein Mann schritt dahin wie ein Pfau, seine Arme in einer gönnerhaften Geste ausgebreitet, die Rolle vermutlich gedacht als Adeliger beim Flanieren durchs Volk.

Baltasar erspähte Bürgermeister Xaver Wohlrab, der von einigen Journalisten umringt war. Er stellte sich unauffällig dazu. Eine Lokalredakteurin fragte gerade, was er für die Zukunft plane.

»Wir wollen das bedeutendste Festival im Bayerischen Wald werden«, sagte Wohlrab. »Diese Region hat eine alte Tradition mit Wilderern, denken Sie an Franz Troglauer und an Wolfgang Eichinger, die Robin Hoods unserer Heimat. Das möchten wir dem Publikum nahebringen. Wie Sie sehen, sind wir fleißig beim Proben.«

»Und der Mord an Ihrer Hauptdarstellerin Eva Dirnberger?« Ein junger Mann vom Radio hielt ihm ein Mikrofon unter die Nase.

»Wir wissen nicht, wie es zu dem Vorfall kam«, sagte der Bürgermeister, »genauso wenig wie die Polizei. Die Tat hat nichts, ich betone, überhaupt nichts mit unseren Festspielen zu tun. Das war reiner Zufall, dass sich das auf diesem Platz abgespielt hat.«

»Wie ich gehört habe, ist die Hauptverdächtige wieder auf freiem Fuß. Die Frau soll sich bereits früher um die Hauptrolle beworben haben, die aber das Opfer erhielt. Wird sie nun den Part der Gräfin übernehmen?«

Der Bürgermeister war von der Frage überrascht. Er überlegte einige Sekunden und sagte: »Warum nicht? Dieser Frau ist von Seiten der Behörden nichts mehr vorzuwerfen, sie würde gut für die Hauptrolle passen.« Er wandte sich an alle Medienleute. »Wir haben etwas für Sie vorbereitet, verehrte Damen und Herren von der Presse, damit Sie einen Live-Eindruck von den Festspielen erhalten. Bitte folgen Sie mir.«

Sie gingen zu der Stelle, wo die Haupttribüne geplant war. Der Bürgermeister lud seine Gäste ein, auf Bierbänken Platz zu nehmen, und gab ein Zeichen.

Aus dem Wald stürmten die Wilderer mit Andreas Dreier als Anführer, dieses Mal auch in passender Verkleidung. Von der anderen Seite kamen Soldaten in Uniform; Baltasar erkannte den Metzger wieder. Beide Parteien zogen Pistolen, zielten und beschossen sich gegenseitig. Es rauchte und qualmte, die Luft roch nach verbranntem Pulver.

Auf ein Kommando zogen die Soldaten ihre Degen und rückten auf die Wilderer vor. Die holten Holzknüppel und Messer hervor und stürmten weiter heran. Im anschließenden Nahkampf wurde den Gästen reichlich Spektakel geboten, mit Fechteinlagen, viel Geschrei und Waffengeklirre.

Baltasar zog den Bürgermeister beiseite.

»Haben Sie das mit Frau Murlinger abgesprochen, das mit der Hauptrolle, meine ich?«, fragte Baltasar.

»Noch nicht, aber ich werde mit ihr telefonieren. Es war eine spontane Idee von mir. Frau Murlinger ist nicht mehr im Gefängnis, warum sollte sie sich nicht in der Öffentlichkeit zeigen? Außerdem ist es eine gute Marketingaktion, das lockt zusätzliche Leute an, allein deswegen, weil sie diese Person sehen wollen, die unter Mordverdacht stand. Das mag zynisch klingen, aber so sind die Menschen eben.«

34

Die Einladung kam überraschend. Kommissar Wolfram Dix hatte ihn gebeten, sich zum Mittagessen zu treffen, am besten in Passau. Baltasar fuhr in das Parkhaus in der Nähe eines Einkaufszentrums. Er war eine Stunde früher gekommen als vereinbart, denn er hatte seinen Besuch bei Daniel Moor angekündigt, dem Assistenten des Generalvikars. Natürlich hatte er sich zuvor rückversichert, dass Bischof Siebenhaar nicht im Haus war. Baltasar lag wenig daran, seinem Vorgesetzten in die Arme zu laufen.

»Und, wie schaut's aus mit meiner Lieferung?«, begrüßte ihn Daniel Moor im Büro.

»Das Päckchen habe ich wie gewünscht zusammengestellt.« Baltasar legte die Schachtel auf den Schreibtisch. »Die Weihrauchmischung stammt dieses Mal aus Ägypten, dazu wie immer meine besonderen Zutaten. Das Dufterlebnis wird einzigartig sein, ich garantiere für die Qualität.«

»Ich freu mich drauf«, sagte der junge Mann und zwinkerte ihm zu. »Da macht das Beten gleich doppelt so viel Spaß.« Er schob Baltasar einen Umschlag zu. »Für Ihre Gemeindekasse.«

»Was gibt's Neues an der Front?«

»Sie meinen sicherlich die aktuellen Ideen unseres Bischofs«, sagte Moor. »Seiner Exzellenz liegt offenbar dieser Ritt auf dem Wilderer-Festival sehr am Herzen. Ich weiß gar nicht, warum. Er hat mehrmals Bemerkungen fallen lassen, wir Katholiken müssten dort Flagge zeigen und es sei Ihr Job, Herr Senner, die Diözese zu vertreten.«

»Mach ich gerne, bloß nicht auf einem Pferd.«

»Der Bischof sieht das anders.«

»Sein Problem. Soll er sich doch selber draufhocken.«

»Ich vermute, diese Botschaft brauche ich Seiner Exzellenz nicht zu übermitteln.« Daniel Moor verzog das Gesicht. »Machen Sie es wie John Wayne und schwingen Sie sich in den Sattel.«

Mit dem Kommissar hatte sich Baltasar in einem Restaurant in der Altstadt verabredet. Wolfram Dix saß schon am Tisch und genoss die Aussicht über den Fluss. »Der Blick ist besser als von der Polizeikantine«, sagte er zu Baltasar. »Schön, dass Sie es kurzfristig einrichten konnten, Herr Senner.«

»Die Chance auf ein gutes Mittagessen lasse ich mir doch nicht entgehen.« Baltasar lächelte.

»Der Schweinsbraten soll hier hervorragend sein«, meinte der Kommissar. »Ich nehm Semmelknödel dazu und einen kleinen Salat – das beruhigt mein Gesundheitsgewissen, und ich kann meiner Frau erzählen, ich hätte viele Vitamine zu mir genommen.«

Baltasar wählte Tellerfleisch mit Kren und Kartoffeln. Sie plauderten ein wenig übers Wetter und die letzten Fußballergebnisse und die Vorbereitungen zum Wilderer-Festival. Dann berichtete er, was er erfahren hatte und welche Fragen es noch gab.

»Ich bin dankbar für Ihre Offenheit und Kooperationsbereitschaft, Herr Senner.« Wolfram Dix wartete, bis die Bedienung das Essen serviert hatte. »Das ist ein Fortschritt gegenüber früher. Deshalb sitzen wir hier zusammen, ich verspreche mir von unserer informellen Zusammenarbeit einiges. Mein Kollege Dr. Mirwald ist da skeptischer, deshalb bin ich auch alleine gekommen. Und ich schicke voraus, unser Gespräch muss absolut vertraulich bleiben, kein

Wort darüber zu Dritten. Sie wissen, wir dürfen eigentlich nicht über unsere Ermittlungen reden. Nennen wir es also Gedankenaustausch.«

»Haben Sie Spuren oder Zeugen wegen des Einbrechers auf dem Reiterhof gefunden?«, fragte Baltasar.

»Frau Sprengler hat nach einer ersten Durchsicht der durchwühlten Zimmer erklärt, es fehle nichts. Das Problem ist nur, sie wohnt erst seit Kurzem in dem Haus und war noch dabei, den Nachlass zu sichten. Sie kann eigentlich gar nicht wissen, was die verstorbene Frau Dirnberger an Wertsachen hatte. Vielleicht war Schmuck zwischen der Wäsche im Schrank versteckt, das kommt ziemlich häufig vor.«

»Und wenn es der Eindringling gar nicht auf Wertsachen abgesehen hatte?«

»Wonach suchte er dann?«

»Ich weiß es nicht, vielleicht ein Dokument, eine Urkunde, Fotos, Briefe oder Erinnerungsstücke«, sagte Baltasar.

»Das ist nur eine Hypothese von Ihnen.« Wolfram Dix legte seine Gabel beiseite. »Natürlich könnte man sich da viel ausdenken, etwa die Suche nach einem zweiten Testament. Wenn wir wüssten, warum tatsächlich eingebrochen worden ist, hätten wir möglicherweise einen Hinweis auf ein Mordmotiv. Ich betone: wenn! Denn dafür fehlen uns konkrete Fakten – von Beweisen ganz zu schweigen. Das Einzige, was wir haben, ist ein kaputter Fotoapparat, bei dem die Speicherkarte fehlt. Und Eva Dirnbergers Handy ist auch noch nicht aufgetaucht.«

»Warum der Angriff auf mich? Haben Sie dafür eine Erklärung?« Baltasar schob etwas Kren auf das Fleisch.

»Das bleibt rätselhaft«, sagte der Kommissar. »Das Verhalten des Unbekannten ergibt nicht so richtig Sinn. Er hätte abhauen können, stattdessen schießt er. Wir haben Spuren von Schwarzpulver an der Wand gefunden. Unsere Forensiker meinen, es war eine Mischung, wie sie bei alten Waffen verwendet wird. Jedenfalls war es ein Schreckschuss, eine Kugel oder ein Einschussloch haben wir nämlich nicht gefunden. Es ist nicht einmal sicher, dass Sie bewusst als Ziel ausgewählt wurden, Hochwürden.«

»Aber ich habe doch laut gerufen.«

»Sie standen drinnen, draußen war es laut«, sagte Dix. »Wir haben mehrere Fußabdrücke rund um den Stall sichergestellt, aber die können uralt sein. Der Dauerregen hat alles unter Wasser gesetzt und damit die Spuren zerstört.«

»Keine Zeugen?«

»Nur die Schülerin. Aber das Mädchen hat ausgesagt, niemanden gesehen zu haben, auch keine Fahrzeuge.«

»Der Täter könnte auch durch den Wald gekommen sein.«

»Das ist richtig. Er müsste sich aber in der Gegend ausgekannt haben, denn bei diesem Sauwetter war die Sicht schlecht, und wer marschiert da schon freiwillig durch den Wald, gerade in diesem abgelegenen Gebiet?« Der Kommissar schüttelte den Kopf. »Da werd ich nicht schlau draus.«

»Ich hatte Sie gebeten, für mich etwas zu überprüfen«, sagte Baltasar. »Sind Sie fündig geworden?«

»Zuerst hat mich Ihr Wunsch überrascht, Hochwürden. Ich habe eine Anfrage gestartet und mir die alten Akten kommen lassen«, antwortete Wolfram Dix. »Aber es findet sich tatsächlich eine weitere Verbindung zu dem Mordopfer.«

»Und wie sieht die aus?«

»Herr Richard Hurzlmeier hat vor einigen Monaten mehrere Prozesse gegen Eva Dirnberger angestrengt.«

Baltasar hörte auf zu essen. »Das ist aufschlussreich. Um was ging es da genau?«

»Der Mann ist ja Grundstücksnachbar der Verstorbenen, wie Sie vermutlich wissen, Herr Senner. Frau Dirnberger hatte einige Grundstücksteile, die in das Gebiet Hurzlmeiers hineinragten. Hurzlmeier wollte diese Teile kaufen, aber sie weigerte sich. Damit begann ein Krieg zwischen den beiden: Er klagte gegen ihr Bauprojekt und erzwang auf diesem Weg, dass die Arbeiten eingestellt werden mussten. Frau Dirnberger wiederum weigerte sich, ihr Waldgebiet der Jagdgenossenschaft abzutreten, dessen Chef bekanntlich Richard Hurzlmeier ist. Wieder trafen sich die beiden vor Gericht.«

»Wie ist es ausgegangen?«

»Das Verfahren ist noch gelaufen, als sie umgebracht worden ist«, sagte Dix. »Laut den Akten ist unklar, wie ihre Chancen gewesen wären, den Prozess zu gewinnen. Ich habe mit dem Sachbearbeiter bei Gericht telefoniert. Er meinte, Herr Hurzlmeier wollte aufgeben und die Sache beenden, er hatte schon entsprechende Anträge eingereicht, aber durch Frau Dirnbergers Tod war das Thema hinfällig.«

»Damit hätte Richard Hurzlmeier ein Mordmotiv«, sagte Baltasar. »Oder sehen Sie das anders, Herr Kommissar?«

»Das könnte sein. Es sind schon Menschen für weit weniger getötet worden. Und hier geht es um viel Geld. Ein großes zusammenhängendes Waldgebiet lässt sich hervorragend an Jäger verpachten, das bringt kontinuierlich hohe Einnahmen.«

»Zusammenfassend lässt sich schlussfolgern: Richard Hurzlmeier und Eva Dirnberger müssen sich gehasst haben«, meinte Baltasar.

»Sieht so aus«, sagte der Kommissar. »Es war ein Nachbarschaftsstreit der übleren Sorte.«

»Was haben Ihre Auswertungen zu Eva Dirnbergers Internetaktivitäten, Computerdateien und Telefonaten ergeben?«

»Der Computer war ebenso wie der Fotoapparat beim Durchwühlen der Zimmer kaputtgegangen. Wir haben die Festplatte rekonstruiert, so gut es ging, darauf fanden wir nicht viele Dateien. Das meiste war unwiederbringlich verloren. Die Frau schien ihn nur fürs Internet und E-Mails genutzt zu haben. Sie war übrigens sehr nachlässig, hat keine Passwörter verwendet. Ich habe seitenweise Listen von Telefonverbindungen und Webseiten dabei, aber Sie wissen, Hochwürden, die darf ich Ihnen nicht mitgeben.«

»Schade«, sagte Baltasar.

Wolfram Dix legte seine Aktentasche auf den Tisch und öffnete den Verschluss. »Da drin ist alles.« Er fasste sich theatralisch an den Bauch. »Ich glaube, ich muss jetzt für eine längere Sitzung auf die Toilette. Das kann dauern.« Er stand auf und verschwand im Gang.

Baltasar hatte den Wink verstanden. Flugs öffnete er die Aktentasche und breitete die Papiere auf dem Tisch aus. Im Internet hatte Eva Dirnberger Seiten über Pferdepflege und Reitzubehör besucht, Nachrichten- und Wetterportale oder Shoppingangebote. Nichts war auffällig oder taugte als Hinweis für ein spezielles Interesse.

Die E-Mails waren Bestellungen, Reservierungen für Kunden des Reiterhofs, Bestätigungen von Reitstunden und einige allgemein gehaltene Zeilen für eine Freundin in

Norddeutschland, ihre Schwester Margit Sprengler oder einen Architekten.

Nur zwei Schreiben, abgespeichert in einem Ordner »Entwürfe«, stachen hervor:

»Ich will jetzt endlich deine Entscheidung wissen.

Dir ist klar, was sonst passiert: Ich werde dich auffliegen lassen.

Das ist die ganze Sache doch nicht wert, oder?«

Die zweite E-Mail in ähnlich erpresserischem Tonfall lautete:

»Meine Geduld ist zu Ende.

Ich erwarte, dass du wie besprochen handelst.

Sonst hast du dir die Folgen selbst zuzuschreiben.

Und glaube mir, ich meine es ernst.«

Die Ausdrucke der Computerdateien waren unergiebig: abgespeicherte Urlaubsprospekte, Geschäftsbriefe, Wirtschaftskalkulationen, Dokumentationen über den Baufortschritt und Landkarten der näheren Umgebung des Reiterhofs. Dazu eine Musiksammlung von Folklorekomponisten und klassischen Opern.

Die Liste ging drei Monate zurück, die Telefonate waren nach Datum und Nummern sortiert, dahinter standen die Namen der Gesprächspartner. Die meisten sagten Baltasar nichts, er vermutete Gäste des Reiterhofs.

Baltasar konzentrierte sich auf die Tage vor Eva Dirnbergers Tod. Zwei Namen stachen heraus: Am Tag vor der Generalprobe hatte sie ein Telefonat mit ihrem Onkel Werner Rechen geführt; es war das einzige Mal, dass dieser

Name auf der Liste auftauchte. Und zwei Tage davor hatte Margit Sprengler länger mit ihrer Schwester gesprochen, fast eine Stunde. Das war merkwürdig: Ihm hatte sie erzählt, eine Woche vorher das letzte Mal mit ihrer Schwester gesprochen zu haben. Hatte sie absichtlich die Unwahrheit gesagt oder schlicht etwas durcheinandergebracht? Alle anderen Telefonate dauerten immer nur wenige Minuten.

Baltasar holte sein Handy heraus, blickte sich kurz im Lokal um, ob ihn Leute bei seinem Tun beobachteten, und fotografierte die wichtigsten Seiten. Danach räumte er die Papiere wieder in die Aktentasche des Kommissars.

Wolfram Dix kam von der Toilette zurück. Baltasar hatte sich derweil in die Speisekarte vertieft.

»Haben Sie gefunden, was Sie suchen?«, fragte der Kommissar.

»Die Bayerische Creme mit frischen Beeren und Fruchtsoße klingt wirklich verlockend«, antwortete Baltasar.

Dix setzte sich hin und studierte ebenfalls die Speisekarte. »Was Süßes wäre jetzt genau das Richtige. Das bringt uns auf andere Gedanken.«

35

Baltasar entschied sich für eine Schnitzelsemmel. Teresa hatte ihren freien Tag, er nutzte die Gelegenheit zu einem Abstecher in die Metzgerei. Emma Hollerbach unterhielt sich mit einer Kundin über eine ihm unbekannte Frau und deren neue »völlig unmögliche« Frisur.

Er hatte es nicht eilig, geduldig betrachtete er die Auslagen mit Würsten, Schinkenstücken und Bratenfleisch. Vielleicht sollte er zusätzlich eine Leberkässemmel mitnehmen, falls der Hunger größer wurde, dachte Baltasar.

»Hochwürden, was darf's heute sein?« Die Metzgerin hatte ihre Kundin verabschiedet. Sie stützte sich auf einen Spazierstock.

»Wie geht's Ihrem Bein?«

»Langsam wird es besser«, sagte Emma Hollerbach. »Sie sollten meine blauen Flecken sehen, Herr Pfarrer, das schaut aus, sag ich Ihnen. Aber das wird ein Nachspiel haben.«

»Warum?«, fragte Baltasar und nannte seine Wünsche.

»Glauben Sie, ich nehm das alles so hin? Sie müssten doch selbst nach Ihrem Reitunfall wissen, wie schmerzhaft das alles ist. Ich wundere mich sowieso, wie geduldig Sie alles akzeptieren.«

»Wieso nicht? Es war eben ein Unfall.«

»Eben nicht!« Die Metzgerin war lauter geworden. »Dieses … Dieses Monsterpferd ist eine Gefahr für die Allgemeinheit, als Nächstes wird es vielleicht ein Kind tottrampeln. Das kann man nicht alles einfach so schlucken. Ich kenne meine Rechte: Verdienstausfall, Schadensersatz, Schmerzensgeld. Ich werde mich wehren. Und dieses Pferd nutzt der Menschheit am besten als Salami, es muss dringend eingeschläfert werden. Dafür sorge ich!«

»Sie sind die Person, die Rosalie töten lassen will?« Baltasar blieb vor Überraschung der Mund offen.

»Mir ist egal, wie dieses Viech heißt. Ich habe einen Anwalt beauftragt, meine Rechte durchzusetzen. Dieses Tier hat Menschen Schaden zugefügt, es muss dafür aus dem Verkehr gezogen werden, genauso wie ein tollwütiger Hund oder eine kranke Kuh. Man sollte dieses Pferd sofort schlachten!«

»Aber … Aber das können Sie doch nicht ernsthaft meinen, Frau Hollerbach. Rosalie … Haben Sie denn gar kein Herz?«

»Ich habe ein Herz für die Menschen, und mir ist es ernst, Hochwürden, todernst. Sie sollten mir dankbar sein, dass ich mich der Sache annehme. Schauen Sie mich an: Die ganze Zeit humple ich herum wie Rumpelstilzchen, mir tut das Bein weh, und dieses Pferd ist daran schuld. Sie können gnädig sein, trotz Ihrer Verletzungen, das ist Ihre Sache, Herr Pfarrer. Aber ich will, dass jemand zur Verantwortung gezogen wird – und wenn es ein Pferd ist.«

»Seien Sie nicht so unbarmherzig, Frau Hollerbach, schlafen Sie nochmals darüber.«

»Wenn ich wegen meines Beines nur schlafen könnte! Das ist jetzt Sache meines Anwalts, ich will mich nicht mehr herumärgern.«

Baltasar redete noch länger auf die Metzgerin ein, aber sie beharrte auf ihrer Meinung. Frustriert verließ er den Laden, spazierte zur Beruhigung durch den Ort und verspeiste seine beiden Semmeln. Die Ermittlungsergebnisse der Kriminalpolizei gingen ihm durch den Kopf. War das Motiv für den Mord an Eva Dirnberger letztlich Habgier? Hatte ihr beträchtliches Vermögen Begehrlichkeiten geweckt? Kam es deswegen zu einem Streit, der tödlich endete?

Richard Hurzlmeier hatte zweifellos kommerzielle Interessen, wie stand es um die Schwester Margit Sprengler und den Onkel Werner Rechen? Er beschloss, nochmal bei der Sparkasse nachzubohren. Und er wusste auch, wen er deswegen fragen konnte: Nathalie Krömer.

In dem Schalterraum war er der einzige Kunde. Gott sei Dank hatte sie Dienst. Er begrüßte sie und ließ sich seine Kontoauszüge geben.

»Frau Krömer, ich brauche nochmals Ihre Hilfe.« Er

sprach so leise, dass niemand mithören konnte. »Wir müssen uns wieder unterhalten.«

»Um was geht es?«

»Ich benötige einen Tipp, was die Hintergründe des Ablebens von Frau Dirnberger betrifft. Ich behandle das wieder vertraulich wie bei einer Beichte.«

»Wirklich?«

»Selbstverständlich.«

»Dann warten Sie an derselben Stelle wie das letzte Mal. Ich mache gleich meine Pause.«

Als sie auf der Bank saßen, sagte Nathalie Krömer: »Bitte, Hochwürden, ich will meinen Job nicht verlieren. Sie dürfen niemandem etwas sagen.«

»Versprochen.«

»Wirklich?« Sie sah ihn flehentlich an.

»Bei der Jungfrau Maria und allen Heiligen.«

»Was wollen Sie denn wissen?«

»Zuerst: Ist Ihnen noch was eingefallen zu dem Telefongespräch, das Sie zwischen Frau Dirnberger und der unbekannten Frau mitgehört hatten?«

»Ich hab mir nach unserem Gespräch den Kopf zerbrochen, Herr Pfarrer, ich bin die halbe Nacht wach gelegen, aber mir ist nichts eingefallen.«

»Schade.«

»Nur ein Punkt, aber dafür habe ich keine Erklärung: Ich hatte das Gefühl, die unbekannte Frau ist jemand aus unserer Gegend, ich weiß nicht, warum, möglicherweise von der Art, wie Frau Dirnberger mit ihr redete, im Dialekt und nicht Hochdeutsch. Ich glaube nicht, dass es eine Auswärtige war.«

»Und der Mann, den Sie mit Eva Dirnberger zusammen gesehen haben, irgendeine Idee im Nachhinein?«

»Da muss ich passen. Keine Ahnung, wer das war.«

»Sie wissen ja, Frau Krömer, ich betreue den Nachlass der Verstorbenen. Die nächsten Verwandten sind Margit Sprengler und Werner Rechen. Ich frage mich, ob einer der beiden, nun, wie soll ich es formulieren, finanziell etwas klamm ist.«

»Beide haben bei uns ein Konto, das stimmt. Aber Sie wissen, Hochwürden, ich stehe vorne am Schalter und arbeite nicht in der Anlageberatung oder der Kreditabteilung.«

»Ich denke mir, trotz aller Diskretion unterhält man sich in einer Bank auch über die Kunden«, sagte Baltasar.

»Aber das Bankgeheimnis …«

»Das gilt nicht vor dem lieben Gott.«

»Also gut, trotz Bauchschmerzen will ich Ihnen helfen, Herr Senner. Aber das ist nur das, was ich aufgeschnappt habe. Das Einzige, was ich definitiv kenne, sind die Kontostände – wegen der Kontoauszüge, die ich den Kunden gebe.«

»Und wie sieht's da bei Herrn Rechen aus?«

»Er hat zwei Girokonten, eines für seine Schreinerei und eines ist privat. Bei beiden sieht es nicht besonders aus.«

»Wie meinen Sie das?«

»Für seinen Betrieb hat ihm die Sparkasse einen Überziehungskredit eingeräumt, zur Vorfinanzierung von Wareneinkäufen oder von Aufträgen, bis er das Geld von den Kunden erhält. Und in den vergangenen Monaten war das Konto regelmäßig im Minus, das bedeutet, er muss den Kredit in Anspruch nehmen, und das ist ein Zeichen dafür, dass die Geschäfte nicht mehr so gut laufen wie bisher oder eine Reihe von Kunden offenbar die Rechnungen nicht bezahlt hat.«

»Und das Privatkonto?«

»Früher hat Herr Rechen automatisch einen Teil seiner Einkünfte auf dieses Konto umbuchen lassen. Damit ist seit kurzem Schluss. Deshalb schmilzt das Guthaben mehr und mehr. Wie ich von den Kollegen weiß, existieren sonst keine Vermögenswerte, zumindest nicht bei uns auf der Sparkasse.«

»Und wie sieht es bei Margit Sprengler aus?«

»Auf ihr Girokonto kommt regelmäßig nur eine kleine Summe als Einkommen. Zum Leben wird es reichen, aber große Sprünge könnte ich damit nicht machen. Frau Dirnberger hatte ihr früher regelmäßig einen Betrag überwiesen, aber seit einigen Monaten nicht mehr. Ich habe gehört, dass Frau Sprengler bei den Kollegen um einen Kredit nachgefragt hat.«

»Und wie ist es ausgegangen?«

»Die Sachbearbeiterin musste ablehnen. Frau Sprengler konnte keine Sicherheiten bieten.«

»Ich dachte, Frau Sprengler wäre vermögend. Schließlich haben beide Schwestern von ihren Eltern geerbt«, sagte Baltasar.

»Da kann ich nur erzählen, was ich gehört habe«, antwortete Nathalie Krömer. »Prinzipiell haben Sie recht, Hochwürden. Frau Sprengler hat ein großes Aktienpaket bekommen als Ausgleich für die Immobilie, die ihre Schwester erhalten hat. Sie führte ihr Depot bei uns, deshalb wissen das die Kollegen. Die Tragik war, die Aktien haben dramatisch an Wert verloren, und Frau Sprengler hat zu allem Unglück versucht, auf eigene Faust mit Aktienspekulationen die Verluste wettzumachen. Das war natürlich ein Griff in den Misthaufen. Sie hat fast ihr ganzes Vermögen dadurch verloren; was noch übrig war, hat sie nach und nach aufgebraucht. Ich weiß nicht, ob sie noch bei anderen Banken ein Depot hat, aber es sieht nicht danach aus.«

Baltasar kam ein Gedanke. »Und was ist mit Richard Hurzlmeier?«

»Sie scherzen, Hochwürden. Der Mann ist bei uns ein VIP-Kunde, er wird von Direktor Trumpisch persönlich betreut. Herr Hurzlmeier ist nicht arm, der hat sicher keine Geldsorgen.«

36

Baltasar streifte sich in der Sakristei den Talar über und wies die Ministranten an, das Turibulum ordentlich zu schwenken, denn er hatte zu diesem Anlass eine Weihrauchmischung aus Somalia herausgesucht, die besonders mild und harmonisch duftete, wie er beim Schnuppern feststellte.

Er öffnete die Tür zur Kirche. Es war für ihn immer ein erhabener Moment, wenn er das Innere betrat, wenn er die Enge der Sakristei hinter sich ließ und in die Weite des Altarraums trat, in eine neue, freundliche Welt. Das gefilterte Licht aus den Kirchenfenstern, die Reflexe des Kerzenscheins zeichneten sich im Gold der Heiligenfiguren und in den Gesichtern der Besucher ab.

Zugleich wurde ihm in diesem Augenblick bewusst, dass er einen Auftritt zu zelebrieren hatte, fast wie ein Schauspieler, der die Bühne betrat. Sein Publikum bestand aus den Menschen des Ortes, die von ihm, dem katholischen Priester, eine würdige Vorstellung erwarteten, auch wenn das nicht der richtige Begriff dafür war.

Er ging zum Altar, die Ministranten folgten und postierten sich seitlich. Ein Geräusch ging durch die Kirche, als sich die Besucher von den Bänken erhoben. Margit Sprenglers Auftrag, eine Messe für die Verstorbene zu lesen, hatte er in einen Gedenkgottesdienst für Eva Dirnberger umgemünzt und ihn vorher angekündigt; sogar die Regionalzeitung brachte eine kurze Notiz.

Die Bänke waren gut gefüllt. Es waren viele Fremde unter den Besuchern, die wohl in der Hoffnung gekommen waren, etwas Sensationelles zu erleben, schließlich ging es um einen Mordfall, und das kam im Bayerischen Wald nicht alle Tage vor.

Baltasar machte ein Zeichen, damit sich die Besucher wieder setzen konnten. Die Orgel setzte ein, die Musik füllte die letzten Winkel des Raumes und nahm von den Menschen Besitz.

Herr, hilf uns vor dem Bösen,
das mächtig uns bedrängt,
wir aber bauen auf dein Wort.

In der ersten Reihe saßen Bürgermeister Xaver Wohlrab mit seiner Frau, zur Linken Sparkassendirektor Alexander Trumpisch, zur Rechten Margit Sprengler. Direkt dahinter saß Richard Hurzlmeier, neben ihm eine ältere Frau im eleganten Kostüm.

Weiter hinten entdeckte Baltasar Nathalie Krömer und Dominik Fetzner und den Onkel, Werner Rechen, der seltsam unbeteiligt dreinschaute. Warum hatte er sich nicht auch nach vorne gesetzt?

Erhebe dich, du Richter der Erde,
vergilt den Stolzen ihr Tun!

Sie führen freche Reden,
alle, die Unrecht tun, brüsten sich.

Eine Frau in der hintersten Reihe, ganz am Rand, fiel Baltasar auf. Sie hatte eine getönte Brille auf, ihre Haare waren seltsam frisiert. Er brauchte eine Weile, bis er sie erkannte: Klara Murlinger. Er war so überrascht, dass er fast seinen Einsatz verpasst hätte.

Nun spricht man wieder Recht nach Gerechtigkeit,
ihr folgen Menschen mit redlichem Herzen.
Wer wird sich für mich gegen die Frevler erheben,
wer steht für mich ein gegen den, der Unrecht tut?

Mit angemessener Stimme trug er die Psalmen vor, ein Ministrant blätterte die Seiten um.

Er faltete die Hände. Wichtig war bei dieser Geste, dass die Unterarme einen Halbkreis formten, nur so erzielte man genügend Aufmerksamkeit beim Publikum.

Seine Gedanken waren jedoch bei Klara Murlinger. Warum war sie auf einmal erschienen? Hatte sie nicht selbst gesagt, mit niemandem in Kontakt treten zu wollen? Andererseits – wie konnte sie besser demonstrieren, unschuldig zu sein, als sich wieder unter die Leute zu mischen? Wobei es eine außergewöhnliche Aktion war, zu diesem Zweck den Gedenkgottesdienst eines Mordopfers zu wählen.

Baltasar stieg die Kanzel hinauf. Seine Predigt handelte von Schuld und Sühne, von Gewalt und Vergebung. Während er redete, überblickte er die Besucher, die zu ihm hochschauten.

War der Mörder Eva Dirnbergers in diesem Moment anwesend? Er hätte viel darum gegeben, über hellseherische

Fähigkeiten zu verfügen, um den Täter zu erkennen, aber der liebe Gott hatte ihm diese Gabe nicht mitgegeben. Er musste selbst an der Aufdeckung arbeiten. Ließ sich der Unbekannte mit einer Provokation, einem Köder aus der Reserve locken? Bisher hatte er stillgehalten, hatte es geschickt verstanden, seine Spuren zu verwischen.

Nach dem Vaterunser und dem Segen betrat Baltasar den Mittelgang, verließ als Erster die Kirche und stellte sich am Hauptportal auf, um die Gläubigen einzeln zu verabschieden.

»Eine schöne Predigt, Herr Senner.«

Hinter ihm standen Wolfram Dix und Oliver Mirwald.

»Wo kommen Sie denn her? Ich hab Sie drinnen gar nicht gesehen.« Baltasar begrüßte die beiden Kommissare.

»Wir standen hinter der Säule und sind eher gegangen«, antwortete Mirwald.

»Aber Sie sind sicher nicht gekommen, um Kirchenlieder zu singen«, sagte Baltasar.

»Wir wollten uns umsehen«, sagte Dix.

»Und uns umhören«, fügte Mirwald hinzu. »Vielleicht will sich uns doch noch ein Zeuge anvertrauen.«

Die Menschen strömten auf den Vorplatz, viele blieben stehen und plauderten miteinander. Baltasar schüttelte vielen die Hand, hatte für jeden ein freundliches Wort. Als Christine Stümpfl, wie immer gut gekleidet, heraustrat, sagte er zu ihr: »Frau Stümpfl, haben Sie später noch etwas Zeit für mich? Sie müssen mir helfen.« Sie nickte.

Klara Murlinger trat als Letzte heraus.

»Schön, dass Sie hergefunden haben. Das ist ein mutiger Schritt von Ihnen«, sagte Baltasar.

»Ich hielt's in meiner Wohnung nicht mehr aus«, antwortete sie. »Außerdem hatte ich, von dem lächerlichen Streit um die Hauptrolle beim Wilderer-Festival abgesehen, keine negative Einstellung zu der Verstorbenen. Dafür kannte ich sie auch viel zu wenig. Warum sollte ich ihr deshalb nicht die letzte Ehre erweisen? Ich habe nichts zu verbergen, mein Schuss war ein tragisches Versehen, ich bin unschuldig.«

»Gehen Sie wieder in die Arbeit?«

»Voraussichtlich nächste Woche. Ich habe schon mit meinem Chef gesprochen. Und ich werde umziehen, nach Bodenmais, ich such gerade eine neue Wohnung. Ich denke, ein Tapetenwechsel kann nicht schaden.«

Einige hatten Klara Murlinger erkannt; sie deuteten auf sie und tuschelten miteinander. Köpfe drehten sich in ihre Richtung.

Baltasar überlegte, wie er unauffällig das Gespräch auf Sebastian Hopfinger bringen konnte und auf die Frage, wie gut sie den Mann kannte.

»Haben Sie jemanden, der Ihnen beim Umzug hilft?«, fragte Baltasar. »Ich kümmere mich gerne darum, wenn Sie wollen, Frau Murlinger.«

»Danke, Hochwürden. Aber ich werde eine Spedition beauftragen. Ich habe niemand, den ich fragen könnte.«

»Keine Freunde, die bereit sind zuzupacken?«

»Nein, niemand. Und meine Arbeitskolleginnen will ich nicht damit belasten. Ich fahre jetzt wieder heim, Herr Pfarrer. Schönen Tag noch.«

Baltasar sah Richard Hurzlmeier, der mit der unbekannten Frau beim Bürgermeister-Ehepaar stand. Er gesellte sich zu der Gruppe.

»Hochwürden, darf ich Ihnen meine Gattin Irene vorstellen?«, begrüßte ihn Hurzlmeier. Baltasar gab jedem die Hand. Bei Irene Hurzlmeier fühlte sich der Händedruck kraftlos an. Sie wirkte wesentlich älter als ihr Mann, er schätzte den Unterschied auf mindestens zehn Jahre. Er hatte sie noch nie zuvor im Gottesdienst gesehen. Ihre Haut war fleckig, sie hatte dick Make-up aufgetragen; um den Hals trug sie eine schwere Goldkette, besetzt mit Rubinen.

»Wir haben uns gerade über die Sicherheitsmaßnahmen für das Festival unterhalten«, sagte Xaver Wohlrab. »Wir müssen demonstrieren, dass wir das sicherste und spektakulärste Festival im Bayerischen Wald planen. Es wäre doch eine gute Idee, Freiwillige mit ›Ordner‹-Westen patrouillieren zu lassen. Die könnten gleichzeitig als Parkeinweiser arbeiten.«

»Für solche Fragen bin ich kein Experte«, antwortete Baltasar.

»Sagen Sie das nicht, Herr Pfarrer, bei Ihren Beziehungen zu dem da oben.« Der Bürgermeister wies zum Himmel.

»Ich tue mein Möglichstes«, sagte Baltasar.

»Wir wollen bald eine neue Generalprobe ansetzen«, sagte Dominik Fetzner, der hinzugekommen war. »Wir müssen die Sache am Laufen halten. Dazu brauchen wir Anlässe, über die die Presse berichten kann.«

Baltasar wandte sich an Richard Hurzlmeier. »Haben Sie einen Termin für mich? Ich habe noch einige Fragen zu den Grundstücken in der Erbschaftssache Dirnberger.«

Hurzlmeier sah seine Frau an. »Rufen Sie mich an, wir vereinbaren einen Zeitpunkt.« Er schien etwas ungehalten über Baltasars Wunsch. »So wichtig wird es nicht sein. Schönen Tag noch.« Er nahm seine Gattin am Arm und begleitete sie zum Auto.

Baltasar fiel auf, dass sie etwas unsicher ging; es war kaum zu sehen, da Hurzlmeier sie kräftig stützte.

»Ich wusste gar nicht, dass Herr Hurzlmeier verheiratet ist«, sagte Baltasar in die Runde.

»Schon lange«, antwortete Agnes Wohlrab.

»Ich kann mich nicht an Frau Hurzlmeier erinnern«, sagte Baltasar. »Sonst merke ich mir bei der Messe immer die neuen Gesichter.«

»Sie ist schon länger kränklich«, sagte Agnes Wohlrab. »Mein Physiotherapeut hat es mir erzählt, er behandelt auch Irene Hurzlmeier. Sie soll es am Herzen haben und Zucker und Knieprobleme. Jedenfalls geht sie nur selten aus dem Haus, das arme Ding.«

»Wie haben sich die beiden kennengelernt?«, fragte Baltasar.

»Mein Physiotherapeut hat erzählt, es muss auf einem Treffen der Jagdgenossenschaft gewesen sein.«

»Frau Hurzlmeier ist auch Jägerin?«

»Nein, sondern Großgrundbesitzerin«, sagte der Bürgermeister. »Sie ist eine Geldige, stinkreich, altes Vermögen.«

»Ich dachte, Herr Hurzlmeier ist der Großgrundbesitzer«, sagte Baltasar.

»Das scheint nach außen hin so«, antwortete Xaver Wohlrab. »Er hat einige Grundstücke und etwas eigenes Vermögen, der überwiegende Teil jedoch gehört nach wie vor seiner Frau.«

»Sie haben vor der Hochzeit Gütertrennung vereinbart«, ergänzte Agnes Wohlrab, »mein Physiotherapeut …«

»Ich verstehe«, sagte Baltasar.

»Aber die beiden führen eine harmonische Ehe«, sagte Agnes Wohlrab.

»Das meint Ihr Physiotherapeut.«

»Nein, das ist mein eigener Eindruck vom heutigen Auftritt der beiden. Herr Hurzlmeier kümmert sich liebevoll um seine Frau. Sie haben übrigens vorhin mit Frau Murlinger geredet, Hochwürden.« Agnes Wohlrab wechselte das Thema. »Ist das nicht bemerkenswert, dass sie gerade heute auftaucht?«

»Wie meinen Sie das?«, fragte Baltasar.

»Na ja, die ganze Zeit hat sie sich nicht blicken lassen und ausgerechnet heute beim Gedenkgottesdienst für die Frau, die sie erschossen hat …«

»… versehentlich …«, wandte Baltasar ein.

»… versehentlich erschossen hat, da taucht sie auf. Auf manche wirkt das wie eine Provokation.«

»Wenn Klara Murlinger als ahnungslose Vollstreckerin benutzt worden ist, was soll sie da machen? Sich für immer in eine Höhle verkriechen?«

»Noch hat die Polizei dieses Phantom nicht gefasst«, sagte Xaver Wohlrab. »So bleibt bei allen ein ungutes Gefühl zurück.«

»Der Täter wird schon noch geschnappt.«

»Hat Frau Murlinger angefragt, ob sie wieder eine Rolle beim Festival übernehmen kann, Herr Pfarrer?«, fragte der Bürgermeister.

»Hätte sie denn eine Chance?«

»Letztlich muss das der Regisseur entscheiden. Ausgewiesene Schauspielerfahrung hat sie ja«, antwortete Wohlrab. »Wie Herr Fetzner richtig bemerkte, brauchen wir Ereignisse, die sich vermarkten lassen und Aufmerksamkeit auf unsere Veranstaltung lenken. Aber wir müssen das heute nicht entscheiden. Einen schönen Tag noch.« Der Bürgermeister und seine Frau verabschiedeten sich.

Allmählich verlief sich die Menge vor der Kirche. Baltasar hielt Ausschau nach Christine Stümpfl. Er fand sie inmitten einer Gruppe Frauen und wartete, bis sie ihre Unterhaltung beendet hatten.

Frau Stümpfl kam auf ihn zu. »So, nun können wir reden. Wie kann ich Ihnen helfen, Hochwürden?«

»Gehen wir in die Kirche, da sind wir ungestört.«

Sie nahmen auf einer Besucherbank Platz. Baltasar erzählte von seinem Auftrag als Testamentsvollstrecker und dass er für dieses Amt weitere Informationen benötigte.

»Vor allem verstehe ich nicht, wie der Onkel der Verstorbenen, Herr Werner Rechen, zu der Familie steht. Als nächster Verwandter kommt mir das Verhältnis doch ziemlich distanziert vor.«

»Dazu sind Sie noch nicht lange genug bei uns«, sagte Christine Stümpfl, »denn die Geschichte reicht lange zurück. Ich kannte die Eltern von Frau Dirnberger und hab einiges von den Nachbarn und Freunden erfahren. Und wissen Sie, Hochwürden, ich sah die Eva und ihre Schwester Margit von klein auf, die beiden sind schon oft bei mir auf der Couch gesessen, als ich bei denen zu Hause war.«

»Erzählen Sie.«

»Nun, der Vater von Eva und Margit hatte diesen kleinen Bauernhof geerbt, ein Sacherl, wie man bei uns sagt, da, wo heute der Reiterhof ist, nur war damals so gut wie kein Grund oder Wald dabei. Die Erträge reichten deshalb kaum zum Leben.«

»Auch wenn der Bruder, also Werner Rechen, keinen formellen Erbanspruch hatte: Wäre es um des Familienfriedens willen nicht gerecht gewesen, wenn er zumindest einen Teil des Hofes als Erbe erhalten hätte?«, fragte Baltasar.

»Er war genau genommen nur der Halbbruder und bekam stattdessen ein kleines Waldgrundstück. Und er schien sich damit abzufinden, zumindest anfangs. Die Probleme begannen, als sich Evas Eltern in ihrer Not an Werner wandten und ihn baten, ihnen Geld zu leihen, damit sie den Bauernhof vergrößern und sich damit eine bessere Existenzgrundlage schaffen konnten. Werner willigte ein, warum sollte er seinem Bruder auch nicht helfen? Das war, wie sich später herausstellen sollte, der Keim für einen bösen, jahrelangen Streit.«

»Wie kam es dazu?«

»Zuerst lieh Werner ihnen nur eine kleine Summe, die sie auch zurückzahlten. Als die Geschäfte besser liefen und sie expandierten, baten sie nochmals um Geld, dieses Mal um einen hohen Betrag, damit sie weiter in das Anwesen investieren konnten. Werner gab ihnen das Geld, nahm ihnen aber gleichzeitig das Versprechen ab, dafür als Miteigentümer des elterlichen Anwesens ins Grundbuch eingetragen zu werden.«

»Was geschah dann?«

»Evas Eltern zögerten die Tilgung des Kredites hinaus, auch die Eintragung ins Grundbuch erfolgte nie. Da pochte Werner immer massiver auf seine Rechte.«

»Er hätte das Ganze doch vor Gericht ausfechten können«, meinte Baltasar.

»Die Crux des Ganzen: Offenbar war nur ein primitiver Vertrag niedergeschrieben worden, so unklar formuliert, dass die Aussagen je nach Blickwinkel anders zu interpretieren waren. Beispielsweise konnte man den Grundbucheintrag lediglich als Wunsch und nicht als Verpflichtung verstehen. Zudem waren keine Rückzahlungsfristen festgelegt worden. Das Fehlen eines ordentlichen Vertrags war ein Patzer gewesen. Werner hatte einfach den Versprechungen seines Bruders geglaubt. Das sollte sich später rächen.«

»Erhielt Herr Rechen sein Geld zurück?«

»Durch den Streit zerbrach das Verhältnis von Werner zu Evas Eltern für immer. Er bedrohte sie, wie mir Evas Mutter berichtete, redete davon, das Haus anzuzünden und sich zu holen, was ihm zustand. Er soll ihnen sogar mit einem Jagdgewehr aufgelauert und sie bedroht haben. So behaupteten es zumindest Evas Eltern, Werner bestritt das. Zu einer Anzeige wegen dieses Vorfalls kam es jedoch nie.«

Baltasar rutschte auf der Bank hin und her. Diese Nachrichten beunruhigten ihn. »Das habe ich nicht gewusst«, sagte er, »und ich würde es Herrn Rechen auf den ersten Blick auch nicht zutrauen.«

»Täuschen Sie sich nicht in ihm«, antwortete Christine Stümpfl. »Im Fortgang der Auseinandersetzung zögerten Evas Eltern die Rückzahlung des Kredits weiter hinaus. Sie überwiesen nur Teilbeträge, und für mich ist bis heute unklar, ob sie Werner überhaupt die ganze Summe zurückerstattet haben. Jedenfalls behaupteten sie, ihm einen Teil in bar übergeben zu haben – und Quittungen dafür waren verschwunden.«

»Eva Dirnberger hätte doch den Fehler ihrer Eltern wiedergutmachen können«, sagte Baltasar.

»Werner forderte das von ihr, er wollte einen Anteil oder Grundstücke als Entschädigung, sagte, das wäre sein Recht und sie stünde für ihre Eltern in der Pflicht. Aber Eva ließ ihn abblitzen mit dem Hinweis, das ginge sie nichts an, und benutzte ihr Erbe geschickt für den Aufbau ihres Reiterhofes, ganz anders als ihre Schwester Margit Sprengler übrigens, deren geerbtes Vermögen ziemlich dahingeschmolzen sein soll, wie man hört.«

»Zumindest scheinen sich Eva und ihr Onkel später wieder vertragen zu haben«, sagte Baltasar. »Immerhin ist er in ihrem Testament bedacht.«

»Das Erbe ist doch nur ein Nasentropfen und dieses Mini-Grundstück ein Witz«, sagte Christine Stümpfl. »Werner hat immer wieder von Eva verlangt, seinen Anteil zu erhalten. Er bedrängte sie regelrecht, ihm Grundstücke günstig abzutreten, wie sie mir einmal erzählt hat. Er soll sie deshalb mehrmals unter Druck gesetzt haben. Nein, nein, an Aufgeben denkt er nicht, das liegt in der Familie, das sind lauter Dickköpfe. Werner wird so lange nicht ruhen, bis er sein Ziel erreicht hat.«

37

Teresa bereitete gerade das Abendessen vor, Schweinsbratwürste mit Sauerkraut nach polnischer Art, als das Telefon klingelte.

»Herr Senner, kommen Sie schnell.« Victoria Stowasser war die Aufregung anzuhören. »Ich glaube, Herr Hopfinger will sich mit Klara Murlinger treffen. Er hat mir gerade gesagt, noch einmal wegfahren zu wollen.«

»Ich bin gleich bei Ihnen.«

Baltasar sagte seiner Haushälterin Bescheid, was bei Teresa einige Schimpfkanonaden auslöste, schließlich sei das Essen fast fertig. Im Laufschritt ging es zur »Einkehr«. Einige Gemeindemitglieder, die er unterwegs traf, schüttelten ungläubig den Kopf, als sie ihn vorbeieilen sahen.

Die Wirtin empfing ihn bereits am Eingang, ihr Auto stand mit laufendem Motor am Bürgersteig.

»Einsteigen.«

Baltasar, noch etwas außer Atem, war überrascht von Victorias Energie. Er nahm auf dem Beifahrersitz Platz.

»Wir müssen uns beeilen, Herr Hopfinger ist bereits weggefahren und hat einen Vorsprung.«

Sie ließ ungeduldig den Motor aufheulen, Baltasar krallte sich am Sicherheitsgurt fest. Er fühlte sich wie bei einer Verfolgungsjagd in amerikanischen Gangsterfilmen.

»Woher wissen Sie denn, in welche Richtung er fährt?« Baltasar schaffte es endlich, den Sicherheitsgurt einrasten zu lassen.

»Ich hab ihn die Hauptstraße nach rechts einbiegen sehen«, antwortete Victoria. »Wir fahren auch in diese Richtung, und mit etwas Glück holen wir ihn ein. Ansonsten müssen wir es in der anderen Richtung probieren.«

Sie nahm die ersten Kurven mit quietschenden Reifen. Baltasar betete zum heiligen Christophorus um Schutz. Nach dem Ortsende beschleunigte sie nochmals. Vor ihnen waren die Straßen leer.

»Weshalb sind Sie so sicher, dass sich Sebastian Hopfinger mit Klara Murlinger treffen will?«, fragte er.

»Ich hab ein Handygespräch von ihm belauscht, es klang genau so, wie ein Mann mit einer vertrauten Freundin spricht. Und einmal hat er den Namen ›Klara‹ gebraucht.«

Das war ein einleuchtendes Argument: Welche Klara mochte der Mann sonst noch kennen? Das war nicht gerade ein häufiger Name.

»Da ist er!« Victoria deutete auf einen Geländewagen, der weit entfernt vor ihnen fuhr. »Das ist das Auto, das er von Eva Dirnberger geerbt hat. Gott sei Dank ist es eine auffällige Kiste!« Ihre Stimme vibrierte vor Begeisterung.

»Sie sollten sich zur Rennfahrerin ausbilden lassen«, sagte Baltasar.

»Hauptsache, wir haben ihn eingeholt.« Victoria verlangsamte das Tempo. »Wir dürfen nicht zu nah auffahren, sonst bemerkt er uns noch.«

»Er rechnet sicher nicht damit, verfolgt zu werden.«

»Wer weiß?«

Hopfinger fuhr in gemächlicher Geschwindigkeit auf der Bundesstraße, bis er Grafenau erreichte. In der Stadt bremste er mehrmals, offenbar war er auf der Suche nach einem Parkplatz. Er stellte seinen Geländewagen in der Nähe der Stadtpfarrkirche Maria Himmelfahrt ab.

Victoria hielt am Straßenrand. »Wir müssen aufpassen, wohin er geht.« Sie suchte nach einer Parklücke und wurde fündig. Sie stiegen aus.

Sebastian Hopfinger schlenderte über den Stadtplatz, blieb bei den Schaufenstern einiger Geschäfte stehen. Er schien es nicht eilig zu haben. Wollte er wie ein Tourist nur den Luftkurort besichtigen?

Baltasar konnte sich das nicht so recht vorstellen. Er kam sich ein wenig albern vor, wie Victoria und er hinter einer Häuserecke hervorlugten.

»Und was jetzt?«, fragte er.

»Wir bleiben dran, nur Geduld«, antwortete Victoria. »Eine Beschattung verdächtiger Personen scheint nicht Ihre Stärke zu sein, Herr Senner.«

»Bisher habe ich nichts Verdächtiges gesehen.«

»Geduld.«

Sebastian Hopfinger nahm den Weg in Richtung Kurpark. Sie folgten ihm, immer darauf achtend, nicht bemerkt zu werden, falls er sich zufällig umdrehen sollte. An der Promenade des Kurparksees hielt Hopfinger an und setzte sich auf eine Bank.

Victoria und Baltasar verbargen sich hinter einem Busch.

Das Gelände bot genügend Deckung, Bäume säumten die Spazierwege, eine Brücke führte über den See. Genau dorthin ging Sebastian Hopfinger, als er sich wieder von der Bank erhob.

Er schien zu warten. Eine Frau kam ihm von der anderen Seite entgegen. Sie trug einen ausgefallenen Hut.

»Wer ist das?«, raunte Victoria. »Wir müssen näher ran. Folgen Sie mir, Herr Senner.«

Ohne abzuwarten, bahnte sie sich einen Weg durch die Büsche, sie bewegte sich geschickt von Baum zu Baum. Baltasar folgte ihr notgedrungen.

»Wäre es nicht besser, wir tarnen uns als Ehepaar, das auf Kur ist und den Park genießt?«, flüsterte er. »Das ist viel unauffälliger, als hier durch die Botanik zu huschen.«

»Wir haben's gleich«, antwortete Victoria, nun ebenfalls im gedämpften Tonfall. Sie deutete auf einen Platz zwischen zwei Baumstämmen.

»Das ist ein guter Beobachtungsposten und nahe genug.«

Sebastian Hopfinger hatte die Frau auf der Brücke umarmt, sie hatte sich bei ihm eingehakt. Nun kamen beide zurück – direkt auf ihr Versteck zu.

Ein Zweifel war nun nicht mehr möglich: Die Unbekannte war Klara Murlinger.

»Das musst du doch verstehen, Klara«, sagte Sebastian Hopfinger. »Ich wollte doch nur …«

Sie gingen nun wenige Meter an Baltasars und Victorias Versteck vorbei. Sebastian Hopfinger trug eine Baumwollhose und eine Jacke, Klara Murlinger hatte einen Seidenschal um den Hals gewickelt und eine Sonnenbrille aufgesetzt.

»Das hättest du dir früher überlegen sollen«, antwortete sie. »Du bist doch sonst nicht so zimperlich.«

»Was trägst du mir nach?« Hopfingers Stimme hatte etwas Flehentliches. »Wie konnte ich denn wissen …«

Das Paar entfernte sich weiter von ihrem Versteck, das Gespräch war jetzt nicht mehr zu verstehen.

»Schade, ich hätte gern mehr gehört«, sagte Baltasar. »Aber ich denke, es ist zu riskant, ihnen durch die Büsche zu folgen.«

»Und, hatte ich recht?«

»Ihr detektivischer Spürsinn ist wirklich bemerkenswert.«

»Was machen wir jetzt?«

»Schauen wir, was die beiden unternehmen und wohin sie gehen.«

Hopfinger und Murlinger umrundeten den Kurparksee, vertieft in ihr Gespräch. Immer wieder zog er sie an sich. Auf einmal blieb sie stehen. Sie küssten sich.

»Das nenn ich Überzeugungskraft von diesem Herrn.« Victorias Stimme ließ Unwillen durchschimmern.

Die beiden kamen wieder am Versteck vorbei, dieses Mal waren sie enger umschlungen und schweigsam. Sie gingen zurück zur Kirche, Sebastian Hopfinger öffnete seiner Begleiterin die Wagentür.

Victoria und Baltasar eilten zu ihrem Auto und hängten sich an den Geländewagen, sobald er losgefahren war. Anscheinend nahm Hopfinger dieselbe Route, auf der er hergekommen war. Sie fuhren zu Klara Murlingers Wohnung, wie sich herausstellte.

Er ließ sie früher aussteigen und allein ins Haus gehen, damit es so aussah, als sei sie allein gekommen, und parkte den Wagen unauffällig in einer Seitenstraße. Dann folgte er ihr ins Haus.

»Das war's«, sagte Baltasar. »Jetzt können wir heimfahren. Mir knurrt langsam der Magen.« Er dachte an die Bratwürste mit Sauerkraut.

»Langsam, wir sind noch nicht am Ziel«, antwortete Victoria. »Wir wissen ja gar nicht, wie es jetzt weitergeht.«

»Sie werden sich weiter unterhalten.«

»Oder eben nicht. Das müssen wir herausfinden.«

»Wenn's sein muss.« Baltasar seufzte und räkelte sich im Sitz. »Haben Sie wenigstens einen schönen Radiosender einprogrammiert, damit ich Musik hören kann?«

Die Dämmerung zog herauf, die Straßenbeleuchtung schaltete sich ein. Vereinzelt ein Auto oder Spaziergänger, die ihren Hund Gassi führten.

Baltasar gähnte. »Ich hab gar nicht gewusst, wie langweilig und ermüdend das Beschatten sein kann. Im Fernsehen sieht es immer anders aus.«

»Machen Sie es sich bequem, Herr Senner, ich pass auf.«

Ein Rütteln weckte ihn.

»Es ist so weit, Herr Senner. Er verlässt das Haus.« Victoria hatte sich aufgerichtet. Baltasar rieb sich die Augen.

»Wie spät ist es?«

»Zwei Uhr morgens.«

Sebastian Hopfinger sperrte sein Auto auf und fuhr los.

»Das Warten hat sich gelohnt«, sagte Victoria. »Jedenfalls wissen wir jetzt, dass Klara Murlinger ihm nicht nur ihre Briefmarkensammlung gezeigt hat.«

38

Diese geheime Verbindung zwischen Klara Murlinger und Sebastian Hopfinger ließ Baltasar keine Ruhe. Er las beim Frühstück die Zeitung, doch seine Gedanken schweiften immer wieder ab zu den Entdeckungen der vergangenen Nacht. Woher kannte Hopfinger Klara Murlinger? Und wie hing das alles mit der ermordeten Eva Dirnberger zusammen – abgesehen von der Tatsache, dass Sebastian Hopfinger für einige Zeit ihr Freund gewesen war? War es ein Zufall gewesen?

Nebenbei las er eine Notiz in den Lokalnachrichten unter der Überschrift »Neuer Anlauf für das Wilderer-Festival«:

> Bürgermeister Xaver Wohlrab erklärte, die Vorbereitungen für die Veranstaltung lägen im Zeitplan. Alle Teilnehmer seien hoch motiviert, das ambitionierte Projekt zu einem Erfolg zu führen. Deshalb werde »in den nächsten Tagen« eine weitere Generalprobe angesetzt, sagte der Bürgermeister. Alle Interessierten seien dazu herzlich eingeladen.

Baltasar schwirrte der Kopf. Noch mehr aber nagte etwas an ihm, schlummernd in seinem Herzen, was ihm Schmerzen bereitete: Warum hatte Klara Murlinger ihm nicht die ganze Wahrheit gesagt? Was verbarg sie noch?

Er hatte ihr bisher immer vertraut, sich für sie eingesetzt und sie verteidigt. Doch nun regten sich Zweifel in ihm, wuchsen wie Unkraut, fraßen sich in sein Gehirn. Er fühlte sich betrogen, benutzt, sein Vertrauen missbraucht. Kopfschmerzen setzten ein. Baltasar massierte seinen Nacken, es nutzte nichts.

Er brauchte Entspannung und er wusste auch, welche Art von Entspannung. Aus seinem Versteck in der Küche holte er die Dose mit dem Spezialgewürz, er suchte sich Weihrauch aus Eritrea heraus und die üblichen Utensilien.

In seinem Arbeitszimmer entzündete er die Kohletablette, gab Gewürz und Weihrauch in die Schale, ein oft geübter Handgriff, und inhalierte den aufsteigenden Rauch. Er spürte, wie die Kopfschmerzen langsam verschwanden.

Stattdessen breitete sich Wärme in seinem Körper aus, alles fühlte sich weich und sanft an, er glaubte, seinen Herzschlag hören zu können. Seine Gedanken wanderten, er sah plötzlich Rosalie vor sich, sie nickte ihm zu, eine Aufforderung, in den Sattel zu steigen, und er glaubte, Pferdeduft zu riechen und ein Wiehern zu hören.

Reihen von Wilderern bauten sich vor ihm auf, alle mit Umhang und Kapuze, die Gesichter verborgen, sie legten mit Vorderladergewehren auf ihn an und feuerten, doch die Kugeln verwandelten sich in Seifenblasen, die auf seiner Haut zerplatzten. Sie riefen:

»Telefon!«

Und nochmals:

»Telefon für Sie!«

Er spürte, wie er geschüttelt wurde, und öffnete die Augen. Sein Kopf war auf den Schreibtisch gesunken, er reckte sich, direkt vor ihm stand Teresa.

»Haben Sie nichts gehört? Das Sekretariat des Bischofs ist in der Leitung.«

Die Haushälterin riss das Fenster auf.

»Hier riecht's wie in der Kirche.«

»Sagen Sie, ich nehme gerade eine Beichte ab, und fragen Sie, was das Ordinariat von mir will. Ich bin noch nicht in der Verfassung, jetzt mit dem Bischof zu sprechen.«

Teresa kam mit einer dampfenden Tasse zurück.

»Ist erledigt«, sagte sie. »Der Bischof bittet Sie, möglichst noch heute bei ihm vorbeizuschauen. Und jetzt trinken.«

Sie hielt ihm die Tasse an die Lippen. »Das macht Sie munter und bringt Sie gleich wieder auf die Beine.«

Unvorsichtigerweise ließ sich Baltasar darauf ein, einen Schluck zu nehmen. Die Haushälterin ließ nicht locker und zwang ihn, die Tasse auszutrinken. Der Geruch von Honig und Zimt und Ingwer drang in seine Nase, eigentlich ganz angenehm, zumindest so lange, bis das Gebräu seinen Magen erreicht hatte.

Es war, als ob ein Feuerball explodiert wäre. Seine Magenwände schienen zu brennen, ein Pochen, ein Bohren und das Gefühl, sich gleich übergeben zu müssen. Waren alle seine Körperflüssigkeiten im Innern längst in Lava verwandelt?

»Was haben Sie da hineingetan?«, keuchte er. »Rohrreiniger?«

»Es wirkt.« Teresa klatschte vor Freude in die Hände.

»Wer – immer – dieses – Rezept – erfunden hat ...« Baltasar kämpfte zwischen jedem Wort um Luft. »... Der muss – direkt aus der – Hölle kommen.«

»Nicht so anstellen«, sagte die Haushälterin. »Geht vorüber. Und dann fühlen Sie sich wie neugeboren.«

Er trank zwei Liter kaltes Wasser in einem Zug, danach war Baltasar im Stande, das Ordinariat zurückzurufen und sein Kommen anzukündigen. Die Sekretärin wusste auch nicht, worum es ging.

Der Bischof schien schlechter Stimmung zu sein, sein Gesicht war verkniffen, die Begrüßung fiel kühl aus. Er erkundigte sich nach der Arbeit in der Gemeinde, aber Baltasar hatte den Eindruck, die Antworten interessierten seinen Vorgesetzten überhaupt nicht. Auch die sonst üblichen Kekse und Pralinen zum Kaffee fehlten.

»Herr Senner, haben Sie heute schon Zeitung gelesen?«

»Natürlich.«

»Auch den Lokalteil?«

»Selbstverständlich.«

»Dann wissen Sie bereits, dass bei Ihnen ein neuer Anlauf unternommen wird, das Robin-Hood-Festival zur Aufführung zu bringen.«

»Stimmt.«

»Nun ist mir zu Ohren gekommen ...« Der Bischof machte eine Kunstpause, und Baltasar fragte sich, wer ihm diesmal die Informationen zugespielt hatte. »... Sie haben mehrmals erklärt, nicht mehr bei der Aufführung mitmachen zu wollen.« Dazu zog Vinzenz Siebenhaar eine Grimasse, als habe er gerade Sauerampfer geschluckt.

»Wer sagt denn so was?«

»Das tut nichts zur Sache. Deswegen sitzen wir hier zusammen. Ich will von Ihnen persönlich hören, wie die Sache steht.«

»Nun, was in der Zeitung steht, ist richtig: Es wird eine neue Generalprobe stattfinden.«

»Lesen kann ich selbst!« Für einen Moment verlor der Bischof die Beherrschung. Dann fuhr er im gewohnten Ton fort: »Ich meine, wie ist Ihre Einstellung dazu? Werden Sie das Projekt unterstützen, wie wir es besprochen hatten?«

»Ich bete für das Gelingen.«

»Das tue ich auch, aber das allein reicht nicht. Hier geht es um die katholische Kirche, um unsere Diözese. Ich habe Ihnen bereits erklärt, wie wichtig diese Veranstaltung für unser Image ist. Wir müssen uns weltoffen zeigen, schließlich müssen wir uns weiteren Kirchenaustritten entgegenstemmen.«

Hatte Marketingmann Fetzner mit dem Bischof gesprochen?, fragte sich Baltasar angesichts der ungewohnten Wortwahl seines Vorgesetzten.

»Da sind wir einer Meinung, Exzellenz.«

»Und warum tun Sie dann nichts? Warum wollen Sie nicht mehr mitmachen?«

»Ich mach gerne mit, nur kann ich nicht mehr auf ein Pferd steigen und während der Prozession mitreiten.«

»Aber das ist doch der Kern des Ganzen.« Siebenhaar beugte sich vor. »Unser ... ähh ... evangelischer Kollege tut es doch auch!«

»Ich sage nicht, wir sollten es sein lassen, ich sage nur, ich persönlich bin für einen Pferderücken nicht geeignet.«

»Das hatten wir doch längst geklärt.« Die Stimme des Bischofs wurde lauter. »Sie haben erfolgreich Reitunterricht genommen. Soll ich Ihnen jetzt auch noch die Therapie bei einem Psychologen bezahlen?«

Baltasar wusste, nun waren andere Argumente nötig, und im Stillen bat er den Allmächtigen im Voraus um Vergebung, weil er nun die Wahrheit auf eine ganz spezielle Weise verformen musste.

»Es liegt nicht an meinem Willen, aber seit dem Reitunfall bin ich noch nicht ganz fit, es ist sogar wieder schlimmer geworden.«

»Dann fahren Sie einen Tag nach Bad Füssing, ein Bad, eine Massage, und Sie fühlen sich wie dem Jungbrunnen entstiegen.«

»Das ist es nicht«, antwortete Baltasar. »Ich habe extreme Magenbeschwerden, ein Gefühl, als ob man sich jeden Moment übergeben müsste, Sie kennen das vielleicht, Exzellenz.« Er dachte an Teresas Gesundheitstrank. »Wenn ich jetzt reiten würde, dann ...«

»Das hatte ich auch schon«, sagte Siebenhaar, nun etwas versöhnlicher. »Das ist ein Virus, damit ist nicht zu spaßen.

Haben Sie's schon mit einem Schnaps probiert? Der Bärwurz hier aus dem Bayerischen Wald wirkt Wunder.«

»Ja, aber bei mir wirkt's nicht.«

»Dann gehen Sie zum Arzt, der richtet Sie in zwei, drei Tagen wieder her«, sagte der Bischof.

»Ich mache gerade eine Kur, die mir meine Haushälterin verordnet hat. Ich merke schon, dass die Mittel anschlagen. Aber es braucht eben Zeit, bis alles auskuriert ist. Ich fürchte, bis zur Generalprobe dauert es zu lange.«

»Ja, ja, die Hausmittel sind doch am besten. Sie dürfen sich glücklich schätzen, dass Sie eine solche Perle haben. Aber das löst unser Problem nicht.«

»Ich denke, ich habe da eine Lösung, die uns alle zufriedenstellt.«

»Lassen Sie hören.«

»Ich werde selbstverständlich bei der Generalprobe mitmachen und den kirchlichen Segen spenden, wenn auch in einer anderen Rolle. Da wird sich sicher was Passendes finden, das ich auch zu Fuß erledigen kann. Und für den Reiterauftritt wüsste ich den idealen Ersatz.«

»Jetzt bin ich aber gespannt, Herr Senner.«

»Selbstverständlich sollte es jemand aus Ihrem Umfeld sein, aus der Verwaltung, der das Bistum würdig vertritt, eine sportliche, junge Person. Das hätte zudem den Vorteil, dass der katholische Glaube gleich durch zwei Repräsentanten vertreten wird – und die Evangelischen haben nur einen. Deshalb schlage ich Herrn Daniel Moor vor. Er ist die Idealbesetzung.«

Der Bischof überlegte. »Ihre Argumente haben etwas für sich, auf jeden Fall ist es besser als nichts. Wird der junge Kollege auch mitmachen?«

»Dafür garantiere ich persönlich, Eure Exzellenz. Andernfalls werde ich doch aufs Pferd steigen – trotz meiner Magenprobleme.«

»Ich nehme Sie beim Wort, Herr Senner. Nun gut, meinen Segen haben Sie.«

Nachdem Baltasar das Büro des Bischofs verlassen hatte, eilte er zu Daniel Moor, bevor sein Vorgesetzter auf die Idee kam, persönlich nachzufragen. Denn der Assistent des Generalvikars wusste noch nichts von Baltasars Plan.

Baltasar schreckte Daniel Moor von seinem Computer auf. Der junge Mann verdeckte seinen Monitor und wurde rot.

»Können Sie nicht anklopfen wie jeder andere auch, Herr Senner?«

»Sie mögen doch Westernfilme«, begann Baltasar. »Haben Sie Lust, mal Cowboy und Indianer zu spielen?«

Moor sah ihn verständnislos an.

»Konkret: Ich brauche Ihre Hilfe, Herr Moor. Sie müssen für mich einspringen und meinen Reiterauftritt bei dem Festival übernehmen.«

»Wo Sie sich beinahe den Hals gebrochen haben? Nie im Leben! Ich kann außerdem gar nicht reiten.«

»Konnte ich auch nicht, aber das lernen Sie schnell, ich vermittle Ihnen Reitunterricht«, antwortete Baltasar.

»Ich fahre lieber Auto.«

»Aber Reiten ist eines der letzten Abenteuer.«

»Abenteuer schaue ich mir lieber im Kino an.«

»Es wird auch geschossen.«

»Ist im Kino ebenfalls besser, vor allem in 3-D.«

»Sie werden Schauspieler, haben Hunderte, wenn nicht Tausende von Zuschauern, die Ihnen zujubeln. Vielleicht werden Sie entdeckt und machen im Film Karriere.«

»Vielleicht.«

»Ich mach Ihnen ein Angebot, das Sie nicht ablehnen können.«

Daniel Moor lehnte sich zurück. »Ich höre.«

»Zwei Päckchen von meiner neuen Weihrauchlieferung, eine Mischung, die Sie garantiert noch nicht kennen. Sie werden glauben, das Paradies auf Erden zu erleben.«

Es brauchte noch eine halbe Stunde Überredungskunst, bis Baltasar für sechs Päckchen Weihrauchmischung endlich die Aufgabe los war.

39

Nachdem Baltasar mehrmals vergeblich angerufen hatte, klappte es endlich mit einem Termin bei Richard Hurzlmeier.

Der Chef der Jagdgenossenschaft und Nachbar der ermordeten Eva Dirnberger wohnte außerhalb des Ortes am Waldrand. Das Haus war durch eine übermannsgroße Hecke vor Blicken geschützt. Baltasar war fast eine halbe Stunde vor dem verabredeten Zeitpunkt dort. Er war mit dem Fahrrad gekommen und überlegte, ob es sich lohnte, das Rad anzuketten.

Ein Doppeltor versperrte die Zufahrt zu einer Garage. Daneben war eine kleinere Tür im Zaun eingelassen. Sie war nicht verschlossen, einen Klingelknopf fand Baltasar nicht, ebenso wenig ein Namensschild. Er ging hinein.

Zwischen den Bäumen war das Wohngebäude zu sehen, es sah aus wie ein Försterhaus, nur luxuriöser. Ein Pfad aus Granitsteinen führte zwischen Blumenrabatten und Gemüsebeeten zum Haus. Neben einem Brunnen standen zwei Gießkannen, ein Rechen lag auf dem Sims. Alles machte einen gepflegten Eindruck. Baltasar fragte sich, ob hier das Ehepaar selbst Hand anlegte oder sich ein Gärtner darum kümmerte.

»Herr Pfarrer, guten Tag.«

Die Stimme kam aus dem Garten. Unter einem Apfelbaum stand eine Bank, darauf saß Irene Hurzlmeier. Hatte sie ihn beobachtet? Er begrüßte die Hausherrin und setzte sich neben sie.

»Mein Mann hat mir gesagt, dass Sie kommen, Herr Pfarrer. Er ist im Haus, soll ich ihn holen?«

»Bemühen Sie sich nicht, ich finde selbst den Weg.«

Unweit der Frau stand ein Rollator. Irene Hurzlmeier bemerkte seinen Blick.

»Den brauch ich gelegentlich.« Sie deutete auf den Rollator. »Meine Beine mögen nicht mehr so wie früher. Es hängt von meiner Tagesform ab, ob ich gehen kann oder nicht.«

»Was sagt der Arzt?«

»Ärzte können mir nicht helfen. Was meinen Sie, bei wie vielen ich bereits war?« Sie schüttelte den Kopf. »Ich hab mich mit meinem Schicksal abgefunden, Hochwürden. Zumindest bleibt mir immer noch mein Garten, der ist meine ganze Freude. Einfach nur dasitzen und die Blumen anschauen, das macht mich glücklich.«

»Ich habe Sie noch nie bei uns in der Kirche gesehen.« Baltasar bemühte sich um einen freundlichen Tonfall.

»Ich will nicht wie eine alte Frau mit dem Rollator erscheinen, und alle starren mich an«, sagte sie. Bitternis tränkte ihre Worte. »Da bleibe ich lieber zu Hause. Und Richard besorgt mir alles, was ich brauche. Er ist ein so lieber und fürsorglicher Ehemann, ich bin froh, dass ich ihn habe.«

»Was machen Sie, wenn er mal nicht da ist? Ihr Gatte ist beruflich sehr eingespannt, scheint mir.«

»Er liebt seine Arbeit, soll er doch, wenn es ihm Freude macht. Hauptsache, er vergisst mich nicht. Alles andere lässt sich organisieren.« Sie blickte in die Ferne. »Das ist unser Arrangement seit Jahren, und wir beide leben wunderbar damit. Schließlich haben wir uns vor vielen Jahren vor dem Traualtar die ewige Treue geschworen, es ist die Basis unserer Ehe, das ist es, was Mann und Frau ausmacht, das ist es, was mir Halt gibt. Sie verstehen das doch, Hochwürden?«

»Natürlich«, sagte Baltasar. »Soll ich Sie nach innen begleiten?«

»Gehen Sie nur rein, ich bleibe noch ein wenig hier.«

Die Haustüre stand offen. Baltasar klopfte und rief: »Herr Hurzlmeier?« Von irgendwoher hörte er ein Geräusch. Im Gang, neben der Garderobe, hingen mehrere gerahmte Urkunden über Erfolge bei Schützenwettbewerben und Fotos, auf denen Hurzlmeier neben erlegtem Wild posierte. An der gegenüberliegenden Wand prangten zwei alte Jagdgewehre und mehrere verzierte Vorderladerpistolen. Baltasar strich mit dem Finger über den Lauf.

»Das ist eine Radschlosspistole aus dem siebzehnten Jahrhundert, sehr selten.« Richard Hurzlmeier stand hinter ihm. »Ich hatte Sie nicht so früh erwartet, Herr Senner.«

Baltasar zuckte zurück.

»Ihre Frau hat mich hereingeschickt. Danke, dass Sie sich Zeit genommen haben.«

»Wie kann ich einem Priester etwas abschlagen?« Er öffnete eine Tür. »Gehen wir in die Küche.«

Der Raum war zweckmäßig eingerichtet, Möbel in Naturholz und ein großer Tisch am Fenster.

»Nehmen Sie bitte Platz.« Der Hausherr holte Wasser, Apfelsaft und Bier und stellte Baltasar ein Glas hin.

»Bitte bedienen Sie sich.«

»Ich wollte mit Ihnen noch einige Themen im Zusammenhang mit dem Erbe Eva Dirnbergers besprechen«, begann Baltasar.

»Tatsächlich? Um was geht's?« Hurzlmeier schien wenig interessiert an einer Unterhaltung und gab sich kaum Mühe, es zu verbergen.

»Nun, um die Frage der Grundstücksgrenzen. Sie haben von den Diskussionen mit der Verstorbenen berichtet, aber wesentliche Fakten unerwähnt gelassen, die zur Beurteilung der Situation wichtig sind.«

»Welche?«

»Offenbar war der Streit zwischen Ihnen und Eva Dirnberger größer, als Sie es eingeräumt haben. Laut den Akten haben Sie mehrere Prozesse gegen Ihre Nachbarin angestrengt.«

»Was für Akten?«

»Gerichtsakten.«

»Wie kommen Sie daran?«

»Das ist im Moment unwichtig«, sagte Baltasar. »Mir ist sehr daran gelegen, die Sache aufzuklären. Die Erben wollen wissen, ob im Nachlass versteckte Risiken liegen.« Das stimmte so natürlich nicht, aber Baltasar musste sich seine Geschichte zurechtbiegen, um mehr zu erfahren.

»Welche Erben?«

»Sie kennen doch die Begünstigten, nämlich Herrn Rechen und vor allem die Schwester, Margit Sprengler, als Haupterbin.«

»Glauben Sie, Herr Senner, ich könnte mit diesen Leuten nicht selbst klarkommen? Warum sollte ich dafür einen Vermittler brauchen, auch wenn es ein Geistlicher ist? Mit Herrn Rechen und Frau Sprengler lag ich nicht im Clinch.

Deshalb bin ich guter Dinge, die Angelegenheit mit den Erben selbst klären zu können.«

»Daran zweifle ich nicht. Aber ich möchte mir selbst ein Bild machen. Der Notar erwartet meinen Bericht.«

»Der Notar, soso.«

»Sie haben meine Frage noch nicht beantwortet.« Baltasar nahm einen Schluck Wasser. »Warum haben Sie das mit den Gerichtsverfahren nicht erzählt?«

»Weil ich es für meine Privatsache halte. Erzählen Sie alles der Öffentlichkeit, was Sie mit Ihrem Bischof besprechen, Hochwürden? Sicher nicht. Und ich möchte es genauso handhaben. Ich wiederhole: Das geht nur mich was an.«

»Ich verstehe es trotzdem nicht. Es ist doch Ihr gutes Recht, etwas gerichtlich klären zu lassen, das soll bei Nachbarschaftsstreitigkeiten vorkommen. Und so etwas bleibt doch nie unter der Decke.«

»Sie haben selbst das Stichwort geliefert, Herr Senner: Nachbarschaftsstreit. Das ist immer unangenehm für die Beteiligten – und auf Außenstehende mag es seltsam wirken. Warum also groß darüber reden? Frau Dirnberger und ich waren eben unterschiedlicher Meinung, und es war keine Lösung in Sicht. Da ist es die beste Lösung, eine unparteiische Stelle darüber urteilen zu lassen. Genau das habe ich getan.«

»Sie haben einen Baustopp erwirkt. Das ist schon eine heftige Maßnahme, die hat Frau Dirnberger sicher erheblichen wirtschaftlichen Schaden zugefügt.«

»Manche Menschen verstehen eben nur diese Sprache. Es tut mir leid für Eva, ich meine Frau Dirnberger, dass sie nicht einsichtig war. Sie können mir glauben, Hochwürden, ich hätte die Sache lieber anders geregelt.«

»Hat Ihnen Frau Dirnberger keine Ausgleichszahlungen angeboten? Damit wäre doch ein Kompromiss möglich gewesen.«

»Das ist alles Theorie, was Sie sagen, Herr Senner. Sie vergessen dabei die handelnden Personen. Und meine Nachbarin war da sehr eigen. Sie konnte schmeicheln, sie konnte drohen, wenn man da nicht aufpasste, wurde man eingelullt vom Charme und den Reizen, die Frau Dirnberger sehr bewusst einsetzen konnte. Aber Sie haben sie ja selbst erlebt, Herr Pfarrer.«

»Die Verstorbene hatte in der Tat ein einnehmendes Wesen«, meinte Baltasar. Er dachte an das erste Treffen mit ihr.

»Es ist nicht so, dass ich ihr schaden wollte, bei Gott, nein«, sagte Richard Hurzlmeier. »Sie konnte wirklich reizend sein, und ich habe eine Schwäche für so was. Aber wenn Reden nicht mehr hilft, muss man etwas unternehmen, um seine persönlichen Interessen zu schützen. Das ist für mich wichtiger als nur ein Streit um Grundstücksgrenzen.«

»Aber Menschen können die Differenzen beilegen, wenn sie in einem privaten Gespräch die Fragen und Probleme ansprechen und ausdiskutieren.«

»Bei uns blieb es ausschließlich auf einer geschäftlichen Ebene«, sagte Hurzlmeier. »Und die Faktenlage war von vornherein klar.«

»Hätte nicht Evas Schwester als Vermittlerin einspringen können?«, fragte Baltasar. »Sie sagten selbst, Sie haben eine gute Beziehung zu ihr.«

»Margit Sprengler? Dass ich nicht lache!« Der Hausherr stellte sein Glas ab. »Die hatte doch selber jede Menge Probleme mit Eva!«

»Wieso das?«

»Ich bekomme einiges mit, und da scheint mir, Frau Sprengler hat – oder besser hatte – ein persönliches Finanzproblem, kurz gesagt, sie brauchte dringend Geld. Und woher sollte sie es nehmen? Nachdem die Banken abgewunken hatten, blieb nur noch ihre Schwester.«

»Woher wollen Sie das wissen?«

»Ich habe meine Quellen – genau wie Sie, Herr Pfarrer«, sagte Hurzlmeier. »Jedenfalls kommt das Erbe für sie gerade zur rechten Zeit. Damit ist sie mit einem Schlag all ihre Schulden los.«

»Sie hätte doch auch ihren Onkel fragen können, ob er ihr vorübergehend aus der Patsche hilft.«

»Erstens liegt bei Frau Sprengler nicht nur eine vorübergehende Finanzschwäche vor, sondern eine permanente, nachdem ihr Aktienvermögen weggeschmolzen ist wie Schnee in der Frühjahrssonne. Und zweitens fehlen Herrn Rechen die Mittel, sie über einen längeren Zeitraum zu unterstützen.«

»Zurück zur Verstorbenen. Warum sollte Eva Dirnberger denn ihrer Schwester nicht helfen?«

»Weil die beiden heillos zerstritten waren. Das ist jedenfalls kein Zustand, in dem man seiner Schwester einfach Geld überweist.«

Baltasar erinnerte sich an die Kontoauszüge, die er von den Unterlagen des Kriminalkommissars abfotografiert hatte. Tatsächlich fanden sich dort keine Zahlungen an Margit Sprengler.

»Was sollte der Grund dafür gewesen sein?«

»Was genau die Ursachen waren, weiß ich nicht«, sagte Richard Hurzlmeier. »Vermutlich fühlte sich Frau Sprengler benachteiligt, weil ihre Eltern das Anwesen der Schwester vermacht hatten. Außerdem, wer weiß, was da zwischen den beiden gelaufen ist in der Kindheit, man liest doch immer wieder darüber, dass ein Kind bevorzugt wird und das andere darauf neidisch ist.«

»Sie sprechen die Gefühlslage an, Herr Hurzlmeier. Ich frage mich, ob Sie selbst nicht auch einen Hass auf Frau Dirnberger entwickelt haben, nachdem sie Ihre Pläne mit dem Jagdrevier durchkreuzt hat. Das muss Sie doch gewurmt haben, denn der finanzielle Schaden war enorm.«

»Was reden Sie da?« Hurzlmeier wurde ungehalten. »Versuchen Sie sich jetzt als Hobby-Psychologe, Herr Senner? Das ist Quatsch, was Sie sagen, großer Unsinn!«

»Ganz von der Hand zu weisen ist es nicht. Eva Dirnberger hat Ihnen ein Geschäft vermiest, Sie haben sich mit dem Gerichtsverfahren gerächt. Für mich sieht das aus, als wären da sehr wohl Emotionen im Spiel gewesen.«

»Natürlich habe ich mich geärgert, aber nicht mehr als bei anderen Investments, die sich nicht so entwickelt haben, wie ich mir das gedacht habe. Aber eigentlich geht Sie das gar nichts an, Herr Pfarrer, wenn ich das so offen sagen darf. Was hat das mit Ihrem Auftrag für den Notar zu tun?«

»Was ich nicht verstehe: Warum haben Sie alle Gerichtsverfahren kurzfristig gestoppt?«, fragte Baltasar. »Warum haben Sie es nicht zu Ende gebracht? Das wäre doch nur logisch gewesen.«

»Herr Senner, langsam stört mich Ihre Fragerei. Ich habe den Eindruck, Sie versuchen sich hier als Ersatzrichter. Ich hatte meine Gründe, vielleicht wollte ich endlich meinen Frieden, vielleicht war's die Sache wegen der Verfahrenskosten nicht wert. Es ist allein meine Sache. Ich finde, Sie stecken Ihre Nase in Sachen, die Sie nichts angehen.«

»Nehmen Sie es nicht so persönlich.«

»Ich soll es nicht persönlich nehmen?« Hurzlmeier war

aufgesprungen. »Sie unterstellen mir unverschämte Sachen, in meinem eigenen Haus! Ich will Ihnen etwas sagen, Herr Senner, ich hab mich über Sie informiert: Sie haben bereits früher in Mordfällen herumgeschnüffelt und Ihre Kompetenzen überschritten. Das gehört sich nicht für einen Priester! Sie sollten nicht ständig versuchen, Staub aufzuwirbeln und grundlos andere Menschen zu verdächtigen. Sie sind doch nicht wegen dieser Erbschaftssache hier, Sie betreiben Ihr Ermittlerhobby, und ich bin Ihr Versuchsobjekt.«

Hurzlmeier ging zur Tür und öffnete sie.

»Unterlassen Sie das sofort! Das sage ich Ihnen in aller Klarheit, Herr Senner. Und damit ist unser Gespräch beendet!«

40

Hurzlmeiers Aussagen über das Verhältnis der Ermordeten zu ihrer Schwester hatten Baltasar überrascht, es deckte sich nicht mit dem, was ihm Margit Sprengler selbst erzählt hatte. Je länger er sich mit dem Fall beschäftigte, desto verwirrender wurde die Sache; es war, als ob er eine Tür öffnete, und dahinter kam eine neue Tür zum Vorschein und dahinter noch eine.

Mit wem er im Umfeld der ermordeten Frau auch redete, bei ihm verfestigte sich der Eindruck, jeder hatte etwas zu verbergen, keiner offenbarte die ganze Wahrheit, sondern nur Bruchstücke – wenn überhaupt.

Schlimmer noch: Er musste sich wohl darauf einstellen, dass ihn die Betroffenen anlogen, egal, ob sie Richard Hurzlmeier, Margit Sprengler, Werner Rechen oder Klara Murlinger hießen. Selbst die Tote hatte die Wahrheit nur sehr sparsam eingesetzt und mit ihrem Verhalten viele vor den Kopf gestoßen.

Natürlich ließen sich Tatmotive bei den einzelnen Verdächtigen konstruieren, aber das entscheidende Puzzleteil, das den Mörder überführen könnte, fehlte.

Hatte er etwas übersehen? Baltasar wusste es nicht. Doch etwas musste es geben, vielleicht nur eine Kleinigkeit, die aus den verstreuten Informationsfetzen ein passendes Bild zusammenfügte.

Er seufzte. Es würde ihm nichts anderes übrigbleiben, als noch tiefer zu graben. Vielleicht musste er Rücksichtnahme und Höflichkeit hintanstellen und direkter vorgehen, auch wenn ihm das widerstrebte. Er beschloss, nochmals mit den Menschen zu reden, die etwas zum Fall beitragen konnten.

Die ersten Gespräche verliefen enttäuschend. Nathalie Krömer konnte nur erneut bestätigen, was Richard Hurzlmeier erwähnt hatte: Margit Sprengler brauchte dringend Geld, und die Bank wollte ihr keinen Kredit geben. Auch Christine Stümpfl kannte keine weiteren Personen, die Details aus der Vergangenheit der Familie preisgeben könnten.

Baltasar telefonierte mit Andreas Dreier und verabredete ein Treffen. Er ging in die »Einkehr« und bat Victoria Stowasser, für ihn einen Rechercheauftrag zu übernehmen und die Steuerberatungskanzlei zu besuchen, in der Klara Murlinger arbeitete. Und er kontaktierte Margit Sprengler und arrangierte mit ihr einen Reitunterricht für Daniel Moor vom Passauer Ordinariat. Auch mit Kommissar Dix besprach er sich.

Andreas Dreier wohnte in einem Einfamilienhaus aus den Fünfzigerjahren. Fenster und Türen waren erneuert worden, der Garten sah auf raffinierte Weise verwildert aus, kniehohes Gras zwischen Obstbäumen, und Baltasar fragte sich, ob das so gewollt war.

Dreier öffnete nach dem ersten Klingeln. »Welche Ehre, Hochwürden, Sie besuchen mich, ich wäre auch zu Ihnen gekommen«, sagte er.

»Keine Ursache.« Baltasar folgte ihm ins Wohnzimmer.

»Möchten Sie etwas trinken, Tee, Kaffee?«

Baltasar schüttelte den Kopf. »Mein Anruf mag Sie überrascht haben«, sagte er, »aber ich brauche nochmals Ihre Hilfe im Zusammenhang mit dem Tod von Frau Dirnberger.«

Dreier sah erschrocken aus. »Hat die Polizei eine neue Spur? Muss ich nochmal zur Vernehmung?«

»Sie brauchen sich nicht sorgen, es betrifft nur mich«, antwortete Baltasar. »Ich habe mir den Kopf zerbrochen über den Fall und stecke fest. Ich muss wieder klare Gedanken fassen, dazu benötige ich Ihre Unterstützung.«

»Ich helf gerne, obwohl ich mich bei dem ganzen … Ereignis … nicht wohlfühle. Bei der nächsten Generalprobe soll wieder mit Schwarzpulver geschossen werden. Ich bete zum Heiland, dass diesmal nichts Unvorhergesehenes passiert.«

»Gibt es schon einen neuen Termin?«

»Der Bürgermeister will sich mit diesem Marketingtypen abstimmen, aber ich denke, lange wird's nicht mehr dauern. Die Gemeinde will der ganzen Welt beweisen, dass dieses Festival zu einem Happy End führt.«

»Und warum hat man nicht auf die Ballerei verzichtet?«

»Haben Sie schon mal mit einem Künstler diskutiert? Der Regisseur pocht auf seine kreative Freiheit, und Herr Fetzner sieht darin eine tolle Werbeaktion.«

»Ich vermute, die Waffen werden nun lückenlos kontrolliert.«

»Darauf können Sie wetten, Hochwürden. Dafür werde ich höchstpersönlich sorgen. Jede Leihwaffe wird überprüft und registriert. Und die Bleikugeln habe ich bereits beiseitegeräumt.«

»Eine weise Entscheidung«, sagte Baltasar. »Es sollte niemand in Versuchung kommen, mit scharfer Munition zu üben, und am Ende erwischt es unschuldige Menschen – wie Frau Murlinger.«

»Zumindest den Krach der Schüsse wird sie gewohnt sein, da hat sie Erfahrung«, sagte Dreier.

Baltasar horchte auf. »Wie meinen Sie das? Frau Murlinger ist doch Laie, was Schusswaffen betrifft.«

»Klara Murlinger war früher Mitglied unseres Schützenvereins. Aber das ist einige Monate her.«

»Was reden Sie da, Herr Dreier?« Baltasars Stimme stockte vor Verblüffung. »Warum haben Sie das nicht früher erzählt?«

»Weil mich niemand danach gefragt hat, und ich will mich nicht aufdrängen und mit der Polizei schon gleich gar nichts zu tun haben. Außerdem hielt ich es nicht für wichtig, wie gesagt, es war schon etwas her, und die Mitgliedschaft in einem Verein ist ja kein Verbrechen.«

»War sie eine gute Schützin?«

»Da müsste ich nachschauen, ich hab mich bisher nicht um solchen Organisationskram gekümmert, wissen Sie, Herr Senner, ich hab mich mehr auf den Sport und das Vereinsleben konzentriert. Aber wie das halt so ist, da bekommt man Ehrenämter aufs Auge gedrückt, die sonst keiner will.«

»Was für Waffen hat denn Frau Murlinger benutzt?«

»Sie hat sich in verschiedenen Disziplinen probiert, glaub ich: Luftgewehr, Kleinkaliber und historische Waffen.«

»Also Vorderlader?«

»Nicht nur, aber auch. Wie gesagt, das ist eine Weile her, ich müsste in meinen Unterlagen nachsehen.«

»Wenn es Ihnen keine Mühe macht, gerne.«

Andreas Dreier führte ihn in sein Arbeitszimmer.

»Stören Sie sich nicht daran, wenn's hier etwas unordentlich aussieht«, sagte er entschuldigend. »Ich habe meine eigene Ordnung. Ich finde alles, man muss nur wissen, wo. Meine Frau betritt mein Reich nur selten, macht nie sauber, ich soll allein mit diesem Chaos fertigwerden, meint sie.«

In dem Raum konnte man auf den ersten Blick kaum ein Möbel erkennen. Der Schreibtisch war übersät mit Blättern und Notizen, an der Kante war ein Schraubstock montiert, in dem ein Revolver eingeklemmt war. Auf einer Bank stapelten sich die Zeitschriften in mehreren Schichten, der Tisch war zugedeckt von Schachteln, Werkzeugen und Büchern.

Andreas Dreier räumte einen Karton vom Stuhl beiseite. »Bitte nehmen Sie Platz, Hochwürden.« Er setzte sich an den Schreibtisch.

An der Wand hingen mehrere Fotos von Siegerehrungen, auf denen der Hausherr zu sehen war. Vorderladergewehre und Pistolen dienten daneben als Dekoration.

Baltasar deutete auf die Waffen. »Die sind vermutlich echt. Kann man damit schießen?«

»Selbstverständlich. Man müsste sie aber zuerst laden. Die Munition bewahre ich zur Sicherheit an einem anderen Ort auf.«

»Anscheinend hängt sich jeder Schütze solche Pistolen

an die Wand.« Baltasar dachte an Richard Hurzlmeier. »Mir wären Bilder lieber.«

»Sie finden die Waffen nicht schön?« Andreas Dreier lächelte. »Auf mich wirken sie wie Skulpturen, es sind Meisterwerke der Büchsenmacherkunst, warum sollte man sie nicht ausstellen wie im Museum?«

»Sind die alten Dinger eigentlich eindeutig identifizierbar?«, fragte Baltasar. »Früher kannte man noch keine eingestanzten Registrierungsnummern.«

»Damals wurde alles in Handarbeit angefertigt, deshalb ergeben sich immer wieder kleine Abweichungen, die ein Stück unverwechselbar machen, selbst wenn immer wieder dasselbe Modell produziert wurde. Und teure Waffen haben meist Verzierungen, das ist wie ein Fingerabdruck.«

Er stand auf, kramte in einem Stapel in der Ecke und zog von unten eine Pappbox heraus.

»Hier drin müssten die alten Jahresberichte des Schützenvereins sein«, sagte er und öffnete den Deckel.

Er machte auf dem Tisch Platz und breitete die Hefte aus. Es waren amateurhaft gedruckte Broschüren mit Texten, Listen und Fotos.

»Jetzt wollen wir mal sehen.« Andreas Dreier blätterte einen Bericht durch, legte ihn weg und nahm sich einen neuen. Es dauerte eine Weile, bis er fündig geworden war.

»Hier haben wir was.«

Es war ein Bericht über einen Schützenwettbewerb, als Preis war ein Silberpokal ausgelobt worden, gestiftet von einem Sponsor. Daneben ein Foto von den drei Siegern und eine Ergebnisliste. Klara Murlinger war auf der Aufnahme zu erkennen, ihre damalige Frisur ließ sie jünger wirken. Laut dem Bericht hatte sie den dritten Platz in der Kategorie »Feuerschützen« erreicht.

»Das ist eine respektable Leistung«, sagte Andreas Dreier, »laut Artikel war die Konkurrenz in dieser Waffengattung groß, und sie hat besser getroffen als viele ihrer männlichen Konkurrenten.«

Baltasar sah sich den Jahresbericht an. »Auf jeden Fall lässt sich festhalten: Frau Murlinger weiß mit Gewehren umzugehen, oder nicht?«

»Natürlich haben Sie recht, Hochwürden. Wer Mitglied im Schützenverein ist, kennt sich mit Waffen aus und kann sie bedienen«, sagte Andreas Dreier. »Nach dem Ergebnis ist Frau Murlinger eine sehr sichere Schützin.«

»Warum ist sie aus dem Schützenverein ausgetreten?«

»Ich weiß es nicht, und aus den Unterlagen geht es nicht hervor. Aber wir haben schon einen gewissen Schwund. Manchen macht dieser Sport keinen Spaß mehr, andere suchen sich neue Hobbys oder werden schlicht zu alt.«

Sie sahen weitere Hefte durch. Baltasar entdeckte andere Ergebnislisten, in denen der Name Klara Murlinger auftauchte. Das ließ nur den Schluss zu, dass sie zumindest für eine gewisse Zeit sehr aktiv am Vereinsleben teilgenommen hatte. Warum hatte sie ihm nichts davon erzählt?

In einem anderen Jahrgangsheft fand Baltasar einen Artikel über ein »buntes Faschingstreiben im Vereinsheim«, wie es in der Überschrift hieß. Der Bericht war reichlich bebildert: verkleidete Männer und Frauen beim Feiern.

An einem Foto blieb Baltasar hängen. Es zeigte eine Gruppe Personen, die ihre Gläser der Kamera entgegenstreckten. Ein Mann im Cowboykostüm war zu sehen, jemand im Eisbärfell, ein Clown und eine Pippi Langstrumpf.

Die beiden Personen in der letzten Reihe weckten seine Aufmerksamkeit. Der Mann war als Pirat verkleidet, er trug Ringelhemd, Augenklappe und ein Kopftuch. In der einen Hand hielt er eine Seeräuberpistole, den anderen Arm hatte er um eine Frau gelegt und sie an sich gezogen.

Die Frau hatte sich wie eine Indianerin gekleidet, im Haar steckte eine Feder, in der Hand hielt sie ein Weinglas. Sie trug eine schwarze Langhaarperücke und lachte den Mann an. Es war eindeutig Eva Dirnberger.

Baltasar tippte auf das Bild. »Ich wusste gar nicht, dass Frau Dirnberger auch Mitglied des Schützenvereins war.«

Andreas Dreier sah sich die Aufnahme an. »Das ist tatsächlich Frau Dirnberger.« Er runzelte die Stirn. »Das war auf unserer Faschingsfeier vom letzten Jahr. Ich hab zwar auch daran teilgenommen – als Sträfling. Aber ich habe kaum mehr eine Erinnerung an das Fest, ich hab zu früh mit den Schnäpsen angefangen und irgendwann war ich hinüber …«

»War sie nun Vereinsmitglied oder nicht?«

»Das müsste ich wissen. Aber ich kann zur Sicherheit nochmal die alten Mitgliederlisten durchsehen.« Er griff in einen anderen Stapel und förderte einen Schnellhefter zutage. »Moment.« Er ging die Namen durch. »Keine Eva Dirnberger.«

»Wie gelangt sie dann dorthin?«

»Das ist einfach zu erklären«, sagte Andreas Dreier. »Unser alljährlicher Faschingsball ist nicht nur für Mitglieder gedacht, sondern für die breite Öffentlichkeit. Unser Fest genießt sogar einen gewissen Ruhm, wenn ich das so sagen darf, Hochwürden, wegen unserer ausschweifenden Feiern und der guten Stimmung. Deshalb kommen viele Gäste aus der Umgebung, die sich sonst bei uns nie blicken lassen würden.«

»Wer hat Frau Dirnberger eingeladen?«

»Ich denke, sie ist von sich aus gekommen, denn wenn

man sich im Fasching in unserer Region amüsieren will, ist unser Fest eine gute Anlaufstelle.«

»Warum hängt sie gerade mit Herrn Hurzlmeier zusammen?«, fragte Baltasar. »Die beiden sehen auf dem Foto sehr vertraut aus, wie zwei Turteltauben. Dabei waren sie bekanntermaßen im Kriegszustand.«

Andreas Dreier winkte ab. »Das hat nichts zu sagen. Verzeihen Sie mir die Bemerkung, Herr Pfarrer, aber Sie sind nicht auf solchen Veranstaltungen. Ich sage Ihnen, zu vorgerückter Stunde haben die meisten Gäste ordentlich einen sitzen, und dann passieren oft Dinge, für die man sich am nächsten Morgen schämt.«

»Schade, dass in der Broschüre keine weiteren Bilder abgedruckt sind«, sagte Baltasar. »Ich würde mir gerne die Fotos von den Faschingsfeiern der anderen Jahre ansehen.«

»Kein Problem. Ich bin ja quasi der Chefredakteur des Blättchens, auch so ein Job, den ich geerbt habe, und da müssten die Originaldaten der Fotos noch vorhanden sein. Wenn Sie einen Augenblick Geduld haben ...«

Andreas Dreier kroch unter den Schreibtisch und zog eine Aktentasche hervor. »Die hab ich versteckt«, sagte er und packte einen Laptop und ein Kabel aus. Dann legte er sich auf den Bauch und robbte zwischen zwei Zeitschriftenstapel.

»Leider ist die einzige Steckdose im Raum etwas unpraktisch angebracht«, meinte er, als er wieder aufstand. Er startete den Computer und rief einige Dateien auf.

»Da sind sie nicht.« Es klang, als ob er mehr mit sich selbst redete. »Dann probiere ich was anderes.«

Nach einer Viertelstunde intensiven Tippens stieß er einen Freudenschrei aus. »Ich hab sie!« Er klickte die Dateien an. »Jetzt können Sie sich alles anschauen, Herr Senner.

Sie brauchen nicht alles durchgehen, ich geb Ihnen eine Kopie der Dateien mit.«

Es war eine Sammlung unterschiedlichster Fotos, offenbar von mehr als einer Person aufgenommen. Endlose Bilderreihen vom Buffet, noch mehr Aufnahmen, die entweder unscharf waren oder wo jemand die Decke oder Füße abgelichtet hatte. Dazu Serien von Trinkwettbewerben und von Menschen, die vor der Kamera stolz ihr Kostüm präsentierten und dabei eine Grimasse schnitten.

Baltasar fand noch zwei Fotos, auf denen Eva Dirnberger zu sehen war: eines, wo sie am Tisch mit anderen Leuten zusammensaß, ohne Richard Hurzlmeier. Und ein zweites mit Richard Hurzlmeier.

Die beiden waren etwas unscharf im Hintergrund zu sehen, im Vordergrund hielt eine Gruppe ihre Gläser dem Fotografen entgegen. Aber die Aufnahme hatte es in sich: Richard Hurzlmeier und Eva Dirnberger, eng umschlungen, küssten sich.

»Hoppla, das nenn ich einen Schnappschuss«, sagte Baltasar.

»Sag ich doch!«, meinte Andreas Dreier. »Bei unseren Faschingsfeiern geht's eben ziemlich wild zu.«

Baltasar kam ein Gedanke. »Schauen wir uns noch die Fotos von den Festen der anderen Jahre an.«

Eva Dirnberger war nirgends mehr zu finden, ganz im Gegensatz zu Richard Hurzlmeier, der offenbar keinen einzigen Faschingsball ausgelassen hatte. Seine Frau Irene war vermutlich zu Hause geblieben, denn sie fehlte auf den Fotos.

Und Baltasar landete noch einen Treffer mit einer Aufnahme: Werner Rechen und Margit Sprengler – er als Jäger verkleidet, sie in einem Fantasiekleid – saßen zusammen.

Ihren Mienen nach zu urteilen, stritten sie sich gerade über etwas.

41

Baltasar brachte die Computerdateien der Fotos seinem Freund Philipp Vallerot, der schon an der Haustüre die Augen rollte und seufzend den neuen Auftrag entgegennahm, nicht ohne abermals darauf hinzuweisen, nur einige Flaschen italienischen Klosterrotweins seien der angemessene Lohn für solche Frondienste.

Seine nächste Station war die »Einkehr«, wo er mit Victoria Stowasser verabredet war. Es war gerade die richtige Zeit zum Mittagessen, die perfekte Entschuldigung, warum er den neuen Kartoffelauflauf seiner Haushälterin »nach original Krakauer Rezept« erst später probieren konnte.

In der Wirtsstube waren nur wenige Gäste, die Wirtin winkte ihm zur Begrüßung und lotste ihn an einen ruhigen Ecktisch. Er studierte die Speisekarte und bestellte sich ein Kalbsschnitzel mit hausgemachten böhmischen Knödeln und Pilzsoße.

Victoria Stowasser brachte das Essen und setzte sich zu ihm.

»Ich habe Ihre Bitte erfüllt, Herr Senner«, sagte sie. »Es war eine ungewohnte Situation, in eine Rolle zu schlüpfen und etwas vorzuspielen, zugleich war's aber auch ein wenig aufregend. Jedenfalls bin ich nicht aufgeflogen und habe, denke ich, auch einige Resultate mitgebracht.«

»Klingt gut«, sagte Baltasar, »schießen Sie los.«

»Ich bin also zu der Steuerberaterkanzlei gefahren, in der Klara Murlinger arbeitet. Sie war nicht da, ihre Kollegen sagten mir, sie hätte ihren alten Job noch nicht angetreten und befinde sich immer noch im Sonderurlaub. Somit bestand keine Gefahr, dass meine Tarnung auffliegen könnte.«

»Als was haben Sie sich ausgegeben?«

»Ich hab erklärt, ich plane, ein Lokal zu eröffnen, und bräuchte dazu steuerlichen Rat. Dabei bin ich relativ schnell mit der Frau am Empfang ins Gespräch gekommen. Als ich das Gefühl hatte, nichts Neues mehr zu erfahren, bin ich mit einer Ausrede wieder gegangen.«

»Sie würden eine gute Ermittlerin abgeben. Soll ich mit Kommissar Dix reden, ob er eine Aushilfe braucht?« Baltasar grinste.

»Kurz gefasst: Klara Murlinger arbeitete erst seit einigen Monaten in der Kanzlei, bevor dieses … Attentat passierte. Zuvor hatte sie bei einem Steuerberater in Bodenmais gearbeitet, erzählte die Frau. Alle seien schockiert gewesen, als sie von ihrer Verhaftung gehört hatten. Niemand im Büro habe der Kollegin so etwas zugetraut. Alle haben es von vornherein für einen falschen Verdacht gehalten.«

»Das ist wirklich eine neue Information«, sagte Baltasar. »Ich dachte, Klara Murlinger hätte schon länger bei uns gewohnt. Und unser Kommissar aus Passau hat dazu auch nichts berichtet. Haben Sie die alte Adresse?«

»Die Empfangssekretärin hat den Namen der Kanzlei genannt, ich hab Ihnen die Anschrift rausgesucht.« Sie schob ihm einen Zettel zu. »Und die alte Wohnadresse hab ich auch gleich dazugeschrieben.«

Baltasar stellte sein Auto auf dem Parkplatz an der Kötztinger Straße ab und spazierte die Bahnhofstraße, das Zentrum des Kurortes Bodenmais, entlang. Cafés und Geschäfte reihten sich aneinander, Besucher fanden alles, was das

Touristenherz höher schlagen ließ: Sportbekleidung, Glaswaren, Schnaps und Ansichtskarten, selbst Holzschnitzereien.

Am Empfangstresen der Steuerkanzlei stand ein junger Mann, vermutlich ein Auszubildender.

»Womit kann ich dienen?«, fragte er in geschäftsmäßigem Ton.

»Steuerberatung.«

»Ähm …« Der junge Mann schien etwas aus dem Konzept gebracht. »Ja, wir sind ein Steuerberaterbüro. Sind Sie schon Kunde bei uns?«

»Noch nicht, aber ich würde es gern werden.«

»Wie kommen Sie gerade auf uns, wenn ich fragen darf?« Nebenbei sortierte der Azubi einige Briefe in Ablagefächer.

»Frau Klara Murlinger hat mir Ihre Kanzlei empfohlen«, sagte Baltasar.

»Ah, ja, Frau Murlinger hat bis vor Kurzem bei uns gearbeitet. Sie war mit Andrea Jehle in einem Büro.«

»Na dann wäre doch Frau Jehle die richtige Gesprächspartnerin für mich, oder nicht?« Baltasar lächelte.

Der junge Mann überlegte. »Vielleicht sollte ich vorher bei meinem Chef, Herrn Fuchs, nachfragen.«

»Das wird nicht nötig sein. Ihre Kollegin wird mir doch kompetent Auskunft geben können, oder?«

»Warum nicht? Einen Moment.« Er verschwand in einem Büro und kam nach kurzer Zeit wieder. »Frau Jehle hat jetzt Zeit für Sie.«

Die ehemalige Kollegin von Klara Murlinger war eine Frau um die fünfzig mit halblangen Haaren und Pagenschnitt. Sie bot ihm einen Platz neben ihrem Schreibtisch an.

»Mein Kollege sagt, Sie wollen sich beraten lassen«, begann sie.

Baltasar hoffte, so bald wie möglich das Gespräch auf das eigentliche Thema lenken zu können, ohne dass es auffiel und er zu viel schwindeln musste. Aber der Allmächtige wird mir verzeihen, dachte er, es diente einem guten Zweck – der Aufklärung eines Mordes.

»Mein Name ist Baltasar Senner, ich arbeite in der Diözese Passau.«

»Als was?«

»Angestellter.«

»Dieses Erstgespräch ist kostenlos«, sagte sie. »Ich muss Sie darauf hinweisen, wenn Sie sich für uns entscheiden, werden Gebühren fällig. Sie müssen sich überlegen, ob Sie das wollen, denn bei kleineren Einkommen lohnt es sich oft nicht. Andererseits können Sie unsere Kosten bei der Steuererklärung angeben.«

»Also hat Klara, ich meine Frau Murlinger, recht behalten. Sie hat mir gesagt, ich sei bei Ihnen in den richtigen Händen.« Er ließ offen, ob er damit sie persönlich oder die Kanzlei meinte.

»Ach ja, Klara, was macht sie jetzt eigentlich?«

»Sie arbeitet in einer kleinen Steuerberatungskanzlei.« Er nannte ihr den Ort, sagte aber nichts über die jüngsten Ereignisse.

»Ich habe schon lange nichts mehr von ihr gehört«, sagte Andrea Jehle. »Dabei waren wir früher ganz dicke Freundinnen, hatten die gleiche Wellenlänge. So was ist wichtig, wenn man sich im Büro gegenübersitzt.«

»So gut kenne ich Frau Murlinger nicht, ich habe mich einige Male mit ihr unterhalten«, antwortete Baltasar. »Sie scheint sehr zurückgezogen zu leben, sie wirkte, als ob sie etwas belastet.«

»Das würde einiges erklären. Denn sie ist nach ihrer

Kündigung einfach verschwunden, keine Ausstandsfeier, nichts. Bei mir hat sie sich auch nur kurz verabschiedet.«

Baltasar war froh, dass sein Gegenüber recht gesprächig war. »Es geht mich ja nichts an – gab es Probleme hier mit ihrem Job?«

»Nein, nein, alles in Ordnung.« Nachdenklich starrte Andrea Jehle auf die Tischplatte.

»Da bin ich froh.«

»Hat Klara einen Gruß für mich ausgerichtet?« Sie hatte sich wieder gefangen.

»Bedaure.«

»Sie hat nämlich nach ihrem Abschied nur noch einmal bei mir angerufen«, sagte sie, »da haben wir nur über unverbindliche Themen geplaudert. Ich hatte damals den Eindruck, sie war nicht ganz bei der Sache und dachte während unseres Gesprächs an was anderes. Warum sie angerufen hat, weiß ich nicht genau. Vielleicht aus schlechtem Gewissen, vielleicht aus Einsamkeit oder Frust. Jedenfalls war das der letzte Kontakt. Am Anfang hab ich mich darüber geärgert, aber irgendwann war es mir egal. Wie heißt es so schön: Aus den Augen, aus dem Sinn!«

»Haben Sie früher auch privat was miteinander unternommen?« Baltasar versuchte, einen neutralen Ton anzustimmen.

»Wir waren wie Geschwister, immer auf der Piste, wir sind viel ausgegangen, auf einen Drink und dabei Männer abchecken, so was eben.«

»Auch Sport oder Vereinsleben? Es gibt im Ort doch jede Menge Möglichkeiten zur Zerstreuung, beispielsweise einen Kneippverein, einen Reitverein oder die Arberschützen Bodenmais«, meinte Baltasar.

»Rumballern oder solche schweißtreibenden Aktivitäten? Nie im Leben!« Andrea Jehle lachte. »So waren wir nicht gepolt. Wir wollten unseren Spaß haben und Leute kennenlernen.«

»Hatte Frau Murlinger eigentlich einen Freund?«

»Wir hatten mehrere Bekanntschaften, aber es war nichts Ernstes«, sagte Andrea Jehle. »Jedenfalls nichts, das man heiraten wollte, verstehen Sie?«

Baltasar nickte aufmunternd.

»Nur Klara hatte mal einen Typen, in den war sie total verknallt. Da dachte ich, jetzt hat es sie wirklich erwischt, das endet am Traualtar. Sie war mit dem Mann fest zusammen, wohnte sogar bei ihm. Unsere gemeinsamen Aktivitäten litten natürlich darunter.« Sie verzog das Gesicht. »Die beiden hatten sich sogar verlobt, ganz auf die altmodische Art, da war ich dabei, wir sind fein essen gegangen. Ich hab seinen Antrag live miterlebt, richtig schön kitschig. Und Klara hat eingewilligt. Sie hörte schon die Hochzeitsglocken.«

»Klingt, als ob die Geschichte anders ausging.«

»Einige Monate war verliebtes Geturtel. Ich dachte mir, will das denn gar nicht mehr enden? Möglicherweise war ich auch ein wenig neidisch, weil Klara so glücklich war, sie glühte jeden Morgen, wenn sie im Büro saß. Können Sie sich vorstellen, was das für ein Gefühl ist, wenn man selbst keine solche Beziehung hat?«

»Haben Sie auch zu dritt Ihre Freizeit verbracht?«

»Anfangs ja, aber das kühlte sich schnell ab«, sagte Andrea Jehle. »Ich weiß nicht, wer die treibende Kraft war, aber bald wollten die beiden nur noch unter sich sein, und Klara hatte immer weniger Zeit für mich.«

»Und das Ende?«

»Das Ende kam überraschend, für mich sowieso, aber auch für Klara, glaube ich.« Sie breitete die Arme aus. »Es war ein großes Drama. Ein ganz großes Drama mit Tränen, Trauer, Wutanfällen. Klara wollte sich gar nicht mehr einkriegen. Ich sag Ihnen was, Herr Senner: Liebe und Hass liegen sehr eng beieinander. Oft sind es zwei Seiten einer Medaille. Aber nach einem Monat war es vorbei, fast über Nacht hatte sie sich wieder beruhigt, und der Typ war kein Thema mehr.«

»Wie lang ist das her?«

»Warten Sie … Es muss etwa ein Monat gewesen sein, bevor sie gekündigt hat. Genau, das müsste hinkommen.«

»Und was war der Grund für die Trennung?«

»Wie das halt bei den Männern ist: Er hat eine andere kennengelernt, und da war Klara Schnee von gestern. Er hat sie abserviert, einfach so, behandelt wie Abfall, den man entsorgt. Er sagte, das mit den Heiratsplänen sei ein Fehler gewesen, er wolle nun mit der Neuen zusammen sein. Dann ist er überraschend aus Bodenmais weggezogen, nach München, soviel ich weiß.«

»Was war denn sein Beruf?«

»Er hat bei uns in der Gemeinde gearbeitet.«

Baltasar hatte das Gefühl, als hätte ihn ein Stromschlag getroffen. Eine Ahnung beschlich ihn. »Und wie hieß Klaras Freund?«

»An den Namen werd ich mich immer erinnern: Sebastian Hopfinger.«

42

Auf der Heimfahrt grübelte Baltasar über das Gesagte. Diese Informationen waren nur schwer zu verdauen. Klara Murlinger und Sebastian Hopfinger waren ein Paar gewesen, dann verließ er sie und begann eine Beziehung mit Eva Dirnberger. Hatte die Besitzerin des Reiterhofs Klara Murlinger den Mann ausgespannt? Zuzutrauen wäre es ihr gewesen. Die Ermordete hatte offenbar einen ziemlichen Männerverschleiß und fackelte nicht lange, wenn es um Liebe – oder ihren Vorteil ging.

Einmal mehr wurde sich Baltasar bewusst, er musste in diesem Fall damit rechnen, dass ihm jeder nur Ausschnitte der Wahrheit lieferte – sein Amt als Geistlicher bildete da kein Hemmnis, ganz im Gegenteil.

Sollte er sein Wissen mit der Polizei teilen? Er entschied sich, diese Aufgabe noch aufzuschieben, er hatte nie versprochen, unverzüglich seiner Pflicht zur Zusammenarbeit nachzukommen. Die Sache musste erst noch reifen.

Er rief Margit Sprengler an und bat sie um ein Treffen. Sie sagte, sie hätte sowieso etwas zu erledigen und würde vorbeischauen. Unvorsichtigerweise erzählte er seiner Haushälterin von dem Besuch. Teresa holte sofort Geschirr und Mehl und Butter hervor und erklärte, man müsse Besucher angemessen bewirten, Gastfreundschaft sei in Polen selbstverständlich und sie werde einen Kuchen backen.

Baltasars Einwand, das sei nicht nötig, sie wären ja nur zu zweit und das Gespräch würde nicht lange dauern, wischte sie mit dem Argument beiseite, so ein Kuchen würde eine ganze Woche reichen und etwas Süßes zum Kaffee sei doch immer schön.

Am frühen Nachmittag kam Margit Sprengler ins Pfarrhaus. Beim Betreten sog sie unwillkürlich die Luft ein.

»Es riecht hier ein wenig angebrannt«, sagte sie.

»Das täuscht, vielleicht der Weihrauch.« Baltasar schloss die Tür zur Küche und betete, der liebe Gott möge sie vor kulinarischen Überraschungen verschonen. Sie gingen in sein Arbeitszimmer, Teresa hatte den kleinen Tisch gedeckt. Sie brachte eine Kuchenplatte herein und drückte Baltasar ein Messer in die Hand. »Bitte anschneiden und an Gast servieren«, sagte sie beim Gehen.

Es war ein länglicher Kuchen, die Konsistenz war nicht erkennbar, weil er ganz mit Schokoladenglasur überzogen war. Baltasar musste erheblichen Druck anwenden, bis die Klinge durch den Teig drang. Er reichte Margit Sprengler einen Teller.

Nach dem ersten Bissen sah sie ihn komisch an, dann begann sie zu husten. Er probierte ebenfalls ein Stück. Der erste Geschmackseindruck war eine durchdringende Zuckrigkeit, die einen Abwehrreflex von Speichelfluss auslöste. Seine Zähne blieben in der Masse stecken, es fühlte sich an, als hätte er auf fünf Tage altes Brot gebissen. Mehrere Schluck Kaffee machten es bekömmlicher.

»Ähh … ich hatte vergessen, Ihnen zu sagen, dass dieser Kuchen eine Spezialität ist, wie dieses italienische Hartgebäck, diese Cantuccini. Man muss ihn in den Kaffee eintauchen.« Baltasar versuchte, so zu tun, als sei es das Normalste der Welt.

»Ach so.« Margit Sprengler befolgte den Ratschlag, der Blick zeugte von Misstrauen.

»Frau Sprengler, danke für Ihren Besuch«, begann Baltasar. »Ich habe eine große Bitte an Sie.«

»Ja?«

»Der Bischof wünscht die Teilnahme eines Vertreters der Diözese an der nächsten Generalprobe des Robin-Hood-Festivals. Das bedeutet, jemand soll hoch zu Ross neben dem evangelischen Pfarrer reiten. Da ich dieses Mal leider diese Aufgabe nicht übernehmen kann, wird mein Kollege Daniel Moor aus Passau einspringen. Und dieser junge Mann ist noch unerfahren mit Pferden und braucht deshalb Reitunterricht. Können Sie da was arrangieren?«

»Ja, natürlich. Obwohl ich mich mit solchen Dingen nicht auskenne.«

»Sie haben doch eine Schülerin, die auf dem Reiterhof aushilft. Vielleicht kann die ...«

»Ich will sie gerne fragen, wir kriegen das schon hin. Sie bringen mich auf eine Idee, Hochwürden, es wäre eine gute Gelegenheit für mich, selbst meine Reitkenntnisse aufzufrischen. Für meinen neuen Job wäre das sicher nicht verkehrt.«

»Heißt das, Sie haben sich endgültig mit den Auflagen des Nachlasses abgefunden?«, fragte Baltasar.

»Was bleibt mir anderes übrig?« Margit Sprengler legte ihr Kuchenstück zurück auf den Teller. »Wenn es der Wille meiner Schwester war, so werde ich mich in Gottes Namen fügen. Es sind ja nur zwei Jahre.«

»Und danach?«

»Das weiß ich noch nicht. Ich mach kein Geheimnis draus, dass mir der Reiterbetrieb fernliegt. Aber wer weiß, möglicherweise finde ich doch noch Gefallen daran.«

»Wurmt es Sie nicht, mit dieser Zwei-Jahres-Klausel von Ihrer Schwester belastet worden zu sein? Das war kein netter Zug von ihr.«

»Natürlich wäre es mir anders lieber gewesen, vor allem, weil ich nach Evas Andeutungen von einem anderen Testament ausging. Sie muss es kurzfristig geändert haben, ohne mir was zu sagen. Aber Sie haben den Notar gehört, Herr Senner, einen anderen letzten Willen hat er nicht vorliegen. Wer weiß, ob nicht doch irgendwo ein zweites Testament rumliegt.«

»Und Ihr Onkel, Herr Rechen, wird der sein Erbe annehmen?«

»Ich hab erst vor wenigen Tagen mit ihm gesprochen. Ich denke schon. Es ist besser als nichts, auch wenn er sich darüber ärgert und mehr erwartet hätte.«

»Eine alte Familiengeschichte, wie ich gehört habe.«

»Wer erzählt denn so was?«

»Sie kennen doch die Leute.«

»Mein Onkel ist der Meinung, er hätte einen historisch begründeten Anspruch auf den Reiterhof.«

»Aber ist das Thema nicht schon lange durch?« Baltasar nahm einen Schluck Kaffee. »Ich bin nur Laie, was Rechtsfragen betrifft, aber wenn er keine Beweise auf den Tisch legen kann, stehen seine Ansprüche auf wackligen Beinen.«

»Werner ist auf dieses Thema schlecht zu sprechen«, sagte Margit Sprengler. »Ich verstehe mich mit ihm ganz gut, aber bei diesem Punkt ist er unbelehrbar, ich würde es sogar Fanatismus nennen. Mein Onkel ist davon besessen, es müsste Unterlagen und Beweise geben und Eva hätte sie vor ihm verborgen. Er hat erklärt, er werde für sein Recht kämpfen, bis er ins Grab fällt.«

»Wie stand Ihre Schwester dazu?«

»Eva? Die hat nur darüber gelacht, verspottet hat sie ihn, hat ihn gefragt, ob er noch im Mittelalter lebt. Sie können sich vorstellen, Hochwürden, danach war zwischen beiden Funkstille. Er hat nur gemeint, sie werde schon sehen, wer als Letzter lachen wird.«

»Hatte Ihre Schwester etwas gegen ihn in der Hand? Hat sie Druck auf ihn ausgeübt? Die Schreiben, die die Polizei von ihr gefunden hat, klingen wie ein Erpresserbrief.«

»Streit ja, aber Erpressung?« Margit Sprengler schüttelte den Kopf. »Ich wüsste nicht, welche Munition Eva gegen unseren Onkel gesammelt haben könnte.«

»Und Sie, wie stehen Sie zu alldem?«

»Wie meinen Sie das?«

»Na, halten Sie die Forderungen für berechtigt?« Baltasar tauchte den Rest des Kuchens in den Kaffee. »Sie sind schließlich auch Teil der Familie. Wie werden Sie als Eigentümerin des Reiterhofes darauf reagieren?«

»Werner hat mich schon darauf angesprochen.«

»Tatsächlich? Was will er?«

»Seine Forderung lautet, ich soll ihm das Anwesen verkaufen oder zumindest einen Teil davon.«

»Wie will er das finanzieren?«

»Das müssen Sie ihn selber fragen. Ich fand den Zeitpunkt so kurz nach dem Tod von Eva unangemessen, das habe ich ihm auch gesagt.«

»Und später?«

»Falls ich verkaufen werde, warum nicht an ihn? Wenn er genug zahlt …«

»Haben Sie eigentlich mit Ihrem Onkel schon vor der Ermordung Ihrer Schwester darüber gesprochen?«

»Kann sein, aber ich halte nichts von solchen theoretischen Diskussionen à la ›Was wäre wenn …‹. Nur die Fakten zählen.«

»Persönlich gefragt: Kam das Erbe nicht auch für Sie zur rechten Zeit?«

»Was soll das heißen?« Margit Sprengler war lauter geworden. »Was wollen Sie damit andeuten?«

»Nichts. Ich halte mich nur wie Sie an die Fakten. Demnach haben Sie derzeit einige finanzielle Engpässe.«

»Die Leute erzählen viel. Selbst wenn es so wäre, was ginge es Sie an, Hochwürden?« Die Tasse zitterte in ihrer Hand.

»Sie brauchen sich nicht gleich angegriffen zu fühlen, Frau Sprengler. Ich versuche mir nur ein Bild zu machen. Und es ist nichts Schlimmes daran, Schulden zu haben. Das ist ein Problem von vielen Menschen.«

»Es war eine vorübergehende Unpässlichkeit. Mein Erbe bestand aus Aktien, und da bin ich leider den Anlagetipps der Bank gefolgt und dabei böse auf die Nase gefallen ...«

»Was ich nicht verstehe: Warum haben Sie Ihre Schwester nicht um einen Überbrückungskredit gebeten?«

»Das mit der Familie ist so eine Sache. Ich wollte nicht um Almosen betteln, das wäre eine Demütigung für mich gewesen. Das verstehen Sie nicht, Hochwürden, aber bei uns beiden gab es von klein auf Reibereien, und unsere Beziehung war auch die letzten Jahre elektrisch geladen. Mal lief alles harmonisch, mal haben wir uns monatelang nicht gesprochen. Das bedeutet aber nicht, dass ich meine Schwester gehasst hätte.«

»Aber beim Thema Erbe müssten Sie doch in einer ähnlichen Situation gewesen sein wie Herr Rechen, und zwar nicht nur wegen des Geldes, das Sie beide gut gebrauchen konnten. Sondern Sie haben doch mit Ihrem Anteil das schlechtere Los gezogen, Ihr Vermögen ist weg, während Eva ihr Vermögen sogar noch steigern konnte und insgesamt glänzend dastand.«

»Das konnte man damals nicht wissen«, sagte Margit Sprengler. »Auf den ersten Blick schien der Nachlass vernünftig aufgeteilt, aber wie wollen Sie Wertpapiere gegen Immobilien aufwiegen?«

»Sie fanden also die Erbteilung gerecht?«

»Das habe ich nicht gesagt. Ich will unsere Eltern nicht kritisieren, aber es wäre eine andere Lösung denkbar gewesen, beispielsweise wenn wir beide alles gemeinsam bekommen hätten.«

»Das hätte doch nur zu Streitereien geführt.«

»Es wäre zumindest absolut gerecht gewesen, keiner wäre benachteiligt oder bevorzugt worden. Alles andere hätte sich da schon gefunden.«

»Für Sie war es doch ein bitterer Einschnitt: Auszug aus dem Elternhaus und in eine Mietwohnung ziehen müssen, während Ihre Schwester im warmen Nest saß. Ich könnte verstehen, wenn man da Hass entwickelt.«

»Hass ist das falsche Wort. Was ist Hass? Ein Gefühl? Ein Antrieb? Ein Plan? Es ist nicht so, dass ich meine Schwester nicht auch liebte. Es war schwankend.«

»Und wie reagierte Eva? Hat sie Ihnen danach einen Vorschlag gemacht, einen Kompromiss bei der Erbschaftsfrage angeboten?«

Margit Sprengler lachte gekünstelt. »Da kannten Sie meine Schwester schlecht. Glauben Sie, Herr Pfarrer, nur andere Menschen konnten lieben oder hassen? Bei allen Heiligen, Eva hatte auch eine andere Seite. Und sie kannte den Hass.«

43

Das Wetter schien ideal für den Reitunterricht. Die Sonne wärmte die Luft, das Blau des Himmels verband sich mit der Kulisse des Waldes zu einer Idylle wie aus einem Urlaubsprospekt.

»Das ist also das Übungsgelände«, sagte Daniel Moor und streckte sich. »Ich bin froh, Ihrer Blechkiste entflohen zu sein. Hat dieser VW-Käfer überhaupt Stoßdämpfer?«

»Auf jeden Fall Sitze«, antwortete Baltasar. »Sie werden schon merken, was für ein Luxus das ist, wenn Sie erst in dem harten Sattel sitzen.«

»Sie verstehen es, einem Mut zu machen. Ich glaube, ich muss meine Forderungen um zwei Extra-Pakete Weihrauch hochschrauben.«

»Zu spät, Deal ist Deal«, sagte Baltasar. »Sehen Sie es doch mal positiv. Sie kommen aus Ihrem muffigen Büro in Passau heraus und können unverfälschten Bayerischen Wald genießen. Andere zahlen für solch ein Erlebnis. Also seien Sie froh, dass ich nichts dafür verlange.«

»Haben Sie jetzt einen Nebenjob in der Touristikwerbung?«, sagte Moor. »Bringen wir's hinter uns, bevor ich es mir anders überlege.«

»Sie dürfen die positive Seite dieser Aufgabe nicht kleinreden«, antwortete Baltasar. »Der Bischof wird Sie in sein Herz schließen, und Sie können zum ersten Mal in Ihrem Leben das Gefühl erleben, als Schauspieler vor Publikum aufzutreten.«

»Schauspielern muss ich jeden Tag, wenn mein Chef ins Büro kommt. Außerdem habe ich als Kind bereits eine kleine Rolle in der Weihnachtsaufführung an der Schule übernommen.«

Margit Sprengler begrüßte sie. Sie trug eine enganliegende Reithose, Handschuhe, unterm Arm einen Helm. »Wenn Sie schon mal rübergehen, ich komme gleich.«

Im Stall arbeitete die Schülerin, die Baltasar bereits früher dort getroffen hatte. Sie richtete gerade Sättel her.

»Guten Tag, Hochwürden.«

Baltasar stellte seinen Begleiter vor.

»Und, wirst du den Unterricht halten?«

»Nein, Frau Sprengler hat schon jemand anders gebeten, einen Bekannten, der hier auf dem Reiterhof oft aushilft. Ich bereite nur alles vor.«

Sie nahm den Sattel und ging zu der Box, in der Rosalie stand. Baltasar strich ihr über den Hals, sie antwortete mit einem Wiehern.

»Sie erkennt mich«, sagte er.

»Na klar, Pferde sind intelligente Wesen«, antwortete die Schülerin. Sie legte Rosalie den Sattel an, mit einer Engelsgeduld ließ es das Pferd mit sich geschehen.

»Die können Sie nehmen«, sagte Baltasar zu Daniel Moor. »Auch wenn sie mich abgeworfen hat, sie scheint eine gute Seele zu haben.«

Das Mädchen nahm das Pferd am Zügel und führte es auf die Koppel. Dort warteten ein Mann mittleren Alters und Margit Sprengler. Sie saß bereits im Sattel und schien es kaum erwarten zu können loszulegen.

Daniel Moor ließ sich zeigen, wie man aufstieg und die Zügel hielt. Mit geschmeidigen Bewegungen führte er die Anweisungen aus. Baltasar musste sich eingestehen, dass sein Kollege mehr Talent fürs Reiten hatte als er selbst.

»Wenn Herr Moor sich eingewöhnt hat, würde ich mit

ihm gern eine kleine Runde durch den Wald machen«, sagte Margit Sprengler, »so macht das Reiten mehr Spaß, als immer nur in der Koppel Kreise zu drehen.«

»Macht es Ihnen was aus, wenn ich im Haus warte?«, fragte Baltasar. »Es klingt, als ob der Unterricht länger dauern würde.«

»Auf jeden Fall«, sagte sie. »Wir sind mindestens zwei Stunden beschäftigt. Fühlen Sie sich wie zu Hause, Hochwürden. Ich pass schon auf Ihren jungen Kollegen auf.«

Baltasar ging mit der Schülerin zurück in den Stall.

»Übrigens nochmals danke, dass du mich neulich bei dem Gewitter gerettet hast. Das war ein toller Einsatz von dir. Ich weiß nicht, was dieser Unbekannte sonst noch getan hätte.«

»Das war doch nur Zufall, dass ich hier war«, sagte sie, aber der Stolz über das Lob war herauszuhören.

»Ist das eigentlich früher schon mal vorgekommen, dass Einbrecher im Haus waren?«, fragte er.

»Solange ich auf dem Reiterhof arbeite, nicht. Aber Frau Dirnberger hat erzählt, früher sei einmal ein Fenster aufgebrochen worden, aber außer der Getränkekasse und drei Flaschen Schnaps habe nichts gefehlt.«

»Und dass Unbekannte über das Gelände schleichen?«

»Manchmal kamen Wanderer, die im Wald die Orientierung verloren hatten, das waren Auswärtige. Auch Jäger habe ich schon gesehen«, sagte die Schülerin. »Aber bei einem so abgelegenen Anwesen scheint mir das nicht ungewöhnlich zu sein. Und es ist nichts, wovor man sich gruseln müsste.«

»Den schwarzen Mann gibt es eh nur im Märchen«, sagte Baltasar.

»Früher glaubte ich manchmal, den gab's auch in der Wirklichkeit – zumindest hier auf dem Reiterhof.«

»Warum das?«

»Es ist schon länger her, aber es gab eine Zeit, da muss regelmäßig jemand heimlich hierhergekommen sein. Meistens abends. Es war irgendwie unheimlich, weil ich nie das Gesicht gesehen habe.«

»Also doch ein Einbrecher, der die Gegend ausgeforscht hat?«

»Ich glaube eher, nun ...« Das Mädchen druckste herum. »Es war jemand, der sich heimlich mit Frau Dirnberger traf.«

»Wie kommst du jetzt darauf?«

»Nun, wenn diese Gestalt kam, ging wenig später im oberen Stockwerk des Wohngebäudes das Licht an. Ich wusste, dass Frau Dirnberger zu Hause war. Also denke ich mir, sie hat ihn erwartet.«

»Ein Mann?«

»Kann schon sein. Gesehen habe ich ihn nicht aus der Nähe, nur einmal habe ich eine Gestalt, einen Schatten durch den Wald huschen sehen. Aus der Ferne hätte ich vermutet, es war ein Mann.«

Baltasar fragte sich, ob mit dem Mädchen die Fantasie durchgegangen war oder ob es die Wahrheit sagte.

»Wie willst du wissen, dass es nicht ein Tier war?«, fragte er. »In der Dunkelheit sind Verwechslungen schon möglich.«

»Ich habe danach gehört, wie der Motor eines Autos ansprang und in der Ferne jemand wegfuhr. Der Unbekannte wollte es offenbar vermeiden, gesehen zu werden. Mit dem Wagen vorzufahren, wäre hier doch recht auffällig gewesen. Wahrscheinlich hat er das Auto an einem Forstweg abgestellt und ist durch den Wald gegangen und hat die Hintertür am Haus benutzt.«

»Kam er öfters?«

»Ich arbeite nur selten spät am Abend. Meine Eltern wollen, dass ich rechtzeitig heimkomme«, sagte die Schülerin. »Aber es war auf jeden Fall mehr als einmal. Außerdem hatte ich bisweilen auch am Tag das Gefühl, von jemandem beobachtet zu werden.«

»Wenn es tatsächlich ein Mann war, warum sollte er sich verstecken?«, meinte Baltasar. »Frau Dirnberger war in dieser Beziehung nicht prüde. Sie hat ihre Freundschaften nicht geheim gehalten, habe ich gehört. Oder stimmt das nicht?«

»Mich geht das nichts an, ich bin nur wegen der Pferde hier«, sagte die Schülerin. »Aber Sie haben schon recht, Hochwürden, wenn Frau Dirnberger Männerbesuch hatte, durfte es jeder wissen. Nur konnte ich manchmal nicht so genau zuordnen, ob es ein Reitgast war oder ihr persönlicher Freund.«

»Ein Fremder würde doch kaum mit Frau Dirnberger in den ersten Stock gehen, wo sie ihren privaten Bereich hat«, sagte Baltasar.

»Schon, aber manchmal kamen jeden Tag verschiedene Männer, die bei ihr oben waren. Da soll mal einer schlau draus werden.«

»Wollen wir ins Haus gehen? Ich kann dir eine Cola oder einen Saft spendieren«, sagte Baltasar.

»Nein danke, Herr Pfarrer. Ich mach nur noch meine Arbeit im Stall fertig, damit alles sauber ist, wenn Frau Sprengler zurückkommt, und dann fahr ich heim. Schönen Tag noch.«

Baltasar betrat den Reiterhof und setzte sich in den Aufenthaltsraum. Aus dem Kühlschrank holte er sich eine Flasche Wasser und steckte das Geld in das bereitgestellte Sparschwein. Er dachte darüber nach, was die Schülerin erzählt hatte.

Gab es tatsächlich einen unbekannten Besucher – oder eine Besucherin? Was wäre der Zweck des Besuchs gewesen? Ein geheimer Freund Eva Dirnbergers? Jemand, der Vertrauliches mit ihr besprechen wollte, ein Projekt, einen Plan? Oder jemand, der etwas in dem Haus suchte?

Der Einbruch und der Angriff auf ihn kamen Baltasar wieder in den Sinn. Noch immer konnte er das nicht mit dem Mord in Zusammenhang bringen. War dieser Unbekannte auf Diebestour gewesen, und Baltasar war dem Täter unversehens in die Quere gekommen?

Er fand keine andere Erklärung dafür. Vermutlich hatte dieses Phantom wegen der Störung noch nicht gefunden, wonach es gesucht hatte. Darauf ließen zumindest die Spuren des Einbruchs schließen.

Hatte die Polizei genauer nachgesehen und überall Spuren gesichert? Wenn er sich an die Arbeit der Beamten erinnerte, hatten die Verantwortlichen nur das Nötigste erledigt, kein Wunder bei der Vielzahl von Einbrüchen im Bayerischen Wald. Warum sollte man sich da viel Arbeit machen, zumal die Aufklärungsrate bei solchen Delikten gering war und ein Zusammenhang mit dem Mord zum damaligen Zeitpunkt nicht erkennbar war.

Eigentlich ein idealer Zeitpunkt, selbst die Räume nochmals zu inspizieren, dachte Baltasar. Er stellte sein Glas ab. Es war sicherlich nicht ganz korrekt, in einem fremden Haus herumzustöbern, aber der Herrgott würde schon ein Einsehen haben, schließlich ging es um kirchliche Gebote wie »Du sollst nicht töten«, »Du sollst nicht begehren ...«, denen man wieder Geltung verschaffen musste. Und hatte nicht Margit Sprengler persönlich gesagt, er solle sich wie zu Hause fühlen?

Das Problem war nur: Wonach sollte er suchen? Wertgegenstände kamen weniger in Frage, es mussten Dokumente sein – auf Papier oder auf Datenträgern.

Der Haustürschlüssel steckte im Schloss, Baltasar sperrte ab, um nicht überrascht zu werden, und betrat als Erstes das Arbeitszimmer im Erdgeschoss. Die schiere Anzahl an Papieren und Akten in den Regalen entmutigte ihn. Sie waren beschriftet mit Stichworten wie »Prospekte«, »Angebote« oder »Buchhaltung«.

Er zog einen Buchhaltungsordner heraus und blätterte darin; dabei benutzte er ein Taschentuch, er wollte keine Fingerabdrücke hinterlassen. Es waren Rechnungen für den Reiterhof, Ausgabelisten und Kontoauszüge. Nichts stach heraus, nichts kam ihm ungewöhnlich oder merkwürdig vor.

Ein anderer Ordner enthielt Geschäftsbriefe. Beim schnellen Durchsehen handelte es sich um Bestellungen, Bestätigungen von Reservierungen oder Hinweise für den Steuerberater; es war aber eine andere Kanzlei als die, bei der Klara Murlinger arbeitete. Die Adressaten und Absender sagten Baltasar wenig, er kannte einige Handwerksbetriebe, jedoch war niemand dabei, der als Verdächtiger in Betracht kam.

In der obersten Schreibtischschublade fand er Papierservietten, Gummiringe und Kugelschreiber. Daneben mehrere Lippenstifte und einen Schminkspiegel. Dazu eine alte Zigarrenschachtel mit Sammelbildern von Pferden.

Die Schublade darunter war ein Sammelbecken von Papierschnipseln aller Art – Kassenzettel, Ausrisse aus Katalogen, benutzte Briefmarken. Einige handgeschriebene Notizen sah sich Baltasar genauer an, es waren unbekannte Telefonnummern dabei, die er sich notierte. Eine Liste mit exotischen Vornamen gab ihm Rätsel auf. Waren sie für Pferde gedacht?

In der Küche sah er in den Schränken nach, untersuchte Dosen, Tassen und Töpfe, ob sie als Versteck für etwas anderes dienten. Es war ein Fehlschlag. Auch auf dem Küchenbuffet fand sich nichts außer Staub.

Baltasar ging in den ersten Stock. Eva Dirnbergers Schlafzimmer mit dem auffälligen Bett sah noch so aus, wie er es in Erinnerung hatte. Frauenkleidung lag auf der Decke. Er fragte sich, ob Margit Sprengler nun diesen Raum benutzte.

Die anderen Räume im Obergeschoss gaben ebenso wenig her. Es war eine naive Idee gewesen zu glauben, in der kurzen Zeit etwas Brauchbares zu finden, dafür war das Haus zu groß, dafür gab es zu viele Möbel. Und wer sagte denn, dass Eva Dirnberger ihre wertvollen Dokumente nicht ganz woanders aufbewahrt hatte?

Er ging wieder nach unten, studierte nochmals die Urkunden und Bilder an den Wänden. Sie bewiesen: Eva Dirnberger war eine Pferdenärrin gewesen. Nur die beiden Vorderladerpistolen an der Wand passten irgendwie nicht zu den anderen Dekorationen. Konnte man mit den Dingern sogar noch schießen?

Behutsam nahm er eine der Waffen von der Wand. Beim näheren Betrachten fiel auf, die Stücke waren kunstvoll gearbeitet, mit Gravuren am Lauf und Einlegearbeiten an den Holzgriffen. Er hing die Pistole zurück und durchsuchte die darunterstehende Anrichte nach Munition. In der Schublade fand er eine Schachtel mit Bleikugeln und Schwarzpulverkartuschen.

Ob das Kaliber passte? Baltasar nahm die andere Pistole und probierte den Ladestock aus. Er konnte ihn nicht ganz in den Lauf schieben, eigentlich sollte er sich tiefer versenken lassen, wie er bei den Proben zum Festival gesehen hatte.

Er hielt die Waffe gegen das Licht. Ein Gegenstand steckte im Lauf. Baltasar holte einen Fleischspieß aus der Küche und versuchte, den Gegenstand herauszuholen. Nach einigen Versuchen gelang es ihm: Es war ein Speicherchip für Computerdateien.

Im selben Moment klopfte es an der Haustür.

»Hallo! Wer hat da zugesperrt? Aufmachen!« Es war Margit Sprenglers Stimme.

»Komme schon.«

Hektisch drapierte Baltasar die Pistole wieder an ihren Platz und öffnete die Tür.

»Warum haben Sie zugesperrt?« Hinter Margit Sprengler stand Daniel Moor, offenbar unverletzt.

»Zur Sicherheit«, antwortete Baltasar.

44

Zu Hause zog sich Baltasar in sein Arbeitszimmer zurück. Er steckte den Speicherstick in seinen Computer und sah sich die Dateien an, die darauf abgespeichert waren. Was er sah, verblüffte ihn.

Sie wiesen auf eine Person. Den Täter.

Dabei wurde ihm mit einem Schlag bewusst, was er die ganze Zeit übersehen hatte. Die Lösung des Falles lag eigentlich schon längere Zeit vor ihm, er hatte jedoch die Indizien völlig falsch gedeutet und Hinweise ignoriert, die im Rückblick eindeutige Fingerzeige waren. Er hätte diese Computerdateien gar nicht gebraucht, um den Verdächtigen zu identifizieren. Wie konnte er nur so beschränkt gewesen sein!

Er brauchte Ruhe zum Nachdenken. Er rief sich die Informationen nochmals ins Gedächtnis, die er bisher gesammelt hatte. Es war, als ob sich scheinbar nutzlose Schnipsel wie von selbst an ihren richtigen Platz schoben und nun ein klares Bild ergaben.

Erneut holte er die Berichte, Protokolle und Fotos hervor, die er zu dem Fall gesammelt hatte, und studierte sie eingehend. Wo bisher Dunkelheit gewesen war, da war nun Licht. Alles ergab Sinn, alles bot eine Erklärung. Die einzig zwingende Erklärung. Man musste die Sache nur vom richtigen Blickwinkel aus betrachten.

Nur einer kam als Mörder in Frage.

So weit die Theorie. In der Praxis, das wurde Baltasar bewusst, fehlte der letzte zwingende Beweis, der für eine Verurteilung vor Gericht nötig wäre. Möglicherweise war dieser Beweis noch zu finden, doch sicher war es nicht. Zu gut waren bisher die Spuren vom Täter verwischt worden.

Er rief seinen Freund Philipp Vallerot an und bat ihn, sich nochmals einige Dateien anzusehen und ihm so bald wie möglich die Ergebnisse zu berichten. Danach telefonierte er mit Kommissar Wolfram Dix und deutete an, was seine Recherchen ergeben hatten.

»Zwei Fragen habe ich«, sagte Baltasar. »Bei dem Einbruch im Reiterhof, wo haben Ihre Beamten Fingerabdrücke genommen?«

»Eingänge, Türen, Fenster und Gegenstände, die beim Durchsuchen der Räume von dem Täter berührt wurden.«

»Also wurde nicht das ganze Haus untersucht?«

»Wo denken Sie hin, Herr Senner? So viel Zeit können die Beamten für einen gewöhnlichen Einbruchdiebstahl nicht aufwenden.«

»Und wie lange haben Sie die Anruflisten des Opfers zurückverfolgt?«

»Drei Monate.«

»Könnten Sie für mich die Listen für den Zeitraum davor besorgen, am besten bis zwölf Monate vor dem Mord? Es ist wirklich dringend, sonst würde ich Sie nicht darum bitten.«

»Herr Senner, Herr Senner. Ich ahne, Sie sind im Begriff, wieder eine Dummheit zu begehen. Sehen Sie sich vor. Ich will Sie das nächste Mal nicht im Leichenschauhaus wiedersehen, Hochwürden.«

»Besorgen Sie nur das Gewünschte«, sagte Baltasar. »Ich werde schon auf mich aufpassen und Sie rechtzeitig auf dem Laufenden halten.«

Baltasar suchte die Telefonnummer heraus, legte sie vor sich auf den Schreibtisch und zwang sich, einige Minuten still sitzen zu bleiben und den Kopf freizubekommen. Das Schwierigste würde sein, dem Täter einen Köder anzubieten, den er schluckte und der ihn aus seinem Versteck lockte. Und dieser Köder war der Computerstick – vorausgesetzt, Baltasars Geschichte klang glaubwürdig.

Er tippte die Nummer in sein Handy und schloss die Augen. Nach zweimaligem Klingeln meldete sich die bekannte Stimme.

»Hallo?«

»Entschuldigung, dass ich störe, Baltasar Senner am Apparat. Ich habe etwas Wichtiges mit Ihnen zu besprechen, das keinen Aufschub duldet.«

Einen Moment hörte er gar nichts, so dass er schon dachte, die Person hätte aufgelegt.

»Was gibt's?«

»Ich habe soeben einen Speicherchip entdeckt, auf dem sehr persönliche Dateien sind, die Sie betreffen – und Eva Dirnberger. Ich betone: sehr persönliche Sachen, die nur Sie etwas angehen.«

Wieder herrschte längere Zeit Stille.

»Woher haben Sie diese Dateien?«

»Das kann ich nicht sagen.«

»Sie flunkern doch.«

»Beim Herrgott im Himmel als Zeugen. Ich als katholischer Priester garantiere Ihnen, dass ich die Wahrheit sage.«

»Was enthalten diese Dateien?«

»Das können Sie sich doch denken. Jedenfalls würde ich das ungern am Telefon diskutieren«, sagte Baltasar.

»Wer weiß sonst noch davon?«

»Niemand. Wie gesagt: Meine Entdeckung ist ganz frisch.«

»Was wollen Sie?«

»Sie können den Speicherchip haben. Er ist sehr persönlich und gehört deshalb Ihnen. Und ich hoffe, Sie machen das Richtige damit.«

»Wie soll ich wissen, ob Sie nicht mit allem zur Polizei rennen, sobald Sie aufgelegt haben?«

»Betrachten Sie es als vertrauliches Gespräch zwischen Pfarrer und Beichtendem. Ein solches Gespräch bleibt unter uns. Versprochen.«

»Gut, geben Sie mir den Chip.«

»Machen Sie einen Vorschlag. Wollen Sie heute noch bei mir im Pfarrhaus vorbeischauen?«

Es war wieder still in der Leitung.

»Morgen ist die Generalprobe für das Festival. Da sind viele Leute unterwegs, da ist ein Treffen unauffällig.«

»Wann und wo wollen wir dort zusammenkommen?«

»Überlassen Sie das mir. Sprechen Sie mich nicht vorher darauf an. Ich melde mich auf Ihrem Handy, wenn ich den Zeitpunkt für richtig erachte. Halten Sie sich einfach bereit und bringen Sie den Speicherstick mit. Kommen Sie allein. Die Absprache gilt. Ich verlasse mich auf Ihr Wort als Geistlicher, Herr Senner.«

Der Tag der Generalprobe begann mit einem Regenguss. Die Menschen flüchteten in ihre Autos und die aufgestellten Zelte oder zogen Regenmäntel und Schirme hervor. Nach einer halben Stunde hörte der Regen auf. Der Regisseur rief mit einem Megafon die Darsteller herbei und gab Kommandos. Jeder sollte sich bereit machen für seinen Auftritt.

Bürgermeister Xaver Wohlrab und der Marketingmann Dominik Fetzner beobachteten die Szene.

»Dieses Mal wird nichts mehr schiefgehen«, sagte der Bürgermeister. »Für Sicherheit ist gesorgt, die Schusswaffen sind unter Kontrolle, der ganze Ablauf ist minutiös durchgeplant, nicht wahr?«

Dominik Fetzner nickte. »Es sollen heitere und sichere Spiele werden. Ein Festival der Freude, das für die gesamte Familie geeignet ist. Wir werden der Öffentlichkeit beweisen, dass die Gemeinde für solche Großveranstaltungen die erste Wahl ist. Sie müssen später den Pressevertretern ein Interview geben, Herr Bürgermeister.«

Baltasar ging zum Materialzelt, in dem Andreas Dreier und Richard Hurzlmeier die Waffen bereitlegten. Neben ihnen lagen Namenslisten für die Ausleihe. Die Darsteller standen Schlange, um gegen Unterschrift ihre Gewehre und Pistolen in Empfang zu nehmen.

Jeder hatte sich dem Ereignis entsprechend kostümiert. Die Adeligen mit gestickten Gewändern und Perücken, die Bauern trugen Leinenhosen, Hüte und Mistgabeln. Die Wilderer hatten sich die Gesichter geschminkt, sie sahen aus wie Soldaten auf dem Felde, sie hatten Stiefel und Hosen mit breiten Gürteln an, darüber einen weiten Überwurf mit Kapuze aus Walkstoff.

»Darf Ihnen eine Marktfrau einen Apfel anbieten?«

Hinter Baltasar stand eine Frau mit Kopftuch, Kleid und Schürze, in der Hand ein Obstkorb. Er brauchte eine Sekunde, bis er seine Haushälterin wiedererkannte.

»Oh, das ist aber eine schöne Verkleidung, Teresa. Natürlich nehme ich einen Apfel.« Baltasar griff zu. »Wann geht's los?«

»Wir werden aufgerufen.«

»Dann viel Spaß.«

Er ging zu einem eingezäunten Feld, auf dem die Pferde untergebracht waren. Er sah Margit Sprengler, die zusammen mit einem Helfer zwei Tiere am Zaun anleinte. Von der gegenüberliegenden Ecke winkte ihm Daniel Moor zu. Von Weitem sah er wie ein Pfarrer aus.

Baltasar ging zu ihm. »Die Soutane steht Ihnen gut«, sagte er. »Ich seh schon, Sie sind der ideale Stellvertreter für mich.«

»Auf dem Pferd, meinen Sie.« Daniel Moor packte einen Sattel und legte ihn Rosalie auf. »Sie können mir helfen, wenn Sie wollen.«

Baltasar tätschelte den Hals des Pferdes und bekam einen Stups zur Antwort. »Das ist ein braves Tier. Ich sehe, Sie haben schon alle wichtigen Handgriffe gelernt, Herr Moor. Da will ich Ihnen nicht ins Handwerk pfuschen.«

»Für den Wilden Westen bin ich falsch gekleidet«, antwortete Moor. »Ich vertraue darauf, dass Rosalie mich nicht abwirft, sie ist sehr gutmütig. Wenn ich es mir recht überlege, lag es vielleicht mehr an Ihnen, dass Sie damals …«

»Hauptsache, Sie halten sich im Sattel und machen dem Bischof keine Schande«, sagte Baltasar.

»Wenn Sie für mich beten.«

»Das habe ich schon getan.« Baltasar verabschiedete sich. Er überprüfte, ob sein Mobiltelefon eingeschaltet war und ob es Empfang hatte, und ging hinüber zu einer Gruppe Zuschauer, die sich hinter der Absperrung versammelt hatten. Wenn er sich nicht täuschte, stand Werner Rechen dort, verborgen in der hinteren Reihe.

Als er dort ankam, war der Mann schon wieder verschwunden. Baltasar plauderte ein paar Worte mit Nathalie Krömer und mit Christine Stümpfl.

Eine Frau tippte ihm auf die Schulter.

»Grüß Gott, Herr Senner. Wie geht's?« Es war Inge Bender, die Krankenschwester, die ihn in der Klinik betreut hatte.

»Schwester Inge, was treibt Sie denn zu uns?« Baltasar gab ihr die Hand. »Sie sehen, dank Ihrer Pflege bin ich wieder fit.«

»Ich hab in der Zeitung von der Generalprobe gelesen«, sagte sie. »Das wollte ich mir nicht entgehen lassen.«

»Sie werden auf Ihre Kosten kommen. Außerdem ist es beruhigend, wenn jemand anwesend ist, der zur Not Erste Hilfe leisten kann.«

Baltasar suchte sich einen Platz, von dem aus er das Gelände gut überblicken konnte. Der Regisseur rief alle Darsteller auf, ihre Startpositionen einzunehmen. Die Gruppen formierten sich, ganz hinten sah er Daniel Moor auf dem Pferd neben seinem evangelischen Kollegen.

Ein Raunen ging durch die Menge. Eine Frau in Weiß erschien. Die Gräfin. Es war Klara Murlinger. Sie nahm ihre Position an der Spitze des Zuges ein.

»Überraschung gelungen, nicht wahr?«, sagte Dominik Fetzner, der sich neben ihn gestellt hatte.

»Das ist allerdings überraschend«, antwortete Baltasar. »Wie ist es denn dazu gekommen?«

»Frau Murlinger ist beim Bürgermeister aufgetaucht und hat erklärt, sie möchte die Rolle der Gräfin übernehmen, sie sei die Idealbesetzung dafür. Das mit ihrer Vorgängerin sei tragisch und es tue ihr leid, aber die Show müsse weitergehen. Und Herr Wohlrab hat sich breitschlagen lassen.«

»… und hofft auf eine medienwirksame Reklame«, meinte Baltasar. »Ein durchsichtiges Manöver.«

»Aber effektiv.«

Das Wetter hatte sich wieder verschlechtert, dunkle Wolken rasten über den Himmel. Der Regisseur bellte einen letzten Befehl. Fanfarenstöße ertönten. Der Zug setzte sich in Bewegung.

Klara Murlinger machte ihre Sache gut, anmutig schritt sie voran, wie wenn sie als Gräfin auf die Welt gekommen wäre. Ihre Entourage folgte, dahinter das normale Volk, das Szenenbild mit den Menschenmassen wirkte beeindruckend. Rosalie trabte munter am Ende des Zuges. Daniel Moor wirkte, als würde er seinen Auftritt genießen.

Etwas nervös wartete Baltasar auf den Moment, bei dem die Schießerei losgehen sollte. Klara Murlinger und ihre Begleiter mussten nun in etwa die Stelle erreicht haben, an der damals Eva Dirnberger niedergeschossen worden war.

Kanonendonner ertönte. Baltasar zuckte zusammen. Er sah zum Waldrand, aber von seiner Position aus waren die Wilderer mit ihrer Tarnung nicht zu erkennen. Die erste Gewehrsalve krachte, Rauch stieg auf.

Mehrere Menschen in den vorderen Reihen brachen zusammen und stürzten zu Boden. Baltasars erster Impuls war, loszustürmen und zu den Verletzten zu laufen, bis ihm bewusst wurde, dass es nur geschauspielert war und zum Programm gehörte.

Auch der Rest der Generalprobe verlief ohne Zwischenfälle. Der Regisseur hatte noch nicht entschieden, ob später ein zweiter Durchgang stattfinden sollte. Und als hätte der liebe Gott ein Einsehen mit den Laiendarstellern, fing das Gewitter erst an, nachdem die Schlussfanfare erschollen war.

Die Formation löste sich auf, die Darsteller hasteten nach Hause und sorgten sich, ihre Kostüme in Sicherheit zu bringen. Marktfrauen liefen neben Stalljungen, Wilderer neben Bürgerstöchtern, auf dem Parkplatz herrschte Gewusel, einige versuchten, mit Dauerhupen schneller wegzukommen.

Der Regen setzte ein. Baltasar schloss den Reißverschluss seiner Sportjacke und zog sich die Kapuze über. Sein Handy klingelte.

»Ja?«

»Es ist so weit. Treffen wir uns. Jetzt sofort am Waldrand. Da, wo die Wilderer waren. Und den Speicherstick nicht vergessen.«

Bevor Baltasar antworten konnte, war die Verbindung wieder unterbrochen worden. Er sah sich um. Einige versprengte Zuschauer und Schauspieler, Helfer, die versuchten, die Zelte sturmfest zu machen und Requisiten ins Trockene zu retten. Ansonsten war der Platz leer und nichts Verdächtiges zu sehen.

Er ging Richtung Wald und versuchte, aus den Augenwinkeln die Umgebung zu erfassen. Die Wolken und der Regen reduzierten die Sicht stark. Als er den Waldrand erreichte, waren seine Hose und seine Schuhe bereits durchnässt.

Er rief: »Hallo!«

Keine Reaktion. Kein Geräusch. Nichts.

Er ging einige Schritte in den Wald hinein. Eine seltsame Schwärze empfing ihn, alles wirkte dunkel und düster, obwohl es noch Tag war.

»Hallo?«

Noch einige Schritte. Er wusste nicht, ob er stehen bleiben und warten oder weitergehen sollte. Plötzlich ein Geräusch wie ein knackender Zweig. Er wirbelte herum – nichts.

»Hallo.« Der Mut hatte ihn verlassen.

Plötzlich krachte ein Schuss, und nur den Bruchteil einer Sekunde später schlug ein Projektil neben Baltasar im Baumstamm ein.

Er warf sich zu Boden und spähte in die Richtung, aus der der Schuss gekommen war. Sein Herz klopfte zum Zerspringen. Als er sich ein wenig aufrichtete, fiel ein zweiter Schuss. Erde spritzte neben ihm auf.

Er sah etwa fünfzig Meter entfernt eine Gestalt zwischen den Bäumen stehen. In den Händen hielt sie zwei Vorderladerpistolen. Sie war verkleidet wie ein Wilderer mit Umhang, die Kapuze war tief ins Gesicht gezogen. Doch Baltasar erkannte ihn.

Es war Richard Hurzlmeier.

»Es ist vorbei, Herr Hurzlmeier. Geben Sie auf!«

Sein Gegenüber lachte nur, es war ein freudloses Lachen. Er schüttelte den Kopf.

Stumm sahen sie sich an. Baltasar kam in den Sinn, die beiden Pistolen erlaubten es nur, jeweils einen Schuss abzufeuern, danach musste man nachladen. Das war seine Chance. Er hatte nur wenige Sekunden Zeit.

Er sprang auf und sprintete auf Hurzlmeier zu.

»Waffen runter!«, rief er. »Legen Sie die Pistolen weg!«

Doch der Mann drehte sich um und rannte weg. Baltasar folgte, es war ein gespenstisches Rennen durch den Wald, als Begleitmusik das Prasseln des Regens. Der Abstand vergrößerte sich.

Im Laufen versuchte Baltasar, sein Handy herauszuziehen und den Polizeinotruf zu wählen, aber er stolperte und ließ das Gerät fallen. Er wagte es nicht, danach zu suchen, aus Angst, den Schützen vollends aus dem Blick zu verlieren. Dann wäre alles umsonst gewesen.

Baltasar hörte Pferdewiehern. Die Bäume wichen zurück, die Koppel beim Festplatz trat ins Blickfeld.

Er sah, wie sich Hurzlmeier auf ein Pferd schwang und fortritt in Richtung Wald. Jetzt zum Auto zurückzulaufen und so die Verfolgung aufzunehmen, war hoffnungslos; sein Gegner konnte zwischen den Bäumen auf dem unwegsamen Gelände leicht entkommen und musste deshalb nichts befürchten.

Es blieb nur ein Augenblick, eine Entscheidung zu treffen. Bald würde der Reiter für immer verschwinden. Er sah Rosalie auf der Koppel stehen.

»Lieber Herrgott, lass diesen Kelch an mir vorübergehen und gib mir Kraft«, rief Baltasar. Einen Moment hielt er inne und sammelte sich, dann stieg er auf.

»Los, Rosalie, folge diesem Pferd!« Baltasar wusste, wie

dämlich das klang. Er rief sich ins Gedächtnis, wie man das Tier antreiben konnte, und führte die erlernten Bewegungen aus.

Rosalie machte einen Satz nach vorne. Sie schien seinen Wunsch verstanden zu haben, denn sie galoppierte dem anderen Pferd nach. Baltasar starb tausend Tode. Als das Pferd zum Sprung über einen Baumstamm ansetzte, fühlte er sich bereits dem Himmel näher. Dagegen waren die Schüsse auf ihn harmlos wie Sandkastenspiele gewesen. Verzweifelt versuchte er, die Balance im Sattel zu halten. Er schloss die Augen und schickte Dutzende Stoßgebete zum Allmächtigen, er möge ihn heil ankommen lassen.

Er wusste nicht, wie lange er so dahinritt, er wusste nicht, in welche Richtung er ritt, er – oder besser Rosalie – folgte verbissen dem Mann auf dem Pferd, die weit vor ihnen durch den Wald hetzten, immer wieder im Regen verschwanden und wieder auftauchten; es waren schemenhafte Bilder wie aus einem Traum.

Mit einem Mal wurde Rosalie langsamer, sie fing an zu traben. Baltasar sah die Ursache: Sie waren offenbar an ihrem Ziel angekommen – dem Reiterhof. Rosalie war einfach heimgelaufen.

Das andere Pferd stand unweit des Stalls, Hurzlmeier war verschwunden. Hatte er in der Nähe ein Fluchtauto bereitgestellt?

Vor dem Haupthaus stieg Baltasar ab. Seine Knie zitterten, beinahe wäre er eingeknickt und zu Boden gestürzt. Rosalie spazierte seelenruhig zur Koppel, als hätte sie gerade einen erfrischenden Ausflug hinter sich.

Wieder ein Schuss. Die Kugel schlug neben ihm in der Mauer ein. Baltasar lief zur Haustür, er konnte nicht genau orten, wo der Schütze stand. Er drückte die Klinke, Gott sei Dank war nicht abgesperrt, und trat ein.

Er erinnerte sich an Eva Dirnbergers Wanddekoration. Hektisch nahm er eine Pistole herunter und kramte in der Schublade nach Schwarzpulverkartusche und Kugeln. Er sprintete in den ersten Stock und schlich zum Hintereingang.

Draußen war niemand zu sehen. Der Regen hatte mittlerweile aufgehört, es tropfte noch von den Bäumen. Baltasar öffnete die Tür zentimeterweise in der Hoffnung, keinen Lärm zu verursachen. Mit tastenden Schritten ging er die Außentreppe hinunter, immer wieder die Umgebung fixierend.

Er schlich bis zum Hauseck und lugte herum. Der Schütze schien verschwunden. Er hielt den Atem an und lauschte angestrengt, aber nur die Geräusche des Waldes drangen zu ihm durch. Er beschloss, zum Stall zu laufen.

Ein letzter Blick. Er rannte los. Etwa auf halber Strecke hörte er einen Ruf: »Halt! Sofort stehen bleiben!«

Baltasar wirbelte herum, die Pistole im Anschlag. Etwa zehn Meter von ihm entfernt stand Hurzlmeier, der mit einer Waffe auf ihn zielte. Den Umhang hatte er abgeworfen.

Die Szene wirkte auf Baltasar wie eingefroren: Da standen sich zwei Menschen mit Vorderladerpistolen gegenüber, als seien sie Duellanten aus einem früheren Jahrhundert, eine Konstellation, die ihm lächerlich vorkam, aber nur einen Wimpernschlag, denn das hier war tödlicher Ernst. Er spürte das Blut durch seine Schläfen rauschen, sein Herz pochte wie ein Dampfhammer, seine Hand zitterte.

»Sind Sie verrückt?«, rief Baltasar. »Lassen Sie den Unsinn und legen Sie Ihre Waffe weg. Sie haben schon genug Unheil angerichtet.«

»Legen Sie die Waffe nieder, Herr Senner. Sofort!« Worte wie aus einem Stahlbad. »Glauben Sie mir, ich bin der bessere Schütze, ich bin Jäger, wie Sie wissen. Sie würden hier nur den Kürzeren ziehen.«

»Leider kann ich Ihnen kein Wort glauben, Herr Hurzlmeier.« Baltasar hielt die Waffe im Anschlag, auch wenn er wusste, dass sein Gegner recht hatte – es war ein ungleiches Duell. »Wir hatten eine normale Übergabe vereinbart. Ich habe mich an unsere Abmachung gehalten, Sie aber nicht.«

»Habe ich versprochen, Ihnen nichts zu tun? Habe ich Ihnen versprochen, Sie am Leben zu lassen? Nein!« Hurzlmeier machte einen Schritt auf ihn zu. »Und diesen Speicherchip hole ich mir sowieso gleich.«

»Machen Sie es nicht noch schlimmer, Herr Hurzlmeier. Ihre Wut richtet sich gegen den Falschen. Ich bin der Einzige, der Ihnen noch helfen kann. Ich werde mich dafür einsetzen, dass für Sie mildernde Umstände herausspringen.«

»Pah!« Hurzlmeier spuckte aus. »Welche Gnadengabe von unserem Herrn Pfarrer. Welche Großzügigkeit.« Ironie umkleidete seine Worte. »Ich brauche keine Geschenke von Ihnen. Ich scheiß drauf! Denn Sie, Herr Senner, Sie allein sind schuld an meiner Situation. Dafür haben Sie den Tod verdient. Freuen Sie sich doch auf das Paradies.«

»Ihr Hass vernebelt Ihnen das Denken«, sagte Baltasar. »Sie sollten die Schuld bei sich selbst suchen. Nicht ich habe getötet, sondern Sie. Und auch noch auf eine perfide Weise.«

»Das behaupten Sie. Wo sind Ihre Beweise? Tatsache ist doch: Sie waren der Einzige, der hartnäckig herumgeschnüffelt hat. Hatte ich Sie nicht gewarnt, es sein zu lassen? Aber nein, Sie mussten weiter im Dreck wühlen mit Ihrem lächerlichen Ermittlerehrgeiz. Und jetzt stehen Sie hier. Die Polizei hätte den Fall schon längst abgeschlossen, wenn Sie nicht gewesen wären, Herr Senner. Und ich hätte meinen Frieden gehabt. Nur Sie haben mutwillig Staub aufgewirbelt, nur Sie konnten nicht aufhören, nur wegen Ihnen musste ich handeln. Sie sind der Einzige, der mehr weiß, als gesund ist. Das kann ich nicht zulassen. Deshalb müssen Sie sterben.«

»Aus diesem Grund haben Sie auch damals auf mich geschossen, als ich gerade hier im Stall war«, sagte Baltasar.

»Das war nur eine Warnung gewesen, eine letzte Warnung. Wenn ich Sie hätte erledigen wollen, dann wäre mir das auch gelungen, glauben Sie mir.«

»Sie nahmen in Kauf, dass ich hätte sterben können. Der Schuss hat eine Panik bei den Pferden ausgelöst, die Tiere hätten mich tottrampeln können. Wieder so eine infame Methode von Ihnen.«

»Hätten Sie lieber die Warnung damals beherzigt, Herr Senner. Das wäre besser für Sie gewesen.«

»Warum wollen Sie jetzt noch einen Mord begehen? Ich hätte Ihnen doch die Dateien wie verabredet gegeben.«

»Mitwisser sind lästig und gefährlich. Ich bin Jäger, und da weiß ich, wie man Fallen stellen muss, wie man Tiere erlegt. Damit haben Sie bei aller Schlauheit nicht gerechnet, Herr Pfarrer. Nun ist es so weit, Sie dürfen vor Ihren Herrgott treten. Es hat sowieso keinen Zweck, es hinauszuzögern. Legen Sie die Waffe weg.« Die Miene Hurzlmeiers zeigte, dass er es ernst meinte.

»Sind Sie sicher, dass ich der Einzige bin, der von Ihrer Tat weiß?« Baltasar bemühte sich um eine feste Stimme, auch wenn ihm in Wirklichkeit ganz anders zumute war. Unauffällig sondierte er aus den Augenwinkeln das Gelände nach einer Fluchtmöglichkeit. »Glauben Sie wirklich, ich bin so naiv?«

»Sie haben versprochen, alles bleibt unter uns. Sie sagten am Telefon, Sie hätten die Daten ganz frisch erhalten.«

»Das stimmt auch. Aber ich befürchte, Sie leiden an Selbstüberschätzung, Herr Hurzlmeier. Was Sie nicht bedacht haben: Es braucht diese Daten auf dem Computerchip gar nicht, um Sie zu überführen. Es gibt genug andere handfeste Indizien. Und diese Fakten kennt die Kriminalpolizei, weil ich sie ihr kürzlich gegeben habe. Die Dateien sind nur das Schlussglied einer langen Beweiskette.«

Richard Hurzlmeier ließ ein Lachen erklingen. »Sie bluffen, Herr Pfarrer, Sie wären kein guter Pokerspieler. Wenn es Beweise gäbe, wäre die Polizei längst gekommen und hätte mich verhaftet.«

»Egal, was hier passiert, Sie haben schon verloren. Sie wissen es nur noch nicht. Und bis die Beamten bei Ihnen aufkreuzen, ist eine Frage von Stunden.«

Wieder dieses gekünstelte Lachen. Noch immer zielte Hurzlmeier auf Baltasar, er kam zwei Schritte näher.

»Die Dateien sind das Entscheidende. Geben Sie sie mir«, sagte Hurzlmeier.

»Wissen Sie überhaupt, was darauf zu sehen ist?«

»Ich kann es mir denken.«

»Es sind Nacktfotos von Ihnen, Herr Hurzlmeier, aufgenommen im Bett von Eva Dirnberger, als Sie schliefen. Frau Dirnberger hat Sie damit unter Druck gesetzt. Deshalb musste sie sterben.« Baltasar spürte, wie sein Arm vom Heben der Pistole verkrampfte. Lange würde er die Waffe nicht mehr so halten können.

»Die Frau war durchtriebener, als ich gedacht habe, schreckte nicht mal vor solchen heimlichen Fotos zurück. Und jetzt legen Sie die Waffe weg, her Senner, meine Geduld ist am Ende. Ich will diesen Speicherchip.«

»Sie erhalten den Stick von mir, ich will auch die Pistole senken, wenn Sie mir versprechen, mich anzuhören, bis ich Ihnen alle Indizien und alle Ihre Fehler aufgezeigt habe. Dann können Sie immer noch abdrücken.« Baltasar wusste, eine Flucht auf offenem Gelände würde sinnlos sein, Hurzlmeier würde ihn abknallen wie einen Hasen. Es blieb nur, mit Worten zu kämpfen.

»Meinetwegen. Die paar Minuten habe ich für Ihren Vortrag übrig, ich habe heute nichts mehr vor.« Er lachte wieder. »Ich erfülle Ihnen Ihren letzten Wunsch. Aber zuerst weg mit der Waffe!«

Langsam senkte Baltasar den Arm und ließ die Pistole fallen. Sofort kam Richard Hurzlmeier und nahm sie an sich. Auch er senkte seine Waffe.

»Und jetzt den Speicherchip«, sagte er.

Baltasar holte den Stick aus seiner Tasche und gab ihn ihm.

»Jetzt ist unser Geschäft abgeschlossen.« Hurzlmeier schien zufrieden. »Ich will kein Unmensch sein. Erzählen Sie mir von Ihrer verrückten Theorie.«

»Ich hatte den Fall falsch eingeschätzt«, begann Baltasar. »Denn das eigentliche Mordmotiv war mir lange nicht klar: War es Geldgier? War es Rache? War es Hass? Erst als jemand sagte, Hass und Liebe lägen eng beieinander, begann ich mich zu fragen: War vielleicht Liebe der ursprüngliche Antrieb – Liebe, die später in Hass und Wut umschlug, in eine mörderische Wut?«

»Eine Liebesgeschichte haben Sie für mich, soso.« Hurzlmeier verschränkte die Arme. Seine Pistole behielt er in der Hand.

»Eva Dirnberger verstand es, Männer einzuwickeln und sie für ihre Zwecke einzuspannen; ihr Charme und ihr

Liebreiz konnten einen in der Tat schwach machen. Das Rätsel löste sich, als ich die Fotos von Ihnen und Frau Dirnberger in dem Jahresheft des Schützenvereins sah: Sie beide in inniger Umarmung.«

»Eine Faschingsgaudi.«

»Dachte ich zuerst auch. Aber dann kam mir in den Sinn: Was, wenn dieser Abend der Beginn einer heimlichen Affäre war? Den Beweis dafür lieferte ein anderes Foto: Sie mit Ihrem Faschingskostüm und einer Seeräuberpistole in der Hand. Es ist genau die Waffe, mit der ich gerade auf Sie gezielt habe, deren Zwilling im Haus hängt. Es war ein – zugegeben ungewöhnliches – Geschenk von Ihnen für Ihre Geliebte, ein Geschenk, auf das wohl nur ein Schütze oder Jäger kommen konnte. Jeder andere würde einen Ring oder eine Kette aussuchen.«

»Wo ist der Beweis?«

»Die Polizei hat Fingerabdrücke von beiden Waffen genommen, übrigens auch systematisch im Schlafzimmer und im Badezimmer von Eva Dirnberger. Und so wahr ich Baltasar Senner heiße, werden Ihre Fingerabdrücke oder DNA-Spuren zu finden sein. Das wird Sie überführen. Glaubten Sie wirklich, Sie könnten all Ihre Spuren verwischen? Das ist ein Ding der Unmöglichkeit. Die Spezialisten der Kripo finden immer was, und das wird Ihnen das Genick brechen. Es beweist, dass Sie und Frau Dirnberger ein Liebespaar waren.«

»Tatsächlich?«

»Deshalb auch der Einbruch in den Reiterhof: Sie suchten nach den Erpresserdokumenten und wollten zugleich alle Hinweise auf sich vernichten. Deshalb stahlen Sie das Handy der Toten und zerstörten ihren Fotoapparat. Sie waren der Unbekannte, der sich immer heimlich zu den Treffen mit Frau Dirnberger geschlichen hat. Sie achteten peinlich genau darauf, nicht gesehen zu werden oder auf Fotos aufzutauchen. Wie man sieht, war Ihr Plan nicht perfekt.

Zudem habe ich veranlasst, die älteren Telefonate der Ermordeten zu überprüfen. Und da tauchen reihenweise Verbindungen zu Ihrem Handy auf. Das passte gar nicht zu Ihrer Aussage, nur wegen Ihres Rechtsstreits mit Frau Dirnberger Kontakt gehabt zu haben.«

»Warum sollte ich wegen eines Verhältnisses so geheimnisvoll tun? Das ist doch heute nichts Besonderes mehr.« Unsicherheit hatte sich in die Worte Hurzlmeiers geschlichen.

»Das habe ich mich anfangs auch gefragt. Aber Ihr Unglück begann schon, als Sie sich in Frau Dirnberger verliebten. Sie ahnten nicht, dass sie Sie nur benutzte.«

»Wozu sollte sie das tun?«

»Die Antwort kennen Sie längst, Herr Hurzlmeier. Eva Dirnberger wollte den Rechtsstreit mit Ihnen beenden, um ihr Bauprojekt hier auf dem Reiterhof weiterführen zu können. Sie machte heimlich Fotos von Ihnen und erpresste Sie damit – mit Erfolg: Sie zogen überraschenderweise kurzfristig all Ihre Klagen wegen der Grundstücksstreitereien zurück.«

Einen Moment herrschte Stille. »Diese Schlampe hat mich benutzt«, brach es plötzlich aus Hurzlmeier heraus. »Hat gesagt, ich sei eine Niete im Bett, hat mich ausgelacht und unsere Beziehung von heute auf morgen beendet. Kurz darauf hatte sie schon wieder einen Neuen.«

»Deshalb musste Eva Dirnberger sterben. Ihre Liebe schlug in Hass um, und Sie fürchteten die Konsequenzen der Erpressung. Deshalb fädelten Sie diesen teuflisch effektiven Plan ein und benutzten Klara Murlinger als ahnungslose Vollstreckerin. Es war simpel, da Sie und Herr Dreier für die Waffenausgabe zuständig waren. Sie luden einfach das Gewehr mit einer Kugel und konnten sicher sein, dass Frau Murlinger, eine geübte Schützin, nicht danebenschießen würde. Und wenn doch, hätten Sie den Mord auf einem anderen Weg ausgeführt. Aber so würde es am Ende wie ein bedauerlicher Unfall aussehen.«

Baltasar ging langsam einen Schritt zurück. »Aber bei aller Cleverness hatten Sie nicht vorhersehen können, dass Klara Murlinger tatsächlich auch ein Mordmotiv hatte. Damit geriet sie unter Verdacht, und die Ermittlungen wurden ausgedehnt. In diesem Netz blieben Sie letztlich hängen. Es waren Ihre Fehler.«

»Fehler? Es war notwendig. Sie bedrohte meine Ehe, meine Existenz.« Hurzlmeiers Worte waren kaum zu verstehen.

Baltasar wich weiter zurück. »Ich fragte mich, warum Eva Dirnbergers Erpressung bei Ihnen wirkte. Die Antwort fand ich, als ich Ihre Gattin Irene traf. Wenn die Liebesbeziehung herausgekommen wäre, hätte Ihre Frau Sie hinausgeworfen und sich scheiden lassen. Sie stünden vor einem Scherbenhaufen, denn fast alles finanzierte das Vermögen Ihrer Frau. Sie hätte Ihnen den Seitensprung nie verziehen. Und ich befürchte, Sie werden es ihr trotzdem beichten müssen, bevor die Polizei zu Ihnen nach Hause kommt.«

Hurzlmeier hob seine Pistole und zielte wieder auf Baltasar.

»Sie sind daran schuld! Mit Ihren Schnüffeleien sorgen Sie dafür, dass meine Ehe, mein Leben zerstört wird! Alles wegen Ihnen.« Seine Hand zitterte. »Es ist nun zu Ende, Herr Senner!«

Richard Hurzlmeier senkte die Waffe. Sein Blick war glasig. Dann hielt er sich die Pistole an die Schläfe und drückte ab.

45

Jeder katholische Pfarrer wünschte sich viele Gläubige in seinem Gottesdienst – in Zeiten weit verbreiteter Religionsverdrossenheit war es der beste Beleg für den Erfolg seelsorgerischer Botschaften. So gesehen, war auf die Menschen im Bayerischen Wald immer Verlass: Die Kirche war an diesem Wochentag bis auf den letzten Platz gefüllt. Bauern hatten ihre Arbeit unterbrochen, Angestellte die Frühstückspause genutzt, Verkäufer einen halben Tag Urlaub genommen.

Leider war es so, dass all die Menschen weniger wegen Baltasars exquisitem Weihrauch – einer englischen Mischung – kamen oder wegen seiner bewegenden Predigten. Sondern, das war ihm bewusst, es war schlichte Sensationslust, eine Lust jener Sorte, die Leute bei Naturkatastrophen vor den Fernseher fesselte oder am Straßenrand halten ließ, um Unfallschäden zu bestaunen.

Und in diesem Sinne war für das Publikum einiges geboten: die Beerdigung eines Mörders und Selbstmörders. Natürlich würde das kein Bewohner dieser Region offen zugeben, aber wann hatte man schon mal die Gelegenheit, an einem Kriminalfall teilzuhaben? Es garantierte Gesprächsstoff für Wochen am Stammtisch oder im Büro.

In früheren Jahrhunderten hätte die katholische Kirche keine Messe für Mörder oder Selbstmörder abgehalten, wären die Unglücklichen in ungeweihter Erde verscharrt worden. Aber Baltasar fand, dass auch diese verlorene Seele eine Begleitung auf dem Weg ins Jenseits verdient hatte, egal, ob sie danach im Fegefeuer oder direkt in der Hölle landete.

In der ersten Reihe saßen Bürgermeister Wohlrab, Sparkassendirektor Trumpisch, Marketingmann Fetzner und Klara Murlinger. Ein Platz war frei geblieben – er war für Irene Hurzlmeier reserviert, aber die Witwe war der Zeremonie ferngeblieben.

In seiner Predigt sprach Baltasar von Liebe und Hass, von Gier und Demut und davon, dass niemand das Recht habe, einem anderen das Leben zu nehmen. Er streifte Themen wie Strafe und Vergebung, sprach von Schicksal und Gottes unergründlichem Willen.

Nach der Beerdigung blieben die Kirchenbesucher auf dem Vorplatz stehen, um das Ereignis nochmals ausgiebig zu diskutieren.

»Eine schöne Predigt, Herr Pfarrer«, sagte Andreas Dreier. »Wer hätte gedacht, dass gerade mein Vereinskamerad …«

»Es ist schwer zu begreifen«, antwortete Baltasar.

»Übrigens biete ich Ihnen kostenlosen Unterricht fürs Vorderladerschießen an«, sagte Dreier.

Baltasar runzelte fragend die Stirn.

»Na, wie ich gehört habe, hatten Sie Ihre Pistole gar nicht geladen, als Sie Herrn Hurzlmeier entgegentraten«, sagte Dreier. »So ist die Waffe doch nutzlos. Ich zeig Ihnen, wie man das macht, falls Sie wieder …«

»Danke, kein Bedarf«, antwortete Baltasar. »Diese Dinger sind nichts für mich.«

Er verabschiedete sich und ging zu Emma Hollerbach.

»Eine ergreifende Messe«, sagte die Metzgerin.

»Darf ich Sie um etwas bitten?«

»Natürlich, was für einen Wunsch haben's denn? Soll ich für Sie wieder eine Schweinsbraten-Semmel zurücklegen?«

»Ich möchte, dass Sie Rosalie am Leben lassen und Ihren Rechtsstreit mit dem Reiterhof beenden.«

»Äh ... ich? Warum sollte ich?« Trotz schwang in ihrer Stimme mit.

»Weil ich mich sonst außerstande sehe, weiter in Ihrem Laden einzukaufen – was mir bei Ihrem guten Leberkäse schwerfallen würde. Aber was werden die Leute denken, wenn der Pfarrer Ihre Metzgerei meidet? Und stellen Sie sich vor, ich würde den Fall zum Thema meiner nächsten Predigt machen? Das wäre doch nicht gut fürs Geschäft, oder?«

Emma Hollerbach lief rot an. »Ich ... äh ... ich hatte nie ernsthaft daran gedacht, das ... Pferd einschläfern zu lassen, das ist nur ein Missverständnis.«

»Dann ist ja alles gut, schönen Tag noch.«

»Jetzt haben Sie die Aufmerksamkeit, die Sie sich immer gewünscht hatten«, sagte Baltasar zu Bürgermeister Wohlrab und Dominik Fetzner. »Sogar die Presse war da.«

»An diese Art Aufmerksamkeit hatte ich nicht gedacht.« Der Verdruss des Marketingmannes war zu hören.

»Wir haben beschlossen, doch keine ständigen Robin-Hood-Festspiele zu machen«, sagte Xaver Wohlrab.

»Sondern?«

»Wir werden genau eine Aufführung anbieten, schließlich möchten wir den anderen Gemeinden im Bayerischen Wald beweisen, dass wir zu so etwas imstande sind. Sonst blamiere ich mich vor meinen Amtskollegen.«

»Damit hat der Ort genug Werbung«, ergänzte Fetzner.

»Außerdem sind wir das den vielen Freiwilligen schuldig. Die Laiendarsteller verlangen mindestens einen Auftritt, damit sie sagen können, sie hätten bei einem echten Festival mitgespielt.«

»Sie werden doch dabei sein und den Segen spenden?«, fragte der Bürgermeister.

»Selbstverständlich – und mein Kollege Daniel Moor wird sich aufs Pferd schwingen, mein Bedarf an Reitstunden ist für dieses Jahrhundert gedeckt.«

Klara Murlinger winkte Baltasar zu und kam zu ihm.

»Danke für alles, Hochwürden.«

»Eigentlich sollte ich sauer auf Sie sein, Sie haben mir nicht die Wahrheit gesagt, dass Eva Dirnberger Ihnen den Verlobten ausgespannt hatte.«

»Ich weiß, tut mir leid«, sagte Klara Murlinger. »Aber was wäre passiert, hätte ich davon erzählt? Jeder hätte mich für schuldig gehalten.«

»Und wie geht es mit Sebastian Hopfinger und Ihnen weiter?«

»Mal sehen.«

Margit Sprengler und Werner Rechen gesellten sich zu ihm und erklärten nochmals ihre Bereitschaft, das Erbe anzunehmen.

»Und passen Sie gut auf Rosalie auf«, sagte Baltasar.

Er entdeckte die beiden Kommissare.

»Der Kirchenchor war einfach wunderbar«, sagte Wolfram Dix. »Und der Weihrauch – so was habe ich noch nie gerochen.«

»Ich hoffe, das war das letzte Mal, dass Sie sich in unser Geschäft einmischen, Herr Senner«, sagte Oliver Mirwald. »Versprochen?«

»Mal sehen.«

»Immerhin zeigte Hochwürden Kooperationsbereitschaft«, meinte Dix. »Er bessert sich langsam.«

Baltasar verabschiedete sich von den verbliebenen Kirchenbesuchern und zog sich in der Sakristei um.

Heute Abend würde er seine Schulden begleichen und Philipp Vallerot eine Kiste italienischen Klosterrotwein vorbeibringen. Sie würden Rockmusik hören oder über Kinofilme diskutieren. Und etwas trinken.

Er hatte einen Mörder überlebt und ein Pferd – und das war ein Grund zum Feiern.

Wolf Schreiner

wurde 1958 in Nürnberg geboren. Er wuchs in Oberbayern in der Nachbarschaft zum katholischen Wallfahrtsort Altötting auf und studierte in München Politik, Volkswirtschaft und Kommunikationswissenschaft. Wolf Schreiner arbeitete als Journalist für Zeitschriften, Rundfunk und Fernsehen, bevor er seine Leidenschaft für Krimis entdeckte. Er lebt heute in München.

Wolf Schreiners Baltasar-Senner-Krimis in chronologischer Reihenfolge:

Beichtgeheimnis. Ein Krimi aus dem Bayerischen Wald
Stoßgebete. Ein Krimi aus dem Bayerischen Wald
Bußpredigt. Ein Krimi aus dem Bayerischen Wald
Heiligenschein. Ein Krimi aus dem Bayerischen Wald

(alle auch als E-Book erhältlich)

GOLDMANN
Lesen erleben